mtb

Zum Buch:

Keane Winters hat nicht vor, sich zu binden. Nicht an seine Projekte – die Häuser, die er renoviert und sofort wieder verkauft –, nicht an die hochnäsige Siamkatze seiner Tante, auf die er plötzlich aufpassen muss, und erst recht nicht an andere Menschen. Aber dann steht er zum ersten Mal Willa gegenüber, dieser frechen und wunderschönen Frau. Sofort spürt er die heftige Anziehung zwischen ihnen, der er kaum widerstehen kann. Aber warum sprechen aus Willas Blick nur Verachtung und Abneigung, wenn sie ihn ansieht? Warum wird er das Gefühl nicht los, dass er selbst daran schuld ist?

„Romantik, in der Sie sich verlieren werden!“

USA Today

Zur Autorin:

New York Times-Bestsellerautorin Jill Shalvis lebt in einer Kleinstadt in der Sierra Nevada voller verschrobener Mitmenschen. Jegliche Ähnlichkeit mit den Quirky Characters in ihren Büchern ist, na ja, meistens zufällig. Besuchen Sie sie auf ihrer Website www.jillshalvis.com, um mehr über Jills Bücher und ihre Abenteuer als Berge erklimmendes Stadtkind zu lesen.

Lieferbare Titel:

Lügen und andere Liebeserklärungen

Jill Shalvis

Lebkuchenmänner und andere Versuchungen

Roman

Aus dem Amerikanischen von
Katja Henkel

mtb

MIRA® TASCHENBUCH
Band 26080

FSC
MIX
Papier
FSC® C014496

1. Auflage: Oktober 2017

Deutsche Erstveröffentlichung

Titel der amerikanischen Originalausgabe:
The Trouble With Mistletoe

erschienen bei Avon Books, New York

Published by Arrangement with
HarperCollins Publishers LLC, New York, U.S.A.

Umschlaggestaltung: büropecher, Köln
Umschlagabbildung: ultraforma / Getty Images, pikselstock, Andrey_Popov / Shutterstock
Redaktion: Christiane Branscheid
Satz: GGP Media GmbH, Pößneck
Printed in Germany
Dieses Buch wurde auf FSC®-zertifiziertem Papier gedruckt.
ISBN 978-3-95649-747-6

www.mira-taschenbuch.de

Für meine Älteste, die gar nicht so alt ist – und vergessen wir mal nicht, dass ich sie mit zwölf bekam, somit bin ich ebenfalls nicht so alt: dafür, dass sie mich unermüdlich durch San Francisco begleitet hat, jedes Mal, wenn ich etwas für dieses Buch recherchieren wollte. Ich bin so stolz auf dich. XOXO für immer

1. Kapitel

#TheTroubleWithMistletoe

Obwohl die Sonne gerade erst aufgegangen war, steckte Willa Davis bereits bis zu den Ellbogen in einem Knäuel dreckverschmierter Hundewelpen – ein ganz normaler Tag für sie. Als Besitzerin des Hundesalons *South Bark Mutt Shop* verbrachte sie sehr viel Zeit damit zu säuseln, zu schrubben und zu stylen, Tiere hochzuhieven – und noch mehr zu säuseln. Selbst für Bestechungen war sie sich nicht zu schade.

Dass sie ständig Hundekuchen in ihren Taschen hatte, machte sie für sämtliche vierbeinigen Wesen in ihrem Geruchsfeld unwiderstehlich. Blöd nur, dass es keine Hundekuchen für zweibeinige männliche Wesen gab. *Das* wäre mal praktisch gewesen.

Andererseits hatte sie sich in Bezug auf Männer eine Auszeit verordnet und somit sowieso keine Verwendung dafür.

„Wuff!"

Das kam von einem der Welpen, die sie gerade badete. Der kleine Kerl wackelte auf sie zu und leckte ihr übers Kinn.

„Damit kannst du mich nicht erweichen", log sie. Unfähig, seinem niedlichen Gesicht zu widerstehen, gab sie ihm einen Kuss auf die kleine Schnauze.

Eine von Willas Stammkundinnen hatte die acht Wochen alten Rabauken – ähm, Golden-Retriever-Welpen – zu ihr gebracht.

Sechs Stück, um genau zu sein.

Zwar öffnete sie erst in über einer Stunde, nämlich um neun Uhr, doch diese Hundebabys hatten sich in Pferdemist gewälzt, wie ihr die panische Kundin am Telefon mitgeteilt hatte. Da musste man sich fragen, wo es im Cow Hollow District von San Francisco eigentlich Pferdemist gab. Vielleicht hatte ein Polizeipferd irgendwo seine Pferdeäpfel fallen lassen, jedenfalls waren die Kleinen vollkommen eingesaut.

Und Willa auch.

Zwei, drei Welpen konnte einer allein eventuell im Zaum halten, sechs auf einen Schlag grenzten an Irrsinn.

„Okay, hört mal her", sagte sie zu den wuselnden, fröhlich hechelnden Hundebabys in der großen Badewanne des Stylingraums. „Alle machen jetzt mal Sitz."

Nummer eins und zwei setzten sich. Nummer drei kletterte auf die beiden hinauf, schüttelte seinen pummeligen kleinen Körper und spritzte Willa klitschnass.

In der Zwischenzeit versuchten Nummer vier, fünf und sechs sich auf zappelnden Pfötchen aus dem Staub zu machen. Um der Wanne zu entkommen, kraxelten sie übereinander wie Zirkusartisten. Dabei fielen ihnen die Ohren über die Augen und die Schwänzchen zuckten wild.

„Rory?", rief Willa. „Ich könnte hier hinten zwei helfende Hände gebrauchen. Oder drei …"

Keine Antwort. Entweder hatte ihre dreiundzwanzigjährige Angestellte die Musik, die aus ihren Kopfhörern dröhnte, auf Ich-will-taub-werden-Lautstärke gestellt, oder sie postete gerade etwas auf Instagram.

„Rory!"

Endlich streckte Rory, das Handy mit leuchtendem Display in der Hand, den Kopf zur Tür herein.

Jep. Instagram.

„Ach du heilige Scheiße", sagte Rory mit aufgerissenen Augen. „Und zwar im wahrsten Sinne des Wortes."

Willa sah an sich herab. Es stimmte, ihre Schürze und ihre Kleider waren mit Schaum und Wasser und einigen fragwürdigen Flecken bedeckt, die vielleicht oder vielleicht auch nicht mit Pferdemist zu tun hatten.

Höchstwahrscheinlich sah ihr stufig geschnittenes rotblondes Haar aus wie nach der Explosion in einer Kopfkissenfabrik. Wenigstens hatte sie nach dem frühen Notruf auf Make-up verzichtet und konnte also davon ausgehen, dass keine Wimperntusche verschmiert war.

„Hilfe."

Rory, die nie davor zurückschreckte, sich nass oder schmutzig zu machen, stürzte sich fröhlich in die Arbeit. Mit vereinten Kräften gelang es ihnen innerhalb von zwanzig Minuten, alle Welpen aus der Wanne zu holen, zu trocknen und zurück in die Welpenbox zu stecken. Nummer eins bis fünf fielen umgehend in einen so tiefen Schlaf, wie nur Babys und Betrunkene es können. Aber Nummer sechs, wild entschlossen, zurück auf Willas Arm zu gelangen, kletterte über seine Geschwister hinweg.

Lachend hob sie den kleinen Kerl hoch. Seine Beine strampelten in der Luft, sein Schwanz wedelte in Lichtgeschwindigkeit und ließ sein komplettes Hinterteil wackeln.

„Nicht müde, hm?", fragte Willa.

Er reckte sich, um ihr übers Gesicht zu lecken.

„Oh nein, das wirst du nicht tun. Ich weiß, wo deine Zunge war." Sie klemmte sich den Hund unter den Arm und beförderte ihn in den Verkaufsraum ihres Ladens, wo sie ihn mit ein paar Spielsachen in eine andere Welpenbox setzte. Eine, die man durchs Schaufenster sehen konnte. „Du bleibst jetzt hier, siehst niedlich aus und lockst ein paar Kunden in den Laden, einverstanden?"

Vor Begeisterung japsend stürzte sich der Hund auf sein Spielzeug. Als Willa die Lichter im Verkaufsraum anknipste, erwachte der ganze Laden zum Leben – vor allem dank der völlig übertriebenen Weihnachtsdekoration, die sie letzte Woche angebracht hatte. Und wegen des zwei Meter zehn hohen – bis zur letzten Tannennadel mit Lichtern bestückten – Weihnachtsbaumes in der Ecke.

„Es ist gerade mal der erste Dezember, und hier sieht es schon aus, als ob sich Weihnachten mal so richtig ausgetobt hätte", sagte Rory, die in der Tür erschien.

Willa sah sich in ihrem Traumladen um, der inzwischen sogar schwarze Zahlen schrieb. Nun, zumindest meistens. „Aber auf elegante Art und Weise, oder?"

Rory betrachtete die Hunderte Kilometer Lichterketten und die Stechpalmenzweige, die es in dieser Fülle nicht mal am Nordpol geben dürfte. „Ähm … klar."

Willa ignorierte ihren Spott. Erstens war Rory in keinem stabilen Elternhaus aufgewachsen und Willa zweitens auch nicht. Für sie beide war Weihnachten immer ein Luxus gewesen, genauso wie eine warme Mahlzeit und ein Dach über dem Kopf. Eine Tatsache, mit der die beiden allerdings sehr unterschiedlich umgingen.

Rory war weder auf die Feiertage selbst noch auf das ganze Theater drum herum scharf. Willa schon, und zwar sehr. Also gut, sie war siebenundzwanzig Jahre alt und übertrieb es noch immer mit ihrem Weihnachtsfimmel, na und?

„Oh mein Gott." Rory starrte auf die neueste Dekoration an der Kasse. „Sind das etwa Stirnbänder mit Penissen dran?"

„Nein!" Willa lachte. „Das sind Rentiergeweihe für Hunde."

Rory sah sie an.

Willa schnitt eine Grimasse. „Okay, vielleicht habe ich da ein bisschen dick aufgetragen …"

„Ein bisschen?"

„Haha." Willa nahm eines der Rentiergeweihe. Für sie sah das nicht wie ein Penis aus. Andererseits war es schon eine Weile her, dass sie einen persönlich und aus der Nähe gesehen hatte. „Die werden weggehen wie warme Semmeln."

„Oh mein Gott – nicht aufsetzen!", rief Rory mit blankem Entsetzen in der Stimme, als Willa genau das tat.

„Das nennt man Marketing." Willa rollte die Augen nach oben, um das Geweih über ihrem Kopf betrachten zu können. „Verdammter Mist!"

Grinsend deutete Rory auf das Glas, in das jeder, der fluchte, Geld werfen musste. Willa hatte es aufgestellt, um die Flucherei in Grenzen zu halten, überwiegend ihre eigene, um ehrlich zu sein. Von dem Geld kauften sie Muffins und Kaffee. Willa steckte einen Dollar hinein.

„Ich fürchte, die Geweihe sehen tatsächlich ein bisschen wie Penisse aus", gab sie zu. „Oder sagt man Peni? Wie ist der Plural von Penis?"

„Pene?", schlug Rory vor, und sie brachen in lautes Gelächter aus.

Willa beruhigte sich wieder. „Ich brauche jetzt eine Dosis von Tinas Koffein, und zwar dringend."

„Ich gehe schon", sagte Rory. „Ich hab gesehen, wie sie bei Tagesanbruch durch den Hof gelaufen ist. Turnschuhe mit fünfzehn Zentimeter hohen Absätzen, und die Haare bis zum Himmel aufgetürmt. Sie sah aus, als wäre sie zwei Meter fünfzig groß."

Tina war einmal Tim gewesen, und jeder in dem fünfstöckigen historischen Pacific-Heights-Gebäude hatte Tim gemocht – aber Tina, die *liebten* sie. Tina war klasse.

„Was möchtest du?", fragte Rory.

Tinas Kaffeespezialitäten hatten besondere Namen, und Willa wusste ganz genau, was sie für den heutigen Tag brauchte. „Ich nehme einen von ihren *Es-ist-viel-zu-früh-für-Stress.*" Als sie Geld aus der Tasche fischte, fielen ein paar Hundekuchen heraus und rollten über den ganzen Boden.

„Unbegreiflich, dass du keinen Freund findest", sagte Rory trocken.

„Ich könnte", erklärte Willa. „Will aber nicht. Ich suche mir sowieso immer die falschen Männer aus, womit ich ja nicht allein dastehe ..."

Rory stieß einen Seufzer aus. Als Willas Magen laut zu knurren begann, hob sie die Augenbrauen.

„Okay, bring mir auch einen Muffin mit." Tina machte die besten Muffins der Welt. „Halt, zwei. Oder besser noch drei. Nein, warte." Sie hatte ihre Jeans heute Morgen nur mit Mühe zuknöpfen können. „Mist, drei Muffins haben so viele Kalorien, wie ich pro Tag zu mir nehmen darf. Einen", sagte sie fest. „Einen Muffin für mich, und zwar Blaubeere, das zählt dann als meine Tagesration Obst."

„Alles klar", sagte Rory. „Kaffee, Blaubeermuffin und dazu eine Zwangsjacke."

„Haha. Jetzt raus hier, bevor ich meine Bestellung noch mal ändere."

South Bark hatte zwei Türen: Eine führte zur Straße und die andere zum Innenhof mit dem wunderschönen Kopfsteinpflaster und einem historischen Springbrunnen, in den Willa jedes Mal eine Münze warf und sich etwas wünschte. Wahre Liebe nämlich.

Rory nahm die Hintertür.

„Hey“, rief Willa ihr hinterher. „Wenn du Kleingeld zurückbekommst, wirfst du dann bitte für mich eine Münze in den Brunnen?“

„Du hast eine Männerauszeit, wünschst dir aber die wahre Liebe?“

„Ja, bitte.“

Rory schüttelte den Kopf. „Ist ja dein Geld.“ Sie war kein Fan von Wünschen und noch weniger davon, auch nur einen Vierteldollar zu verschwenden, machte sich aber gehorsam auf den Weg.

Als sie gegangen war, verschwand Willas Lächeln. Ihre drei Teilzeitkräfte waren jung und hatten alle etwas gemeinsam.

Sie waren in Heimen und Pflegefamilien aufgewachsen und eines Tages einfach ins Leben hinausgeschickt worden, allein und ohne Hilfe.

Willa, die selbst einmal so ein verlorenes Mädchen gewesen war, hatte sie eingesammelt und ihnen Arbeit und gute Ratschläge gegeben, auf die sie immerhin zur Hälfte hörten.

Fünfzig Prozent waren besser als null Prozent.

Ihr jüngster Zuwachs hieß Lyndie, war neunzehn Jahre alt und noch immer etwas ungehobelt. Dann gab es Cara, die wirklich Schlimmes durchgemacht hatte, und zu guter Letzt Rory. Sie war am längsten bei ihr. Das Mädchen tat nach außen sehr stark, hatte aber noch immer schwer zu kämpfen. Bester Beweis dafür war der Bluterguss auf ihrem Kinn. Ihr Exfreund hatte sie gegen einen Türrahmen gestoßen.

Allein bei der Vorstellung ballte Willa die Fäuste. Nachts träumte sie manchmal davon, was sie am liebsten mit diesem Typen anstellen würde. Ganz oben auf der Liste stand, mit einem stumpfen Messer sein bestes Stück abzuschneiden. Aber sie hatte nun mal eine Abneigung gegen Gefängnisse.

Rory verdiente etwas Besseres. Äußerlich knallhart, hatte sie ein Herz so weich wie ein Marshmallow. Für Willa hätte sie wirklich alles getan. Das war süß, bedeutete aber auch eine riesige Verantwortung. Willa war nun ihr Vorbild.

Was im besten Falle eine erschreckende Vorstellung war.

Willa sah nach Welpe Nummer sechs und stellte fest, dass der kleine Hund auf dem Rücken eingeschlafen war. Mit weit von sich gestreckten Beinen präsentierte er der Welt seinen stolzesten Besitz.

Typisch Mann.

Anschließend schaute sie nach seinen Geschwistern. Ebenfalls eingeschlafen. Mit dem Gefühl, Mutter von Sechslingen zu sein, schlich sie auf Zehenspitzen zurück in den vorderen Teil des Ladens und klappte den Laptop auf, um die Lieferung Tierfutter zu erfassen, die gestern spätabends angekommen war.

Sie hockte gerade zwischen vier verschiedenen 10-Kilo-Säcken Vogelfutter – sie konnte noch immer nicht glauben, wie viele Leute in San Francisco Vögel besaßen –, als jemand an die Glastür klopfte.

Verdammt. Es war erst Viertel nach acht, doch es widerstrebte ihr, einen zahlenden Kunden abzuweisen. Sie richtete sich auf, wischte sich die Hände an der Schürze ab und sah hoch.

Ein Typ mit grimmig zusammengepressten Lippen stand vor der Tür, ein großer, dunkler und wütender Mann. Zudem war er noch etwas, nämlich unglaublich attraktiv und begehrenswert und … Moment mal. Irgendwas an ihm kam ihr bekannt vor. So bekannt, dass ihre Beine wie von allein ein paar Schritte auf ihn zumachten. Als sie auf halbem Weg jedoch begriff, um wen es sich handelte, erstarrte sie, und ihr Herzschlag setzte einen Moment aus.

„Keane Winters“, murmelte sie. Ihre Lippen verzogen sich, als hätte sie den Mund voll Lakritze. Sie hasste Lakritze. Vor ihr stand der einzige Mann auf der Welt, bei dessen Anblick sie sich zugleich gut und schlecht fühlte. Gut, weil er ihren Entschluss, auf Männer zu verzichten, als richtig bestätigte.

Wenn sie ihn nur schon früher durchschaut hätte, beispielsweise damals beim Sadie-Hawkins-Ball im ersten Highschooljahr, als er sie versetzt hatte, dann wäre ihr in den folgenden Jahren viel Herzschmerz erspart geblieben.

Vor der Glastür schob Keane sich die verspiegelte Sonnenbrille ins Haar und enthüllte Augen wie dunkle Schokolade. Sie wusste, dass sie zu schmelzen schienen, wenn er etwas lustig fand oder flirten wollte. Oder an Eis erinnerten, wenn ihm etwas nicht passte.

Jetzt waren sie eisig.

Er fing ihren Blick auf und hielt einen Katzenkorb in die Höhe. Einen über und über mit Strass und Glitzer besetzten hellrosa Katzenkorb.

Er hatte eine Katze.

Ihr Innerstes wollte weich werden, denn das bedeutete doch, dass er zumindest in gewisser Weise ein guter Kerl war, oder?

Gott sei Dank schaltete sich ihr Hirn schnell wieder ein und erinnerte sie an alles, an jedes einzelne Detail dieses Abends vor so vielen Jahren: wie sie sich ein Kleid von einer Klassenkameradin ausleihen musste, die es ihr nur mit ziemlicher Arroganz überließ. Wie sie ihre Pflegemutter anbettelte, sie gehen zu lassen. Wie sie eine Tüte Fertigsuppe aus der Speisekammer klaute und trocken herunterwürgte, damit er sie nicht zum Dinner einladen musste – wie eigentlich beim Sadie-Hawkins-Ball üblich.

„Wir haben noch geschlossen“, sagte sie durch die Glastür.

Kein Wort kam über seine Lippen. Er hob lediglich den Katzenkorb an, als wäre er ein Geschenk Gottes.

Und das war er tatsächlich einmal gewesen. Zumindest in der Highschool.

Hätte sie doch wenigstens schon eine Ladung Kaffee intus. Sie seufzte und trat einen Schritt näher, genervt von ihren eigenen Augen, die die ganze Zeit in seine schauten, während sie die Tür aufschloss und öffnete. Er ist nur ein weiterer Kunde, redete sie sich ein. Einer, der ihr das Leben ruiniert und es nicht mal für nötig befunden hatte, sich dafür zu entschuldigen …

„Guten Morgen“, sagte sie, wild entschlossen, höflich zu bleiben.

Es gab nicht das geringste Anzeichen dafür, dass er sie erkannte, was sie noch unfassbarer fand, als diesen Mann überhaupt vor ihrer Tür stehen zu sehen.

War sie so unscheinbar, dass er sich nicht einmal mehr an sie erinnern konnte?

„Wir öffnen erst um neun“, sagte sie mit ihrer freundlichsten Stimme, auch wenn möglicherweise eine Spur von Du-kannst-mich-mal im Ton mitschwang.

„Um neun muss ich bereits bei der Arbeit sein“, sagte er. „Ich möchte für heute eine Katze abgeben.“

Keane war immer schon groß und einschüchternd gewesen. Ein hervorragender Sportler. Football, Basketball *und* Baseball, überall war er der Beste gewesen. Der perfekte Hattrick, das Rundumpaket.

Jedes Mädchen der Schule – und nicht gerade wenige Lehrerinnen – hatten unanständig viel Zeit damit verbracht, dieses Rundumpaket anzustarren.

Doch genauso wie Willa den Männern entsagt hatte, hatte

sie vor noch längerer Zeit aufgehört, an diese Geschichten aus den schlimmsten Jahren ihres Lebens zu denken. Während Keane Rekorde und Herzen gebrochen hatte, war sie unter der Belastung, Schule und Arbeit unter einen Hut zu bringen und irgendwie zu überleben, fast zusammengebrochen.

Natürlich konnte er nichts dafür, dass ihre Erinnerungen an diese Zeit so schrecklich waren. Genauso wenig war es sein Fehler, dass allein sein Anblick sie nun wieder aufleben ließ. Aber Gefühle folgten eben keiner Logik. „Es tut mir leid", sagte sie. „Aber ich bin heute ausgebucht."

„Ich zahle das Doppelte."

Seine Stimme klang herb wie feiner Whiskey. Nicht dass sie überhaupt je feinen Whiskey trank. Selbst den billigen Fusel gönnte sie sich nur in Ausnahmefällen. Und vielleicht bildete sie es sich ja ein, doch es war kaum zu übersehen, dass er einerseits derselbe war, sich andererseits aber verändert hatte. Er war immer noch groß und verdammt sexy gebaut, verflucht. Breite Schultern, schmale Hüften, und da er den Korb weiterhin hochhielt, war auch sein Bizeps deutlich zu erkennen.

Er trug zerrissene Jeans und abgewetzte Stiefel. Das einzige Zugeständnis an den kalifornischen Winter war ein dünnes Sweatshirt, das all seine Muskeln betonte. Auf der Brust waren die Worte BEISS MICH in Großbuchstaben aufgedruckt und luden einen genau dazu ein.

Sie brauchte sich nichts vorzumachen, dieser Einladung wäre sie gern gefolgt. Sehr gern.

Er strahlte rohe, sexuelle Kraft und Energie aus – nicht dass ihr das aufgefallen wäre. Sie achtete auch nicht auf seinen Gesichtsausdruck, der darauf hindeutete, dass er schon jetzt einen ziemlich miesen Tag hinter sich hatte.

Willkommen im Club.

In Gedanken schlug sie sich an die Stirn. Nein! Hier würde überhaupt niemand einem Club beitreten. Sie hatte Grenzen gesetzt. Sie war die Schweiz. Neutral. Kein Import und kein Export, erotisch glühende Blicke und heiße Körperteile eingeschlossen, nichts.

Schluss, aus.

Ganz besonders nicht mit Keane Winters, besten Dank. Und außerdem führte sie kein Katzenhotel. Okay, manchmal nahm sie für gute Kunden ein Tier in Pflege, ein Service, den sie „Fellnasen-Babysitting“ nannte. Um offiziell Tiere zu betreuen, fehlte ihr der Platz. Wenn sie dennoch einmal einsprang, musste sie die Tiere über Nacht mit zu sich nach Hause nehmen und war deswegen überaus wählerisch.

Ein gut aussehender Mann, der einmal ein schrecklich fieser Junge gewesen war, der wiederum ein entsetzlich schüchternes Mädchen versetzt hatte, nachdem dieses seinen ganzen Mut zusammengenommen hatte, um ihn zum Ball einzuladen, passte *nicht* in diese Kategorie. „Ich nehme keine …“, begann sie und wurde von einem unheilvollen Schrei aus dem rosa Katzenkorb unterbrochen.

Automatisch streckte sie die Hand danach aus, woraufhin Keane den Griff sofort erleichtert losließ.

Willa drehte ihm den Rücken zu, um den Korb zum Ladentisch zu tragen, spürte aber ganz genau, wie Keane ihr – mit für so einen großen Mann ungewöhnlicher Geschmeidigkeit – durch den Laden folgte.

Die Katze schrie jetzt ununterbrochen. Und da sie wegen des unglückseligen Geschreis fürchten musste, dass das Tier dem Tod nahe war, öffnete sie hastig den Korb.

Der ohrenbetäubende Lärm erstarb umgehend, und eine riesengroße siamesische Katze mit lebhaften blauen Augen blinzelte sie an. Sie hatte helles cremefarbenes Fell. Die dunklere Färbung im Gesicht wirkte wie eine Maske, die zu ihren schwarzen Ohren und Pfoten passte.

„Na, wenn du mal keine Schönheit bist“, sagte Willa sanft und schob die Hand in den Korb.

Die Katze ließ sich widerstandslos hochheben und drückte den Kopf an Willas Hals.

„Ah“, sagte Willa leise. „Ist ja gut, ich habe dich. Du hasst diesen Korb, nicht wahr?“

„Was, zum Teufel …“ Keane stemmte die Hände in die Hüften und starrte die Katze an. „Willst du mich verarschen?“

„Wie bitte?“

Er schaute finster. „Meine Großtante ist krank und braucht Hilfe. Sie hat gestern Abend die Katze bei mir abgesetzt.“

Ach, verdammt. Es war ziemlich nett von ihm, sich um die Katze seiner kranken Tante zu kümmern.

„Kaum war Sally weg“, fuhr Keane fort, „ist dieses Tier durchgedreht.“

Willa blickte auf die Katze, die zurückschaute, ruhig, heiter, geradezu engelsgleich. „Was hat sie getan?“

Keane schnaubte. „Die Frage ist wohl eher, was sie *nicht* getan hat. Sie hat sich unter meinem Bett versteckt und die Matratze aufgerissen. Dann ist sie auf Regale und Tische gesprungen und hat alles auf den Boden geworfen. Meinen Laptop, mein Tablet und mein Handy hat sie mit einem einzigen Wisch zerstört. Und dann hat sie …“ Er brach ab und begann, mit den Backenzähnen zu mahlen.

„Was?“

„Einen Haufen in meine Lieblingsjoggingschuhe gesetzt.“

Willa musste sich schwer zusammenreißen, um nicht laut loszulachen und „gut gemacht“ zu rufen. „Vielleicht ist sie einfach nur verstört, weil sie nicht in ihrem Revier ist und Ihre Tante vermisst. Katzen sind Gewohnheitstiere. Sie mögen keine Veränderungen." Sie sprach mit Keane, ohne den Blick von der Katze zu wenden. Sie wollte nicht in seine dunklen, hypnotisierenden Augen sehen, die sie nicht erkannt hatten. Und weil sie sonst vielleicht eines der Hundekrönchen vom Regal genommen und es Keane übergezogen hätte.

„Wie heißt sie?", fragte sie.

„Petunia, aber ich nenne sie Pita. Die Kurzform für *pain in the ass.*"

Willa streichelte der Katze über den Rücken, und Petunia presste sich bettelnd gegen ihre Handfläche. Sie schloss genüsslich die Augen und ein leises, rasselndes Schnurren erfüllte den Raum.

Keane seufzte laut, als Willa sie weiterstreichelte. „Unglaublich", sagte er. „Sie tragen Katzenminze als Parfüm, richtig?"

Willa hob eine Augenbraue. „Sie glauben, das wäre der einzige Grund, warum sie mich mag?"

„Ja."

Also gut: Willa öffnete den Mund, um dieses Spielchen zu beenden und ihm zu sagen, dass sie ihm nicht weiterhelfen konnte. Doch dann sah sie wieder in Petunias meerwasserblaue Augen und spürte, wie ihr Herz weich wurde. *Mist.* „Schön", hörte sie sich sagen. „Wenn Sie belegen können, dass sie gegen Tollwut, Katzenseuche und Katzenschnupfen geimpft ist, kann ich sie heute hierbehalten."

„Danke!", sagte er mit solch aufrichtiger Erleichterung, dass sie ihn nun doch ansah.

Ein Fehler.

Seine dunklen Augen waren warm geworden und erinnerten an geschmolzene dunkle Schokolade. „Eine Frage."

„Welche?“, fragte sie vorsichtig.

„Tragen Sie immer nicht jugendfreie Stirnbänder?“

Sie fasste sich hastig an den Kopf. Diesen Penis-Haarreif hatte sie vollkommen vergessen. „Sprechen Sie von meinem Rentiergeweih?“

„Rentiergeweih“, wiederholte er.

„Sehr richtig.“

„Wenn Sie meinen.“ Er lächelte jetzt, und natürlich hatte dieser Schweinehund ein verflucht schönes Lächeln. Unglaublicherweise blieb das von ihren besten Körperteilen nicht unbemerkt. Ihr Körper hatte offensichtlich immer noch nicht kapiert, dass sie der Männerwelt abgeschworen hatte. Vor allem *diesem* Mann.

„Ich heiße übrigens Keane“, sagte er. „Keane Winters.“

Er wartete, dass sie ihren Namen nannte, doch das war ja das Dilemma. Wenn sie verriet, wer sie war, und er sich plötzlich erinnerte, würde er auch sofort wissen, wie bedauernswert sie damals gewesen war. Und wenn er sich *nicht* erinnerte, dann war sie sogar noch unscheinbarer gewesen als befürchtet, und dann müsste sie ihm doch noch den Penis-Haarreif an den Kopf werfen.

„Und Sie sind …“ Seine Stimme klang amüsiert.

Nun, zur Hölle. Jetzt oder nie: „Willa Davis.“ Sie hielt die Luft an.

Sein Gesichtsausdruck veränderte sich nicht im Geringsten. Sehr unscheinbar also. Sie presste ihre Zähne fest zusammen.

„Ich bin Ihnen wirklich dankbar für Ihre Hilfe, Willa“, sagte er.

Mit Gewalt musste sie die Zähne wieder voneinander lösen. „Ich tue das nicht für Sie, sondern für Petunia“, sagte sie, um diese Tatsache vollkommen klarzustellen. „Und Sie müssen sie abholen, bevor ich heute Abend schließe."

„Abgemacht."

„Ich habe noch ein paar Fragen. Ich brauche eine Telefonnummer für den Notfall, außerdem Ihren Ausweis und ..." Grundgütiger, wahrscheinlich kam sie für die nächste Frage in die Hölle, aber sie konnte einfach nicht anders, sie wollte irgendwie seine Erinnerungen anstoßen. „... auf welche Highschool Sie gegangen sind."

Er hob eine Augenbraue. „Auf welche Highschool?"

„Ja, man weiß nie, welche Information letztendlich wichtig ist."

Er schien belustigt. „Solange ich keinen Haarreif mit Schwänzen aufsetzen muss, können Sie von mir jede Info bekommen, die Sie brauchen."

Fünf ungeheuer lange Minuten später hatte er den Antrag ausgefüllt und ihr nach einem kurzen Anruf bei seiner Tante alle nötigen Informationen gegeben – und all das half seinem Erinnerungsvermögen nicht auf die Sprünge. Dann, mit einem letzten amüsierten Blick auf ihr Rentier- oder Penisgeweih, verließ er den Laden.

Willa sah ihm noch nach, als Rory zurückkam. Sie nippte an ihrem Kaffee und reichte Willa den anderen Becher.

„Schauen wir uns seinen Hintern an?", wollte Rory wissen.

Ja, und zu Willas größtem Verdruss handelte es sich um den schönsten Hintern, den sie je gesehen hatte. Das war so was von unfair. Er hätte über die Jahre wenigstens etwas Fett ansetzen können. „Überhaupt nicht."

„Tja, dann verpassen wir was. Weil ... *wow*!"

Willa sah sie an. „Er ist zu alt für dich."

„Er ist dreißig. Was ist?", fragte sie, als Willa eine Augenbraue hob. „Die Kopie seines Führerscheins liegt direkt vor dir auf der Theke. Ich habe einfach nachgerechnet, das ist doch kein Verbrechen. Und du hast außerdem recht, er ist alt. Richtig *alt.*"

„Dir ist schon klar, dass ich nur ein paar Jahre jünger bin."

„Du bist auch alt", sagte Rory und stupste Willa mit der Schulter an.

Was bei ihr einer langen, innigen Umarmung gleichkam.

„Und damit das klar ist", fuhr das Mädchen fort. „Ich habe seinen Hintern für *dich* angeschaut."

„Ha", sagte Willa. „Der Teufel höchstpersönlich würde es nicht schaffen, mich zu einer Verabredung mit ihm zu schleifen. Auch wenn der Typ scharf wie Chili ist. Ich habe den Männern abgeschworen, schon vergessen? So eine Frau bin ich nämlich inzwischen, eine Frau, die keinen Mann braucht."

„Was du bist, ist eine dickköpfige, verbissene Frau, die jede Menge Liebe zu geben, aber viel zu viel Angst hat. Aber, hey, wenn du zulassen willst, dass deine früheren schlechten Entscheidungen dein heutiges Leben bestimmen, und wenn du wie eine Nonne leben willst, dann mach nur so weiter."

„Danke, Mann", sagte Willa trocken.

„Gern geschehen. Aber ich nehme mir das Recht heraus, deine Intelligenz anzuzweifeln. Wie man hört, verringert sich mit dem Alter der Intelligenzquotient." Sie lächelte süß. „Vielleicht solltest du diese Vitamine für 50+, oder wie die heißen, nehmen. Soll ich dir welche besorgen?"

Willa warf den Penis-Haarreif nach ihr, aber Rory, jung wie sie war, konnte rechtzeitig ausweichen.

2. Kapitel

#OpenMouthInsertFoot

Zwei Tage später klingelte Willas Wecker in aller Herrgottsfrühe. Einen Moment blieb sie liegen, ließ sich treiben, träumte … dachte nach. Als Keane Petunia wieder abgeholt hatte, war sie mit einem Kunden beschäftigt gewesen und hatte sich nicht um ihn kümmern können.

Aus den Augen gelassen hatte sie ihn jedoch auch nicht.

Und das nervte sie. Wieso genoss sie es nur so, ihn anzusehen? Vielleicht weil er so wahnsinnig männlich und stark wirkte, als wäre er direkt dem Titelbild des Magazins *Alpha Male* entstiegen, falls es das tatsächlich gab.

Dabei hatte es sie überhaupt nicht zu interessieren, wie er aussah oder wie sexy seine tiefe Stimme war oder dass er sich um die Katze seiner Tante kümmerte, obwohl er besagte Katze nicht mochte.

Schließlich – hallo – hatte er sie beim Highschoolball versetzt.

„Oje“, sagte sie in ihr Schlafzimmer hinein, drehte sich um und drückte sich das Kissen aufs Gesicht.

Sie hatte sowieso keine Zeit für einen Mann. Egal für welchen. Sie hatte ihre Arbeit, und zwar genug davon. Weil sie früher keinen Cent besessen hatte, war es ihr heute enorm wichtig, genügend Geld auf dem Konto zu haben.

Sie war stolz darauf, wie weit sie es gebracht hatte. Stolz, dass sie anderen Jugendlichen helfen konnte, die in derselben Situation waren wie sie einmal.

Als der Wecker erneut klingelte, wurde sie allmählich munter und ließ sich, wenn auch stöhnend, aus dem Bett rollen und sah mit trüben Augen auf die Uhr.

Vier Uhr.

Grundsätzlich hasste sie es, um vier Uhr aufzustehen, doch sie musste zum Blumenmarkt und zudem noch einiges für die Veranstaltung am Abend besorgen. Ganz zu schweigen von dem bevorstehenden jährlichen Santa-Extravaganza-Tier-Fotoshooting, bei dem Kunden ihre Haustiere zusammen mit dem Weihnachtsmann fotografieren lassen konnten. Das war immer ein riesiger Erfolg. Die Hälfte des Gewinns ging an die Tierheimorganisation von San Francisco.

Rory war schlecht gelaunt, Willa musste sie praktisch hinter sich herschleifen, als sie für die Veranstaltung am Abend und den Fotostand einkaufte und zusätzlich noch Weihnachtsdekoration einpackte.

„Wofür ist der ganze Kram?“, fragte Rory.

„Für mehr Weihnachtsstimmung.“

Rory schüttelte den Kopf. „Du hast ein ernsthaftes Problem.“

„Erzähl mir mal was Neues.“

Um halb sieben kamen sie in den Laden zurück. Willa setzte sich mit einem Skizzenblock bewaffnet im Schneidersitz auf die Ladentheke, um die Abendveranstaltung vorzubereiten – eine Hochzeit, für die sie gleichzeitig als Hochzeitsplanerin, Designerin und Zeremonienmeisterin fungierte.

Für zwei riesengroße Königspudel.

Punkt sieben Uhr kreuzten ihre Freundinnen Pru, Elle und Haley mit dem Frühstück auf. Sie machten das mehrmals pro

Woche, schließlich wohnten und arbeiteten sie alle im selben Gebäude. Momentan waren sie dabei, Tinas Muffins aufzufuttern, bevor sie sich auf den Weg zur Arbeit machten. Haley war Praktikantin bei dem Optiker ein Stockwerk höher. Sie trug zwar noch nicht ihren Laborkittel, dafür aber eine niedliche knallrote Brille auf der Nase. Pru hatte ihre Kapitänsuniform an, um später eine Bootstour vom Pier 39 aus zu leiten. Elle war die Managerin des Gebäudes und sah in ihrem kobaltblauen Kostüm und den schwarzweißen hochhackigen Pumps auch so aus.

Willa war ebenfalls passend für ihren Job gekleidet. Sie trug Jeans und ein enges Top, obwohl Winter war. Der Laden war stets gut geheizt, schließlich mochten es die Tiere gern warm, und wenn sie selbst sie badete und schor, waren die nackten Arme einfach praktischer.

Sie diskutierten über Männer und deren Vor- und Nachteile. Pru hatte einen Mann. Sie war mit Finn verlobt, dem der Irish Pub auf der anderen Seite des Innenhofs gehörte. Er war ein wirklich netter Kerl und zudem einer von Willas besten Freunden. Überflüssig zu erwähnen, dass Pru ganz klar *pro* Männer war. „Es ist doch so", begann sie ihre Verteidigungsrede. „Nehmen wir an, euch wurde vom Arzt ein Orgasmus verschrieben, okay? Wenn dein Mann dich liebt, dann wird er dich mit dem Mund verwöhnen und dafür keine Gegenleistung erwarten, weil er weiß, dass du dasselbe für ihn tun würdest. Liebe ist geduldig, Liebe ist zärtlich." Sie lächelte. „Liebe bedeutet Oralsex ohne den Druck, ihn sofort erwidern zu müssen."

„Liebe bedeutet, immer frische Batterien für deinen Vibrator zu haben", verkündete Elle, und die anderen nickten lachend. Ihnen allen fielen eine Menge Nachteile in Bezug auf Männer ein. Nun, von Haley abgesehen, die auf Frauen stand –

wenn sie zufällig mal Lust hatte, mit jemandem zusammen zu sein.

Willa gefiel allerdings die Vorstellung, einen Orgasmus per Rezept verordnet zu bekommen.

„Ja, aber wie steht es mit Spinnen?“, fragte Pru. „Ein Mann fängt immerhin die Spinnen im Haus.“

Schweigen herrschte, weil alle über diesen unerwarteten Vorteil einer Beziehung nachdachten.

„Ich habe gelernt, wie man sie fängt und unverletzt wieder in der freien Natur aussetzt“, meinte Haley schließlich. „Von Leeza.“

Leeza, Haleys Exfreundin, war eine ernsthafte Umweltaktivistin gewesen. Und eine notorische Fremdgängerin, wie sich herausgestellt hatte.

„Ich brauche dafür nur den Schlauch meines Staubsaugers“, sagte Elle süffisant. „Dann gibt es am nächsten Morgen auch kein peinliches Gespräch.“

„Jetzt geht es um Willa, also fangen wir gar nicht erst von dir an“, meinte Pru. „Wenn du mit Archer im gleichen Raum bist, fackelt ihr beide ihn praktisch ab, so wie es zwischen euch knistert. Erinnert mich daran, dass ich auf dieses Thema noch zurückkomme.“

Elle zuckte mit den Schultern. „Hast du schon mal davon gehört, dass Gegensätze sich anziehen? Nun, Archer und ich, wir sind das klassische Beispiel dafür, dass Gegensätze sich *abstoßen*. Weil wir uns nicht mögen.“

Die anderen brachen in Lachen aus, hörten aber sofort auf, als Elle ihnen eisige Blicke zuwarf.

Jeder wusste, dass Elle in Archer verknallt war – außer Elle selbst, wie es schien.

Und Archer …

Willa war jedenfalls froh, nicht länger im Mittelpunkt zu stehen, wobei sie gern mehr über das faszinierende Thema „der Morgen danach“ erfahren hätte. Denn dieser Morgen lief bei ihr grundsätzlich seltsam ab. Von ihrem schlechten Männergeschmack abgesehen, verschärfte sie die Situation meistens noch dadurch, dass sie zu lange blieb, anstatt schnell abzuhauen. Vielleicht war das überhaupt jedes Mal ihr Fehler gewesen. Und vielleicht würde sie es beim nächsten Mal, falls sie dumm genug war, irgendwann wieder mal einem Mann eine Chance zu geben, einfach bei einer Nacht bewenden lassen. Und sich danach wie ein geölter Blitz davonmachen.

„Sagt mir die Wahrheit“, meinte Pru. „Wenn ich von Finn und mir schwärme, wie sehr nerve ich euch auf einer Skala von eins bis zehn? Zehn wäre die Freundin, die gerade ein Kind bekommen hat und einem stundenlang Fotos von ihm zeigt.“

Willa fing Elles und Haleys amüsierte Blicke auf, und sie alle murmelten so etwas wie: „Also so schlimm nicht.“

Pru seufzte. „Mist. Ich bin also die frischgebackene Mutter mit den Babyfotos.“

„Selbsterkenntnis ist der erste Schritt zur Besserung“, sagte Elle, und da sie eine Meisterin darin war, Gespräche zu manipulieren, sah sie Willa an. „Erzähl uns mehr von diesem Typen mit der Katze.“

„Ich kann euch verraten, dass er ein scharfer Typ ist“, sagte Rory, die mit einer Kiste Hamsterfutter hereinkam. „Also *richtig* scharf. Und dass Willa ihn aus ihrer Schulzeit kennt. Er hat sie bei irgendeinem Ball versetzt, aber er erinnert sich nicht daran und auch nicht an sie.“

„Also, wie unhöflich.“ Haley war sofort auf ihrer Seite, was Willa wirklich zu schätzen wusste.

„Ich glaube nicht, dass er unhöflich war“, meinte Rory.

„Willa hatte gerade Hundebabys gebadet und sah furchtbar aus, ganz ehrlich, voll mit Seifenschaum und Hundesabber. Selbst ihr hättet sie nicht erkannt."

„Ich habe wie immer ausgesehen", verteidigte Willa sich. „Und diese Geschichte aus der Highschool habe ich dir im Vertrauen erzählt."

„Ups, tut mir leid." Rory wirkte kein bisschen zerknirscht. „Ich bin dann mal hinten, Thor baden."

Thor war Prus Hund, der sich am liebsten in Sachen wälzte, in denen er sich nicht wälzen sollte, je ekeliger, desto besser. Pru blies Rory dankbar ein Handküsschen zu und wandte sich an Willa. „Also, zurück zu dem höllisch scharfen Typen. Mehr Details bitte."

Willa seufzte. „Was soll ich sagen? Wir sind zusammen zur Schule gegangen, und er hat mich damals schon immer übersehen. Ich hätte es also besser wissen müssen."

„Wie gut hast du ihn gekannt?" Elle sah sie scharf an. Sie war die logisch Denkende in dieser Runde und konnte mit Leichtigkeit jedes Chaos entwirren.

„Offensichtlich nicht besonders gut." Willa beugte sich über ihren Skizzenblock.

„Hmm", machte Elle.

„Ich habe keine Zeit, dein *hmm* zu entschlüsseln", sagte Willa.

„Weißt du noch, als Archer und Spence gedroht haben, deinen Ex zu kastrieren?"

Spence und Archer waren die anderen Mitglieder ihrer fest verschworenen Clique. Spence war IT-Genie, Archer ehemaliger Polizist. Beide zusammen verfügten über einige sehr spezielle Fähigkeiten. Und ja, sie waren da gewesen, als Willa sie gebraucht hatte. „Das war etwas anderes", sagte sie. „Ethan war ein Arschloch, daran besteht kein Zweifel. Keane hingegen wird niemals mein Ex sein, Arschloch hin oder her, weil zwischen uns nie was laufen wird. Wenn wir dann bitte aufhören könnten, mein Leben zu analysieren. Ich habe noch jede Menge für die Hochzeit heute Abend vorzubereiten."

Sie hatte bis spät in die Nacht gearbeitet und Smokings genäht, die die Pudel auf Wunsch der Kunden tragen sollten. Ja, Smokings. Auch wenn sie sich gern darüber lustig machte, dass sie mit Krönchen und Hochzeiten und Spielzeug mehr Geld verdiente als mit der eigentlichen Arbeit als Hundefriseurin, so nahm sie die Wünsche ihrer Kunden trotzdem ernst.

Und, hey, falls sie eines Tages selbst Haustiere besitzen und mehr Geld verdienen sollte, als sie ausgeben konnte, dann würde sie sich für ihre Hunde vielleicht auch eine Hochzeit wünschen. Obwohl sie das ernsthaft bezweifelte. In ihrer Welt war Liebe schon immer flüchtig und vergänglich gewesen – also das genaue Gegenteil dessen, wofür eine pompöse Hochzeit stand.

Weil sie aber durchaus bereit war zu glauben, dass ewige Liebe zumindest für andere existierte, zog sie sich den Königspudel-Pseudosmoking über den Kopf und sah in den Spiegel. „Was denken wir?"

„Sehr niedlich", sagte Pru. „Jetzt hüpf auf und ab, und mach das, was ein Hund eben so macht, um zu testen, ob der Smoking auch hält."

Willa sprang also auf und ab wie bei einer Hundeshow. Die Arme ausgestreckt und die Handgelenke abgeknickt, hoppelte sie herum, um die Elastizität des Smokings zu testen. Sie alle lachten noch, als es an der Tür klopfte.

Wieder einmal war es zehn vor neun. Mit dem Gefühl, ein Déjà-vu zu haben, hielt sie mitten in ihrem nächsten Tanzschritt inne. Die Gesichter ihrer Freundinnen bestätigten, was sie wissen musste. Trotzdem hoffte sie sich zu irren, als sie sich langsam zur Tür umdrehte.

Nein.

Kein Irrtum.

Keane Winters stand vor der Tür und beobachtete sie.

„Perfekt“, sagte sie, jeglicher Würde beraubt. „Was hat er gesehen?“

„Alles“, antwortete Elle.

„Du solltest die Tür aufmachen“, meinte Pru. „Er ist tatsächlich so scharf, wie Rory gesagt hat. Aber er sieht auch so aus, als ob er es ziemlich eilig hätte.“

„Ich mache die Tür nicht auf“, zischte Willa und riss den Smoking herunter. „Nicht bevor ihr gegangen seid. Los, zur Hintertür raus, und zwar schnell!“

Niemand machte schnell. Niemand rührte auch nur einen Muskel, um genau zu sein.

Keane klopfte ein zweites Mal, und als Willa sich wieder zu ihm umdrehte, hob er die Augenbrauen, ein Bild von einem ungeduldigen Mann.

„Also ehrlich“, sagte Pru. „Lernen Männer diesen Blick schon bei der Geburt?“

„Ja, allerdings“, meinte Elle nachdenklich. „Willa, Schätzchen, wag es ja nicht, schnell zur Tür zu gehen. Du lässt dir schön viel Zeit. Wisch dir diesen panischen Ausdruck aus dem Gesicht, und versuch es mit einem Lächeln. Zeig ihm nicht, dass er dich so aufwühlt.“

„Seht ihr“, sagte Willa zu Haley und Pru. „Wenigstens lässt sich eine von euch nicht von dunklen Augen und einem wahnsinnigen Lächeln beeindrucken. Geschweige denn von Oh-mein-Gott-so-was-von-heißen-Jeans.“

„So was habe ich wirklich nicht gesagt“, meine Elle. „Und ich bin weniger beeindruckt als höllisch neugierig. Mach diese Tür auf, Willa. Damit wir sehen, was für ein Typ er ist.“

„Er hat gesehen, wie ich einen Pudeltanz veranstaltet habe.“

„Genau! Und er ist noch da. Er muss also ziemlich hart im Nehmen sein.“

Seufzend steuerte Willa auf die Tür zu.

Wieder trug Keane den rosa Katzenkorb in der Hand, was eigentlich albern hätte aussehen müssen. Aber es ließ ihn sogar noch männlicher wirken. Er sah ihr ernst entgegen, doch als sie näher kam, wurde sein Blick freundlich und warm, was ihr Innerstes zum Schmelzen brachte. Sie blieb mit den Händen in den Hüften vor der Glastür stehen und hoffte, verärgert zu wirken.

Sein Blick wanderte von ihrem Gesicht über ihren Körper, was einen weiteren unerwünschten Hitzeschauer nach sich zog. Verflucht. Jetzt war sie verärgert *und* erregt – keine gute Kombination.

Er grinste, als er den Spruch auf ihrer Schürze las: LIEBER WEIHNACHTSMANN, ICH KANN ES ERKLÄREN.

Sie atmete tief durch und öffnete die Tür. „Sie bringen Petunia wieder vorbei. Hoffentlich bedeutet das nicht, dass Ihre Großtante Sally noch immer krank ist.“

Er schien überrascht, dass sie sich an den Namen erinnern konnte. „Ich weiß nicht“, sagte er etwas verdrossen. „Sie hat mir nur eine Nachricht hinterlassen, dass ich mich bis zum Ende der Woche um die Katze kümmern soll. Aber Pita hat in den letzten beiden Tagen munter auf meinen Baustellen randaliert. Ich appelliere an Ihre Barmherzigkeit. Können Sie mir helfen?“

Wow. Er musste wirklich verzweifelt sein – er hatte tatsächlich eine Bitte formuliert und keine Forderung. Und weil Petunia ein echtes Goldstück war, würde sie ihm natürlich helfen.

Keane richtete seine Aufmerksamkeit auf etwas über Willas Kopf. Sie folgte seinem Blick und entdeckte einen Mistelzweig, der an dem Wandregal mit den kleinen tragbaren Hundeschwimmbecken hing. *Mistelzweig? Wie, zum Teufel …?* Sie blickte hinter sich und sah, wie Rory und Cara hin und her liefen und *sehr* beschäftigt wirkten. „Seit wann hängt da ein Mistelzweig?", fragte sie. „Und warum?"

„FOMO", verkündete Cara.

„Fear of missing out", erläuterte Rory. „Die Angst, etwas zu verpassen. Sie hofft, dass irgendwann ein scharfer Typ vorbeikommt und der Mistelzweig ihr einen guten Vorwand liefert."

Willa kniff die Augen zusammen, und ihre beiden schon bald gefeuerten Angestellten verkrümelten sich.

„Interessant." Keane wirkte amüsiert.

„Ich werde Sie nicht küssen."

Seine Mundwinkel wanderten nach oben. „Wenn Sie Pita für heute übernehmen, dann küsse *ich Sie*."

„Nicht nötig." Zum Glück konnte niemand sehen, wie ihr Herz einen Steppschritt machte. „Ich übernehme Petunia für heute. Ein Kuss ist weder vonnöten noch erwünscht."

Lügnerin, Lügnerin …

Keane kam herein. Und weil sie nicht schnell genug nach hinten auswich, berührten sie sich beinahe. Sein Haar war noch etwas feucht, wie sie feststellte, vielleicht hatte er gerade erst geduscht. Er roch nach sexy Männerseife, also schlicht unglaublich. Er trug ausgewaschene Jeans mit einem Riss in einem Bein und ein langärmliges T-Shirt mit den Worten *SF Builders* über den Brustmuskeln. Also stimmte ihre Vermutung, dass er in der Baubranche tätig war.

Außerdem war er mit Katzenhaaren übersät.

Direkt hinter Keane tauchte eine ihrer Stammkundinnen auf. Janie Sharp war Mitte dreißig, hatte fünf Kinder unter zehn Jahren, arbeitete als Lehrerin und war immerzu in Eile, verspätet, erschöpft und verzweifelt.

Heute rannten ihre drei Jüngsten in vollem Tempo und kreischend um sie herum. Janie hielt ein Goldfischglas in der Hand und tat ihr Bestes, das Wasser nicht zu verschütten. „Ich weiß!“, schrie sie Willa an. „Ich bin zu früh. Aber wenn Sie mir heute nicht helfen, muss ich mich wohl umbringen.“

Das sagte Janie regelmäßig. „Solange Sie Ihre Kinder nicht hierlassen“, entgegnete Willa. Ebenfalls ein oft wiederholter kleiner Scherz. Als Keane ein merkwürdiges Geräusch machte, sah sie zu ihm. „Das mit dem Umbringen ist nur ein Witz“, erläuterte sie. „Aber was die Kinder betrifft, das meine ich ernst.“

Janie nickte. „Sie sind Ausgeburten des Teufels.“

„Namen?“, fragte Keane.

Janie blinzelte ihn an, als würde sie ihn jetzt erst richtig wahrnehmen. Ihre Augen wurden glasig, womöglich sabberte sie auch ganz leicht. „Dustin, Tanner und Lizzie“, sagte sie schwach.

Keane schnippte mit den Fingern, und die Kinder hörten auf, Janie zu umkreisen. Sie hörten auch auf, Lärm zu machen. Sie hörten auf zu atmen.

Keane deutete auf das erste Kind. „Dustin oder Tanner?“

„Tanner“, sagte der kleine Junge und steckte den Daumen in den Mund.

Keane sah zu den beiden anderen, die gleichzeitig zu sprechen begannen. Er hob einen Finger und deutete auf das kleine Mädchen.

„Ich bin ein Engel …“, hauchte sie atemlos. „… sagt mein Daddy.“

„Wusstest du, dass Engel auf die Menschen aufpassen, die ihnen wichtig sind?“, fragte Keane. „Sie sind der Boss.“

Das kleine Mädchen sah auf einmal ziemlich selbstzufrieden drein. „Also bin ich der Boss von Tan und Dust?“

„Du *passt* auf sie *auf*.“ Jetzt sah er zu den Jungen. „Und im Gegenzug passt ihr auf eure Schwester auf. Damit ihr nie etwas passiert. Versteht ihr?“

Die Jungen nickten eifrig.

Janie starrte schockiert auf ihre drei zahmen, respektvollen Kinder: „Das ist ein verfrühtes Weihnachtswunder“, flüsterte sie ehrfurchtsvoll und sah Keane an. „Arbeiten Sie als Babysitter?“

Keane lächelte nur, und einen Moment lang erstarrten alle im Raum. Er hatte ein unglaubliches Lächeln. Eines, das einen an lange, leidenschaftliche, heiße, betäubende Küsse denken ließ.

Und mehr.

So viel mehr. „Nein“, antwortete Willa und nahm Janie das Goldfischglas ab. „Man überlässt seine Kinder keinem vollkommen Fremden.“

„Zumindest mit *vollkommen* liegen Sie richtig“, murmelte Janie, dann schüttelte sie sich leicht. „Okay, wir fahren für eine Nacht nach Napa. Kann ich Fric und Frac hierlassen?“

„Ja, und Sie wissen, dass ich mich sehr gut um sie kümmern werde.“ Willa nahm Janie in den Arm. „Ruhen Sie sich etwas aus.“

Als Janie gegangen war, sah Keane sie mit erhobenen Brauen an. „Fisch? Sie lassen auch Fische hier übernachten?“

„Ich passe auf sie auf“, korrigierte sie ihn. „Verurteilen Sie mich deswegen etwa?“

Er schüttelte den Kopf. „Ich habe Ihnen gerade eine Katze aus der Hölle vorbeigebracht, ich kann mir kein Urteil erlauben."

Sie stieß ein raues Lachen aus, woraufhin er den Blick auf ihren Mund heftete, was ihr wiederum einen Schauer durch den Körper jagte.

„Danke", sagte er. „Dass Sie Pita heute nehmen, bedeutet mir viel."

Hinter der Theke erklang ein dunkles „Ah" und dann ein „Psst!". Willa warf ihren Freundinnen einen mahnenden Blick zu.

Keane drehte sich zu ihnen, doch sofort beugten sich Elle, Pru und Haley über ihre Handys.

Rory kam mit einer weiteren Kiste Tierfutter zurück und bemerkte offenbar, wie nahe Willa und Keane beieinanderstanden. „Hübsch", sagte sie. „Ich bin froh, dass du endlich vernünftig geworden bist und deine Männerdiät beendest."

Willa kniff die Augen zusammen.

„Ja, richtig." Rory schlug sich an die Stirn. „Behalte das für dich, Rory. Hätte ich fast vergessen."

Keane warf Willa einen vergnügten Blick zu. „Männerdiät?"

„Unwichtig." Sie stellte das Goldfischglas auf die Theke und streckte die Hand nach Petunia aus. „Sie kennen ja die Bedingungen."

„Sie meinen, dass ich doppelt so viel bezahle, weil ich so ein Idiot bin, und Sie so tun, als ob Sie mich nicht leiden könnten?" Er warf ihr ein Killerlächeln zu. „Ja, die Bedingungen kenne ich."

„Ich meine, dass Sie die Katze vor Geschäftsschluss abholen müssen." Sie seufzte. „Und ich werde Ihnen nicht doppelt so viel berechnen."

Aus seinem Lächeln wurde ein Grinsen. „Na also! Sie *mögen* mich.“

Und dann war er weg.

Willa wandte sich zu ihren Freundinnen und Mitarbeiterinnen um, die ihm allesamt hinterhersahen.

„Das ist wirklich mal ein toller Hintern“, sagte Pru.

„Finde ich auch“, meinte Haley. „Und ich mag Männer nicht mal.“

Willa zuckte mit den Schultern. „Ist mir nicht aufgefallen. Und ich mag *ihn* nicht.“

Alle brachen in Lachen aus.

„Wir würden das ja richtigstellen“, sagte Elle noch immer lächelnd, „aber selbst an deinem besten Tag bist du zu stur, um etwas einzusehen. Und heute ist offensichtlich nicht dein bester Tag …“

Ja, ja … Willa kniff die Augen noch fester zusammen, weil ihre Freundinnen weiterlachten. Offenbar waren sie davon überzeugt, dass sie sich in Bezug auf Keane nur etwas vormachte.

Das Schlimmste daran war, dass es stimmte.

3. Kapitel

#BahHumbug

Keane Winters war an lange und harte Arbeitstage gewöhnt. Heute war es allerdings besonders schlimm. Die Dienstleister lieferten nicht, was sie sollten, und das Wetter spielte verrückt – ein heftiges Gewitter hatte einen Stromausfall verursacht. Ganz zu schweigen davon, wie viel Zeit und Geld es ihn gekostet hatte, wegen dieser Katze ein neues Handy und einen neuen Laptop zu kaufen. Nun, sie sah wie eine Katze aus, aber in Wahrheit war sie ein Monster.

Sein Telefon summte. Er legte sein Werkzeug zur Seite, um das Handy aus der Hosentasche zu fischen. Einer seiner Kumpels hatte ihm einen Link vom *San Francisco Chronicle* geschickt.

Keane Winters, aufstrebender Selfmade-Bauunternehmer aus San Francisco. Diesen Namen muss man sich merken!

Selfmade stimmte ziemlich genau. Inzwischen hatte er so viel Zeit investiert, dass er in der North Bay Area drei Projekte gleichzeitig laufen hatte und so viel zu tun war, dass seine Mitarbeiter langsam an ihre Grenzen kamen. Sie alle brauchten dringend ein paar freie Tage, aber das war in nächster Zeit einfach nicht drin.

Winters hat sich darauf spezialisiert, abbruchreife Gebäude in erstklassigen Lagen zu kaufen und sie in atemberaubende Must-have-Immobilien zu verwandeln.

Ebenfalls richtig. Finanziell lohnte es sich nicht, diese Immobilien zu behalten. Es war noch nicht lange her, da war ihm nichts anderes übriggeblieben, als sofort nach Fertigstellung zu verkaufen, um nicht pleitezugehen. Und ja, vielleicht war es bei seinem ersten Projekt einfach nur Glück gewesen, doch seitdem hatte sein Erfolg mit Glück definitiv nichts mehr zu tun gehabt. Er ging jedes Mal ein hohes Risiko ein, und das machte sich bezahlt. Als Folge hatte er jegliche sentimentale Regung tief in sich vergraben – nicht nur was seine Immobilien betraf, sondern auch sein Privatleben.

So war er beispielsweise monatelang jeden Morgen, nachdem er sich Kaffee geholt hatte, am South Bark vorbeigekommen, ohne den Laden auch nur ein einziges Mal zu betreten. Seit Blue hatte er keinen Hund mehr besessen, und der war gestorben, ein Jahr bevor Keane aus seinem Elternhaus ausgezogen war. Er war nicht scharf darauf, so einen schrecklichen Verlust in naher Zukunft noch einmal zu erleben.

Oder überhaupt jemals wieder.

Doch dann hatte seine Großtante Sally diese Katze bei ihm vorbeigebracht, und er hatte die aufregende Besitzerin des South Bark kennengelernt. Keane begriff nicht, warum Willa sich jedes Mal allein schon bei seinem Anblick ärgerte. Er wusste aber, dass *ihr* Anblick ihn in keiner Weise ärgerte. Vielleicht lag es an ihren Augen. Noch nie hatte er so leuchtend grüne Augen gesehen. Und dann ihr Temperament, das ziemlich gut zu ihrem rotblonden Haar passte, das eher rot als blond war.

Er spazierte durch den obersten Stock seines Lieblingsobjekts in der Vallejo Street. Für die anderen beiden Immobilien – North Beach und Mission Street – hatte er sich aus rein strategischen Gründen entschieden. Sobald sie fertiggestellt waren, würde er sie zum Verkauf anbieten.

Billig kaufen, klug renovieren, teuer verkaufen. Das war von Anfang an seine Devise gewesen.

Aber die Immobilie in der Vallejo Street … Für dieses viktorianische Haus aus den 1940er-Jahren hatte er vor fünf Jahren aus einer Laune heraus viel zu viel Geld bezahlt. Das war ihm noch nie zuvor passiert und auch danach nicht wieder. Allerdings hatte er das Potenzial der drei Stockwerke mit ihren insgesamt 450 Quadratmetern auf den ersten Blick erkannt, auch wenn das Gebäude praktisch schon auseinanderfiel.

Seitdem hatte er sich noch mehr auf andere Projekte konzentrieren müssen, um das verlorene Kapital wettzumachen. Hier in der Vallejo Street arbeitete er nur, wenn es seine Zeit erlaubte.

Deswegen dauerte der Umbau auch so lange. Seit einem Jahr diente ihm das Erdgeschoss als Büro und als Wohnung. Das würde sich ändern, sobald er verkaufte. Und das musste er, weil er Kapital für neue Projekte brauchte.

Er ging zu einem der bodentiefen Fenster und sah hinaus. Es war schon fast dunkel. Die Stadt mit der Golden Gate Bridge und der weiten Bucht erwachte erneut zum Leben.

„Kumpel!“ Das kam von Mason, seiner rechten Hand, der in der Tür erschien. „Wir müssen die Arbeiter diese Woche hierherbestellen, weil du hier mit deiner Höhenangst nicht arbeiten kannst … Hörst du mir zu?“

„Klar“, sagte Keane in Richtung Fenster. Er konnte das Pacific-Heights-Gebäude sehen und stellte sich Willa vor. Sie trug bestimmt wieder eine Schürze mit irgendeinem schlauen

Spruch darauf und werkelte mit ihrem dazu passenden Charme in ihrem Laden herum.

Jemand schnaubte. Sass. Seine Bürochefin hatte ebenfalls den Raum betreten, und niemand kam schneller zum Punkt als sie.

„Er hört mir nicht zu“, beschwerte sich Mason.

„Kein bisschen“, stimmte Sass ihm zu.

Der Wecker, den Keane sich auf seinem Handy gestellt hatte, klingelte. „Ich muss gehen“, sagte er. „Ich habe noch zehn Minuten Zeit, Pita abzuholen, bevor das South Bark schließt.“

„Ich könnte sie für dich abholen“, bot Sass an. „Was ist?“, fragte sie, als Mason der Mund aufklappte. „Ich bin immer so nett.“

„Du bist nie nett“, sagte Mason.

„Immerzu.“

„Ach ja? Nenn mir nur ein Beispiel“, forderte Mason sie heraus.

„Nun, ich wollte dir eigentlich den ganzen Tag schon eine Kopfnuss verpassen“, sagte sie. „Und habe es nicht getan. Siehst du? Das war außerordentlich nett.“

Keane verzog sich, während die beiden noch diskutierten. Zu Fuß brauchte er weniger als fünf Minuten zum South Bark. Aber Pita würde der Rückweg durch die kühle Abendluft nicht gefallen, deswegen nahm er das Auto.

Einen Parkplatz zu finden war wie immer eine Katastrophe. Erst nach zwanzig Minuten hatte er Erfolg.

Er ging durch den Innenhof, bewunderte einen Moment lang die wunderschöne Architektur des alten Gebäudes, das Kraggewölbe und die freiliegenden eisernen Fachwerkträger, die Panoramafenster, das Kopfsteinpflaster unter seinen Füßen und den riesigen Springbrunnen in der Mitte, in den irgendwelche Idioten Münzen warfen und sich die große Liebe herbeiwünschten.

Alles war weihnachtlich geschmückt. Tannenzweige mit blinkenden Lichterketten hingen über jeder Tür und in jedem Fenster, und zur Straße hin entdeckte er einen gigantischen Weihnachtsbaum.

Aber nicht aus diesem Grund blieb er abrupt stehen. Sondern wegen der Hochzeitsvorbereitungen, die hier gerade stattfanden. Zumindest vermutete er, dass es sich um eine Hochzeit handelte. Weiße Blumen und Lichter und Kerzen, mit Nelken gespickte Orangen und jede Menge Stechpalmenzweige, die einen ziemlich stark gebogenen Torbogen schmückten …

Er zuckte zusammen, als der Bogen scheppernd umfiel.

„Mist!"

Das hatte eine Frau mit rotblondem, eigentlich eher rotem Haar ausgestoßen.

Willa hockte tief gebeugt neben dem umgefallenen Torbogen und versuchte … weiß Gott was. „Scheiße, Scheiße, Scheiße, Scheiße, Scheiße", schimpfte sie, während sie wie verrückt eine Nagelpistole schüttelte. „Warum tust du mir das an?"

„Die Nagelpistole kann nichts dafür", sagte Keane. „Das ist ein Bedienungsfehler."

Sie erschrak, verlor das Gleichgewicht und landete auf dem Hintern. Dann reckte sie den Hals und sah düster zu ihm auf. „Wie kommen Sie dazu, sich derart anzuschleichen?"

Er streckte ihr die Hand entgegen und zog sie auf die Beine, als sie sie ergriff. Und dann grinste er, weil sie wieder so einen Klugscheißerspruch auf ihrer Schürze trug:

WZN – Weihnachts-Zwangsneurose

Er lachte über diese schlichte Wahrheit und nahm ihr die Nagelpistole aus der Hand.

„Die ist kaputt“, sagte sie.

Nach kurzer Überprüfung schüttelte er den Kopf. „Nein, sie hat keine Nägel mehr.“ Er bückte sich, nahm welche aus der Schachtel und füllte sie ein.

Da sie ihn noch immer anstarrte, richtete er die Aufmerksamkeit auf ihre Arbeit. „Ihnen ist klar, dass dieser Torbogen am Ende nicht mal einen Meter hoch sein wird, oder?“

„Das ist perfekt.“

„In welchem Universum ist das perfekt?“, fragte er.

„Im Hundeuniversum. Es handelt sich um eine Hundehochzeit.“

Er stutzte. Dann spürte er, wie sich ein Lächeln auf seinem Gesicht ausbreitete.

Sie blinzelte. „Hm.“

„Was ist?“ Hatte er noch Schokolade an den Zähnen? Auf dem Weg hierher hatte er einen Schokoriegel verschlungen, weil er seit Stunden nichts in den Magen bekommen hatte.

„Sie haben gelächelt“, sagte sie, und es klang beinahe wie ein Vorwurf.

„Sie haben mich sicher schon lächeln sehen.“

„Eigentlich nicht, nicht seit …“ Sie brach ab und nahm ihm die Nagelpistole aus der Hand. „Egal. Und danke.“

„Findet hier tatsächlich eine Hundehochzeit statt? Hier im Hof?“, fragte er.

„In weniger als einer Stunde! Es sei denn, ich vermassle das Ganze. Ich bin die Hochzeitsplanerin.“ Sie hielt inne, als wartete sie auf etwas, auf irgendeine Reaktion seinerseits, doch es gelang ihm, Willa vollkommen ausdruckslos anzusehen.

„Sie fangen nicht an zu lachen?“, fragte sie. „Weil Sie nämlich aussehen wie ein Mann, der über zwei Hunde, die heiraten, lachen würde.“

„Es ist so“, sagte er vollkommen ehrlich. „Ich brauche einen Babysitter, weil ich mich von einer Fünf-Kilo-Katze terrorisieren lasse. Somit bin ich wohl der Letzte, der sich über so was lustig machen darf. Da wir gerade davon sprechen, wo ist denn die kleine Terroristin?“

„Sie liegt gesund und munter in meinem Laden mit ausreichend Futter und Wasser und hält gerade an der gemütlichsten Stelle überhaupt ein Nickerchen – zwischen Macaroni und Luna.“

Er musste ziemlich verwirrt dreingeschaut haben, denn sie fuhr fort: „Die beiden anderen Tiere, auf die ich heute aufpasse. Wobei im Moment Cara, eine meiner Angestellten, das Babysitten übernommen hat.“

„Ich hoffe, Sie hängen nicht allzu sehr an den beiden“, sagte er, „weil Pita sie in der Luft zerfetzen wird.“

Willa lachte nur. Dann zog sie ihr Handy aus einer der Schürzentaschen, und einige Hundekekse prasselten auf das Kopfsteinpflaster.

Mit einem leisen Seufzer ging sie gleichzeitig mit Keane in die Hocke und knallte dabei mit dem Kopf an sein Kinn.

Dieses Mal fielen sie beide auf ihre Hintern.

„Autsch!“, rief sie und hielt sich den Kopf. „Es tut mir leid, sind Sie okay?“

Er blinzelte sie an. „Hab schon Schlimmeres überlebt“, versicherte er. Dann streckte er die Hand aus, um sanft ihren Kopf zu streicheln. Ihr Haar war weich und seidig und duftete unglaublich. „Und Sie?“

„Ach, mein Schädel ist hart wie Stein, da können Sie jeden fragen“, scherzte sie.

Ihre Blicke trafen sich. Ihm fiel auf, wie nah sie sich waren. Ihre Beine waren beinahe ineinander verschlungen, und auf einmal hatte er das wilde Bedürfnis, sie auf seinen Schoß zu ziehen.

Eindeutig mit anderen Gedanken beschäftigt, blickte sie auf ihr Handy hinab und durchsuchte ihre Fotogalerie.

„Ha!“, rief sie triumphierend aus. „Hier.“ Sie beugte sich vor, um ihn auf ihr Display blicken zu lassen. Bei dieser Bewegung berührten sich ihre Arme. Und als er sich ebenfalls vorbeugte, streifte ihr Haar sein Kinn. Eine Strähne blieb vorwitzig an seinen Bartstoppeln hängen.

„Sehen Sie?“, fragte sie.

Er blinzelte etwas benommen, dann begriff er, dass sie ihm ein Foto ihres Ladens zeigte. Und tatsächlich lagen dort eng umschlungen vor einem mit Stechpalmzweigen geschmückten unechten Kamin ein riesiger Pitbull und ein winzig kleines Etwas.

Zwischen ihnen entdeckte er das vertraute weiße Fell und das schwarze Gesicht seines schlimmsten Albtraums. Das war vertrauensvoll an den Kopf des Pitbulls gedrückt. Einen Moment lang starrte Keane das Foto an. „Photoshop, stimmt's?“, fragte er schließlich. „Um mich auf den Arm zu nehmen?“

Sie lachte, und der Klang ließ ihn schmunzeln. Doch genauso plötzlich wurde sie wieder ernst, als wäre ihr wieder eingefallen, dass sie ihn nicht leiden konnte. Sie stand auf und drehte sich um. „Na endlich.“

„Was?“

„Archer und Spence sind hier.“

„Die Hunde?“

„Nein, meine beiden besten Freunde.“

„Ihre besten Freunde habe ich doch bereits kennengelernt“, sagte er. „Das waren die, die unser Gespräch heute Morgen verfolgt haben wie eine Netflix-Serie, richtig?“

„Ich habe eine ganze Clique von besten Freunden", sagte sie. „Archer und Spence kümmern sich heute bei der Hochzeit um die Sicherheit." Ihr Handy klingelte. Sie sah aufs Display und fluchte.

„Das Monster hat einen Mord begangen, stimmt's?", riet er.

„Nein, natürlich nicht! Ich habe einen Kuchen-Notfall."

„Nun, damit kann ich nicht konkurrieren. Gehen Sie", sagte er. „Ich kümmere mich um diesen Hunde-Torbogen."

Sie zögerte. „Er muss absolut perfekt werden."

Keane baute Häuser von Grund auf um, und sie bezweifelte, dass er einen Torbogen für Hunde zusammennageln konnte. „Kuchen-Notfall", erinnerte er sie.

„Shit. Okay ..." Sie sah ihn ernst an. „Brauchen Sie irgendwie Hilfe?"

„Ich bin ziemlich sicher, dass ich damit klarkomme."

Sie wirkte unschlüssig, dann stieß sie einen Seufzer aus. „Okay, wenn Sie sicher sind. Und ... danke."

Er schickte sie mit einer Handbewegung weg, sah ihr allerdings hinterher. Sein Blick war auf ihren süßen Hintern in den engen Jeans gerichtet, die wiederum in ziemlich aufregenden Stiefeln steckten. Er reckte den Hals, um sie möglichst lange sehen zu können. Dann wandte er sich seiner Arbeit zu und ... prallte beinahe gegen zwei Typen, die Schulter an Schulter vor ihm standen und ihn anstarrten. Die zwei, die Willa als Archer und Spence bezeichnet hatte.

Keiner sagte etwas.

„Also ... gehört ihr zur Braut oder zum Bräutigam?", fragte Keane.

Keiner blinzelte.

„Das war ein Witz", erklärte Keane. „Weil Braut und Bräutigam Hunde sind. Versteht ihr? Das ist lustig."

Keiner lächelte.

„Schwieriges Publikum“, murmelte er.

„Wir gehören zu Willa“, sagte einer von ihnen. Und zwar der Größere, der aussah, als ob er die dunkle Seite der Welt gesehen hätte und vielleicht sogar dort lebte. Der andere Typ war schlanker, aber genauso durchtrainiert. Er betrachtete Keane mit sorgfältigem Interesse.

„Hey“, schrie Willa von der anderen Seite des Springbrunnens. „Seid nett zueinander!“ Sie deutete auf ihre Freunde. „Besonders ihr beide.“

Spence und Archer schenkten ihr ein liebliches Lächeln und winkten fröhlich. Kaum hatte Willa ihnen jedoch den Rücken zugekehrt, starrten sie weiter Keane an.

„Okay, war schön, mit euch zu reden“, sagte er. „Ich werde jetzt diesen Hundebogen bauen. Ihr könnt entweder hier rumstehen oder mir helfen.“

Der größere Typ meldete sich zu Wort. „Der letzte Kerl, mit dem sie zusammen war, war ziemlich mies.“ Sein Ton war ruhig, sein Blick gerade und fest.

Der andere Typ, eindeutig der nettere der beiden, nickte. „Ich glaube, die Leiche wurde nie gefunden?“

Der andere schüttelte langsam den Kopf.

Okay. „Gut zu wissen“, sagte Keane leichthin, obwohl er sich absolut nicht so fühlte. Ihm gefiel die Vorstellung nicht, dass irgendjemand Willa schlecht behandelte. Noch immer auf diesen Gedanken fixiert, drehte er ihren Bodyguards den Rücken zu und machte sich an die Arbeit. Als er sich aufrichtete, um sich zu strecken, waren da vier weitere Hände, die ihn tatkräftig unterstützten.

Wortlos.

Jetzt waren sie offenbar ein Team und offiziell dafür verantwortlich, die Stuhlreihen aufzustellen. Einhundertfünfzig Stühle, um genau zu sein.

Für eine Hundehochzeit.

Trotz der kalten Dezemberluft waren sie in null Komma nichts schweißüberströmt.

„Ist zumindest nicht so anstrengend wie damals bei der South-Beach-Hochzeit, weißt du noch, Arch?“, fragte der schmalere Typ, ein erster Hinweis für Keane, wer von den beiden Archer und wer Spence war.

Archer grunzte nur und stellte die letzte Stuhlreihe auf. Dabei wanderte sein Blick zum anderen Ende des Hofs, wo eine der jungen Frauen, die er schon am Morgen in Willas Laden gesehen hatte, in einem sirenenroten Kleid stand und gleichzeitig auf Handy und iPad herumtippte.

Spence folgte dem Blick seines Freundes. „Wie kommt es, dass sie niemals auch nur ein bisschen schmutzig oder verschwitzt aussieht?“

Archer schüttelte den Kopf. „Schmutz und Schweiß perlen von Elle einfach ab, sie ist kein Mensch.“

Spence lachte. „Also ist sie noch sauer auf dich.“

„Sie ist immer sauer auf mich.“

„Hast du vielleicht eine Idee, wieso?“

Archer antwortete nicht.

Jetzt kam Willa mit drei Flaschen Wasser auf sie zu. „Ziemlich kühler Abend“, sagte sie.

Keane, der ab und zu noch frostige Blicke von Spence und Archer zugeworfen bekam, schnaubte lediglich.

Willa sah sie nacheinander an. „Was ist hier los?“

Niemand sagte ein Wort.

Sie packte Spence am Ohr. Mannhaft zuckte er nur zusammen, statt aufzuschreien.

„Was, zur Hölle … Willa."

„Wieso herrscht hier so eine komische Stimmung? Was ist los?"

Spence löste vorsichtig ihre Finger von seinem Ohr. „Warum reißt du nicht Archers Ohr ab?"

„Weil Archer höchstwahrscheinlich zwei Pistolen und ein Messer dabeihat", antwortete sie.

Keane sah zu ihm hinüber. Archers Körpersprache hatte sich nicht verändert. Er täuschte Lockerheit vor, doch sein Blick war kalt und alarmiert. Exmilitär oder Polizei wahrscheinlich.

Willa stemmte die Hände in die Hüften.

Archer knickte nicht ein, Spence hingegen schon. „Wir wollen bloß sicherstellen, dass er hier in Ordnung ist, nachdem Ethan …" Als er Willas Gesichtsausdruck sah, brach er ab.

Keane hatte zwei ältere Schwestern, die ihn meistens komplett ignoriert hatten, es sei denn, er stellte sich mitten in die Schusslinie. Die Blicke, die sie ihm dann zuwarfen, sprachen von Vergeltung, vielleicht auch von Folter und Verstümmelung, auf jeden Fall aber von Tod.

Willa hatte diesen Blick ebenfalls drauf.

„Er hier?", wiederholte Willa. „Du meine Güte."

Spence öffnete den Mund, doch Willa zeigte mit dem Finger auf ihn und schüttelte den Kopf.

„Nein", sagte sie. „Weißt du was? Ich bin wirklich selbst schuld."

„Nein, bist du nicht", sagte Archer fest. „Ethan war ein Arschloch von einem Vollidioten …"

„Ich meinte, es ist meine eigene Schuld, dass ich mit euch beiden befreundet bin!" Und dann, ohne ihn auch nur eines Blickes zu würdigen, stieß sie einen Finger in Richtung seines Gesichts, wobei sie sein Auge nur knapp verfehlte. „Es läuft nichts zwischen uns“, sagte sie. „Und es wird auch in Zukunft nichts zwischen uns laufen. Und todsicher lief auch früher nichts zwischen uns.“

Keane wollte was sagen, ließ es aber bleiben. Das war bereits das zweite Mal, dass Willa auf eine gemeinsame Vergangenheit anspielte. Er war so sehr damit beschäftigt, darüber nachzudenken, dass er kaum mitbekam, wie Spence und Archer sich aus dem Staub machten. Den mitleidigen Blick, den Spence ihm zuwarf, versäumte er allerdings nicht.

„Also“, sagte Willa, als sie allein waren. „Ich bin Ihnen für Ihre Hilfe dankbar, sehr dankbar sogar, aber …“

„Woher wollen Sie wissen, dass in Zukunft nichts zwischen uns läuft?“ Zum Teufel, er merkte erst jetzt, wie sehr ihn ihre Aussage geärgert hatte.

Willa wirkte ähnlich entgeistert. „Das weiß ich einfach“, sagte sie schließlich. „Ich …“ Sie brach ab, als ein kleiner Junge von höchstens vier Jahren an ihrer Schürze zupfte. Umgehend begann sie zu lächeln, ein warmes, süßes Lächeln, das Keane weitaus mehr überwältigte, als es sollte. Sie ging in die Hocke, um mit dem Kind auf Augenhöhe zu sein.

„Hey, Keller.“ Sie strich seine Mini-Smokingjacke glatt. „Du siehst heute aber sehr gut aus.“

„Meine Daddys sagen, dass sie bereit sind.“

„Perfekt, das sind wir nämlich auch.“

Keller legte den Kopf weit in den Nacken, um zu Keane aufzuschauen. „Sie haben aber komische Schuhe an für eine Hochzeit.“

„Das sind Arbeitsstiefel“, sagte Keane. „Und wo wir gerade von Schuhen sprechen, du hast deine an den falschen Füßen.“

Keller sah an sich herab, dann kratzte er sich am Kopf. „Aber ich habe keine anderen Füße“, sagte er.

Da hatte er natürlich recht. Willa half dem Jungen, sich hinzusetzen und die Schuhe richtig herum anzuziehen. Danach verwandelte sie sich umgehend zurück in eine zwar schöne, aber harte Tyrannin, die jeden herumscheuchte. Doch niemand beschwerte sich. Im Gegenteil, ihre Freunde schienen ihren Befehlen mit Freude zu gehorchen.

So jemanden könnte er auf seinen Baustellen gut gebrauchen.

Zehn Minuten später fand die Hochzeit statt, inklusive Heiratsurkunde, unter die jeder Hund einen Pfotenabdruck setzte, und einer Videoaufzeichnung von Rory. Offenbar hatte es auch eine Geschenkliste gegeben, denn auf einem Tisch lagen in Geschenkpapier von South Bark eingewickelte Päckchen.

„Diese strassbesetzten Hundeleinen sind gerade ausverkauft", sagte Willa zu einem der Gäste, wobei sie ihr iPad zu Rate zog. „Aber ich kann gern eine bestellen."

Nach und nach entdeckte Keane eine ganz andere Seite an Willa. Und er musste gestehen, dass ihm diese Seite gefiel. Sie war eine verdammt kluge Unternehmerin. Weil sie sich mit diesem ganzen kitschigen Krimskrams umgab, hatte er sich beinahe in die Irre führen lassen.

Später, als die Gäste sich bereits verabschiedet hatten, blieb er noch, um beim Aufräumen zu helfen.

„Das ist nicht nötig", sagte sie.

„Weil weder jetzt noch künftig etwas zwischen uns läuft?"

Sie sah ihn lange an, dann wandte sie sich ab und begann, mit dem Torbogen zu kämpfen.

Er stellte sich hinter sie, um ihr beim Auseinanderbauen der beiden schweren Teile zu helfen, und als ihr Rücken ihn berührte, erstarrte sie. Auch er hielt in seiner Bewegung inne, weil er sich fühlte, wie von einem zweihundert Volt starken elektrischen Schlag getroffen.

„Was war das?", flüsterte sie, ohne sich zu rühren.

Das fragte er sich schon länger, deswegen hatte er eine Antwort parat: „Das nennt man animalische Anziehungskraft."

Bei diesen Worten löste sich Willas Erstarrung. Sie schlüpfte unter seinen Armen durch und sah ihn an.

„Oh nein. Nein, nein, nein. Das ist etwas, das zwischen uns sicher *nicht* existiert."

Er lachte, weil sie sich offensichtlich darüber bisher noch keine Gedanken gemacht hatte. Was seinem Ego nicht gerade schmeichelte. „Wollen Sie damit sagen, dass Sie es nicht spüren?"

Sie dachte einen Moment nach. „Ich will damit sagen, dass ich es nicht spüren will!", erklärte sie schließlich.

Willkommen im Club, dachte er.

4. Kapitel

#FactsJustGetInTheWay

Die Tage nach der Hochzeit vergingen wie im Flug, so beschäftigt war Willa mit dem Weihnachtsgeschäft. Worüber sie sich nicht etwa beschweren wollte, schließlich füllte die Arbeit eine innere Leere aus, die von ihrer schweren Kindheit herrührte.

Ja, sie fühlte sich ziemlich ausgefüllt.

Allerdings hatte Keane Winters' Erscheinen etwas Seltsames und Unangenehmes in ihr ausgelöst. Durch ihn war ihr klargeworden, dass sie nicht alle Löcher aus ihrer Vergangenheit gestopft hatte und mindestens eines noch in ihr klaffte.

Stöhnend stand sie auf, um sich dem Tag zu stellen. Ihre Wohnung, klein, aber gemütlich, befand sich ebenfalls im Pacific-Heights-Gebäude, vier Stockwerke über ihrem Laden. Wohnzimmer und Küche waren nur durch eine kleine Theke voneinander getrennt. In dem kleinen Flur, der zu ihrem Schlafzimmer führte, gab es einen Speiseaufzug aus der Zeit, als das gesamte Gebäude einem Großgrundbesitzer gehört hatte. Im späten 19. Jahrhundert gab es im Cow-Hollow-Bezirk von San Francisco nämlich tatsächlich noch Rinder.

Manchmal landeten in dem Speiseaufzug leckere Geschenke für Willa, beispielsweise Kekse oder Muffins.

Und einmal hatte Archer eine Polizeiübung in Form einer Schnitzeljagd durchgeführt. Eine Aufgabe war es gewesen, Finn festzusetzen, der bei seiner Flucht im Speiseaufzug stecken blieb.

So etwas fand Archer lustig.

Jetzt war er leider leer, sosehr sich Willa auch nach Muffins sehnte. Also duschte sie und zog sich an. Ihre heutige Arbeitsuniform bestand aus ihren Lieblingsjeans mit nur einem Loch im Knie und einem Top. Darüber trug sie einen Pulli, aus dem sie leicht schlüpfen konnte, wenn es daranging, ihre Kunden zu baden.

Es überraschte sie nicht, dass zehn Minuten vor neun an ihre Ladentür geklopft wurde. Noch weniger, dass ihr verräterisches Herz zu hämmern begann. Es war jetzt zwei Wochen her, dass Keane zum ersten Mal in ihren Laden gekommen war, und Willa hatte bisher noch kein Muster erkannt, wann er kam und wann nicht. Manchmal tauchte er mehrere Tage hintereinander auf und dann wieder einige Tage gar nicht. Wenn sie nach seiner Tante fragte, wurde sein Gesicht ernst. „Noch nicht besser", war meist die Antwort.

Niemals hätte Willa zugegeben, dass sie jeden Morgen die Ohren spitzte und sich fragte, ob er heute kommen würde. Noch schlimmer fand sie, dass sie nur für den Fall jeden Tag Wimperntusche und etwas Lippenstift auftrug. Als sie jetzt das Klopfen hörte, zwang sie sich, ruhig zu bleiben.

„Vielleicht möchtest du mal nachsehen", meinte Elle. Sie lehnte an der Ladentheke und trank ihren heißen Tee, den sie immer in England bestellte. Sie war ein absoluter Tee-Snob.

„Nein, möchte ich nicht", sagte Willa. Sie brauchte nicht nachzusehen, weil sie wusste, was sie erwartete: irgendeine Version von „scharfer Bauarbeiter", diese T-Shirts, die sich um seine breiten Schultern spannten und die vielen Muskeln betonten, die er offensichtlich auf die gute alte Art antrainiert hatte – durch rein körperliche Arbeit. Sein Haar wäre zerzaust, als ob er sich nicht um sein Äußeres scherte. Und warum sollte er auch? Wenn man so aussah, dann hatte man keinen verflixten Spiegel nötig.

„Angezogen sieht er gut aus", meinte Elle anerkennend. „Das muss ich zugeben. Lass ihn herein, Willa."

„Ich habe mir gerade Milch eingegossen", beschwerte sie sich.

„Ja, und ich begreife nicht, wie man Cheerios zum Frühstück essen kann, du Verrückte." Elle blickte noch immer zur Tür. „Aber, mein lieber Mann, das da willst du ganz bestimmt sehen."

„Wieso?"

„Weil er Anzug trägt, deswegen. Ich weiß überhaupt nicht, wohin ich zuerst schauen soll."

Willa wirbelte so schnell herum, dass sie sich ein Schleudertrauma hätte zuziehen können.

Durch die Glastür schaute sich Keane suchend im Laden um. Als sein Blick auf sie fiel, spürte Willa es vom Scheitel bis zur Sohle und an einigen sehr besonderen Stellen dazwischen. Jedes Mal. „Verdammt."

„Siehst du", meinte Elle. „Hast du nicht gesagt, er wäre Bauarbeiter oder so was?"

„In meinem Formular hat er am ersten Tag ‚selbstständig' angegeben", murmelte sie, unfähig, sich von seinem Anblick loszureißen. Wie ein Geschenk Gottes stand er da.

Falls es möglich war, dass ein Geschenk Gottes einen mit Strass besetzten rosa Katzenkorb in der Hand hielt …

„Ich kann mich nicht entscheiden, wie ich ihn besser finde", sagte Elle. „Scharf im Anzug oder scharf in Levi's."

„Da müsste man wohl eine Münze werfen“, räumte Willa ein.

„Also magst du ihn doch“, sagte Elle triumphierend.

„Nein, aber ich bin auch noch nicht tot. Ich meine, sieh ihn dir doch an.“

„Glaub mir“, meinte Elle, „ich sehe ihn mir an. Und willst du wirklich weiter hier herumstehen und behaupten, dass er dich kein bisschen interessiert?“

„Hallo? Hast du nicht mitbekommen, dass er mich damals nicht nur versetzt hat, sondern es nicht einmal mehr weiß?“, fragte Willa.

„Und hast du nicht mitbekommen, dass das lange, lange her ist? Immerhin hat er dir bei dieser Hochzeit geholfen. Ich halte es für möglich, dass du überreagierst.“

„Tue ich nicht. Überreagieren ist überhaupt nicht meine Art!“ Willa unterbrach sich, als ihr klarwurde, dass sie wild mit den Armen herumfuchtelte. „Schön. Das liegt an meinen roten Haaren. Gegen seine Gene kommt man eben nicht an.“

„Hmm.“ Elles Gesichtszüge wurden weicher. „Schätzchen, ich weiß, dass du es früher nicht gerade leicht hattest. Aber das hat nichts mit ihm zu tun. Ich glaube, dass du da etwas vermischst. Und bevor du jetzt sagst, dass mich das nichts angeht, sollst du wissen, dass ich dich verstehe. Wirklich.“

Willa seufzte, weil sie wusste, dass es so war. Elle hatte eine noch schlimmere Vergangenheit hinter sich. „Damals zu dieser ganz besonderen Zeit von ihm auf diese Art versetzt zu werden war … eben traumatisch“, erklärte sie. „Also, okay, ganz sicher projiziere ich da etwas. Aber du weißt doch auch noch, wie schrecklich die Highschool war, richtig? Oder vielleicht nicht, vielleicht warst du so beliebt wie Keane. Ich jedenfalls …“ Elle schüttelte den Kopf. „Ich war unsichtbar“, gestand Willa. „Und das war wirklich schlimm für mein Selbstwertgefühl.“

Elles Lächeln erstarb. „Okay. Dann sind wir weiter sauer auf ihn.“

Willas Herz wurde weich. „Danke“, sagte sie und ging zur Tür.

Keanes Arbeitstag hatte bei Sonnenaufgang begonnen und erschien ihm jetzt schon ziemlich lang. Er hatte sich beinahe mit einem Ingenieur geprügelt, sich bei einer Kundin eingeschleimt, die einfach nicht in der Lage war, sich zu entscheiden, und in einem viel zu langen Meeting mit dem Innenarchitekten von North Beach gesessen, der es liebte, sich selbst reden zu hören. Jetzt stand er vor der verschlossenen Tür des South Bark und wurde in zwanzig Minuten schon wieder beim nächsten Meeting erwartet.

Willa ließ sich extrem viel Zeit, um die Tür zu öffnen, und als sie es endlich tat, sah sie ihn an, als hätte sie ihn noch nie zuvor gesehen.

„Keane?“, fragte sie schließlich.

„Ja.“ Wer sonst, zum Teufel?

„Wollte nur sichergehen.“ Sie betrachtete ihn von Kopf bis Fuß. „Ich dachte, Sie haben vielleicht einen Zwillingsbruder oder so.“

„Ja, und die Katze hasst uns beide.“

Sie lachte. Das kam unerwartet, um es gelinde auszudrücken. Keane starrte sie an. Ihre strahlend grünen Augen leuchteten, und ihr Lachen war überaus ansteckend. Eigentlich hatte er keine Zeit zum Plaudern, aber bei dieser Frau konnte er einfach nicht widerstehen. „Das war kein Witz“, sagte er.

„Ich weiß. Deswegen ist es ja so lustig.“ Ihre ausgewaschenen

Jeans schmiegten sich perfekt an ihren zierlichen und doch kurvigen Körper. Ihm gefiel ihr knappes Oberteil, auf das die Worte *unartig UND nett* quer über die Brust gedruckt waren. Die Spaghettiträger waren lächerlich dünn, und er konnte sehen, dass sie fror. Ihr rotblondes Haar war wild zerzaust, ein paar Strähnen hingen ihr in die Augen.

Sie wusste ganz genau, weshalb er hier war, trotzdem hob sie fragend die Augenbrauen. Das hätte ihn normalerweise genervt, aber jetzt fand er es lustig. „Bitte sagen Sie mir, dass Sie heute Zeit für Pita haben", begann er ihr übliches Spielchen, bereit zu betteln, wenn es nötig war. Gestern hatte Pita sehr wertvolle Baupläne kurz vor einem wichtigen Meeting zum Krallenschärfen benutzt.

„Sie haben Ihre Arbeitskleidung geändert", sagte sie anstellte einer Antwort. „Sie tragen Anzug."

„Ein notwendiges Übel heute."

„Sie sehen … anders aus."

Einerseits erfreut, dass sie sein Äußeres bemerkte, und gleichzeitig verärgert, weil sie ihn aufgrund seiner Kleidung verurteilte, fiel ihm nicht gleich eine Antwort ein. Dabei war ihm das nicht neu. Schon als Schüler war er verurteilt worden. Weil er nicht nur ein hervorragender Schüler war, sondern auch eine Sportskanone. Er arbeitete hart daran, sich überall anpassen zu können, und war stolz darauf, dass es ihm gelang. „Bewerten Sie mich nach meiner Kleidung?"

„Nicht im Geringsten", sagte Willa in einem Ton, den er von ihr bereits kannte. Als wollte sie sagen, er müsse doch verdammt noch mal wissen, wovon sie sprach.

„Okay", meinte er. „Ich gebe auf. Bitte geben Sie mir einen Tipp."

Sie sah zu Elle, die eine Schulter hob. „Mach ihm die Hölle

heiß, Schätzchen“, sagte sie, hüpfte von der Ladentheke und verschwand durch die Hintertür.

Keane hatte keine Zeit für so etwas. „Habe ich irgendetwas verpasst?“, fragte er, wild entschlossen, endlich herauszufinden, warum sie schon zwei Mal solche Andeutungen über die Vergangenheit gemacht hatte. Plötzlich ergriff ihn ein seltsames und unangenehmes Gefühl. „Kennen wir uns oder so etwas?“

„Wieso?“ Willa sah ihn scharf an. „Haben Sie mich vielleicht schon mal irgendwo gesehen?“

„Nein.“

Sie starrte ihn einen Moment lang an, dann schüttelte sie den Kopf. „Nein, wir kennen uns nicht. Überhaupt nicht. Und um eines klarzustellen“, fügte sie hinzu, die Augen jetzt zu Schlitzen zusammengekniffen. „Als Bauarbeiter haben Sie mir besser gefallen.“ Mit diesen Worten griff sie nach Pitas Katzenkorb und ließ ihn stehen.

Zwei Minuten nach achtzehn Uhr parkte Keane seinen Truck und rannte durch den strömenden Regen über die Straße zum South Bark.

Die Tür war abgeschlossen, das Licht gelöscht – von den Lichterketten im Laden abgesehen, die weiterblinkten, als wäre hier das Zuhause des Weihnachtsmanns persönlich.

An der Tür hing das Schild „Geschlossen“, doch daran war ein Zettel befestigt.

Es sei denn, Sie sind eine extrem unhöfliche Person, die zu spät kommt, um ihr Schätzchen abzuholen. Dann benutzen Sie die Hintertür.

Tja, dachte er, wen sie wohl damit meint …? Keane durchquerte den Hof und betrat den Laden. Willa kniete vor einer Badewanne und steckte bis zu den Ellbogen in Schaum, während sie einen riesigen Dobermann badete.

„Wer ist ein guter Junge?“, sagte sie mit heller, alberner Stimme zu dem Hund, der ihr dabei glücklich ins Gesicht hechelte. „Genau“, säuselte sie, „das bist du, nicht wahr? Bist du nicht ein guter Junge?“

„Nun, ich möchte ja nicht angeben“, antwortete Keane, an den Türrahmen gelehnt. „Aber ich habe tatsächlich meine guten Momente.“

Sie zuckte zusammen und drehte sich zu ihm um. „Ich habe Sie gar nicht gehört.“ Sie musterte ihn. „Sie haben sich umgezogen.“

Er sah an sich herab. „Ich habe elektrische Leitungen verlegt, zumindest bis das Gewitter losging“, sagte er. „Dann habe ich aufgehört. Ich wollte dem Leichenbestatter keinen Gefallen tun, indem ich mich durch einen Stromschlag umbringe.“

Sie lächelte nicht. „Sie haben bei diesem Wetter elektrische Leitungen verlegt?“

„Wir können in meinem Job nicht immer auf gutes Wetter warten. Und keine Sorge. Ich habe schon seit Jahren keinen elektrischen Schlag mehr bekommen.“

Darauf entgegnete sie nichts, ließ stattdessen das Wasser aus der Wanne und wickelte den Hund in ein riesiges Handtuch. Dann befestigte sie seine Leine an einem Pfosten. „Einen Augenblick bitte“, sagte sie zu Keane und verschwand im Flur.

Sie entfernte sich nicht weit, denn er hörte sie sagen: „Kannst du mir einen Gefallen tun und Carl für mich fertig machen?“

„Kommt drauf an.“ Rorys Stimme. „Ist sein Besitzer hier?“

„Max?“, fragte Willa „Nein. Er und Archer haben einen Auftrag, aber er wird bald kommen, um Carl abzuholen. Der muss nur noch getrocknet und durchgekämmt werden. Warum? Gibt es ein Problem mit Max?“

„Nein“, sagte Rory schnell. Zu schnell. „Okay, ja“, seufzte sie. „Ich muss immerzu an ihn denken.“

„Und ich muss ständig an gegrillten Käsetoast denken“, meinte Willa.

Rory lachte. „Das wäre um einiges einfacher.“ Sie schwieg einen Moment. „Er hat mich wieder gefragt, ob ich mit ihm ausgehe.“

„Verstehe“, sagte Willa. Jetzt klang ihre Stimme weicher. „Schatz, er ist einer von den netten Typen. Sonst wäre er nicht in Archers Team.“

„Mein Radar funktioniert immer noch nicht richtig.“

„Ja, das ist mir klar.“ Willas Stimme war voller Mitgefühl. Kurz darauf kamen die beiden zurück in den Raum.

Rory krempelte die Ärmel hoch. „Ich erledige das.“ Sie lächelte Carl an. „Mit dir ist es sowieso viel interessanter als mein American-Horror-Story-Marathon, den ich eigentlich geplant hatte.“ Sie gab dem Hund einen Kuss zwischen seine riesigen, spitzen Ohren.

Carl leckte ihr vom Kinn bis zur Stirn übers Gesicht und brachte sie damit zum Lachen.

Pita lag auf dem Rücken auf einem Holztisch, alle viere hoch in die Luft gestreckt, als ob sie gestorben und bereits steif geworden wäre.

Keane erstarrte.

Im Gegensatz zu Willa. Die lachte nur, ging zum Tisch und kitzelte Pita am Bauch.

Erleichterung durchströmte ihn, als die Katze herzhaft

gähnte, sich streckte und ihr Gesicht an Willas Handgelenk rieb.

Also musste er seine Tante doch nicht anrufen, um ihr Pitas Ableben zu verkünden. Zumindest nicht heute Abend.

„Daddy ist hier, um dich abzuholen." Willa streichelte die Katze.

„Lustig", sagte Keane. Er bemerkte das leere Fischglas neben Pita. „Haben Sie wieder auf einen Fisch aufgepasst?"

„Allerdings", sagte sie und stieß einen langen, traurigen Seufzer aus. „Ich habe Petunia frei herumlaufen lassen, weil sie so süß ist und die Kunden sie lieben, aber dann musste ich Rory helfen und habe nur für einen Moment nicht hingesehen ..." Sie schluckte schwer. „Ich denke, Petunia hatte Hunger."

Sein Herzschlag setzte aus. „Himmel! Machen Sie Witze?"

„Ja."

Er blinzelte. „Wie bitte?"

„Ja, ich mache Witze."

Er sah sie nur an. „Das war fies."

„Kommen Sie nicht noch einmal zu spät", entgegnete sie. Ihr selbstzufriedenes Lächeln erhellte seinen Tag. Wie ihr das gelang, obwohl sie ihn eigentlich ärgerte, war ihm ein Rätsel.

„Tut mir leid, dass ich mich verspätet habe, ich zahle Verzugszinsen."

Willa schüttelte den Kopf. „Es sind ja nur ein paar Minuten. Außerdem haben Sie elektrische Leitungen verlegt. Ich möchte wirklich nicht, dass Sie sich hetzen und deswegen einen Stromschlag bekommen."

„Ah", sagte er. „Ein weiterer Beweis dafür, dass ich Ihnen nicht egal bin."

„Mir ist die Bezahlung nicht egal."

Er lachte. „Ordnungsgemäß notiert." Ihm war klar, dass er

Pita einpacken und verschwinden sollte. Er hatte einen Riesenhunger, es wartete noch Büroarbeit auf ihn, und ganz bestimmt hatte auch sie zu tun. Trotzdem rührte er sich nicht.

Sie sahen einander noch immer an, als eine Frau den Kopf durch die Bürotür hereinstreckte. Keane kannte sie. Kylie war Schreinerin, ihr gehörte ein Laden namens *Reclaimed Woods* auf der gegenüberliegenden Seite des Innenhofs, in dem sie umwerfend schöne, handgemachte Möbel verkaufte. Dort hatte er dieses Jahr bereits einige Stücke gekauft. Als er ihr zulächelte, bemerkte er einen winzigen Hundekopf, der aus der Tasche ihrer Jeansjacke herausspitzte.

„Hey, Keane“, sagte sie. Willa schien überrascht, dass sie sich kannten. „Er ist einer meiner Kunden“, erklärte Kylie ihr. „Ein guter noch dazu. Du, sag mal …“, fuhr sie hastig fort, während sie eine Hand schützend vor den Kopf des Hundebabys hielt. „Ich passe für einen Freund auf dieses kleine Kerlchen auf.“

„Hinreißend“, sagte Willa und ging auf sie zu, um den Hund zu streicheln. „Rasse?“

„Schwer zu sagen, er ist erst drei Wochen alt und wird noch mit der Flasche gefüttert. Aber ich denke, es könnte ein Chihuahua sein.“

Das glaubte Keane eher nicht, weil seine Pfoten fast größer als seine Ohren waren.

„Ich fürchte, es ist zu kalt für ihn“, sagte Kylie. „Er zittert die ganze Zeit, ich habe Angst, dass ihm noch die Zähne aus dem Mäulchen fallen. Alle zwei.“

„Da habe ich genau das Richtige.“ Willa zog etwas aus dem Regal hervor, das aussah wie ein Stapel winziger Puppenpullover.

„Du bist meine Rettung.“ Kylie nahm vier Teile, eines davon

war ein Weihnachtsmannkostüm. „Setz sie auf meine Rechnung." Sie wandte sich an Keane. „Wenn Sie Zeit haben, kommen Sie bei mir vorbei. Ich bin jetzt mit der Möbelgarnitur fertig, an der Sie mich die letzten sechs Monate haben arbeiten sehen."

„Das werde ich."

Sie schenkte ihm ein Lächeln, warf Willa ein Kusshändchen zu und war verschwunden.

Willa schaute Keane an, während sie ihren Laptop aufklappte. „Ich habe Ihren Gesichtsausdruck durchaus bemerkt, als Sie die Hundepullis gesehen haben. Ich verdiene mit Hundepullovern, Schmuckhalsbändern, Haarreifen und Hundehochzeiten mehr Geld als mit allem anderen."

„Man verdient sein Geld so, wie man es verdient, Willa. Ist eine gute Sache."

Sie sah ihn einen Moment lang an, als ob sie an seiner Aufrichtigkeit zweifelte.

„Als ich Sie bei dieser Hochzeit gesehen habe", fuhr er fort, „war ich wirklich beeindruckt. Menschen und Tiere sind Ihnen wichtig, und Sie sind zudem eine kluge Geschäftsfrau."

„Tiere erden mich einfach", sagte Willa leise. „Und ja, ich habe vorher meine Hausaufgaben gemacht, um sicherzustellen, dass ich von diesem Laden leben kann. Inzwischen läuft er besser, als ich es mir in meinen wildesten Träumen ausgemalt hatte."

„Sie können stolz auf das sein, was Sie sich aufgebaut haben."

Sie sah ihn überrascht an, und er hatte das Gefühl, dass ihr das noch nie zuvor jemand gesagt hatte. Sie wechselte schnell das Thema, als wäre ihr aufgefallen, dass sie zu freundlich zu ihm war.

„Irgendwelche Neuigkeiten von Ihrer Tante?"

Er schüttelte den Kopf. „Ich weiß es nicht." Das zuzugeben war eine große Sache für ihn, der sich rühmte, auf alles eine Antwort zu haben oder sie zumindest in Erfahrung bringen zu können. Doch wenn er ehrlich war, wusste er über seine eigene Familie tatsächlich nicht sonderlich viel.

Was ihm allerdings erst so richtig aufgefallen war, als seine Tante vor über zwei Wochen vor seiner Tür gestanden hatte, mit einer Hand auf einen Stock gestützt, in der anderen den rosa Katzenkorb. Er hatte ihr die Katze abgenommen, weil Sally so gebrechlich und besorgt gewirkt hatte.

Damit, dass sie so lange bei ihm blieb, hatte er allerdings nicht gerechnet.

Willa hob Pita hoch, und dieses verdammte Viech schmiegte sich fest an ihren Hals. Zum ersten Mal in seinem Leben war Keane eifersüchtig auf eine Katze.

„Im Ernst, was ist Ihr Geheimnis? Tragen Sie Tunfisch-Parfum?"

Willa lachte ein zartes, melodisches Lachen und schmuste mit der Katze.

„Sagen wir einfach, ich spreche ihre Sprache."

„Ach ja? Und welche Sprache ist das?"

„Eine, die ein Mann wie Sie nicht verstehen kann." Sie küsste Pitas Gesicht und bugsierte sie sanft in den Korb. „Die Sprache der Einsamkeit."

Etwas rührte sich in seiner Brust. „Sie würden sich wundern."

Sie sah ihn einen Moment lang an, wurde dann plötzlich aber sehr geschäftig. Sie schloss den Korb, zog sich einen dünnen Pullover über und sah überallhin, nur nicht zu ihm. Offenbar war sie verlegen. Er berührte ihre Hand. „Ich möchte Sie zum Essen einladen."

Sie blinzelte überrascht.

Tja, er war mindestens genauso erstaunt.

„Tut mir leid", sagte sie stockend. „Ich hätte nicht ... Wirklich, ich war nicht auf eine Verabredung aus ..."

„Das weiß ich", sagte er. „Aber ich stehe hier nur herum, weil ich mich mit Ihnen unterhalten möchte. Allerdings knurrt mein Magen und verlangt dringend nach etwas Essbarem. Kommen Sie schon, Willa. Wir beide haben Feierabend, und keiner von uns trägt einen Ehering. Lassen Sie uns zusammen essen gehen."

Sie fixierte ihn. „Einfach so?"

„Einfach so."

„Ich glaube, das ist keine gute Idee."

„Warum nicht?"

Sie zögerte, und er wollte sie fragen, was Archer und Spence an jenem Abend gemeint hatten, als sie sagten, ihr Ex wäre ein kompletter Idiot gewesen. Aber das ging ihn nichts an. Was aber nicht hieß, dass er diesen Typen nicht am liebsten aufgespürt und ihm eine Lektion erteilt hätte.

Oder zwei.

„Aus vielerlei Gründen", sagte sie schließlich.

„Nennen Sie mir einen."

Sie öffnete den Mund, schloss ihn dann wieder. „Mir fällt kein einziger ein."

„Weil es keinen gibt", sagte er. „Stellen Sie sich vor, ich wäre Elle, würden Sie dann mit mir essen gehen?"

„Natürlich. Sie ist meine Freundin."

„Und Spence? Oder Archer? Wenn ich einer von den beiden wäre, würden Sie mit mir essen gehen?"

„Auch mit denen", sagte sie mit zusammengekniffenen Augen.

„Aber nicht mit mir."

„Nein."

Er nahm ihr den Katzenkorb aus der Hand und stellte ihn auf den Tisch. Dann trat er auf sie zu, bis ihre Schuhspitzen sich beinahe berührten, senkte den Kopf etwas und sah ihr in die Augen.

Sie hielt die Luft an. Und das war nicht ihre einzige Reaktion. Ihre Pupillen weiteten sich, und ihre Brustwarzen unter dem niedlichen dünnen Oberteil mit den schmalen Trägern richteten sich auf.

Sie hatte ihn mit ihrer scharfen Zunge und ihrem Witz wirklich die ganze Zeit an der Nase herumgeführt. Doch Tatsache war, dass sie diese verrückte Anziehungskraft zwischen ihnen auch spürte.

„Sagen Sie mir, was ich tun soll", sagte er leise. „Ich weiß, dass Sie Hunger haben. Ihr Magen knurrt lauter als meiner."

Als sie eine Hand auf ihren Bauch legte, streifte sie ihn mit den Fingern, und er zuckte leicht zusammen.

„Verdammt", sagte sie mit aufgerissenen Augen. Ihr Puls schlug wie verrückt. „Lautes Biest."

„Dann lassen Sie es mich füttern."

„Vielleicht mag ich Sie nicht."

„Vielleicht?"

„Bin mir noch nicht sicher", gestand sie.

Keane liebte Herausforderungen. „Sagen Sie es mir, wenn Sie es wissen. Können wir jetzt gehen?"

Als sie noch immer zögerte, strich er zart mit dem Daumen über die pulsierende Stelle an ihrem Hals. „Mache ich Sie nervös, Willa?"

Sie hob das Kinn. „Selbstverständlich nicht." Ihre Lippen

waren so nah an seinen, dass er sich am liebsten auf sie gestürzt hätte.

„Vor allem“, fügte sie mit funkelnden Augen hinzu, „weil ich Ihnen im Moment leicht in Ihre Kronjuwelen treten könnte, wenn es nötig wäre.“

„Ich weiß Ihre Zurückhaltung zu schätzen“, sagte er. „Können wir jetzt los?“

„Ich denke schon.“

Er lachte. „Ihre Begeisterung ist mitreißend.“

„Aber ... verstehen Sie es bloß nicht falsch“, sagte sie.

Er sah ihr in die Augen, und ja, sie fühlte sich eindeutig zu ihm hingezogen. Wenn auch widerwillig.

Das reichte ihm.

Er schnappte sich den Katzenkorb und nahm ihre Hand.

„Haben Sie Angst, dass ich es mir noch einmal anders überlegen könnte?“, fragte sie amüsiert.

„Eher, dass Sie Ihre Drohung mit meinen Kronjuwelen wahrmachen.“

Ihr überraschtes Lachen wärmte ihn vom Kopf bis zu den Zehen. Das Spiel kann beginnen, dachte er. Obwohl er keine Ahnung hatte, um was für ein Spiel es sich handelte.

5. Kapitel

#TheFirstCutIsTheDeepest

Willa fragte sich, wieso sie eingewilligt hatte, mit Keane essen zu gehen. Ihre Beine jedoch schienen die Antwort zu kennen, denn die führten sie wie automatisch zurück in den Stylingraum, um Rory Bescheid zu sagen.

Das Mädchen saß im Schneidersitz vor Carl auf dem Boden und bürstete ihn. In dieser Position war Carl größer als Rory, aber er saß ruhig da, und es wirkte fast, als würde er glücklich lächeln.

Carl liebte Aufmerksamkeit.

„Ich gehe jetzt“, sagte Willa.

„Danke für die Eilmeldung.“

„Ich gehe mit Keane.“

Rory erstarrte. Lediglich ihr Blick wanderte zu Willa. „Ist die Hölle vielleicht gerade zugefroren?“

Willa seufzte. Die Vermischung ihrer aktuellen Gefühle für Keane mit denen von damals war so kompliziert, dass sie es nicht einmal sich selbst erklären konnte, geschweige denn einem anderen. „Es handelt sich bloß um ein Abendessen.“

„Hmm“, murmelte Rory, während sie den verzückten Carl streichelte. „Du warst es, die behauptet hat, der Teufel höchstpersönlich würde es nicht schaffen, dich zu einer Verabredung mit ihm zu schleifen, auch wenn der Typ scharf wie Chili ist.“

„Psst!“ Willa warf hastig einen Blick über die Schulter. Zum

Glück war Keane ihr nicht gefolgt. „Das ist alles sehr … kompliziert.“

„Kompliziert“, wiederholte Rory amüsiert. „Vielleicht sollten wir mal darüber reden, wie das mit den Bienchen und Blümchen funktioniert. Das machst du doch immer, wenn ich mich für den falschen Typen interessiere.“

„Witzig“, sagte Willa. Doch es war nun mal eine Tatsache, dass sie beide sich gern zu den falschen Männern hingezogen fühlten. Immer noch.

Rory kam jetzt erst richtig in Fahrt und zählte die Punkte an den Fingern ab: „Auf keinen Fall beim ersten Date mit ihm ins Bett gehen, egal, wie unglaublich gut er küssen kann …“

„Himmel noch mal, nicht so laut!“ Willa sah Rory ernst an. „Ich werde nicht beim ersten Date mit ihm schlafen.“ Auch wenn seine tiefe, erotische Stimme sehr interessante und ungewöhnliche Dinge in ihrem Körper auslöste. Nein, diesen Weg würde sie nicht beschreiten, denn dieser Weg führte sie üblicherweise in den Untergang. Hier ging es nur um ein Abendessen, mehr nicht. Sie musste sich unbedingt schützen, sie durfte sich auf keinen Fall wieder zu schnell verlieben. Nein. Diesmal nicht.

Rory war noch längst nicht fertig damit, Willa zu zitieren. „Ihr trefft euch in der Öffentlichkeit, also lass deinen Drink nicht eine Sekunde aus den Augen, und trink nicht mehr als ein Glas.“

Es lag keine Spur von Humor mehr in Rorys Stimme. Das Gespräch hatte eine Wendung genommen, mit der Willa nicht gerechnet hatte. Mit der sie aber hätte rechnen müssen, nachdem keine von ihnen jemals die Nacht vergessen würde, in der sie sich kennengelernt hatten.

An ihrem achtzehnten Geburtstag, nach zehn Jahren in

Pflegefamilien, war Rory von heute auf morgen einfach so in die große, schlechte Welt hinausgestoßen worden. Ganz auf sich allein gestellt.

Wie gut Willa dieses Gefühl kannte. Es war, als wäre man Abfall.

Rory hatte einen Typen in einer Bar kennengelernt. Er war lustig, umgänglich und charismatisch gewesen. Seine aggressive, fordernde Art war ihr aus irgendeinem Grund nicht aufgefallen.

Willa hatte an diesem Abend einen Spaziergang durch den Park gemacht, als sie Rory entdeckte, der sterbenselend von den Drogen war, die der Typ in ihr Getränk gemischt hatte. Willa hatte sie ins Krankenhaus gebracht und ihr dabei geholfen, sich von den schrecklichen Erlebnissen zu erholen, an die sie sich nicht einmal mehr erinnerte. Sie hatte ihr einen Job gegeben und sie praktisch dazu gezwungen, ihr Leben neu zu ordnen.

Seitdem hatte Rory das Gefühl, ihr für all das etwas zu schulden, was allerdings nicht stimmte, und doch wusste Willa, dass die Jüngere alles, wirklich alles, für sie tun würde.

Jetzt betrachtete Rory sie besorgt.

„Mach dir keine Gedanken“, sagte Willa.

In diesem Moment klopfte es an der Hintertür. Max sah heiß aus, er trug eine Cargohose mit Arbeitshemd und voller Ausrüstung … offensichtlich war er gerade von einem Einsatz mit Archer zurückgekommen. „Hey.“ Sein Blick fiel sofort auf Rory. „Wie läuft's?“

Schweigend, was vollkommen untypisch für sie war, nickte Rory.

Willa überkam das Gefühl, dass ihr ein Puzzleteil fehlte, doch konnte sie Rory in Max' Anwesenheit schlecht danach fragen. Die Augen dieses großen, attraktiven Mannes bargen Geheimnisse, so viel stand fest. Willa gab erst Carl einen Kuss auf den Kopf und dann Rory, die laut loslachte.

„Jetzt hau schon ab“, meinte Rory verlegen.

„Pass auf dich auf“, sagte Willa.

„Dafür werde ich sorgen“, meinte Max ernst.

Ja. Ihr fehlte auf jeden Fall ein Puzzleteil. „Danke.“

Er nickte, und wenige Minuten später ging Willa mit Keane zusammen zu seinem Auto. Behutsam, als handelte es sich um eine tickende Zeitbombe, stellte er den Katzenkorb auf die Rückbank hinter dem Beifahrersitz. Er zögerte einen Moment, dann legte er den Gurt darum. Willa musste lächeln. Er zuckte mit den Schultern, als er sich wieder umwandte und ihr ins Gesicht blickte.

„Sie ist einfach fies genug, sich selbst vom Rücksitz zu katapultieren, zu sterben und dann zurückzukommen, um mich als Geist heimzusuchen. Also treffe ich lieber die nötigen Vorsichtsmaßnahmen.“

Wie selbstverständlich öffnete er Willa die Beifahrertür, hielt sie aber zurück, bevor sie einsteigen konnte. „Ihnen ist kalt.“

Genau genommen erfror sie fast. „Ich habe heute Morgen meine Jacke vergessen – nein, geben Sie mir jetzt bloß nicht Ihre“, sagte sie, als er seine ausziehen wollte.

Also öffnete er sie nur und hüllte sie, so gut es ging, ein. Brust an Brust, Schenkel an Schenkel. Und alle Körperteile dazwischen waren ebenfalls aneinandergepresst, ganz behaglich.

Nur fühlte es sich nicht behaglich an.

Sondern … verdammt erotisch.

Es hätte mehr Willenskraft bedurft, als sie besaß, um ihre

Hände bei sich zu behalten. Also schlang sie die Arme um ihn und tastete mit den Fingerspitzen über die wohlgeformten Muskeln seines Rückens.

Er sah sie an, die Augen dunkel und erregt. Himmel, hier waren Probleme vorprogrammiert. Entschlossen löste sie sich von ihm und stieg ein.

Sekunden später setzte er sich hinter das Lenkrad und blickte über die Schulter, um Pita zu beäugen, als wäre sie eine wütende Klapperschlange.

Als Willa lachte, sah er sie an. „Was ist?“

„Ich stelle mir gerade vor, wie Pita von den Toten aufersteht, um bei Ihnen zu spuken.“

Mit einem Lächeln lehnte er sich hinüber und strich ihr über die Wange. „Das finden Sie lustig?“

„Ich würde dasselbe tun.“

Er grinste. „Rachsüchtig, wie?“

„Absolut.“

Die Hand noch an ihrer Wange, fuhr er mit dem Daumen leicht über ihre Unterlippe. Sie sehnte sich nach einer Berührung.

Seiner Berührung.

Oder vielmehr nach seinem Mund. Sie wollte unbedingt seine Lippen auf ihren spüren, was ihr wiederum mächtig gegen den Strich ging. „Daraus wird nichts“, sagte sie laut, denn Lautstärke half bestimmt.

„Woraus?“, fragte er. „Aus dem Abendessen? Weil Sie gesagt haben, der Teufel höchstpersönlich würde es nicht schaffen, Sie zu einer Verabredung mit mir zu schleifen, auch wenn ich – wie haben Sie es ausgedrückt – scharf wie Chili bin?“

„Das habe ich nicht gesagt!“ Sie spürte, wie sie rot wurde. Sosehr sie sich auch bemühte, ihn nicht zu mögen, es war unübersehbar, dass sie diesen Kampf ziemlich schnell verlor. Da war erstens Neugier.

Und zweitens Lust.

„Wenn Sie schon andere belauschen“, sagte sie so würdevoll wie möglich, „dann hören Sie wenigstens genau hin.“

Er lachte nur. Ein erotisches Lachen, das ihre empfindlichsten Stellen zum Leben erweckte. Verdammt. Und er wusste das. Sie ließ sich in den Sitz zurücksinken, verschränkte die Arme vor der Brust und sah aus dem Fenster. „Sie können sich über mich lustig machen, solange Sie wollen. Ich bleibe hart.“

Er wirkte nicht besonders beunruhigt.

Was wiederum sie beunruhigte.

Gelassen lenkte er den Wagen bis in die Vallejo Street mit den wunderschönen viktorianischen Häusern oben auf dem Hügel und hielt vor einer der Villen an. Selbst das Baugerüst nahm dem Gebäude nichts von seiner Pracht.

„Warten Sie hier“, sagte Keane. „Ich werde nur schnell dieses Monster ins Haus bringen, damit es nicht im Auto bleiben muss, während wir essen.“

„Sie wohnen hier?“

„Das ist eines meiner Umbauprojekte. Außerdem habe ich mein Büro dort, und vorübergehend übernachte ich hier auch.“

„Es ist wunderschön“, sagte sie atemlos. Sie konnte sich nicht von dem Anblick losreißen. „Eines der schönsten Häuser, die ich je gesehen habe.“

Er lächelte. „Danke. Aber Sie hätten es vor ein paar Jahren sehen sollen, als ich es gekauft habe. Es wäre Ihnen gar nicht aufgefallen.“ Mit diesen Worten stieg er eilig aus und holte Pitas Korb vom Rücksitz. Dann hielt er inne und öffnete die Beifahrertür. „Werden Sie noch hier sein, wenn ich zurückkomme?“

Sie wollte das Haus unbedingt von innen sehen. „Um sicherzugehen, könnten Sie mich mit hineinnehmen."

„Ich vertrauen Ihnen", sagte er.

Das glaubte sie ihm nicht. Was sie allerdings glaubte, war, dass er ihr das Haus nicht zeigen wollte. „Steht Ihr schmutziges Geschirr in der Spüle?", fragte sie. „Liegen Klamotten auf dem Boden verstreut? Oder wartet vielleicht jemand auf Sie?" Sie machte zwar nur Witze, doch der letzte Gedanke gefiel ihr ganz und gar nicht.

„Sie meinen eine Frau?"

Nun, so, wie er es sagte, klang es tatsächlich albern. „Egal", sagte sie. „Tun Sie, was Sie tun müssen."

Er setzte den Korb wieder ab und beugte sich zu ihr. Mit einer Hand auf ihrer Kopflehne und der anderen auf dem Sitz, hatte er sie praktisch eingesperrt. Sein Gesicht war ganz nah an ihrem.

Lächelnd.

So ein Vollidiot. Er war die Verlockung in Person und wusste es. Außerdem roch er gut. Wie brachte er es nur fertig, den ganzen Tag schwer zu arbeiten und noch immer so unglaublich gut zu riechen? Sie schloss die Augen und zwang sich, still zu sitzen, statt zu tun, was sie am liebsten getan hätte – das Gesicht an seinen Hals pressen und seinen Duft einatmen, wie ein Drittklässler Kleber schnüffelte.

„Möchten Sie mit hereinkommen, Willa?" Seine Stimme war purer Sex.

Was sie wollte, war, die Hände auf seine Brust zu legen, die, wie sie inzwischen wusste, tatsächlich so hart war, wie sie unter seinem Hemd aussah. Stattdessen krallte sie die Finger in ihren Sitz.

„Natürlich nicht."

„Ich denke doch. Und ich denke, Sie wollen noch etwas anderes.“

„Was ich will“, sagte sie so kühl wie möglich, „ist das versprochene Abendessen.“

„Lügnerin“, sagte er sanft.

„Nun, es erscheint mir ein bisschen unhöflich, seine Verabredung als Lügnerin zu bezeichnen.“

„Also ist es doch eine Verabredung.“ Seine Stimme klang sehr männlich und sehr selbstgerecht, was sie eigentlich nerven sollte. Stattdessen fand sie es ausgesprochen erotisch.

Und genau das war ihm eindeutig bewusst, so wie er sie anlächelte und sich dann auf die Unterlippe biss.

Argh. Genau das wollte sie jetzt auch tun. Und noch viel mehr. Sie wollte ihn unbedingt! Und mit einem Mal wusste sie nicht einmal mehr, wieso eigentlich nicht. Sie versuchte, sich wieder daran zu erinnern, aber ihr Hirn war wie eingefroren. Nur daran lag es, dass sie aufhörte, den Sitz zu umklammern, und stattdessen in sein Haar griff und ... ihre Lippen auf seinen Mund drückte.

Er rührte nicht den kleinsten Muskel, aber als sie zurückwich, war sein durchdringender Blick dunkel wie die Nacht.

„Versteh das jetzt nicht falsch“, wisperte sie.

„Kann man es falsch verstehen, wenn man von einer schönen Frau geküsst wird?“

„Ähm ...“

Er lachte leise, als ob sie ihn irgendwie amüsieren würde, bevor er dasselbe tat wie sie zuvor. Er fasste in ihr Haar, und das Begehren, das sie bereits vollkommen im Griff hatte, rieselte hinab über ihre Brust und ihren Bauch und noch tiefer.

„Ähm ...“

Seine Mundwinkel hoben sich. „Das sagtest du bereits.“

Sie lachte nervös, albern wie eine Sechzehnjährige, aber im Ernst: Seine Stimme war so tief und heiser, dass sie seine Worte geradezu spüren konnte … noch ein Wort, und sie würde sich vor seinen Augen lächerlich machen.

Er wartete darauf, dass sie etwas sagte, aber ihr fiel nichts ein. Kein einziger greifbarer Gedanke war in ihrem Kopf.

Sein kleines Lächeln war unanständig. Dann neigte er sich zu ihr hinab und versiegelte ihre Lippen mit seinem perfekten Mund, langsam, ohne Hast. Dabei löste er mit einer Hand ihren Gurt, schlang einen starken Arm um ihre Hüften und zog sie an sich.

Pulsierende Hitzewellen jagten durch ihren Körper, und als sie hilflos seufzte, verstärkte er seinen Griff, und sein Kuss wurde leidenschaftlicher.

Sie hatte zwar die Initiative ergriffen, aber jetzt war ihr die Kontrolle entglitten. Sie streichelte ihn mit den Fingerspitzen und hörte sein dunkles, ungeheuer erotisches Aufstöhnen. Dann wich sie zurück und starrte zu ihm hoch.

„Keine Ahnung, womit ich das verdient habe." Er strich ihr mit einem Finger über die Schläfe. „Aber ich werde Pita jetzt ins Haus bringen, bevor wir hier zu weit gehen."

Sie sahen sich an. Seine Augen funkelten belustigt, kleine Fältchen entstanden in seinen Augenwinkeln. Richtig, dachte sie. Gut. Wenigstens einer von ihnen konnte noch einen klaren Gedanken fassen.

„Okay?", fragte er, und erst da wurde ihr klar, dass sie die Finger noch immer in sein Sweatshirt gekrallt hatte.

„Klar." Sie zwang sich, die Hände zu lösen. Als sie die Falten glattstrich, konnte sie wieder seine Bauchmuskeln unter dem Stoff spüren. Sehr hart.

Sie hätte gern an ihm geleckt wie an einem Lutscher.

Doch er wollte ja schließlich nicht zu weit gehen. Nicht mit ihr, das durfte sie nicht vergessen. Vielleicht sollte sie es sich aufschreiben. Sie begann innerlich zu nicken wie ein Wackeldackel. Er sagte ihren Namen und wartete, bis sie ihn ansah.

„Obwohl ich das natürlich will. Zu weit gehen“, sagte er mit dieser aufwühlenden Leidenschaft im Blick, die ihr langsam vertraut vorkam. „Aber nicht in meinem Auto, Willa. Nicht mit dir.“ Er richtete sich auf und wartete, bis auch sie aus dem Auto gestiegen war. Dann nahm er den Katzenkorb in eine Hand und griff mit der anderen nach ihrer.

„Ist schon okay“, sagte sie schnell. „Ich kann hier warten.“

„Du willst doch wohl jetzt nicht kneifen?“, fragte er amüsiert. „Du kannst deine Neugier befriedigen und dich gleichzeitig davon überzeugen, dass ich für heute Abend nicht doppelt gebucht bin.“

Sie versuchte, sich aus seinem Griff zu lösen, doch das funktionierte nicht. Der Blödmann lachte leise in sich hinein und schob sie vor sich ins Haus.

Als sie die herrlichen viktorianischen Details sah, war jeglicher Ärger sofort verflogen. Wunderschöne aufwändige Verkleidung, eine Treppe mit reich verziertem Holzgeländer und Stufen und anmutige Leuchten im Eingangs- und Wohnbereich.

„Wow!“ Sie betrachtete den überraschend großzügigen Raum, dessen Holzböden noch mit schützenden Plastikfolien bedeckt waren. Von hier aus konnte man die offene Küche sehen, außerdem Teile des noch nicht fertigen Lofts im oberen Stockwerk. Der Ess- und Wohnbereich wurde offensichtlich als Büro genutzt.

„Du sagtest, dass du hier wohnst?“

„Zeitweise.“

„Ich sehe keinen Weihnachtsschmuck.“

„Nein." Er beugte sich vor, um den Katzenkorb hinzustellen, und öffnete ihn. Dann richtete er sich wieder zu seiner vollen Größe auf und starrte hinab, die Hände kriegerisch in die Hüften gestützt. „Ich habe momentan drei Projekte. Das hier ist eines davon."

Sie sah sich staunend um. „Wie hast du so ein Geschäft nur zum Laufen gebracht?"

„Kurz gesagt habe ich gebettelt und gestohlen und Geld geliehen, um meine erste Ruine zu kaufen. Und dann habe ich bis zum Umfallen geschuftet, um nicht pleitezugehen."

„Ruine?", fragte sie.

„In dem Fall eine Zwangsvollstreckung. Ich hab es aufgemotzt und schnell mit etwas Gewinn verkauft. Die Betonung liegt auf etwas." Er lächelte schmal. „Mit der Zeit wurde es besser."

„Jemand wurde aus seinem Haus geworfen?", fragte sie. „Und du hast damit Profit gemacht?"

„Das war ihre eigene Entscheidung", erklärte er pragmatisch. „Die Bank wollte ihr Geld zurück. Ich habe ein komplettes Jahr lang nichts als Käsemakkaroni gegessen, damit es funktioniert."

Okay, das konnte sie verstehen. Denn wie er selbst gesagt hatte, verdiente man sein Geld eben so, wie man es verdiente. Sie betrachtete noch einmal diese wunderschönen, unbeschreiblichen Details seiner Arbeit und staunte über sein Talent. „Es ist unglaublich schön."

„Das hättest du am Anfang ganz bestimmt nicht gesagt", sagte er. „Es war eine totale Bruchbude. Dieses Haus gehört mir am längsten und hat von allen Projekten die meiste Arbeit gemacht. Ich muss es wirklich so schnell wie möglich verkaufen. Eigentlich hätte ich das schon lange tun sollen."

Das verblüffte sie. „Wie kannst du ein Haus verkaufen, in das du so viel Herzblut gesteckt hast?"

„Es ist viel Geld wert", meinte er, doch irgendetwas an seiner Körpersprache – vielleicht die gestrafften Schultern – sagte ihr, dass dies noch nicht das Ende der Geschichte war.

„Den Gewinn stecke ich in mein nächstes Projekt", sagte er.

Und doch hatte er es noch nicht verkauft. Wahrscheinlich bedeutete es ihm einfach zu viel, und sie konnte gut verstehen, weshalb.

„Vielleicht hängst du schon zu sehr daran."

Er schüttelte überrascht den Kopf. „Ich hänge an nichts."

Sie sah ihn an. „An gar nichts?"

„Dafür ist in meiner Welt kein Platz."

„Hm." Willa dachte an all das, woran sie hing. Ihre Freunde, die praktisch ihre Familie waren. Rory, Cara und all die anderen Mitarbeiter. „Ich hänge an jedem und allem", gestand sie.

„Was du nicht sagst."

Sie betrachtete ihn bestürzt. „Was meinst du damit?"

Er sah sie an und lachte leise. „Ich habe dich in Aktion gesehen, Willa. Wenn du Freundschaft schließt, dann für immer. So kommt es mir jedenfalls vor. Genauso ist es mit den Tieren. Ich könnte wetten, dass du noch nie einen Zweibeiner oder Vierbeiner kennengelernt hast, den du nicht mochtest. Du sammelst Herzen und Seelen wie andere Frauen Schuhe."

„Hey. Ich habe jede Menge Schuhe." Irgendwie hatte er recht. Vielleicht sammelte sie wirklich Herzen und Seelen. Aber sie durfte sie nicht behalten. Als Heimkind hatte sie das schnell gelernt. Man lieh sich die Menschen, die man liebte – und die Tiere – nur aus. Behalten war nicht erlaubt.

Auch nicht, wenn man es wollte.

„Mir gefällt dieses Haus wirklich sehr." Sie drehte sich einmal um ihre eigene Achse. „Es ist so warm und einladend. Wenn es mir gehören würde, würde ich nie wieder ausziehen."

„Das ist es ja, es ist nicht mein Zuhause."

„Wo ist dein Zuhause dann?"

Er zögerte. „Das habe ich noch nicht entschieden." Er blickte sich um, als sähe er das Haus zum ersten Mal. „Wenn ich so weit wäre, dann sollte es ein Haus wie dieses sein. Aber momentan schlafe und arbeite ich hier nur. Es müssen noch ein paar Kleinigkeiten gemacht werden, bevor ich es zum Verkauf anbieten kann."

Sie beobachtete ihn, während er sprach. Er hatte sich etwas weggedreht und sah zum Katzenkorb, aber das war es nicht, was Willa aufmerken ließ.

Nein, sie kaufte ihm einfach nicht ab, was er sagte. Egal, was er behauptete, sie war sich ziemlich sicher, dass er noch nicht bereit war, das Haus aufzugeben.

Vielleicht … vielleicht hing er doch an etwas. An diesem Haus. Und irgendwann … würde er vielleicht an ihr hängen.

Dieser abwegige Gedanke war aus heiterem Himmel gekommen und äußerst alarmierend. Sie musste sich anstrengen, ihn ausdruckslos anzusehen. Nein, das würde niemals geschehen. Weil sie es nicht zuließ. Nicht hier und nicht mit ihm. Denn eines wusste sie aus eigener Erfahrung nur zu genau: Wenn ihr Herz einmal zuschnappte wie ein Pitbull, war ein Wunder nötig, damit sie wieder losließ.

6. Kapitel

#HitMeWithYourBestShot

Während Willa sich noch mit ihren ungewollten Gefühlen für Keane befasste, begann die Welt sich langsam wieder zu drehen, vollkommen desinteressiert an ihrer erschreckenden Erkenntnis.

Sie konnte nur hoffen, dass Keane genauso desinteressiert war. Doch dafür musste sie sich endlich zusammenreißen. Schließlich gehörte er nicht zu den Männern, die nie etwas kapierten.

Im Gegenteil.

Zum Glück wählte Petunia genau diesen Moment, um aus ihrem Katzenkorb zu spazieren, die Nase arrogant in die Luft gestreckt und mit zuckendem Schwanz.

Bis sie Willa sah. Sofort stieß sie einen kleinen zufriedenen Schrei aus und trottete zu ihr hinüber. Ihr rundes Bäuchlein schwang hin und her, während sie sich schnurrend um Willas Beine schlängelte.

„Undankbar", sagte Keane.

Willa entspannte sich ein wenig. Okay, Themenwechsel. Das war gut. Das war großartig. Sie atmete langsam aus, hielt bei Keanes nächsten Worten aber gleich wieder die Luft an.

„Was ist los?"

„Nichts."

Sein Gesichtsausdruck war skeptisch. „Irgendwas ist doch. Etwas hat sich verändert. Liegt das am Haus oder am Kuss?"

Himmel noch mal. Die meisten Männer waren doch vollkommen begriffsstutzig. Wieso musste sie ausgerechnet den einen küssen, der anders war?

Nein, darüber, was los war, würden sie jetzt definitiv nicht sprechen.

Petunia, offensichtlich der Menschen überdrüssig, stakste davon. Willa sah ihr wehmütig nach. Warum war sie keine Katze? Warum war sie nicht im Wagen geblieben?

„Willa."

„Ähm … warte kurz, mein Handy." Sie zog es aus der Tasche, als ob sie gerade eine wichtige SMS bekommen hätte. Schnell tippte sie:

Alskjfa;oiw;af;o3ij;asjfe

Die Antwort kam umgehend.

ChefinVonAllem:

Schreibst du mir diesen Schrott, um so zu tun, als ob du beschäftigt wärst, weil du mit irgendjemandem nicht sprechen willst? Wer ist es diesmal, dieser Typ von UPS mit der Zahnfleischentzündung?

Willa begann, eine Antwort zu tippen, doch Keane stellte sich hinter sie, direkt hinter sie, und obwohl er sie nicht wirklich berührte, fühlte sie seine Hitze, die Kraft seines großen Körpers. Sie wurde von einem Schauer erfasst, der ihre Knie weich werden ließ.

Ihr Handy piepste ein weiteres Mal, und da es wahrscheinlich wieder Elle war, die sich über sie lustig machte, ignorierte sie die Nachricht. Doch Keane schlang die Finger um ihr Handgelenk und hob das Handy so, dass beide aufs Display sehen konnten.

Es war nicht Elle.

ArschlochExNICHTrangehen:

Vermisse dich.

„Mir gefällt der Kontaktname, den du für ihn hast, wirklich gut“, sagte Keane. „Ist das der berüchtigte Ethan?“

Willa nickte schwach, denn sie war wirklich überrascht, nach allem, was passiert war, noch einmal von ihm zu hören. Ethan war anfangs vollkommen normal gewesen. Aber nach und nach hatte er sich in einen besitzergreifenden, eifersüchtigen, wütenden Kerl verwandelt. Es war so schleichend passiert, dass Willa anfangs noch geglaubt hatte, sich zu irren. Sie hatte sich immer wieder eingeredet, dass er nett war. Außerdem brauchte sie Harmonie und hatte beschlossen, sich einfach noch etwas mehr anzustrengen. Irgendwann würde er schon begreifen, dass er sich keine Sorgen zu machen brauchte, hatte sie gehofft.

Klassischer Fehler.

Eines Abends in einem Club war er völlig ausgerastet. Er hatte versucht, sie aus dem Laden zu schleifen, weil sie mit Finn getanzt hatte. Das war das erste Mal gewesen, dass sie sich gewehrt hatte. Um genau zu sein, hatte sie ihm ihren Drink ins Gesicht geschüttet und ihn damit dazu gebracht, völlig unkontrolliert loszubrüllen.

Das war der Moment gewesen, in dem Archer ihn aus dem Club geworfen hatte.

Und Willa ihn aus ihrem Leben.

Am nächsten Tag hatte sie feststellen müssen, dass ihre Kasse im Laden leergeräumt worden war. Dreihundert Dollar und ein Stapel Grußkarten fehlten.

Lange Zeit hatte sie die Schuld dafür bei sich selbst gesucht, doch irgendwann hatte die Wut überwogen und sie darauf gebrannt, eine Entschuldigung von ihm zu bekommen. Aber auch das ließ eines Tages nach, und was übrig blieb, war eine schwer erkämpfte Reife. Sie war nicht länger die Frau, die jedem Fremden ihr letztes Hemd gab. Nein, sie war nur eine Frau, die einem Fremden mit seiner Katze half. Bei diesem Gedanken angelangt, prustete sie leise.

„Ist das lustig?“, fragte Keane.

„Nicht lustig im Sinne von lustig. Eher so …“ Sie formte mit Finger und Daumen eine Pistole, die sie sich an die Schläfe hielt. „Eher Ich-erschieß-mich-gleich-lustig.“

Keane wirkte kein bisschen erheitert. „Das ist dieser Vollidiot, richtig?“

Da er auf einmal mehr als angespannt wirkte, blickte sie zu ihm auf und lächelte ihm zu, um ihm zu beweisen, dass sie ihre Vergangenheit nicht mehr kümmerte. Himmel, so langsam gewöhnte sie sich daran. „Gibst du mir einen Moment?“

Er nickte, ging aber nicht weg. Okaaaay. Dann musste sie diesen Text eben vor Publikum verfassen.

Der gewünschte Gesprächspartner leitet diese SMS an die Polizei weiter, die nach wie vor versucht, dich zu finden. Bitte um deine derzeitige Adresse und den Namen deines Arbeitgebers, um ihr die Aufgabe zu erleichtern. Muss aber nicht sein, denn du hast ein schweres Verbrechen begangen, und die Polizei kann dich in diesem Moment über dein Handy orten.

Sie spürte die etwas zu starke Präsenz von Keane in ihrem Rücken. „Was genau hat dieser Typ dir angetan?"

Nichts, worüber sie jetzt sprechen wollte. Oder jemals. „Er hat sich einfach nur den Kontaktnamen, den ich ihm gegeben habe, verdient."

„Das mit der Handyortung gefällt mir am besten", sagte Keane.

Sie lachte etwas. „Ich weiß selbst nicht genau, wie das funktioniert. Aber ich habe es mal bei *Criminal Minds* im Fernsehen gehört."

„Nett." Seine Stimme klang warm und ermutigend. „Und jetzt leite den Text weiter an die Polizei, wie du geschrieben hast."

Sie schnitt eine Grimasse. „In der Hinsicht habe ich offen gestanden gelogen. Allerdings habe ich Archer versprochen, dass er sich persönlich darum kümmern darf, sollte Ethan je wieder Kontakt mit mir aufnehmen. Archer war mal bei der Polizei, und er hat nichts verlernt." Sie hob den Kopf, um Keane in die Augen zu sehen. „Ich glaube, er freut sich riesig darauf."

„Gut. Schick ihm die Nachricht."

„Jetzt?"

„Jetzt."

Na schön, dann los. „Fühlst du dich jetzt besser?", fragte sie.

Archer antwortete sofort.

Kümmere mich darum. Mach dir keine Sorgen.

„Ja", sagte Keane. „Ich fühle mich besser."

Sie verließen das Haus. Willa warf noch einmal einen Blick zurück, als sie zum Wagen gingen. Es war etwas albern, sich in ein Haus zu verlieben, aber genau das hatte sie getan.

Als Nächstes fuhr Keane zum Embarcadero. Dort hatte man eine Aussicht, die jede andere in der Stadt in den Schatten stellte. Zumindest nach Willas Meinung. Sie gingen eine Weile am Wasser entlang, dann blieben sie stehen, um den atemberaubenden Anblick der Bucht zu genießen.

„Ich dachte, wir essen hier", sagte Keane und deutete auf das Waterfront-Restaurant hinter ihnen.

Sie zögerte. „Ich dachte, wir essen einen Burger oder Tacos. Ich glaube, hierfür bin ich nicht richtig angezogen."

Er betrachtete ihren Pulli und die Skinny Jeans – wobei sie mindestens fünf Kilo abnehmen müsste, um auch nur annähernd als *skinny* bezeichnet werden zu können.

„Mir gefällt, was du anhast", sagte er. „Du bist wunderschön."

Das machte sie tatsächlich sprachlos.

„Und außerdem will ich nicht einfach nur irgendwas Schnelles."

Sie starrte ihn an. „Ist das zweideutig gemeint?"

„Genau genommen könnte es dreideutig sein."

Sie lachte und blickte zum Eingang des Restaurants. Sie war schon oft daran vorbeigegangen, verzückt sowohl vom Ausblick als auch von der Speisekarte, doch hineingegangen war sie nie.

Wie sich herausstellte, war das Essen fantastisch.

Und Keanes Gesellschaft ebenfalls. *Schöner Mist.*

Während sie aßen, betrachteten sie den Mond, der über dem Wasser hing. Eine salzige Brise strich über die Terrasse und vermischte sich mit der warmen Luft der Heizstrahler, die neben den Tischen standen.

Es war unerwartet … romantisch. So romantisch, dass sie ihre Hormone anweisen musste, sich bitte locker zu machen.

Doch die hörten gar nicht auf sie. Sie fühlte sich mehr zu Keane hingezogen, als gut für sie war. Er war klug, witzig, sexy … Irgendwann kam ihr der geniale Gedanke, sich auf all das zu konzentrieren, was ihr an ihm nicht gefiel.

„Warum gibt es in deinem Haus überhaupt keine Weihnachtsdekoration?“, fragte sie.

„Weil du die gesamte Stadt leergekauft hast.“ Okay, darüber musste sie einfach lachen.

„Elle findet, mein Laden sieht aus, als ob Weihnachten und Silvester ein Baby bekommen hätten, das alles vollgesabbert hat.“

Als er lächelte, dachte sie: Bingo!, denn genau das mochte sie nicht an ihm – dass er ihren zugegebenermaßen zwanghaften Drang, Weihnachten in XXL zu zelebrieren, missbilligte.

„Könnte schlimmer sein“, sagte er. „Ich habe beispielsweise keinen Weihnachtsmann in deinem Laden gesehen.“

„Der kommt noch. Ich veranstalte einen Santa-Extravaganza-Abend. Kunden bringen ihre Tiere, wir stylen sie, und danach können sie sich mit dem Weihnachtsmann fotografieren lassen.“

„Nett. Mir gefällt dein Unternehmergeist.“ Er lächelte. „Drehst du an allen Feiertagen so auf, oder beschränkt sich das auf Weihnachten?“

Weil seine Frage wirklich interessiert klang und sie in seinen Augen keine Spur von Spott erkennen konnte, antwortete sie offener als geplant. „An allen Feiertagen. Das liegt an meiner Kindheit, in der ich meistens gar nicht feiern konnte.“

Sein Lächeln erlosch. Und Willa entwickelte urplötzlich eine übertriebene Faszination für ihren letzten Schluck Wein.

„Waren deine Eltern nicht so scharf auf Feiertage?“

Sie zuckte die Achseln. „Mein Dad hat sich selbst auf der

Jagd erschossen, als ich zwei war. Meine Mom war noch jung, als sie mich bekam, zu jung. Sie … war für die Mutterrolle nicht gemacht."

Die Untertreibung des Jahres. Doch zumindest war sie mit der Zeit etwas besser darin geworden – gut genug wenigstens, um hin und wieder anzurufen.

Und um Geld zu bitten.

Keane berührte ihre Hand und drückte sanft ihre Finger. „Umso besser, dass du es an den Feiertagen jetzt so richtig krachen lässt. Also, kommt dann auch Väterchen Frost an Silvester?"

„Nein", sagte sie mit einem Lachen. „Aber Amor kommt am Valentinstag."

Er musterte sie, dann brach er in Gelächter aus, etwas, wonach Willa ganz schnell süchtig werden könnte. Verdammt. Hastig durchforstete sie ihr Hirn nach weiteren Punkten, die sie nicht an ihm mochte. Beispielsweise dass er nicht bereit war, eine Bindung zu Petunia aufzubauen. Es nicht zu können wäre etwas anderes, aber es nicht zu wollen … Zudem wusste er ihr Dekorationstalent nicht anständig zu würdigen. Und dazu kam noch die Tatsache, dass er küssen konnte wie ein Gott … Nein, halt. Das war ein Vorteil, kein Nachteil.

„Was ist mit dir?", fragte sie. „Wie gehst du mit Feiertagen um?"

„Im Gegensatz zu dir habe ich keinen guten Grund, mich für das eine oder andere zu entscheiden", antwortete er. „Ich war für meine Eltern eine späte und unerfreuliche Überraschung. Sie waren beide Professoren am College und hatten bereits zwei Töchter großgezogen. Sie haben ihre Arbeit sehr wichtig genommen, da waren ihnen Feiertage nur im Weg."

Das klang ziemlich einsam. Und traurig. „Also hast du auch

nie besonders viel gefeiert?“ Mit einem Mal fühlte sie sich ziemlich … mies. Früher in der Schule hatte sie ihn immer nur als tolle Sportskanone betrachtet, dabei war der Sport vielleicht alles gewesen, was er gehabt hatte.

Aber wenn das mal kein Stich ins Wespennest war …

„Nein, bei den Winters wurde nicht viel gefeiert“, sagte er. „Und du wolltest von mir kein Mitleid, Willa, also wage es ja nicht, mit mir Mitleid zu haben. Ich kannte es nicht anders, also war es mir egal.“

„Aber …“ Sie schluckte die restlichen Worte hinunter, weil es stimmte. Er hatte sie mit Würde und Respekt behandelt, und genau das hatte er auch verdient. „Siehst du deine Familie oft?“

„Nicht so oft, wie ich sollte“, sagte er mit einem Anflug von Bedauern. „Mir war nicht mal so richtig klar, dass ich eine Tante Sally habe, bis sie vor etwas über zwei Wochen plötzlich vor meiner Tür stand.“

Willa, die jahrelang erfolglos versucht hatte, irgendwelche Familienmitglieder ausfindig zu machen, betrachtete ihn fasziniert.

„Im Ernst?“

„Ja. Sie ist die Schwester meiner Oma. Und offenbar hat es vor fünfzig Jahren einen riesigen Streit gegeben, als sie sich in denselben Mann verliebten.“

„Wow! Und wer hat ihn bekommen?“

„Meine Großmutter. Sie hat dann wohl ihre Schwester dabei erwischt, wie sie mit ihm geflirtet hat, und ihr vorgeworfen, ihn ihr ausspannen zu wollen. Das hat die ganze Familie entzweit.“

„Wie schrecklich.“

„Ich denke, auch ohne diesen Skandal hätten wir uns nicht besonders nahegestanden. Wir Winters sind nicht sehr emotional. Wir behalten gern alles für uns und sind auch ziemlich gut darin.“

Willa schüttelte den Kopf, denn obwohl er wahrscheinlich glaubte, was er sagte, hatte er in der kurzen Zeit, seit sie ihn das erste Mal wiedergesehen hatte, schon jede Menge Emotionen gezeigt. Frustration und Erschöpfung, als er Petunia das erste Mal vorbeigebracht hatte. Wut, die er vor ihr zu verbergen versuchte, als sie die SMS von Ethan bekommen hatte.

Und dann die pure Leidenschaft, während er sie geküsst hatte.

Doch, er fühlte sehr viel. Es gefiel ihm bloß nicht.

Und das konnte sie durchaus verstehen. Sie mochte es auch nicht, wenn sie von ihren Emotionen überwältigt wurde. Der Unterschied zwischen ihnen beiden war, dass er seine Emotionen immer schnell in den Griff bekam.

Etwas, das ihr nie gelang.

Nach dem Abendessen spazierten sie noch etwas herum und gelangten schließlich zu dem bunten und lebhaften Markt im Ferry Building. Sie kaufte einen Laib frisches Brot, während Keane einen teuren Whiskey auswählte. Ihr wurde angst und bange. Dieser Abend fühlte sich wie ein richtiges Date an. Deswegen tat sie überrascht, dass es schon so spät war, und schlug vor, nach Hause zu fahren.

Keane schien weder verärgert noch enttäuscht zu sein. Er nahm nur ihre Hand, und zusammen gingen sie zurück zu seinem Truck. Als er um ihr Haus herumkurvte, wurde ihr klar, dass er nach einem Parkplatz Ausschau hielt. Im Geiste fasste sie die Tatsachen zusammen.

Erstens zeigte sich ein Dreitagebart auf seinen Wangen, und sie sehnte sich danach, ihn auf ihrer Haut zu spüren.

Zweitens hatten sie eine Flasche Wein getrunken.

Drittens wollte er sie ganz eindeutig zu ihrer Wohnungstür bringen.

Das alles zusammengenommen ließ nur einen einzigen unangenehmen Schluss zu – dass sie sich ohne großes Theater hemmungslos auf ihn stürzen würde, sobald er beispielsweise ihren Mund auf diese unfassbar männliche Art und Weise anschaute.

„Du brauchst keinen Parkplatz zu suchen", sagte sie hastig. Als er hinter einem Wagen hielt, der gerade ausparken wollte, streckte sie die Hand nach dem Türgriff aus. „Ich kann gleich hier aussteigen." Sie lächelte ihn strahlend an und konnte nur hoffen, dass ihre Augen nicht panisch aufgerissen waren. „Vielen Dank für die Einladung", brachte sie noch hervor, dann hüpfte sie aus dem Wagen.

„Willa. Warte …"

Aber das konnte sie nicht. Sie musste sich verdammt noch mal aus dem Staub machen, bevor sie etwas Unüberlegtes tun konnte. Sie rannte in den Hof des Gebäudes, ohne zurückzusehen.

Es war ihr lange schon in Fleisch und Blut übergegangen, an dem Brunnen Halt zu machen und ihre Taschen zu durchwühlen. Hundesnacks. Ihre Schlüssel. Und ja, ein Nickel, den sie ins Wasser werfen und sich dabei wie immer dasselbe wünschen konnte.

Old Man Eddie, der Obdachlose, der in der Gasse wohnte, spähte um die Mauer herum. Er saß auf seinem Karton zwischen zwei Mülltonnen – sein Lieblingsplatz, weil er von hier aus sowohl in den Hof als auch auf die Straße sehen konnte. Er war wie immer freundlich und gut gelaunt, doch schien sein Lächeln nicht so strahlend wie sonst.

„Hat sich schon mal ein Wunsch erfüllt?", fragte er.

„Noch nicht. Geht es dir gut?"

Er hob eine Schulter. „Ich warte darauf, dass langsam mal Weihnachtsstimmung aufkommt."

Viele Bewohner des Hauses sorgten dafür, dass Eddie alles hatte, was er brauchte, allen voran Spence, Willa und Elle. Sie hatten mehrfach versucht, ihn in einem Obdachlosenheim unterzubringen, doch er lebte lieber auf der Straße. Als sie die Gasse hinuntersah, wurde ihr klar, warum er noch nicht in Weihnachtsstimmung sein konnte. Hier war es dunkel und feucht. „Ich hab dir Essen mitgebracht." Sie reichte ihm die Tüte mit den Resten ihres Dinners. „Hummer Linguini, schlecht für die Taille, schmeckt aber fantastisch."

„Danke, mein Mädchen. Wieso so früh zurück? Unangenehmes Date?"

„Schlimmer", sagte sie. „Fantastisches Date."

Die Tüte fest umklammert, nickte er, als verstünde er nur zu gut. „Danke für das Essen. Aber ich glaube, ich gehe erst mal zu The Presidio. Die Häuser dort sind mit Lichtern und Zweigen geschmückt, und vor einigen stehen Körbe mit Süßigkeiten."

„Pass auf dich auf." Sie sah ihm hinterher. Ihre eigenen Probleme waren vergessen, weil sie bereits fieberhaft überlegte, wie sie Eddie helfen konnte, in Weihnachtsstimmung zu kommen.

Und da hatte sie eine Idee.

Sie machte auf dem Absatz kehrt und rannte in ihren Laden. Sie nahm eine Lichterkette ab, die über der Ladentheke hing, schnappte sich ein Verlängerungskabel und ihren Tacker. Wenige Minuten später stand sie in Eddies Gasse und befestigte die Lichterkette über seinem Platz zwischen den beiden Mülltonnen.

Sie trat einen Schritt zurück, um ihr Werk zu betrachten. Die

Lichter ließen die Gasse hell und warm erstrahlen. Sie nickte zufrieden.

Als sie fünf Minuten später im vierten Stock aus dem Fahrstuhl stieg, zitterte sie vor Kälte und war so tief in Gedanken versunken, dass sie der Schatten eines großen, kräftigen Mannes fast zu Tode erschreckte.

„Verdammt, Keane!“, stieß sie hervor, eine Hand auf ihr Herz gepresst. „Hast du mich vielleicht erschreckt.“

„Hast du gerade wirklich die Gasse für einen Obdachlosen geschmückt?“, fragte er.

„Kann sein. Und sein Name ist Eddie.“

Bei seinem Blick wurde ihr sofort warm. Bei seinem Lächeln auch.

„Lachst du mich aus?“, fragte sie.

„Ich würde niemals eine Frau auslachen, die dunkle Gassen schmückt und einen gefährlichen Tacker in meiner Schritthöhe in der Hand hält.“

Sie blickte an sich herab und verdrehte die Augen. „Die Gasse sah so einsam aus.“

„Du meinst, Eddie sah einsam aus und du wolltest ihm etwas Gutes tun.“

Das auch.

Er legte einen Finger unter ihr Kinn und zwang sie aufzusehen. Sein Blick war ernst geworden. „Du bist unglaublich“, sagte er. „Weißt du das?“

Sie wand sich etwas wegen des unerwarteten Kompliments. „Wenn ich dir eine ernst gemeinte Frage stelle, Willa, wirst du mir dann ehrlich antworten?“

Sie zögerte. „Vielleicht.“ Vielleicht nicht.

„Warum willst du mich nicht mögen?“

Sie blinzelte. „Wie bitte?“

„Du hast mich schon verstanden. Mir entgeht hier irgendetwas, etwas Wichtiges, glaube ich. Hören wir auf mit den Spielchen, Willa, sag es mir. Nachdem du mich geküsst hast, hast du kein Recht mehr auf Geheimnisse."

„*Wir* haben uns geküsst", flüsterte sie.

„Ja, und ich werde dich wieder küssen, sobald wir dieses Gespräch beendet haben."

„Nein, das wirst du nicht." Sie holte zittrig Luft, hielt sie einen Moment an und stieß sie dann langsam aus. „Schön, ich erzähle es dir", sagte sie, weil sie sowieso keine Lust mehr hatte, es länger für sich zu behalten. „Aber vergiss nicht, dass du es wissen wolltest."

Er nickte.

„Wir sind vor ein paar Jahren auf dieselbe Highschool gegangen." Jetzt, wo sie endlich damit herausrückte, brach der Rest geradezu aus ihr heraus, als würde das die Demütigung von damals erträglicher machen. „Du warst der beliebte Sportstar, und ich war … ein Niemand. Du hast mich bei meinem ersten – und letzten – Ball sitzen lassen." Es laut auszusprechen machte sie genauso wütend wie damals. „Und um noch Öl ins Feuer zu gießen, kannst du dich nicht einmal daran erinnern."

Er starrte sie nur an. „Sag das noch mal. Langsamer. Und auf Englisch."

„Nein." Sie drehte sich zu ihrer Wohnungstür. „Ich werde es nicht noch einmal sagen. Es war schwer genug, damit zu leben, und noch schwerer, es auszusprechen."

Er hielt sie fest, drehte sie energisch zu sich herum und drückte sie an die Flurwand. „Warum kann ich mich nicht an dich erinnern?"

„Weil du ein Arsch bist?", fragte sie süßlich und versuchte vergeblich, ihn wegzuschieben. „Lass mich."

„Gleich." Er ließ sich nicht vom Thema abbringen. „Wir haben keinen Unterricht zusammen gehabt."

„Nein. Ich war im ersten Jahr und du im letzten. Der Sadie-Hawkins-Ball fand statt, und du warst der einzige Typ an der ganzen Schule, mit dem ich dort hingehen wollte. Ich war neu und hatte noch keine Freunde, die es mir ausreden konnten. Also habe ich dich nach einem deiner Footballspiele abgefangen, und ich dachte … Ach, egal, was ich dachte. Du hattest es eilig …" Sie schloss die Augen, als sie erneut von der alten Schmach übermannt wurde. „Damals habe ich auch zu schnell gesprochen. Viel zu schnell. Du musstest mich bitten, meine Frage zu wiederholen. Zwei Mal."

Er atmete tief aus, schloss die Augen und legte die Stirn an ihre. „Bitte sag mir, dass ich nett war. Sag mir, dass ich kein achtzehnjähriger Mistkerl war."

„Wieso sollte ich so was sagen?" Sie stieß ihm erneut an die Brust. „Immerhin war ich so unscheinbar, dass du dich nicht mal an mich erinnerst."

„Okay, ich war also ein achtzehnjähriger Mistkerl", murmelte er. „*Verflucht!*" Als sie sich von ihm zu befreien versuchte, löste er den Griff. „Hör zu, Willa, ich möchte etwas klarstellen." Er öffnete die Augen und sah sie fest an. „Du bist die am wenigsten unscheinbare Frau, die ich kenne."

Sie seufzte, denn so erbärmlich es auch sein mochte, waren seine Worte Balsam auf ihrer verwundeten Seele. „Nicht …"

„Was habe ich damals zu dir gesagt?"

„Du sagtest: ‚Klingt cool.'" Sie drückte die Stirn an seine Brust. „Und ich bin praktisch nach Hause geschwebt. Ich hatte kein Kleid. Und keine Schuhe. Oder Geld für die Eintrittskarte. Ich habe gebettelt, mir was geliehen und geklaut. Aber ich habe es irgendwie hinbekommen, habe wirklich alles dafür getan, um gut genug für eine Verabredung mit Keane Winters zu sein."

Er seufzte bedauernd. „Damals hatte ich ein echtes Problem mit Mädchen. Ich konnte einfach nie Nein sagen."

„Mir kommen gleich die Tränen."

Er grinste. „Ich weiß. Aber da gab es diese Sport-Groupies und …"

„Oh mein Gott." Sie hielt sich die Ohren zu. „Halt die Klappe! Ich will nichts davon hören."

„Ich sage doch nur, dass die immer bei unserem Training rumhingen und sich auf uns gestürzt haben, sobald wir aus der Umkleidekabine kamen. Wenn du dort warst, habe ich dich wahrscheinlich für eine von ihnen gehalten."

Bereit zuzugeben, dass er womöglich recht hatte, hob sie die Schultern. Trotzdem gelang es ihr, weiter sauer auf ihn zu sein. „Du hättest mit einem Blick sehen müssen, dass ich kein verdammtes Groupie war."

„Sollte man meinen. Aber achtzehnjährige Jungs sind Arschlöcher." Er wirkte reumütig. „Erzähl mir den Rest."

„Mehr gibt es nicht zu erzählen. Du bist nicht aufgetaucht. Und du hast mich nie mehr auch nur eines Blickes gewürdigt."

„Willa …"

„Ende der Geschichte. Sowohl damals wie auch heute." Sie tauchte unter seinen Armen hinweg, zog fieberhaft die Schlüssel aus der Tasche und stürzte in ihre Wohnung. Die Tür knallte sie heftiger zu, als nötig gewesen wäre. Sie wusste nicht, ob sie enttäuscht oder erleichtert war, dass er keine Anstalten machte, ihr zu folgen.

7. Kapitel

#FallenAndCantGetUp

Keane wachte mit einem heftigen Druck auf der Brust auf. Es fühlte sich an, als hätte er einen Herzinfarkt – zweifellos weil er sich die halbe Nacht lang das Hirn zermartert und versucht hatte, sich an Willa aus seiner Schulzeit zu erinnern.

Zu seinem Leidwesen konnte er es noch immer nicht.

Er hatte ihr die reine Wahrheit erzählt. Damals hatten die Mädchen wirklich immer nach dem Training auf die Spieler gewartet. Die meisten hatte er ignoriert, und wenn sie es einfach nicht zuließen, ignoriert zu werden, hatte er sie angelächelt und den Weg bis zum Parkplatz mit ihnen geflirtet, weil er niemanden verletzen wollte.

Deswegen brachte es ihn fast um, dass er dabei ausgerechnet Willa verletzt hatte.

Tatsächlich hatte er sich nie große Gedanken darüber gemacht, wie diese Mädchen seine albernen und dummen Kommentare, mit denen er vor ihnen floh, wohl verstanden. Erst ab dem College war er Frauen gegenüber nicht mehr ganz so schüchtern gewesen.

Okay, kein bisschen schüchtern mehr.

Seine erste richtige Freundin, Julie Carmen, lernte er gleich im ersten Jahr kennen. Die Beziehung wurde schnell ernst, befeuert von der puren, überwältigenden Leidenschaft Achtzehnjähriger.

Am Ende des ersten Jahres dachte er nicht mehr mit dem Kopf, zumindest nicht mit dem zwischen seinen Schultern. Zum ersten Mal in seinem Leben gab es einen Menschen, der so vernarrt in ihn war, dass er jeden wachen Augenblick mit ihm verbringen wollte, und das machte ihn an. Er wollte sie heiraten, so albern es heute klingen mochte. Er versuchte, es locker anzugehen, sich ein wenig zurückzuhalten, doch am Ende platzte er bei einem Football-Spiel damit heraus, als sie Hotdogs aßen und Bier tranken.

Nicht sonderlich clever.

Julie ging jedoch cool damit um, und er war … glücklich, zum ersten Mal in seinem Leben wirklich glücklich. Und zwar zwei Wochen lang, bis sie ihm den Laufpass gab und verkündete, sie wäre nur mit ihm zusammen gewesen, um Spaß zu haben und weil sein Körper scharf wäre, und es täte ihr leid, aber er erwarte viel mehr von ihr, als sie ihm geben könne.

Danach war es mit seiner Schüchternheit gegenüber Frauen vorbei. Er akzeptierte, dass er nicht der Typ für langfristige Beziehungen war, und war sogar froh darüber. Er hatte sowieso nicht das Bedürfnis, sein Herz noch einmal an eine Frau zu verschenken.

Was allerdings One-Night-Stands anging … in dieser Hinsicht übertraf er sich in den nächsten recht chaotischen Jahren selbst. Bis heute, um genau zu sein. Willa war aber anders als jede Frau, die er je kennengelernt hatte. Sie war leidenschaftlich, klug, sexy, und sie brachte ihn zum Lachen.

Ihr Lächeln konnte seinen ganzen Tag erhellen.

Er war sich nicht ganz sicher, was er mit dieser Tatsache anfangen sollte, aber etwas anfangen wollte er auf jeden Fall.

Der Druck auf der Brust wurde größer. Ja, höchstwahrscheinlich ein Herzinfarkt. Nun, hey, er war fast dreißig und hatte ein ziemlich gutes Leben gehabt.

Er bereute nichts.

Höchstens dass er Willa nicht noch einmal küssen und dabei diesen weichen, benommenen Ausdruck auf ihrem Gesicht sehen würde. Diesen Gesichtsausdruck, der ihm bewies, dass sie ihn genauso sehr wollte wie er sie.

Der Druck auf seiner Brust verschob sich und wurde noch heftiger. Als er die Augen öffnete, bekam er beinahe einen Schlaganfall anstelle eines Herzinfarkts.

Pita saß auf seinem Brustkorb. Nase an Nase starrten sie sich an.

„Miau", machte sie in einem Ton, der einerseits besagte, dass sie am Verhungern war, und andererseits, dass sie ihm das Gesicht zerkratzen würde, wenn er nicht endlich aufstand, um sie zu füttern.

Willa hatte ihm vorgeworfen, dass er nicht einmal versuchte, eine Beziehung zu diesem verdammten Vieh aufzubauen. Also hob er eine Hand und tätschelte ihr den Kopf.

Pita kniff die Augen zu Schlitzen zusammen.

„Richtig, du bist eine Katze und kein Hund." Er strich ihr über den Rücken, und sie drückte sich an seine Hand, die Augen halb geschlossen. Vor Vergnügen, wie er hoffte.

„Magst du das?", murmelte er, während er dachte: *Kompromiss*. Also versuchte er es erneut, streichelte ein zweites Mal über ihren knochigen Rücken.

Ein Raunen kam aus Pitas Hals, rau und ungleichmäßig, wie ein Motor, der nach Jahren zum ersten Mal gestartet wurde.

„Wow", sagte er. „Ist das etwa ein Schnurren? Sei lieber vorsichtig. Am Ende magst du mich noch."

Beim nächsten Streicheln biss sie zu. Fest. Nicht fest genug, um seine Haut zu verletzen, doch versenkte sie die Zähne und ließ nicht locker.

„Also noch keine Freunde", stieß Keane hervor. „Schon kapiert. Jetzt lass los." Als sie nicht hörte, setzte er sich auf und schob sie von sich. Mit einem verärgerten Schrei sprang sie ans Fußende des Bettes, drehte ihm den Hintern zu, hob ein Bein und begann, sich ihre intimste Stelle zu putzen.

Er betrachtete seine Hand. Kein Blut, ein gutes Zeichen. Er stieg aus dem Bett und …

… trat in etwas ekelhaft Weiches und noch Warmes. Katzenkotze.

Auf einem Bein herumhüpfend, fluchte er wie ein Bierkutscher, bis es ihm gelang, die Sauerei aufzuwischen, ohne sich selbst zu beschmutzen.

„Soll das ein Witz sein?", fragte er.

„Miau."

Mist, sie saß fest. An der Wand lehnte eine Leiter, weil Mason diese Woche dort oben gearbeitet hatte. Keane, der Höhenangst hatte, war bisher noch nicht oben gewesen und hatte keine Ahnung, wie sie es überhaupt geschafft hatte, diese Leiter hinaufzuklettern.

Er seufzte, kletterte einige Stufen nach oben und streckte die Arme aus. „Na, komm."

Pita hob eine Pfote und putzte ihr Gesicht.

Er senkte den Kopf und lachte. Was sollte er auch sonst tun? Ganz offensichtlich war der Katze seine Höhenangst vollkommen schnuppe. Und ja, es war eine idiotische Phobie für einen Handwerker, aber das änderte auch nichts daran.

Er sah hinunter – verdammt, wie er es hasste –, um sich zu versichern, dass der Boden nur zwei Meter entfernt war. Dann ging er weiter. „Katze", sagte er oben angekommen und griff nach ihr.

Sie sprang, allerdings nicht in seine Richtung. Stattdessen landete sie auf dem obersten Teil der Leiter und rannte geschmeidig an ihm vorbei, als wäre sie Tinker Bell mit ihren Flügeln.

Keane blickte hinab und spürte, wie ihm der Schweiß ausbrach. Mit zusammengebissenen Backenzähnen stieg er hinunter, wo Pita verächtlich auf ihren Fressnapf starrte, der noch vom vergangenen Abend gefüllt war. Das war bemerkenswert.

„Du hast nicht gefressen? Seit wann frisst du nicht?"

Sie wischte mit dem Schwanz durch die Luft und antwortete mit einem „Miau", das sich vermutlich so übersetzen ließ: „Dieser Mist ist für Katzen. Aber ich bin eine Prinzessin, schon vergessen?"

Als er sie genauer betrachtete, stellte er fest, dass sie etwas dünn wirkte, zumindest für ihre Verhältnisse, was ihm mehr Sorgen bereitete als ihr Verhalten. Er hatte diese Woche drei Mal versucht, Sally zu erreichen, doch sie hatte nicht zurückgerufen. Was, wenn Pita abmagerte und starb, bevor Sally sie abholte? Wie sollte er ihr das erklären?

Beunruhigt durchsuchte er seine zugegebenermaßen nicht besonders üppig gefüllten Schränke und fand eine Dose Tunfisch. *Treffer.* „Katzen lieben Tunfisch", erklärte er Pita. „Das sagt Willa jedenfalls."

Pita sah ihn nur tadelnd mit ihren hellblauen Augen an.

Es dauerte eine Weile, bis er einen Dosenöffner gefunden hatte, wobei er zu einer überraschenden Erkenntnis gelangte. Er wohnte hier seit einem halben Jahr, und obwohl es sich um seine absolute Lieblingsimmobilie handelte, war er nie wirklich eingezogen. Ja, er hatte all seine Sachen hier, aber das war nicht viel. Da er in den letzten Jahren oft umgezogen war, von einem

Umbauprojekt zum nächsten, hatte er gelernt, mit leichtem Gepäck zu reisen.

Vielleicht zu gut gelernt.

Als er endlich den Dosenöffner gefunden hatte, wedelte er damit triumphierend durch die Luft. Pita wirkte wenig beeindruckt. Er öffnete die Dose, leerte den Inhalt in einen anderen Napf und stellte ihn vor sie hin.

Sie erstarrte, dann schnupperte sie daran mit der Vorsicht eines königlichen Vorkosters.

„Das ist weißer Tunfisch", sagte er. „Wirklich gutes Zeug."

Sie schnüffelte noch einmal kurz, drehte sich um und ging davon.

Er starrte ihr hinterher. „Im Ernst? Du leckst dir den eigenen Hintern, aber rümpfst bei Tunfisch die Nase?"

Er betrachtete sie noch immer ungläubig, als sein Handy klingelte. „Keane Winters", zischte er, ohne auf das Display zu sehen. „Katze zu verkaufen."

Es entstand eine lange Pause.

„Hallo?", rief er.

„Verkaufst du meine Katze?", erklang die leise und etwas zittrige Stimme einer älteren Frau.

Mist. Seine Großtante Sally. „Tut mir leid, ein schlechter Witz." Er schnitt eine Grimasse und fuhr sich mit einer Hand durchs Haar. „Wie froh ich bin, von dir zu hören. Ich habe versucht, dich …"

„Ich weiß." Ihre Stimme klang recht kraftlos. „Ich bin vor der Tür. Kann ich hereinkommen?"

„Ja, natürlich." Machte sie Witze? Sie war hier, um Pita abzuholen, da würde er ihr sogar einen roten Teppich ausrollen. „Du hättest nicht vorher anrufen müssen …"

„Ich wollte dich nicht bei irgendwelchen … Meetings stören, die du vielleicht hast. Mit Frauen."

Er unterdrückte ein Lachen, während er zur Haustür ging. Wieso dachten die Leute immer, dass die Frauen bei ihm Schlange standen? „Ich werde all die Frauen in meinem Schlafzimmer einsperren, solange du hier bist."

Er hörte sie nach Luft schnappen.

„Das war ein Witz, Tante Sally. Ich bin allein." Wobei er nichts dagegen gehabt hätte, Willa lang ausgestreckt in seinem Bett zu wissen …

Er öffnete die Tür. Sally war in einen dicken Mantel eingewickelt, trug zudem Hut, Schal, Handschuhe und Stiefel. Da sie unter eins fünfzig groß war, sah sie ein wenig wie ein Hobbit aus. Mit wackelndem Hut kam sie herein und blieb wie angewurzelt stehen. Mit dem Rücken zu ihm sah sie sich um.

„Wie wunderschön", sagte sie sanft. „Du machst das großartig. Ich habe nie verstanden, warum deine Eltern deinen Beruf so verachten."

Während er noch verblüfft dastand, rief sie nach ihrer Katze. „Petunia, Liebling, komm zu Mami."

Pita kam angerast, mit glänzenden Augen, kleine glückliche Schreie ausstoßend, wie bei Willa.

Die alte Dame und die Katze genossen eine lange Umarmung, dann richtete seine Tante sich langsam auf, noch immer mit dem Rücken zu ihm.

Ein merkwürdiges Schweigen breitete sich aus, von dem er nicht wusste, wie er es brechen sollte. Es stimmte, dass er seine eigenen Eltern nicht besonders gut kannte. Und die hatten ihn aufgezogen. Mehr oder weniger. Tatsächlich war er ein Schlüsselkind gewesen, das einen Großteil seiner Zeit bei Sportveranstaltungen, bei Freunden oder vor einer Spielekonsole verbrachte. Bei seinem Auszug mit achtzehn konnte er die überwältigende Erleichterung spüren, die seine Eltern ergriff. Sie waren praktisch Fremde füreinander, und daran hatte sich in den folgenden Jahren auch nichts geändert.

Seine Tante kannte er noch weniger. „Wie geht es dir?", fragte er.

Sie schwieg lange. „Bereust du es manchmal, wie das mit unserer Familie läuft? Wie wenig wir uns umeinander kümmern?"

Wenn es etwas gab, worüber die Winters nicht sprachen, dann über Gefühle. Niemals. Gefühle waren da, um sie tief zu vergraben und zu verleugnen. Er sah auf ihren steifen Rücken. Ein ungutes Gefühl breitete sich in seinem Bauch aus.

Sie seufzte. „Schön. Hör zu, Keane, es tut mir sehr leid."

Oh Mist. „Sag mir, was los ist."

Sie blieb, wo sie war, doch ihm fiel auf, dass ihre Schultern etwas herabsackten, als sie ihre große Handtasche öffnete. Sie fischte eine Plastiktüte mit Katzenspielzeug heraus. „Für Petunia", sagte sie.

„Aber …"

„Und ich habe auch ihre Lieblingsdecke dabei. Darauf schläft sie so gern."

„Tante Sally." Sanft drehte er sie zu sich herum. „Was ist los?"

„Ich kann sie noch nicht wieder mitnehmen." Ihre blauen Augen schimmerten verdächtig. „Du musst sie noch etwas länger behalten. Meinst du, das geht, ohne dass du sie verkaufst?"

„Das war doch nur ein Scherz." Überwiegend. Was die Frage betraf, ob er Pita länger behalten konnte … Er hatte schon so viel Mist in seinem Leben durchgestanden, da kam er sicherlich auch mit einer kleinen Katze zurecht.

Zumal ja ein Bonus mitgeliefert wurde: Pita würde Willa

einen guten Grund geben, ihn wieder in ihren Laden zu lassen – und tja, einen guten Grund brauchte sie wahrscheinlich. „Rede mit mir."

„Du brauchst dir keine Sorgen zu machen." Sie hob die Hand, um seinen Kopf zu tätscheln, als wäre er ein Kind. Da sie allerdings so viel kleiner war als er, strich sie schließlich etwas linkisch über seinen Unterarm. „Ich lasse ihr Futter liefern", sagte sie. „Petunia braucht eine gewisse Routine."

„Und was brauchst du?"

Sie holte Luft. „Ich muss ihr diesen Umzug so leicht wie möglich machen."

Keane nahm ihre kleine, dünne Hand. „Schon erledigt. Aber jetzt zu dir, Tante Sally. Was kann ich für dich tun?"

Wieder herrschte langes Schweigen. Dann schniefte sie verdächtig, und wie jeder Mann auf der ganzen Welt wurde Keane starr vor Angst.

„Ich habe dich als Kind nicht gekannt", sagte sie leise. „Und daran bin ich selbst schuld. Und als du älter wurdest, habe ich mich auch nicht um dich gekümmert, sondern erst, als ich dich brauchte. Und das ist allein meine Schuld." Sie drückte seine Hand. „Du bist ein guter Mann, Keane Winters, und du hättest Besseres von mir verdient. Von uns allen. Ich habe kein Recht, dich um etwas zu bitten. Aber bitte, bitte kümmere dich um mein Baby."

Dann war sie weg.

Er drehte sich um und starrte auf die Katze herab, die direkt zurückstarrte. „Ich schätze, wir werden einander wohl nicht so schnell los."

Ihre Augen sagten, dass sie wenig beeindruckt war. Dann wandte sie sich ab und stolzierte mit in die Luft gestrecktem Schwanz davon.

„Und ab sofort wird nicht mehr in mein Schlafzimmer gekotzt, hörst du?“, rief er ihr hinterher.

Ach verdammt, jetzt redete er schon mit einer Katze. Kopfschüttelnd zog er seine Laufschuhe an – seine neuen Laufschuhe, da Pita einen Tag zuvor in seine geliebten, perfekt eingelaufenen Schuhe gemacht hatte – und rannte los.

Er hatte keine feste Route. Er rannte, um den Kopf frei zu bekommen, und ließ seine Beine laufen, wohin sie wollten. Manchmal am Embarcadero entlang oder durch Fort Mason. Manchmal durch The Presidio, manchmal rannte er die Lyon-Street-Treppe hinauf.

Heute war es Cow Hollow.

Er wollte mit Archer sprechen, um sich zu versichern, dass er etwas wegen Ethan unternahm. Soweit Keane wusste, war Archer ein Typ, der auf seine Leute aufpasste, und Willa zählte er zu seinen Leuten. Das war bei der Hundehochzeit nicht zu übersehen gewesen.

So früh würde Archer wahrscheinlich noch nicht bei der Arbeit sein. Er würde eine Nachricht hinterlassen. Doch als er das Pacific-Heights-Gebäude erreicht hatte und die Treppe zu Archers Büro im zweiten Stock hinaufging, sah er, wie Archer und Elle auf ein iPad starrten. Zwei weitere Männer waren ebenfalls im Raum. Ein jüngerer mit einem Dobermann an seiner Seite und einer, der aussah, als käme er gerade von einem Einsatz, und zwar mit mehr als nur einer Waffe. Er sagte etwas, als Keane eintrat, dabei deutete er auf das iPad.

Archer hob den Kopf, sein Blick tiefernst. Was immer er sich angeschaut hatte, machte ihn wütend. Er kam eindeutig nicht im besten Augenblick, aber das war Keane egal.

„Wegen dieser SMS, die Willa gestern Abend von ihrem bescheuerten Ex bekommen hat“, begann er.

Archer wechselte einen Blick mit den anderen Männern. „Schon erledigt", sagte er schließlich.

„Erledigt inwiefern?", wollte er wissen. „Sie sollte sich mit ihm nicht beschäftigen müssen. Und ich will sicher sein, dass es auch wirklich so ist."

„Es ist so", sagte Archer grimmig. „Er wird sich nicht mehr bei ihr melden."

Keane wartete auf eine konkretere Erklärung, doch offenbar hatte Archer nicht das Bedürfnis, irgendetwas zu erklären. Elle schüttelte den Kopf und wandte sich an Keane.

„Guten Morgen übrigens. Das ist Joe." Dann deutete sie auf den schwer bewaffneten Mann. „Und das ist Archers Stellvertreter Max", stellte sie den jüngeren Typen vor. „Und dieser attraktive Vierbeiner …" Sie tätschelte den Kopf des Riesenhundes. „… ist Carl. Was Archer eigentlich sagen wollte, ist, dass er und Max Ethan aufgespürt haben. Es gab einen Haftbefehl gegen ihn, weil er auch andere Frauen belästigt und beklaut hat, und so ist er im Gefängnis gelandet."

Keanes Kiefer war so angespannt, dass er kaum sprechen konnte. „Wann?"

„Ungefähr eine Stunde nachdem Willa mir die SMS geschickt hat", antwortete Archer.

Elle lächelte ein wenig verkrampft, doch in ihrem Blick lag Wärme. „Sie wissen ja, wie wichtig Willa uns allen ist. Wir passen auf sie auf." Sie hielt inne. „Und es ist schön, dass Sie das auch tun. Nicht wahr, Archer?"

Archer sah sie von der Seite an. Sie erwiderte seinen Blick ungerührt, bis er einen Seufzer ausstieß.

„Ja", sagte er, dann verfinsterte sein Blick sich gleich wieder. „Bauen Sie keinen Scheiß. Bauen Sie keinen Scheiß mit Willa!"

„Ja, gut dann", sagte Elle fröhlich. „Themenwechsel. Willkommen in unserer Gang, Keane. Wir sollten uns duzen. Jetzt bist du nämlich einer von uns, stimmt's, Archer?"

„Solange er keinen Scheiß baut", wiederholte Archer.

Keane sah Archer lange an und nickte. Er würde keinen Scheiß bauen.

Das hatte er schon.

Wieder unten auf der Straße, stand er eine Weile nur da. Dichter Nebel hüllte alles in Blau und Grau. In Willas Laden waren die Lichter eingeschaltet, doch an der Tür hing das Geschlossen-Schild.

Als Keane durchs Fenster sah, bemerkte er eine Bewegung inmitten der bunten Lichterketten und Stechpalmenzweige. Willa war da.

In den Armen eines Mannes.

8. Kapitel

#TisTheSeason

Willa hatte bescheiden geschlafen. Gerne hätte sie es auf das viele Essen geschoben, das sie am Abend zuvor mit Keane verdrückt hatte. Doch selbst sie, die sie nur allzu gern den Kopf in den Sand steckte, konnte sich nichts vormachen.

Es lag nicht am Essen. Es lag an Keane, an seinem Lächeln, seinen Augen.

An seinem Kuss …

Dazu kam das ernüchternde Wissen, dass er nicht bereit war – oder bereit sein wollte –, sich in irgendeiner Art zu binden. Nicht an seine Familie. Nicht an das Haus, Petunia …

Und ganz sicher nicht an sie.

Sie kraxelte aus dem Bett und duschte. Da sie keinen Kaffee im Haus hatte, unterließ sie es, sich zu schminken. Es wäre dumm, sich mit der Wimperntusche ein Auge auszustechen, wenn ihre Krankenversicherung doch nur für größere medizinische Katastrophen aufkam.

Sie rannte die vier Stockwerke hinunter, was sie als Sporteinheit verbuchte, und betrat ihren Laden genau drei Minuten vor dem Termin mit einer langjährigen Kundin. Carrie brachte ein Mal pro Woche ihr neues Minischwein zum Babysitten vorbei, zusammen mit Macaroni, ihrem „Baby“, einem 30 Kilo schweren zuckersüßen Pitbull.

Der dreizehnjährige Macaroni hatte Arthritis, keine Zähne

mehr, fragwürdige Kontrolle über seine Eingeweide und eine Hüft-Dysplasie, war aber ein Herzchen von einem Hund. Weswegen Carrie es nicht über sich brachte, ihn einschläfern zu lassen, obwohl ihre ganze Familie es ihr immer wieder behutsam vorschlug.

Macaroni liebte Willa, und dieses Gefühl beruhte auf Gegenseitigkeit. Zwar machte der Hund eine Menge Arbeit, aber die Zeit mit ihm war immer ein Highlight in ihrer Woche.

Doch heute kam Carrie nicht. Vermutlich verspätete sie sich einfach. Willa begann, den Santa-Extravaganza-Fotostand für die nächste Woche vorzubereiten und vergaß die Zeit, bis Spence mit zwei Kaffeebechern in der Hand hereinkam. Er sah ungewöhnlich ernst aus.

Spence war das Hirn ihrer Clique. Ruhig, aber nicht im Entferntesten schüchtern, war er mit achtzehn direkt nach seinem Maschinenbaustudium am College für ein Expertenteam der Regierung verpflichtet worden. Über diesen Job hatte er nie viel erzählt, nur, dass er ihn hasste. Nach ein paar Jahren hatte er sich mit einem Kollegen selbstständig gemacht und dann vergangenes Jahr das Start-up verkauft. Willa wusste nicht, ob er einen Penny oder eine Million Dollar bekommen hatte, er sprach nie darüber.

Noch hatte er keine Ahnung, was er als Nächstes tun sollte. Sie alle wussten, dass er unglücklich war, aber wenn Spence nicht reden wollte, dann redete er nicht. Er beschäftigte sich mit den verschiedensten Dingen, unter anderem führte er mehrmals pro Woche für Willa die Hunde spazieren. Nichts ging über einen sexy Computerfreak, um das Geschäft anzukurbeln.

Er kannte Carrie und ihre Tiere besser als Willa, da Carrie mit einem seiner Expartner zusammen war. „Komm rein“, rief Willa ihm zu. „Macaroni ist noch nicht da.“

„Ich weiß.“ Spence stellte die beiden Kaffeebecher ab und ergriff ihre Hand. „Schätzchen, Macaroni ist heute Morgen gestorben.“

Willas Herz setzte für einen kurzen Moment aus.

„Oh nein“, stöhnte sie und drückte eine Hand auf ihre Brust. Doch das linderte den Schmerz kein bisschen. „Wie?“

„Im Schlaf. Keine Schmerzen“, sagte er sanft. Als sie in Tränen ausbrach, nahm er sie in die Arme.

Ein paar Minuten später, froh darüber, dass sie keine Wimperntusche trug, stieß sie einen tiefen Seufzer aus. Noch immer hielt Spence sie in seinen Armen. Verdammt, weinen war anstrengend. Sie musste sich zusammenreißen, Carrie anrufen und fragen, ob sie irgendwie helfen konnte. Sie musste weiterarbeiten. Sie musste eine Menge Dinge tun. In diesem Moment sah sie aus dem Fenster und entdeckte den Mann, der davorstand und sie anstarrte.

Keane.

In nächsten Augenblick ging die Ladentür auf, und da war er, überlebensgroß. Er wirkte angespannt. Einen missbilligenden Zug um den Mund, richtete er den Blick auf Spences Arme, die Willa noch immer festhielten.

„Was ist passiert?“, fragte er.

„Der Hund einer Kundin ist heute Morgen gestorben“, erklärte ihm Spence. „Willa und Macaroni haben sich wirklich nahegestanden.“

Bildete sie sich das nur ein, oder entspannte Keane sich ein wenig?

„Ach, verdammt.“ Seine Stimme klang warm und aufrichtig. „Das ist beschissen.“

„Ja.“ Spence zerzauste Willas Haar. „Ist es.“

Willa fischte ein paar Tücher aus der Schachtel auf der

Ladentheke und wischte sich die Tränen weg. Keane beobachtete sie. Die Umarmung hatte ihn aus der Fassung gebracht, doch er hatte sich schnell davon erholt, das musste sie ihm lassen. Außerdem war er joggen gewesen. Er trug schwarze Basketball-Shorts, unter denen eine Kompressionshose hervorschaute, und ein langärmliges Shirt, das an seinen breiten Schultern und an seiner Brust klebte und die Muskeln und Sehnen betonte. Und davon hatte er eine Menge.

Er trug eine schwarze Baseballkappe falsch herum auf dem Kopf und eine reflektierende Aviator-Sonnenbrille, die er jetzt über seine Baseballkappe schob. Seine dunklen Augen wirkten besorgt.

Allein bei seinem Anblick wurde ihr etwas schwindelig, was sicherlich daran lag, dass sie noch nicht gefrühstückt hatte und in Trauer war.

„Tut mir leid", sagte er leise, und sie hatte das Gefühl, dass er damit vielleicht nicht nur Macaroni meinte. „Wie kann ich helfen?"

Mit dieser Wärme, die sich bei der Frage in ihr ausbreitete, hatte sie nicht gerechnet. Es traf sie so unvorbereitet, dass sie nicht wusste, wie sie damit umgehen sollte. Wochenlang war ihr innerer Alarm losgegangen, sobald sie ihm zu nahekam. Warnungen wurden losgefeuert, vermischt mit Erinnerungen daran, wie er sie versetzt und dann – noch schlimmer – nicht einmal mehr erkannt hatte.

Doch jetzt hatte sie ihm davon erzählt. Keane wusste Bescheid, und er hatte sein Verhalten erklärt. Seitdem war etwas mit ihrer Wut geschehen. Als ob jemand die Lautstärke heruntergedreht hätte. Deutlich leiser.

Aus, um genau zu sein.

Vielleicht lag es auch am Kuss. Es war unglaublich schwierig, gegen jemanden einen Groll zu hegen, den man gerade erst geküsst hatte. Mit Zunge. Zumal er küssen konnte wie ein Magier.

Spence deutete auf den Kaffeebecher. „Sorg dafür, dass sie ihr Koffein bekommt, bevor du ein Gespräch beginnst", erklärte er Keane vorsorglich. Dann küsste er Willa auf die Wange. „Bei ihm bist du in guten Händen", sagte er.

Sie sah in seine liebevollen Augen. „Woher weißt du das?" Sie hoffte wirklich auf ein paar weise Worte. Die brauchte sie, dringend. Spence lächelte sie schief und ein bisschen traurig an.

„Weil du genauso gut wie ich weißt, dass Menschen sich ändern können."

Damit meinte er sich selbst. Er hatte sich sehr verändert. Um zu überleben, war ihm auch gar nichts anderes übriggeblieben. Vielleicht meinte er damit aber auch die anderen, Elle und Haley und Finn, selbst Archer, so verschlossen er auch war: Sie alle hatten in ihrem Leben große Einschnitte erlebt, die sie unumstößlich verändert hatten.

Oder er meinte sie, denn sie beide wussten, wie reif und erwachsen sie seit der Eröffnung des South Bark geworden war. Durch ihre Arbeit und die Zuneigung ihrer Freunde hatte sie ihren Weg gefunden, und das wiederum stärkte ihr Selbstvertrauen und gab ihr eine Sicherheit, von der sie früher nicht zu träumen gewagt hätte.

Spence sah ihr fest in die Augen, als wollte er sie schweigend daran erinnern, dass sie nicht länger das kleine Mauerblümchen wie früher auf der Highschool war. Dass die Dinge oft anders lagen, als es auf den ersten Blick wirkte, dass die Menschen nicht immer das waren, was sie nach außen vermittelten, und auch … dass manch einer eine zweite Chance verdiente.

Da Keane ihr Gespräch interessiert verfolgte, die ausgesprochenen wie die unausgesprochenen Worte, atmete sie tief aus und nickte.

„Du weißt, wo du mich findest, wenn du mich brauchst", sagte Spence. Er nickte Keane zu und war verschwunden.

Erst als ihr ein Kaffeebecher unter die Nase gehalten wurde, fiel Willa auf, dass sie ihm abwesend hinterhergestarrt hatte.

„Himmel, du hast ja eiskalte Finger." Keane legte seine warmen Hände um ihre.

Sie konnte die rauen Stellen seiner Handflächen spüren, und das gefiel ihr. Er war real, sehr real. Sie nahm noch einen Schluck Kaffee, noch einen, und dann schüttete sie den Rest hinunter. Mit einem erleichterten Seufzen spürte sie, wie das Koffein sich in ihrem Körper verteilte.

„Besser?", fragte Keane. Er ging ein wenig in die Knie, um ihr in die Augen sehen zu können. „Ja", beantwortete er seine eigene Frage erfreut. „Da bist du ja wieder. Du öffnest erst in einer Stunde, richtig?"

Sie sah auf die Uhr. „Ja, aber …"

Er zog ihr die Schürze aus. „Die gefällt mir übrigens besonders gut", sagte er und lächelte. *Ich muss nicht lieb sein – ich bin HÜBSCH!*

„Das stimmt", sagte er. Er nahm ihre Jacke von dem Haken neben der Tür und steckte Willa hinein. Er zog sogar den Reißverschluss zu, setzte ihr die Kapuze auf und schob ein paar lose Haarsträhnen darunter.

Seine Finger an ihren Schläfen und an ihrem Kinn hätten sich eigentlich hart anfühlen müssen, so rau, wie seine Hände gewesen waren.

Doch genau das Gegenteil war der Fall. „Keane …"

„Sch!" Er nahm ihre Hand. „Ich weiß, es gibt absolut keinen

Grund, warum du mir vertrauen solltest, aber ich bitte dich trotzdem, es zu tun."

Nun, Vertrauen aufzubringen war wirklich nicht gerade ihre Stärke.

Er schien ihre Gedanken gelesen zu haben, denn er lachte leise und war offensichtlich kein bisschen gekränkt. „Die Botschaft kommt laut und deutlich rüber", sagte er. „Vergiss doch einfach für eine Minute den Highschool-Deppen, der alles Mögliche getan oder gesagt hätte, nur um nach dem Training mit niemandem länger reden zu müssen. Okay? Schau dir den Typ an, der ich heute bin. So wie ich jetzt vor dir stehe. Könntest du dem vertrauen?"

Sie zögerte noch immer.

„Das reicht mir", sagte Keane und schob sie durch die Tür.

9. Kapitel

#NoSoupForYou

Willa konnte nicht glauben, dass sie wirklich mit ihm ging. Aber offenbar hatten ihre Füße sich so entschieden.

„Schließ hinter uns zu“, sagte Keane und wartete, bis Willa so weit war. Dann nahm er wieder ihre Hand, als rechne er mit einem hohen Fluchtrisiko.

Und das bestand durchaus. „Ich möchte nicht darüber sprechen“, sagte sie.

Er lachte rau. „Worüber genau?“

„Egal worüber. Über nichts von alldem.“ Sie seufzte und drehte sich zu ihm um. „Aber speziell nicht darüber, wie du mich hast sitzen lassen …“

Er öffnete den Mund, um etwas zu sagen, doch sie legte einen Finger auf seine Lippen. „Ich habe das hinter mir“, sagte sie sanft. „Ich bin nicht nachtragend, das war ich noch nie, und das werde ich auch nie sein. Also ist es doch albern, dass ich noch immer wütend über etwas bin, an das du dich nicht einmal mehr erinnern kannst …“

Er umfasste ihr Handgelenk und küsste ihren Finger, bevor er ihn von seinen Lippen löste. „Oder gar mit Absicht getan hätte“, sagte er. „Ich schwöre, Willa, ich hatte niemals vor, dich zu verletzen.“

Sie sah ihm in die Augen und nickte. „Ich weiß.“

Er wandte den Blick nicht ab, nickte ebenfalls, dann

führte er sie durch den Innenhof und schob sie in Tina's Coffee Bar.

Die eins achtzig große Barista mit der mahagonifarbenen Haut zwinkerte Willa zu. „Ist 'ne Weile her, dass du mit einem Mann hier warst, Schätzchen. Den letzten mochte ich nicht, aber der hier gefällt mir auf jeden Fall." Sie warf Keane ein breites, strahlend weißes Lächeln zu. „Und einen schönen guten Morgen für dich, Herzchen. Habe dich in dieser Woche nicht oft gesehen. Wie läuft der Umbau in der Vallejo Street?"

„Fast fertig", sagte Keane.

Tina lachte laut und tief. „Das sagst du schon seit Monaten. Vielleicht ist dir das Haus ja zu sehr ans Herz gewachsen."

Keane lächelte nur. „Unwahrscheinlich. Wie sind die Muffins heute Morgen?"

„Nicht von dieser Welt, das kann ich dir schriftlich geben."

Keane grinste sie an. „Dann nehme ich ein halbes Dutzend von den besten."

Zwei Minuten später standen sie und Keane wieder im Freien. Der Morgen war noch grau, aber ihr Weg war von blinkenden weißen Lichtern beleuchtet, die schwarzweiße Muster auf das Kopfsteinpflaster malten.

Sie sah, wie Keane die zwei neusten Weihnachtsbäume musterte. Einer stand vor dem O'Riley's Pub, der andere vor *Reclaimed Woods*. Beide waren mit schlichten roten und goldenen Kugeln geschmückt. Bis auf das sanfte Plätschern des Wassers im Springbrunnen und dem Zirpen von Grillen, die über die Kälte schimpften, war es still.

„Es heißt, wenn man sich mit reinem Herzen etwas wünscht, wird die wahre Liebe einen finden", sagte sie.

Er sah sie an. „Es heißt auch, wenn man einen Zahn unters Kopfkissen legt, lässt die Zahnfee Geld da."

Sie ging langsamer, um wie immer eine Münze in den Brunnen zu werfen. Keane verlangsamte ebenfalls seinen Schritt und sah sie fragend an.

Sie durchwühlte ihre Taschen nach Kleingeld, fand aber nichts als Hundesnacks. „Verdammt."

„Was ist?"

„Ich wollte mir etwas wünschen", sagte sie.

Ein kleines Lächeln breitete sich auf seinem Gesicht aus. „Du möchtest dir etwas wünschen? Du lebst hier schon so lange und hast dir noch nie etwas gewünscht?"

„Oh doch. Ich mag das."

Er hob eine Augenbraue. „Wie oft hast du dir schon etwas gewünscht?"

Sie biss sich auf die Unterlippe.

„Öfter als ein Mal?"

Verflucht. Wie waren sie überhaupt auf dieses Thema gekommen? „Ähm …"

„Öfter als … fünf Mal?"

„Himmel, es ist schon spät", sagte sie und wollte gehen, aber er hielt sie am Arm fest. Aus seinem Lächeln war ein breites Grinsen geworden.

„Na schön", sagte sie. „Wenn du es unbedingt wissen willst: Ich werfe jedes Mal eine Münze hinein, wenn ich hier vorbeikomme."

Er brach in schallendes Gelächter aus. Willa starrte ihn an. Ganz im Ernst, er hatte das schönste Lachen der Welt.

„Bei Pru hat es geklappt, musst du wissen", erklärte sie ihm. „Sie hat sich gewünscht, dass Finn die wahre Liebe findet, und dann hat er sich in sie verliebt."

Seitdem hatte Willa sich auch jedes Mal etwas gewünscht, egal, wie albern das war.

„Also, du wünschst dir die wahre Liebe. Und für wen genau?“, fragte er.

Sie sah ihn bestürzt an. Wieso hatte sie das nicht besser durchdacht?

„Für mich“, gestand sie und begann, ihre Taschen zu durchwühlen. Irgendwo hatte sie doch bestimmt noch einen Penny. „Aber ich habe vor, das sofort in Ordnung zu bringen. Ich werde einfach für jemand anders die Liebe herbeiwünschen.“

„Für wen?“, fragte er wachsam.

Sie kniff die Augen zusammen. „Für dich. Hast du Kleingeld?“

Er lachte. „Absolut nicht.“ Dann zog er einen Dime aus der Tasche und hielt ihn hoch. „Aber wie wäre es damit? Ich wünsche mir etwas für dich.“ Und damit warf er die Münze ins Wasser.

Plopp.

„So!“, sagte er. „Erledigt. Ich hoffe, es funktioniert.“ Er schien recht überzeugt davon, dass es klappen würde. Allerdings nicht mit ihm.

Das war gut zu wissen. Und auch ein kleines bisschen ungut zu wissen. „Also hast du dir noch nie zuvor die wahre Liebe gewünscht?“, fragte sie.

Er lachte. „Nein. Das ist neu.“

„Weil … weil es die wahre Liebe nicht gibt?“

Zumindest wischte er die Frage nicht einfach nur mit einer Handbewegung weg oder machte einen Scherz, um nicht antworten zu müssen. Er schien zu verstehen, wie viel es ihr bedeutete. „Für manche Leute schon.“

Sie nickte. Aber seine Antwort versetzte ihr einen kleinen Stich. Was natürlich albern war, schließlich hatte das mit der Liebe bei ihr ja auch nie funktioniert. Allerdings war ihr klar, wo tatsächlich das Problem lag: Keane wollte oder brauchte keine feste Beziehung in seinem Leben, wohingegen sie zum ersten Mal das Gefühl hatte, genau jetzt bereit dafür zu sein.

„Und du?", fragte er.

Sie starrte aufs Wasser. Es war bedeutend einfacher, mit dem Brunnen zu sprechen, als Keanes viel zu aufrichtigem Blick zu begegnen. „Ich habe es schon mal gesehen. Ich weiß, dass Liebe existiert."

Seine Augen blickten ernst, als er sie zu sich umdrehte.

„Aber?", fragte er leise. „Ich spüre hier deutlich ein großes Aber."

„Aber manchmal bin ich mir nicht sicher, dass es so etwas auch für mich gibt."

Er sah sie durchdringend an.

„Das kommt mir ziemlich nüchtern vor für jemanden, der jeden vom Zauber der Weihnacht überzeugen will."

„Weihnachten ist das Fest der Freude und Besinnung. Und findet jedes Jahr statt, ob es regnet oder die Sonne scheint. Darauf kann man zählen."

„Aber nicht auf die Liebe", beendete er ihren Satz. Er strich ihr eine Haarsträhne aus der Stirn. „Ich glaube nicht, dass es immer so ist, Willa. Für manche Menschen ist die Liebe echt und dauerhaft. Für immer."

„Für manche Menschen", wiederholte sie. „Aber nicht für dich? Wenn du an die Liebe glaubst, warum dann nicht für dich selbst?"

Er schüttelte den Kopf. „Meine Gefühle gehen nicht besonders tief, das war schon immer so."

Sie sah ihn bestürzt an. „Das glaubst du doch nicht im Ernst."

„Doch."

„Aber … ich habe dich mit Petunia gesehen.“

Er lachte. „Genau. Du hast gesehen, wie ich sie bei dir abgegeben habe. Ich bin eher bereit, einen Katzensitter zu bezahlen, als mich mit ihr zu beschäftigen.“

„Wenn du bei der Arbeit bist, ja“, sagte sie. „Aber du hast mich nie gebeten, sie über Nacht zu behalten.“

„Du nimmst sie auch über Nacht?“, fragte er erfreut.

Lachend schlug sie ihm leicht auf die Brust. „Du weißt, was ich meine. Du bist von ihr genervt, und trotzdem opferst du Zeit und Geld, damit sie gut versorgt ist.“

„Weil sie die Katze meiner Tante ist“, stellte er klar.

„Nur ein weiterer Beweis. Du stehst deiner Tante nicht nahe, aber du kümmerst dich um ihre Katze, ohne das jemals in Frage zu stellen.“

„Oh, ich habe es in Frage gestellt“, sagte er. „Stunden um Stunden.“

„Du hast mir Muffins gekauft“, sagte sie sanft, ohne sich beirren zu lassen. „Du wolltest mich aufmuntern, weil ich traurig war.“

„Nein, das war einfach nur ein typisch männlicher Trick, um zu verhindern, dass du noch mal losheulst. Im Allgemeinen würden wir alles tun, damit eine Frau aufhört zu weinen.“

„Also, was tun wir dann hier, wenn du nichts fühlen kannst oder willst? Wenn du nicht auf der Suche nach der einen bist? Was willst du dann von mir?“

Er schenkte ihr ein teuflisches Grinsen, das ihren Körper erschauern ließ, und sie schnaubte leise.

„Richtig“, sagte sie. „Animalische Anziehungskraft.“

„Nur weil ich nicht vorhabe, die eine zu finden, heißt das noch lange nicht, dass ich kein Interesse an der einen für diesen Moment habe.“

Sie verdrehte die Augen. „Wie auch immer. Aber ich bin mir sicher, dass du dir selbst etwas vormachst. Und an dieser Meinung wird sich auch nichts ändern.“

„Was für ein Schock“, murmelte er, doch seine Augen funkelten belustigt.

Dann wurden sie ernst. „Von außen betrachtet hatte ich verglichen mit dir eine sehr traditionelle Erziehung. Beide Eltern, beide Hochschulprofessoren für Naturwissenschaften, zwei ältere Schwestern, feste Strukturen, das Leben war verplant, und alles wurde in kleine hübsche Schubladen gepackt.“ Er lächelte schief. „Aber dann kam ich. Ich passte in keine Schublade. Ich war wild, laut und zerstörerisch. Das war für die gesamte Familie schwierig. Und deswegen blieb ich normalerweise mit einem Kindermädchen zu Hause. Selbst schuld“, sagte er mit einem Kopfschütteln. „Also geht es weniger darum, ob ich eine Bindung aufbauen kann oder nicht, sondern darum, dass es für andere nicht leicht ist, eine Bindung mit *mir* aufzubauen.“

Willa wurde das Herz schwer. Er hatte viel zu früh lernen müssen, dass selbst Menschen, die dich eigentlich bedingungslos lieben sollten, genau das oft nicht taten – etwas, was auch sie nur zu gut wusste. Nur hatte sie einen vollkommen anderen Weg als er gewählt. Sie liebte einfach alles und jeden.

„Du hast nicht viel Zuneigung bekommen“, sagte sie leise. „Man hat dir nur selten Gefühle gezeigt. Deswegen glaubst du, dass du selbst nicht viel fühlst.“

„Das glaube ich nicht, das weiß ich.“

Damals in der Highschool hatte sie von alldem natürlich nichts gewusst. Sie hatte sich einfach zum Ziel gesetzt, ihn zu dem Ball einzuladen. Ihn, den guten Sportler und ebenso guten Schüler, um den sich sowohl die Mitschüler als auch die Lehrer praktisch in Scharen gedrängt hatten.

Mit seinem unbeschwerten Lächeln und dem natürlichen Selbstbewusstsein hatte er so unverletzlich gewirkt. Wenn Willa jetzt zurückblickte, konnte sie sehen, dass er sich hinter seinem Charisma wie hinter einem Schild versteckt hatte. Doch damals war ihr das nicht aufgefallen.

Womit sie ihm genauso unrecht getan hatte wie alle anderen Menschen in seinem Leben.

Mit einem Nicken forderte Keane sie auf, sich auf die Steinbank zu setzen, die sie vor einer Woche höchstpersönlich mit Stechpalmenzweigen und kleinen Glöckchen geschmückt hatte. Es war noch so früh, dass nur wenige Leute den Innenhof durchquerten. Ab und zu erschien ein Jogger oder ein Hundebesitzer, doch die meiste Zeit hatten sie den Platz für sich. Der Nebel hing so tief, dass Willa fast das Gefühl hatte, mit Keane allein auf der Welt zu sein.

Eine unbeschreiblich intime Situation.

In kameradschaftlichem Schweigen begannen sie, die Muffins zu essen, doch Schweigen gehörte nicht zu ihren Stärken. Lange hielt sie es nicht aus, sondern wurde am Ende doch von ihrer Neugier übermannt.

„Als Tina sagte, dass dir vielleicht dein Haus ans Herz gewachsen wäre, warum war da deine Antwort ‚unwahrscheinlich‘?“

„Wie ich bereits sagte.“ Er zuckte die Achseln. „Ich verkaufe immer, wenn ich mit dem Umbau fertig bin.“

„Weil du an nichts hängst.“

„Genau.“

„Aber wir haben festgestellt, dass das so nicht stimmt“, hob sie hervor.

„Nein, du hast das festgestellt.“

Sie stieß einen genervten Seufzer aus.

Er bat sie nicht, ihr Seufzen zu erklären, das war offensichtlich nicht nötig. Stattdessen drehte er den Kopf, um sie anzusehen. „Du sagst mit deinem Schweigen mehr als jede Frau, die ich bisher getroffen habe mit Worten. Also spuck's aus, Willa, bevor du noch daran erstickst."

Wo sollte sie anfangen …

„Es ist dein Zuhause."

„Es wird erst ein Zuhause sein, wenn jemand darin wohnt."

„Du wohnst doch dort!"

Er lächelte über ihren verärgerten Ton und tippte ihr mit einem Finger an die Nase.

„Ich gehe dir auf die Nerven."

„Du kannst dir gar nicht vorstellen, wie sehr", sagte sie mit einem Lächeln. „Ernsthaft, du hast ja keine Ahnung."

„Doch, ein wenig."

„Tatsächlich?", fragte sie. „Schließlich ist Ärger doch eine von diesen Emotionen, mit denen du dich nicht abgibst."

Sein Blick verdunkelte sich. „Mit manchen Emotionen gebe ich mich ab."

„Ach ja? Und mit welchen?"

Ruhig nahm er ihr den halb gegessenen Muffin aus der Hand und legte ihn zurück in die Tüte.

„Den wollte ich noch essen", sagte sie.

„Und ich will das." Er bewegte sich flinker, als sie bei seiner Körpergröße für möglich gehalten hätte. Bevor sie auch nur noch einmal Atem holen konnte, hatte er sie schon fest an sich gezogen. Er vergrub eine Hand in ihrem Haar und küsste sie.

Der Kuss begann zart, wurde aber schnell leidenschaftlich. Als ihre Zungen sich berührten, hörte sie, wie sie aufstöhnte. Er löste seine heißen Lippen von ihren und drückte sie erst auf ihr Kinn und dann auf ihren Hals, was sie erschauern ließ. Sie wollte mehr. Zum Glück saßen sie, denn sonst hätten ihre Knie nachgegeben. Er küsste ihren Ärger weg, ihre Vernunft, ihren Verstand, alles.

Nur nicht ihre Gefühle.

Und du meine Güte, was sie alles fühlte. Sie konnte sich kaum noch zurückhalten, war völlig benommen von der Lust, die durch ihren Körper jagte. Doch dann rückte er von ihr ab und starrte sie an, das Haar völlig verstrubbelt von ihren Fingern, der Blick aus seinen Schokoladenaugen wild und leidenschaftlich. Er atmete genauso heftig wie sie.

Sie presste die Hände an seine Brust und versuchte, sich zu fangen, hatte aber nach wie vor das Gefühl, in der Luft zu schweben.

„Wa…“ Mehr brachte sie nicht hervor. Offensichtlich hatte die Leidenschaft ihre Hirnzellen explodieren lassen. Sie schüttelte den Kopf, um wieder einen klaren Gedanken fassen zu können.

„Okay, ich korrigiere mich. Es gibt ein paar Emotionen, die du ungewöhnlich gut ausdrücken kannst. Lust zum Beispiel.“ Sie hielt inne. Er war offen zu ihr gewesen, brutal offen, um genau zu sein. Es ging nicht um die große, wahre Liebe, sondern um das hier. Das konnten sie haben. Dazu war er bereit.

Und sie untypischerweise auch.

„Warum hörst du auf?“

Er sah sie lange an, zuerst überrascht, dann mit einem Lächeln. Er wusste, dass er sie auf die dunkle Seite gezogen hatte.

„Wir sind mitten im Hof“, sagte er.

„Das kann man ändern.“ Sie konnte selbst nicht fassen, dass sie das gesagt hatte. Aber, tja, sie meinte es tatsächlich so. Sie lehnte noch immer an seinem großen, harten Körper, und das war er wirklich. Sie konnte an nichts anderes denken als daran, wie er sich wohl nackt anfühlen mochte.

Doch Keane machte keine Anstalten, sie mit zu sich nach Hause zu nehmen.

Oder mit zu ihr zu gehen.

Stattdessen legte er die Hände auf ihre Schultern und hielt sie ein wenig auf Abstand. Beschämt wollte sie aufstehen, doch er hielt sie fest.

„Schon …“, sagte sie. „Ich verstehe das. Du fühlst bestimmte Dinge, die du nicht fühlen willst. Nicht für dein Haus, nicht für Petunia und auf gar keinen Fall für mich.“

Sie schnappte nach Luft, als er sie wieder an sich riss und diesmal direkt auf seinen Schoß zog. Eine Hand legte er an ihren Hintern, um sie gegen seine unmissverständliche Erektion zu drücken.

„Siehst du, du fühlst immerhin etwas“, sagte sie atemlos. „Warum also gehen wir nicht zu dir oder zu mir?“

„Weil du deine Meinung ändern wirst, sobald wir angekommen sind“, sagte er. „Du hattest einen schweren Morgen. Ich möchte nicht, dass du etwas tust, das du später bereust. Und dann gibt es auch noch unsere Arbeit. Wir müssen beide in ein paar Minuten anfangen. Und Willa …“ Er sah sie unverwandt an. „Wenn wir anfangen, werden wir länger als ein paar Minuten brauchen.“

Seine dunkle, raue Stimme ließ sie feucht werden.

„Also“, sagte er bestimmt, „werden wir hier sitzen und den Morgen und unsere Gesellschaft genießen.“

„Aber …“ Sie senkte die Stimme zu einem Flüstern. „Das könnten wir auch nackt tun.“

Er stöhnte auf und ließ den Kopf auf ihre Schulter sinken,

während ein anderer Teil seines Körpers unter ihr weiter anschwoll.

„Es ist nicht nett, mich so zu quälen."

Wer quälte hier wen?

Als hätte er ihre Gedanken gelesen, lachte er leise und höllisch erotisch. „Reden", sagte er. „Wir werden reden, bis wir beide zur Arbeit müssen."

Sie seufzte, dann fiel ihr Blick auf einen der Weihnachtsbäume.

„Habt ihr früher einen Weihnachtsbaum zu Hause gehabt?"

„Ja. Meine Eltern haben immer eine Weihnachtsparty für die komplette Fakultät ausgerichtet, und dafür musste die Dekoration einfach perfekt sein. Was nichts anderes bedeutete, als dass ich gucken, aber nichts anfassen durfte."

Sie sah ihn an. „Wieso habe ich das Gefühl, dass du nicht immer gehorcht hast?"

Er lachte wieder, und es war, als hätte sie in der Lotterie gewonnen.

„Ich habe nie gehorcht", sagte er. „Einmal bin ich mitten in der Nacht hinuntergeschlichen und habe versucht, auf den Weihnachtsbaum zu klettern."

„Und dann?"

„Er ist auf mich gefallen. Alle Kugeln waren kaputt, und ich hatte einen Schnitt im Kinn." Er rieb sich reumütig über die Stelle. „Ich war ein totaler Mistkerl. Meine Eltern sagten daraufhin, dass ich in diesem Jahr keine Geschenke zu Weihnachten bekommen würde."

„Und?"

„Ich bekam eine Fahrkarte zur Farm meines Onkels in Texas, wo ich die ganzen Winterferien über Pferdemist schaufeln musste."

Sie sah ihn forschend an. Sein Gesichtsausdruck war ruhig und gelassen. Ein ganz anderes Signal, als die Erektion ihr gab, die sie unter sich spürte.

„Dir scheint diese Erfahrung nicht viel ausgemacht zu haben."

„Mein Onkel hat wahnsinnig gern herumgewerkelt. Er besaß diese vielen unglaublichen Werkzeuge und Maschinen." Keane lehnte sich zurück. Ein Arm lag jetzt auf der Lehne der Bank, und die Finger seiner anderen Hand spielten mit Willas Haarspitzen, wobei sie sich nicht einmal sicher war, ob er das überhaupt bemerkte.

„Das war für mich das erste Mal", fuhr er fort. „Zum ersten Mal habe ich zugeschaut, wie jemand mit seinen Händen arbeitete. Er hatte einen ganzen Schuppen voller alter Werkzeuge." Er lächelte. „Und dann hat er mir eins geschenkt, eine alte Wasserwaage. Die habe ich heute noch. Irgendwann möchte ich eine kleine Sammlung beginnen. Jedenfalls habe ich in diesem Winter meine Begeisterung für handwerkliches Arbeiten entdeckt. Wenn ich zurückschaue, gehört das zu meinen schönsten Kindheitserinnerungen." Er stupste sie mit der Schulter an. „Jetzt du. Erzähl mir von einem Weihnachtsfest."

Sie durchforstete ihr Gedächtnis nach einer schönen Erinnerung. „Als ich klein war, hat meine Mom mir mal eine Kette geschenkt. Es war ein Anhänger, auf den der Buchstabe W in Gold eingraviert war. Um das W herum waren lauter kleine Strasssteine. Ich fand ihn wunderschön." Sie lächelte. „Ich habe die Kette in der Schule getragen, und irgendein fieses Mädchen namens Britney sagte, sie wäre nicht echt und aus einem Kaugummiautomaten. Sie hat danach gegriffen, und die Kette ist gerissen."

„Ich hoffe, du hast ihr auf die Nase gehauen", sagte Keane.

Sie biss sich auf die Unterlippe. „Ich habe ihr auf den Fuß getreten, und sie hat geheult. Aber sie hatte recht. Die Kette war nicht echt. Sie hat an meinem Hals grün abgefärbt."

Er grinste, und ihr stockte der Atem, weil das Morgenlicht sein schönes Lächeln nur noch schöner wirken ließ. „Gut gemacht!"

Als sie den Kaffee getrunken und die Muffins verspeist hatten, stand er auf und zog sie mit sich. Der Alarm ihres Handys ging zur selben Zeit los wie seiner.

„Das wahre Leben", sagte er zögernd.

Richtig. Sie musste ihren Laden aufschließen, und er musste was auch immer bauen. Sie beide hatten Mitarbeiter, die auf sie angewiesen waren. „Danke für die Muffins", sagte sie und wollte gehen.

Er hielt sie fest.

„Wir haben da noch ein unerledigtes Geschäft", sagte er mit seiner erotischen Stimme und diesem Lächeln, das sie um den Verstand brachte.

„Das ist nichts Neues."

Als sie sich von ihm losmachen wollte, verstärkte er den Griff um ihre Hand. „Ich habe dir noch nicht dafür gedankt, dass du mir vertraut und diese Highschoolgeschichte erzählt hast."

„Ich würde nicht so weit gehen zu behaupten, dass ich dir vertraue", antwortete sie. „Noch habe ich den Vertrauensvertrag mit dir nicht unterschrieben."

„Kluge Frau." Er drückte ihre Hand, dann zog er sie an sich und gab ihr einen zarten, aber brennend heißen Kuss auf den Mund.

„Aber vielleicht überrasche ich dich ja."

Sie sah ihm hinterher. Dann ließ sie sich so heftig auf die

weihnachtlich geschmückte Bank fallen, dass die kleinen Glöckchen so laut bimmelten wie ihre Nerven.

„Das war interessant."

Willa sah auf. Elle trug enge schwarze Hosen, mörderisch hohe Pumps und einen knallroten taillierten Blazer, der ihre Kurven und ihre prachtvolle Schönheit noch unterstrich.

„Du siehst unglaublich aus", sagte Willa. „Wie kannst du in diesen Schuhen laufen, ohne dir den Hals zu brechen?"

„Lenk nicht vom Thema ab. Ich wollte mir einen Kaffee holen und habe euch beide aneinanderkleben sehen."

Hm, Mist.

„Bist du sicher?", fragte Willa. „Es ist heute Morgen nämlich recht neblig und …"

Elle deutete mit einem Finger auf sie. „Weißt du, wer dir das abkaufen würde? Niemand. Denn das war wirklich ein verdammt heißer Kuss. Ich meine, ich verstehe das, dieser Mann ist Erotik pur. Aber du erzählst uns doch ständig, dass du ihn nicht magst. Stell dir also meine Überraschung vor, als ich gesehen habe, wie ihr beide versucht habt, eure Zungen miteinander zu tauschen."

Oh Gott. Es war wirklich verdammt heiß gewesen, unglaublich heiß. Sie konnte noch immer die harten Muskeln unter seinem Hemd fühlen, das langsame und beruhigend gleichmäßige Schlagen seines Herzens unter ihrer Hand. Und wie sein Herzschlag sich beschleunigt hatte, als er sie küsste.

„Übrigens hat dir sowieso niemand geglaubt, dass du ihn nicht magst", sagte Elle. „Als er heute Morgen in Archers Büro kam, total aufgedreht und wütend, als wollte er am liebsten jemandem wie Ethan in den Hintern treten, da …"

„Warte mal, was?" Willa richtete sich auf. „Keane war bei Archer im Büro?"

Elle hob die Augenbrauen. „Er hat es dir nicht erzählt."

„Sehe ich so aus?"

„Nein", murmelte Elle nachdenklich. Dabei tippte sie sich mit einem perfekt manikürten Fingernagel ans Kinn. „Was ihn ehrlich gesagt sogar noch schärfer macht."

„Dass er Geheimnisse vor mir hat?"

„Dass er sich so um deine Sicherheit sorgt. Entweder das, oder er weiß bereits, was für ein sturer Dickkopf du bist."

Willa schüttelte den Kopf. Mit diesem Thema konnte sie sich jetzt nicht beschäftigen. „Hat sonst jemand den Kuss gesehen?"

In diesem Moment steckte Rory den Kopf durch die Hintertür vom South Bark. „Okay, nicht dass ich mich beschweren will oder so was", rief sie. „Aber willst du den ganzen Tag da rumsitzen und heiße Typen abknutschen, die du angeblich nicht magst, oder können wir uns langsam mal an die Arbeit machen?"

„Scheint mir wahrscheinlich, dass es noch jemand gesehen hat", bemerkte Elle trocken.

10. Kapitel

#AllThatAndABagOfChips

Keane lief zurück in die Vallejo Street, um eine kurze heiße Dusche zu nehmen, entschied sich dann aber unter den gegebenen Umständen doch für eine kalte. Höchstwahrscheinlich brachte einen das zerfleischende Bedürfnis, sich tief in eine rotblonde, grünäugige Fee zu vergraben, nicht um. Aber eine eiskalte Dusche konnte nicht schaden.

Sie half allerdings auch nicht.

Danach fuhr er weder zum North-Beach-Projekt noch zu dem Haus im Mission District, obwohl er bei beiden gebraucht wurde. Genauso wenig setzte er sich an den Schreibtisch, um sich mit Papierkram zu beschäftigen. Stattdessen arbeitete er hier weiter. An der Holzverkleidung, den Bodendielen, an den Fenstern und Türen … was eben erledigt werden musste, damit er das Haus endlich zum Verkauf anbieten konnte.

Anfangs beobachtete Pita ihn argwöhnisch vom Türrahmen aus. Dann näherte sie sich langsam und äußerst bedächtig, um nach einigen Holzspänen zu schlagen. Als sie zu nahe an seine Hobelmaschine kam, hielt er inne. „Weg da, Katze. Hier gibt es nichts zu sehen."

Aber Petunia setzte sich und starrte ihn an, während ihr Schwanz angespannt hin und her zuckte.

„Wie du willst." Als er eine Stunde später aufsah, hatte sie sich auf dem einzigen Sonnenplätzchen auf dem Holzboden eingerollt und schlief tief und fest. Er hörte die klackenden Absätze von Sass in der Eingangshalle.

„Schlechte Nachrichten“, sagte sie.

„Wir haben keine Genehmigung für das Mission-Projekt bekommen?“

„Schlimmer“, antwortete sie.

„Es gibt gar keinen Weihnachtsmann?“

Sie lachte nicht. Schnaubte nicht. Stauchte ihn nicht zusammen, weil er ein unsensibler Vollidiot war. *Verdammt.*

„Was ist los?“, fragte er. „Jetzt sag schon.“

„Es geht um deine Tante Sally“, sagte sie leise. „Ihr Arzt hat angerufen, weil du als nächster Verwandter angegeben bist.“

Das war ihm neu.

„Was ist passiert?“

„Offenbar muss sie in ein Pflegeheim.“

„Wieso, was hat sie?“ Sofort schossen ihm Antworten auf diese Frage durch den Kopf. Herzschwäche. Krebs …

„Rheumatische Arthritis“, sagte Sass. „Es ist schlimmer geworden. Deswegen kann sie sich nicht mehr gut bewegen und nicht mehr allein und ohne Hilfe leben. Sie haben einen Platz für sie in Aussicht. In der Einrichtung, in die sie möchte. Aber da gibt es ein Problem.“

„Jetzt mach's nicht so spannend.“ Er drückte Daumen und Zeigefinger in seine Augenhöhlen.

„Sie hat das Geld nicht, Keane. Sie braucht fünftausend im Voraus für den ersten Monat.“

„Sag Ihnen, sie bekommen das Geld noch heute“, sagte er.

„Du weißt, wie viele Nullen das sind, oder? Ihre Versicherung bezahlt nicht vor dem dritten Monat oder so …“

„Sag ihnen, sie bekommen, was immer sie brauchen, Sass.“

„Okay.“ Ihre Stimme klang weicher jetzt, sanfter. „Mir ist klar, dass du ganz der harte Kerl bist und das jetzt nicht hören willst. Aber ich sage es trotzdem – das ist unglaublich großzügig von dir …“

„Sonst noch was?“

„Genau genommen ja“, sagte sie. „Und das wird besonders hart für dich sein, also wappne dich, schnall dich fest an, und mach dich bereit für …“

„Bei Gott, ich schwöre, wenn du nicht sofort sagst, was los ist, werde ich …“

„Sie darf kein Tier mitbringen“, sagte sie schnell. „Nicht mal einen Goldfisch.“

Keane drehte sich zu Pita, die noch immer ruhig auf ihrem Sonnenplätzchen schlief und dabei irgendwie beinahe niedlich wirkte. Der Anblick wäre womöglich sogar rührend gewesen, hätte sie nicht eine Schachtel mit Nägeln zerrissen, die jetzt überall herumlagen.

„Keane?“

Mist. Er stieß die Luft aus, zog den Werkzeuggürtel aus und steuerte auf die Tür zu.

„Schick mir die Adresse von der Einrichtung per SMS.“

„Nur wenn du mir versprichst, dass du ihnen nicht unter Androhung von Gewalt die süße kleine Katze vor der Tür ablädst. Die werden Sally rauswerfen, bevor sie überhaupt eingezogen ist.“

Nicht dass es ihn nicht glücklich gemacht hätte, dieses Monster bei jemandem abzuladen, bei irgendjemandem, doch selbst er war nicht so ein Dreckskerl.

„Besorg mir einfach diese verdammte Adresse, einschließlich der Telefonnummer.“

„Ich kümmere mich am besten um den Umzug.“ Sass klang

beunruhigt. „Ich besorge jemanden, der ihr beim Packen hilft und …"

„Ich möchte mir den Laden mal anschauen, okay? Sie hat sonst niemanden, der sich dafür interessiert."

Sie starrte ihn an, ihre Augen glänzten verdächtig, und Keane erstarrte.

„Was wird das?"

Sie hob den Kopf, um an die Decke zu schauen, und blinzelte heftig. „Nichts." Doch zugleich schniefte sie und wedelte mit der Hand vor ihrem Gesicht herum. *Du grüne Neune.*

„Weinst du etwa?"

„Das ist alles deine Schuld!", stieß sie hervor. „Du bist so süß. Und ich habe meine Tage!"

Damit hatte er nicht gerechnet.

„Erstens mal bin ich nicht mal annähernd süß. Und zweitens habe ich dir dafür alles besorgt, ist im Badezimmer."

„Siehst du?" Schluchzend warf sie die Hände in die Luft. *„Süß."*

Er versuchte, seine Tante auf dem Handy zu erreichen, doch sie ging nicht ran. Also sah er sich das Pflegeheim an, das sich als hübsche, saubere und überraschend freundliche Einrichtung herausstellte. Anschließend fuhr er zu seiner Tante, half ihr beim Packen und brachte sie in das Wohnheim.

Er fühlte sich schlecht, weil er sie dort zurücklassen musste. Doch Sally schien erleichtert zu sein, den Umzug hinter sich zu haben, und wollte ihn offensichtlich schnell loswerden.

Als der Tag zu Ende ging, forderte sein Körper etwas zu essen, und er beschloss, die berühmten Chicken Wings im O'Riley's Pub zu essen.

Und vielleicht dabei zufällig Willa über den Weg zu laufen.

Der Pub bestand zur einen Hälfte aus dem Barbereich, zur

anderen aus einem Restaurant. Die dunklen Holzwände, die Messinglaternen und alte Zaunlatten verliehen dem Raum Wärme und altmodischen Charme. Zudem war – wie in diesem Gebäude offenbar üblich – alles weihnachtlich geschmückt. Stechpalmenzweige, blinkende Lichterketten, Lametta und ein riesengroßer Weihnachtsbaum in der Mitte.

Er fragte sich, ob Finn Willa freie Hand gelassen hatte. Sehr wahrscheinlich. Musik drang aus unsichtbaren Lautsprechern. Auf einer Seite gab es große Fenster mit Blick auf den Innenhof. Durch große Falttüren auf der anderen Seite hatte man Aussicht auf einen Teil des hübschen Mason Parks und das Marina Green hügelabwärts mit der Golden Gate Bridge dahinter.

Doch auf all das achtete er nicht. Sein Blick wanderte direkt zum Ende der Bar, wo die O'Riley-Brüder und ihre engsten Freunde üblicherweise zu finden waren.

Willa war von Elle, Pru, Haley, Finn, Archer und Spence umgeben. Als er näher kam, hörte er, wie sie über die Christbaumspitzen diskutierten, die vor ihnen auf der Theke standen.

„Ich bin dran, zu entscheiden! Und mir gefällt diese am besten." Haley deutete auf etwas, das wie ein kompliziert aus Draht gewobener Engel aussah. „Letztes Jahr war Spence dran, und ich komme nach Spence."

„Nein, letztes Jahr war Finn dran", erwiderte Spence und zeigte auf einen Keramikstern. „Ich komme nach Finn."

„Aber wir müssen den Hund nehmen", erklärte Willa, die einen Stoffbernhardiner mit einem Stechpalmenzweig um den Hals streichelte. „Er ist ein Rettungshund." Als sie Keane erblickte, lächelte sie. „Hey. Was machst du denn hier?"

Offensichtlich suche ich dich, dachte er, und auf einmal erschien ihm der Tag gar nicht mehr so übel.

„Lasst uns ein Darts-Turnier veranstalten", schlug Archer

vor. „Drei Zweiermannschaften. Haley, Spence und Willa wählen jeweils einen Partner für ihr Team. Der Kapitän des besten Teams darf die Christbaumspitze aussuchen. Bewegt euch nach hinten.“

Wenn Archer den Leuten einen Befehl erteilte, gehorchten sie. Sie standen auf und eilten ins Hinterzimmer, wo man Darts spielen konnte.

Elle heftete sich an Archers Fersen, bis er eine Hand hob, um sie aufzuhalten, woraufhin Elle die Hände in die Hüften stemmte.

„Haben wir nicht vereinbart, Dinge auszudiskutieren?“

„Du spielst nicht mit“, antwortete Archer.

Elle sah sich um, als könnte sie nicht glauben, was er gesagt hatte. „Und seit wann bist du mein Chef?“

Archer deutete auf ihre unfassbar hohen Schuhe. Sie waren schwarz mit Riemchen und entblößten ihre himmelblauen Zehennägel und einen silbernen Zehenring. „Niemand spielt Darts in Sandalen.“

„Sandalen?“ Sie lachte. „Honey, das sind Schuhe von Gucci.“

„Interessiert mich nicht, und wenn es Flip-Flops wären. Sicherheit geht vor Schönheit. Wenn du spielen willst, musst du sie ausziehen. Ich will nicht, dass du dir die Knöchel brichst, auch wenn es dir egal zu sein scheint.“

„Lass mich eines klarstellen“, sagte sie. „Ich ziehe die Schuhe nicht aus.“

„Dann spielst du nicht mit.“

„Schön.“ Ella stieß einen Finger in Richtung seines Gesichts. „Ich hoffe, dass dein Team versagt.“

Archer wirkte unbeeindruckt. „Wird nicht passieren.“

„Dir fehlt jetzt ein Spieler“, bemerkte Elle.

Archer drehte sich zu Keane.

„Spielst du Darts?“

Aber klar. Früher in seinen Kneipentagen war er ein Meister im Darts gewesen. Aber er zuckte nur leicht mit den Schultern.

„Ein wenig.“

Willa sah ihn mit zusammengekniffenen Augen an. „Ein wenig oder viel?“, fragte sie. „Also will ich eher dich oder Finn?“

„Hey“, sagte Finn. „Ich stehe direkt neben dir.“

Keane ließ Willa nicht aus den Augen. „Du willst mich“, sagte er fest.

Sie wurde knallrot, und er grinste sie an.

„Ich habe euch alle erst letzte Woche geschlagen“, brummte Finn, „selbst Archer.“

Im Hinterzimmer gab es zwei Billardtische und zwei Dartsscheiben. Sie stellten sich vor den Scheiben auf. Archer und Haley, Spence und Finn und … Keane und Willa.

Haley warf gut und – wenig überraschend – Archer großartig.

Spence und Finn waren eine Klasse für sich.

„Seht ihr?“, rief Finn.

Willa spielte katastrophal. Ein anderes Wort fiel ihm dafür nicht ein.

„Verdammt“, maulte sie, als ihr erster Pfeil von der Scheibe fiel.

„Ich mach das“, sagte Keane und traf mitten ins Bullseye.

Willa stieß triumphierend eine Faust in die Luft. „Ja!“ Sie warf sich auf Keane, und als er sie auffing, gab sie ihm einen schmatzenden Kuss auf den Mund. Grinsend trat sie zurück.

„Der Bernhardiner wird es!“

„Mit ihr wird es jetzt nicht mehr zum Aushalten sein“, sagte Finn. „Das ist euch doch wohl allen klar, oder?“

Archer sah Keane an. „Du kannst zielen, du bleibst auch unter Druck ruhig, und sogar noch besser: Du kannst lügen. Wenn du jetzt noch schießen kannst, bist du engagiert. Scheiße", murrte er, als er zur Tanzfläche sah. Elle, die Schuhe noch da, wo sie hingehörten, tanzte mit einem Typen, den Keane nie zuvor gesehen hatte – und sie tanzten ziemlich heiß.

Archer ging dazwischen. Elle wirkte verärgert, ließ es aber zu. Funken schienen zwischen ihnen zu sprühen. Keane wandte sich an Willa.

„Ist das was Neues?"

„Das mit den beiden?" Willa lachte. „Die gehen jedes Mal so aufeinander los, wenn sie sich sehen."

„Ja, aber das habe ich nicht gemeint."

Sie wirkte verwirrt.

„Egal", sagte er. „Das erkläre ich dir, wenn du älter bist."

Sie nahmen die beiden wieder ins Visier. „Beide behaupten steif und fest, dass nichts zwischen ihnen ist."

Das nahm er ihnen nicht ab, aber es ging ihn nichts an.

Willa holte tief Luft. „Es ist schon spät. Ich sollte gehen."

„Aber vorher tanzt du mit mir."

Sie lachte.

„Das ist mein Ernst."

Ihre Augen weiteten sich. Sie warf einen erschrockenen Blick auf die Tanzfläche.

„Wenn du mich für eine miese Dartsspielerin hältst, dann solltest du mich erst mal auf der Tanzfläche sehen. Ich bin richtig schlecht."

„Ich auch."

Sie verdrehte die Augen. „Als ob du in irgendwas schlecht wärst."

Er ließ ein Lächeln aufblitzen. „Woher willst du das wissen, wenn du es mich nicht versuchen lässt?"

„Genau das sollte ich nicht tun."

„Angst?", fragte er sanft.

Sie kniff die Augen zusammen. „Niemals." Und damit stürmte sie zur Tanzfläche.

Er holte sie in dem Moment ein, als die Musik langsamer wurde. Also schlang er einen Arm um ihre Taille, zog sie an sich und strich ihr eine Strähne hinters Ohr.

Sie erschauerte.

„Kalt?" Er nahm ihren Arm und legte ihn sich um den Hals.

„Nein." Ihr Atem streifte sein Kinn. „Du erinnerst mich ein bisschen an den Schokoladenriegel, den ich für den Notfall in meinem Kühlschrank aufbewahre."

„Unwiderstehlich?"

„Nicht gut für mich."

Er lachte, ließ sich von der Musik einhüllen und genoss es, ihren warmen, weichen Körper an sich zu drücken, wie sie sich an ihm festhielt, eine Hand in seinem Nacken, die andere an seinem Rücken in sein Hemd gekrallt. Er spürte, wie ihr Herz schlug. Doch erst als sie erzitterte, legte er einen Finger unter ihr Kinn und hob es leicht an.

Sie schüttelte den Kopf als Antwort auf seine ungestellte Frage.

„Okay, vielleicht bist du auch ein bisschen unwiderstehlich", murmelte sie. „Aber du bist auch immer so …"

„Was?"

„Alles."

Er nahm ihre Hand und drückte sie an seine Lippen, während sie sich zur Musik bewegten, ihre Schritte unsicher und zu schnell. Er sah ihr in die Augen und passte ihre Schritte seinem Tempo an.

„Du hast Angst", bemerkte er. Jetzt sprach er nicht mehr vom Tanzen.

„Panische", gab sie zu, und auch sie sprach nicht vom Tanzen. „Die solltest du auch haben, oder?"

„Es gibt hier nichts zu fürchten, Willa."

„Weil wir zwei erwachsene Menschen sind, die sich wahnsinnig zueinander hingezogen fühlen und beide Bescheid wissen. Kein Verlieben. Nur ein bisschen guten altmodischen Spaß." Sie sah ihn mit ihren großen Augen an. „Richtig?"

„Richtig", murmelte er an ihre Lippen gedrückt. „Aber du hast etwas vergessen."

„Und was?"

„Du bringst mich zum Lachen! Und das finde ich klasse. Also stimmt das mit dem Spaß. Aber was ich für dich empfinde, hat mit altmodisch nichts zu tun." Er strich mit den Fingerspitzen sanft ihren Rücken hinab, bis er den Bund ihrer Jeans erreicht hatte. Dann streichelte er die nackte Haut unter ihrem Oberteil. Wieder durchfuhr sie ein Schauer. Er zog sie fester an sich, bis ihre Körper beinahe eins waren.

Mit geschlossenen Augen seufzte sie leise und hob den Kopf. Als er sie küsste, öffnete sie bereitwillig die Lippen, und er wiegte sie sanft im Rhythmus der Musik.

Dann ließ er die Hände ihren Rücken hinaufwandern. „Ich weiß noch mehr. Zum Beispiel wie sehr ich dich berühren möchte."

Sie lachte nervös. „Keane …"

„Psst", flüsterte er in ihr Haar. „Später."

Die Türen zur Straße und zum Innenhof waren wegen der kalten Winternacht fest geschlossen, doch jedes Mal, wenn jemand hereinkam, fuhr ein Lufthauch durch den Raum und über ihre erhitzte Haut.

Als das Lied endete, hob er Willas Kinn, damit sie ihn ansah, und strich mit dem Daumen über ihre Unterlippe. „Danke, dass du mir gezeigt hast, wie man tanzt."

Sie biss in seinen Daumen, und er musste lachen.

Sie war so gefährlich wie Pita.

Die Luft um sie herum knisterte ungefähr so wie zuvor bei Archer und Elle. Die Hitze zwischen ihnen pulsierte. Doch im Gegensatz zu Archer und Elle wusste Keane haargenau, was es war.

„Ich muss wirklich gehen", sagte Willa.

„Ich bringe dich hinauf."

„Das ist …" Sie blickte auf seinen Mund. „… wahrscheinlich keine gute Idee."

Er lächelte.

„Zweifellos." Wenn sie erwartete, dass er sie bedrängte, musste er sie enttäuschen. Das war nicht seine Art. Falls sie miteinander schlafen sollten – und er hoffte bei Gott, dass es dazu kam –, dann, weil sie ihn wollte und bereit war. Und nicht, weil er sie dazu überredete. Also nahm er ihre Hand, und gemeinsam gingen sie hinaus in den Innenhof.

Hier war die Atmosphäre nun wirklich sehr weihnachtlich. Der Brunnen plätscherte leise in der kühlen Nachtluft, rot und grün beleuchtet von den Lichterketten.

Der gute alte Eddie war da und kümmerte sich um sein Feuer. Er zog einen Mistelzweig aus einer seiner Taschen und warf ihn Willa zu. Im Gegenzug reichte sie ihm ihre Essensreste.

„Chicken Wings", sagte sie, „mit extra Soße."

„Danke, Schätzchen. Ich liebe meine Lichterkette. Dass du das für mich gemacht hast, bedeutet mir viel."

„Jederzeit“, sagte Willa.

Und Keane wusste, dass sie es ehrlich meinte. Das machte sie neben vielem anderen so besonders und unterschied sie von jedem Menschen, den er je getroffen hatte. Sie würde tatsächlich mit Freude ihr letztes Hemd geben.

Im Treppenhaus sah Keane sie an. „Hast du schon einen Plan für diesen Mistelzweig?“

Sie lächelte, und als sie die oberste Stufe erreicht hatte, drehte sie sich um und ging rückwärts zu ihrem Apartment.

„Es gibt Dinge, die sollte ein Mann selbst herausfinden.“

An der Tür hatte er sie eingeholt und presste sie dagegen. Er hatte keine Ahnung, wie weit sie gehen würde, aber zumindest sollte sie an ihn denken, nachdem er sich verabschiedet hatte. Also schlang er die Finger um ihre Hand mit dem Mistelzweig, hob sie langsam in die Höhe und drückte sie an die Wand.

Er senkte den Kopf und küsste sie. Und dann, um sie beide zu quälen, noch einmal.

Stöhnend krallte sie die Finger in sein Hemd.

„Das liegt an dem verdammten Mistelzweig“, wisperte sie.

Er lachte rau. „Babe, an dem liegt es definitiv nicht.“

11. Kapitel

#SillyRabbit

Willa schlug ein paar Mal den Kopf an Keanes Brust, in der Hoffnung, so wieder einen klaren Gedanken fassen zu können. Da seine Brust hart wie Stein war, fühlte es sich jedoch lediglich so an, als würde sie sich eine leichte Gehirnerschütterung zuziehen.

„Was soll ich nur mit dir machen?", fragte sie.

„Ich hätte da ein paar Vorschläge."

Sie hob den Kopf und bemerkte ein belustigtes Schimmern in seinen Augen. Und noch etwas. Etwas, das ihr den Atem nahm und es unmoglich machte wegzusehen.

„Keane", wisperte sie und drückte sich enger an ihn.

Er legte die Hände auf ihre Hüften. Als er den Kopf leicht senkte, seufzte sie zitternd auf. Mit geschlossenen Augen ließ sie den Mistelzweig sinken, als sich ihre Lippen berührten, und schlang ihre Arme um seinen Hals. Es war herrlich, wie sich sein seidiges Haar zwischen ihren Fingern anfühlte.

Mit einem dunklen Stöhnen zog er sie fester an sich und griff in ihr Haar, strich es über die Schulter nach hinten und küsste ihren Hals.

Sie schnappte erregt nach Luft und wäre wahrscheinlich widerstandslos auf den Boden gesunken, hätte er nicht seinen muskulösen Schenkel zwischen ihre Beine geschoben. Er entfachte eine wallende Hitze in ihrem Innersten, die sie sofort vergessen ließ, warum sie das alles gar nicht wollte.

Ihr Körper könnte es jedenfalls nicht noch deutlicher wollen.

Seine Berührungen wurden sanfter. Er schmiegte das Gesicht an ihren Hals. Süß. Zärtlich. Um sich dann mit einem leisen Lachen von ihr zu lösen.

Sie hatte Mühe, die Augen zu öffnen.

„Wow", flüsterte sie.

Wieder lachend gab er ihr einen letzten Kuss auf die Schläfe. „Schließ hinter mir zu, Willa. Und träum von mir."

Das würde sie ganz sicher.

Keane wachte am Sonntag von einem seltsam klackenden Geräusch auf, das klang, als ob sich ein Vogelschwarm in sein Zimmer verirrt hätte und mit den Flügeln an das Fenster schlug, um wieder herauszukommen.

Er setzte sich auf, um zum Fenster zu sehen, wo er mit einem Blutbad rechnete.

Doch er sah nur seine schief hängenden Jalousien und dahinter eine verdächtige Wölbung in der Größe einer Katze. Ein schwarzes Gesicht und knallblaue Augen lugten zwischen den Lamellen hervor. Anschließend vier Pfoten.

„Miau."

„Du hängst also fest", sagte er.

„*Miau.*"

Kopfschüttelnd stand er auf, um sie aus den Lamellen zu befreien. Doch das gefiel ihr überhaupt nicht, und sie rastete völlig aus.

„Es wäre um einiges leichter, wenn du aufhören würdest, zu fauchen und dich zu wehren", sagte er.

Ihre Ohren zuckten nach hinten, als sie versuchte, ihn zu beißen.

„Noch ein Mal, und ich lasse dich hier stecken", warnte er sie.

Sie gab ein dunkles, tiefes Knurren von sich, und als er sie endlich befreit hatte, stolzierte sie mit erhobenem Kopf und durch die Luft wischendem Schwanz davon – zutiefst empört.

Er betrachtete die Jalousien.

Zerstört.

Seufzend nahm er sein Handy, um Sass anzurufen. Da sie nicht ranging, hinterließ er eine Nachricht. „Ich weiß, heute ist Sonntag, aber falls du da bist, könnte ich ein wenig Hilfe gebrauchen. Ruf mich zurück."

Als er aufsah, fing er Pitas noch immer verärgerten Blick auf. Sie war höchstwahrscheinlich zurückgekommen, um ihn daran zu erinnern, dass sie kurz davorstand zu verhungern.

„Sie wird mich nicht zurückrufen", sagte er.

Als Nächstes versuchte er es bei Mason. Ebenfalls die Mailbox. *Mist.* Er fütterte das Monster und ging dann unter die Dusche. Nach kurzer Zeit hatte er den Eindruck, beobachtet zu werden. Hastig duschte er das Shampoo ab und öffnete die Augen, nur um festzustellen, dass Pita direkt vor der Dusche saß und ihn anstarrte.

Es kam nicht oft vor, dass er beschämt war. Doch jetzt hatte er das dringende Bedürfnis, sich mit einer Hand zu schützen.

„Gibt's ein Problem?", fragte er.

Sie blinzelte langsam wie eine Eule. „Miau."

Und sie klang nicht verärgert. Sie klang eher … einsam. Als ob sie seine Vermutung bestätigen wollte, machte sie tatsächlich einen Schritt in die Dusche.

„Vorsicht", ermahnte er sie. „Das wird dir nicht gefallen."

Als ihr das Wasser direkt ins Gesicht spritzte, sprang sie mit zusammengekniffenen Augen zurück in ihre Sicherheitszone. Dann hob sie eine Pfote und begann sich akribisch das Gesicht zu putzen.

„Ich hab's dir doch gesagt", murrte er und erstarrte.

Ich hab's dir doch gesagt.

Das war der übliche Kommentar seiner Eltern gewesen, wenn er etwas ihrer Ansicht nach Dummes getan hatte. Und er hatte zugegebenermaßen eine Menge Blödsinn gemacht. Sich beispielsweise im zweiten Jahr auf dem College das Bein gebrochen und damit das Football-Stipendium in den Sand gesetzt.

„Auf Intelligenz kannst du dich immer verlassen", hatte sein Vater damals gesagt. „Auf die Wissenschaft kannst du dich immer verlassen. Und auf einen Job als Hochschullehrer kannst du dich immer verlassen. Ich sagte dir doch, dass du einen Plan B brauchst."

„Heilige Scheiße", murrte Keane kopfschüttelnd. „Ich habe den Mund aufgemacht, und die Worte meines Vaters kamen heraus."

Pita nieste. Aber für ihn klang es wie ein spöttisches Schnauben.

Leicht verstört zog Keane sich an.

Später im Flur starrte er auf Pita hinab, die ihm bis zur Tür gefolgt war.

„Ich muss zu meinem North-Beach-Projekt und schauen, welche Fortschritte es macht. Warte hier, und mach nichts kaputt."

Sie schenkte ihm wieder ein eulenhaft langsames Blinzeln.

„Mist." Sie würde hundertprozentig irgendetwas kaputt machen. Vielleicht mehr als nur irgendetwas. „Hör mal ..." Er ging tief in die Hocke, um ihr in die Augen zu blicken. „Ich kann dich nicht zu deiner Tagespflegerin bringen, die hat nämlich heute geschlossen. Und Sass und Mason ignorieren mich, weil Sonntag ist."

Sie starrte ihn nur an. Blinzelte nicht einmal mehr.

„Mist", wiederholte er und deutete auf den Katzenkorb. „Deine einzige Möglichkeit ist, mit mir zu kommen. Aber das ist keine gute Idee …"

Bevor er zu Ende gesprochen hatte, spazierte Pita bereits in den Korb, ohne Theater oder auch nur das leiseste Fauchen.

Verwundert schloss er den hellrosa Katzenkorb und sah durch das Netz in die blauen Augen.

„Ich weiß, dass du unglücklich mit der Situation bist. Aber momentan haben wir uns nun mal gegenseitig an der Backe."

Sie machte weiter mit diesem Nichtblinzeln.

„Wie wäre es damit", sagte er. „Ich verspreche, mir wirklich Mühe zu geben, und du hörst auf, in meine Schuhe zu machen."

Pita wandte ihm den Hintern zu.

„Gut, okay. Schön, dass wir geredet haben." Er trug sie hinaus zu seinem Truck und fuhr mit ihr nach North Beach. Als er kurz darauf vor einem Café in der Nähe seines Projekts parkte, sah er einige Frauen, die auf dem Bürgersteig standen und mit einer Geschwindigkeit von 250 Stundenkilometern aufeinander einredeten.

„… warte nur, bis du einmal in diese warmen Zimtbrötchen gebissen hast …"

„… gibt nichts Besseres, um deine dreißigste Mädchen-Geburtstagsparty zu feiern …"

„… oh mein Gott, dreh dich nicht um, aber hinter dir ist ein total scharfer Typ mit einem rosa Katzenkorb … ich hab gesagt: *Dreh dich nicht um!*"

Aber sie hatten sich alle umgedreht. Sechs, um genau zu sein. Und alle sechs lächelten ihn an.

Dass er ihnen zunickte, trat eine Lawine von Winken und Lächeln los. Er ging an ihnen vorbei.

„Also, das sind mal Brötchen, in die ich gern hineinbeißen würde“, murmelte eine von ihnen.

Keane widerstand dem Wunsch, die Treppe hinaufzurennen. Als er das Haus betrat, blieb er wie angewurzelt stehen. Mason und Sass fuhren auseinander, mit zerrauften Haaren und schuldbewussten Gesichtern.

Einen unangenehmen Moment lang starrten sie sich gegenseitig an. Dann begann Mason, geschäftig an der Nagelpistole herumzufummeln, und Sass tippte auf ihrem iPad herum, als ob es jeden Moment explodieren könnte.

„Was, zur Hölle …“, sagte Keane.

Mason schoss aus Versehen einen Nagel in den Holzboden.

Sass entschied sich für den defensiven Weg und verkündete: „Hey, was wir hinter deinem Rücken machen, geht dich gar nichts an.“

„Richtig“, sagte Keane.

„Und hat nie unsere Arbeit beeinflusst“, fuhr sie fort. „Niemals.“

„Okay“, sagte er.

„Ich würde das nicht tun“, fügte sie jetzt sanfter hinzu. „Ich liebe diesen Job.“

„Sass.“ Keane lachte leise. „Es ist mir egal, was ihr beide in eurer Freizeit treibt, solange ich es nicht sehen muss. Mit *was, zur Hölle …* meinte ich: Was, zur Hölle, macht ihr beide hier? Ihr arbeitet, geht aber nicht ans Handy?“

„Du hast letzte Woche gesagt, alle Mann an Deck, bis wir

fertig sind“, meinte Mason, der inzwischen anscheinend seine Stimme wiedergefunden hatte. „Nun, alle sind an Deck.“

„Ja, aber ich habe euch angerufen“, sagte Keane mit bemerkenswerter Geduld, wie er fand. „Euch beide. Keiner hat abgenommen.“

„Weil du einen Katzensitter gesucht hast“, sagte Sass. „Und sosehr ich es liebe, teuflische Katzen zu hüten, es steht nicht in meiner Arbeitsplatzbeschreibung.“

„Oder in meiner“, meinte Mason.

Keane stierte sie an. „Ihr konntet gar nicht wissen, dass ich euch darum bitten wollte.“

Sass blickte auf den Katzenkorb, den er in der Hand hielt. „Du stellst keine Idioten ein.“

Er stieß die Luft aus und stellte den Korb ab.

„Was machst du da?“ Mason riss entsetzt die Augen auf. „Lass es nicht raus.“

„*Es* ist eine *sie*.“

„*Es* wird mich attackieren“, sagte Mason.

Sass verdrehte die Augen. „Mason glaubt, die Katze wäre die Wiedergeburt des Teufels.“

„Das ist *es* auch“, sagte Mason.

„Sie reibt sich an seinem Bein, und er ist überzeugt davon, dass sie auf diese Weise die Dominanz in ihrer Beziehung verdeutlichen will.“

„Sie hat mir eine halbe Feldmaus hingelegt“, sagte Mason.

„Sie hat einfach nur erkannt, dass du keinen Jagdinstinkt hast und nicht in der Lage bist, dich selbstständig zu ernähren“, erklärte ihm Sass. „Sie versucht dir zu zeigen, wie man jagt. Das ist ein Liebesbeweis.“

„Eine *halbe* Feldmaus“, wiederholte Mason.

Keane schüttelte den Kopf und öffnete den Korb.

„Haltet alle Türen geschlossen“, ordnete er an. Er brachte Pita Schüsseln mit Wasser und Futter und begann, das Haus zu inspizieren.

Danach gab er Mason eine Liste mit Dingen, die er erledigt haben wollte, fuhr mit Pita zurück in die Vallejo Street und schnallte sich den Werkzeuggürtel um. Holzarbeiten machten ihm am meisten Spaß, sie waren seine erste Liebe und erfüllten ihn mehr als alles andere. In diesem Haus arbeitete er nach alter Schule im viktorianischen Sinne, restaurierte den ursprünglichen Eichenboden und die verzierten Holzvertäfelungen. Das war auch sein Plan für heute. Schleifen und Lackieren.

Nach einer Stunde machte er eine kurze Pause, um nach seinem vibrierenden Handy zu greifen. Es war Sally, die ihn endlich per Facetime zurückrief. Er sah lediglich einen riesigen Mund. Die Haut um den Mund war faltig. Die Lippen waren rot angemalt.

„Hallo?“, sagte der Mund. „Keane? Verdammtes neumodisches Telefon“, murrte sie. „Ich höre nix.“

„Tante Sally, ich bin hier“, rief er. „Hast du dich schon eingelebt?“

„Was?“

„Du brauchst das Handy nicht so an deinen Mund zu halten. Du kannst ganz normal reden …“

„Hm? Wie bitte? *Sprich lauter, Junge.*“

Keane seufzte. „Ich sagte, du kannst ganz normal sprechen.“

„Ich spreche normal“, kreischte sie, das Telefon noch immer so nah am Gesicht, dass man nur ihren Mund sehen konnte. „Ich rufe an, weil ich mit Petunia sprechen möchte. Hol sie mal ans Telefon.“

„Du möchtest mit der Katze sprechen.“

„Genau das habe ich gesagt. Hast du schlechte Ohren? Jetzt hol sie."

„Sicher." Keane ging in die Küche, wo Pita sich überwiegend aufhielt, in der Nähe des Futternapfs. Der Napf war leer.

Von Pita aber war nichts zu sehen.

„Warte", sagte er ins Telefon. Dann drückte er das Handy an den Schenkel, um Ton und Bild zu blockieren. „Pita!", rief er. „Pita, komm!" Er kam sich albern vor. Katzen kamen nicht, wenn man sie rief, genauso wenig wie Monster. „Katze", sagte er. „Petunia?"

Noch immer nichts. Er streifte durch das Haus. Im Esszimmer erstarrte er. Ach du Scheiße, dachte er, als er auf das Loch im Boden starrte. Das war der Luftschacht, und zwar ohne Gitter. Das lag nach dem Lackieren zum Trocknen auf dem Sägebock.

Er fiel auf die Knie und schielte in die Öffnung, konnte aber nichts sehen.

„Pita?"

Unheimliche Stille. Dann ein Rascheln, gefolgt von einem elend klingenden „Miau".

Sein Herz blieb fast stehen.

„Okay, nicht witzig. Schwing deinen haarigen Hintern da raus", befahl er, das Handy noch immer an seinen Schenkel gedrückt.

Dieses Mal klang das „Miau" entfernter, als ob sie sich weiter wegbewegen würde.

„Hey, Tante Sally, da kommt gerade ein anderer Anruf, da muss ich unbedingt rangehen. Ich rufe dich gleich zurück, okay?"

„Stimmt was nicht?", fragten ihre roten faltigen Lippen.

„Keine Sorge." Keane legte auf. Er holte Pitas Fressnapf, füllte ihn und rasselte damit über dem Loch.

„Hörst du das?“, rief er hinunter. „Das ist dein Fressen. Komm, und hol es dir.“

Nichts. Nicht einmal ein Rascheln.

„Grundgütiger.“ Keane erhob sich und ging in den nächsten Raum, in den das Luftschachtsystem führte. Er riss den Rost herunter und leuchtete mit der Taschenlampen-App seines Handys hinein.

„Pita?“

Wieder nichts.

„Verdammt, Katze.“ Er stellte die Taschenlampe aus und rieb sich die Schläfen. Vollkommen ratlos tat er das Erste, das ihm in den Sinn kam. Er rief den einzigen Menschen an, den diese Katze tatsächlich mochte.

„Hallo?“ Willas Stimme klang leise und verschlafen.

„Ich habe dich geweckt. Tut mir leid.“

„Keane?“

„Ja. Ich habe ein Problem.“

„Noch immer?“ Sie gähnte. „Sollte man nicht möglichst schnell zum Arzt, wenn dieser Zustand länger als vier Stunden anhält?“

Er verharrte kurz, dann lachte er und schüttelte den Kopf. „Nicht diese Art von Problem.“ Er zögerte. „Ich bin ziemlich sicher, dass kein Mann auf der ganzen Welt deswegen jemals zum Arzt gehen würde.“

„Ein weiterer Grund, warum Männer jünger sterben als Frauen. Was ist dein Problem, Keane?“

„Pita.“

„Du hast sie heute auch?“

„Ja. Meine Tante musste in ein Pflegeheim. Während ich gearbeitet habe, ist Pita in einen Luftschacht gesprungen und hat sich entweder einem Rattenvernichtungsteam angeschlossen oder verarscht mich einfach. Wie jede Frau, die ich kenne. Auf jeden Fall kann ich sie nicht mehr sehen oder hören."

Stille.

„Willa?"

„Deine Tante musste in ein Pflegeheim?"

Hatte er das nicht gerade gesagt? „Ja, und ..."

„Und du kümmerst dich um Pita? Für immer?"

„Nun, so war es mal geplant", sagte er. „Jetzt bin ich ziemlich sicher, dass ich sie aus Versehen umgebracht habe."

„Ich bin gleich da."

12. Kapitel

#WheresThebeef

Nach Keanes Anruf sprang Willa zum zweiten Mal an diesem Morgen aus dem Bett. Das erste Mal hatte sie etwa eine Stunde zuvor ein verzweifeltes Klopfen geweckt.

Es war Kylie gewesen.

„Erinnerst du dich an Vinnie?“, fragte sie und zog den winzigen Welpen aus der Tasche. „Meine sogenannte Freundin hat ihn nie wieder abgeholt, kannst du dir das vorstellen?“ Sie gab ihm einen Kuss auf den Kopf, der größer war als sein Körper. „Ich glaube, sie hat ihn *und* mich verlassen ...“

Junge, Junge. Willa sah in die niedlichen Hundeaugen und fühlte, wie sie dahinschmolz.

„Was hast du jetzt vor?“

„Ich behalte ihn“, sagte Kylie entschlossen. „Das wird mein Weihnachtsgeschenk für mich selbst. Das Problem ist nur, dass ich heute arbeiten muss. Könntest du mir irgendwie helfen?“

Und so war Willa mit einem drei Wochen alten Welpen zurück ins Bett geschlüpft, bis Keane anrief. Sie hob Vinnie hoch und drückte ihn fest an sich.

„Wir haben jetzt Such- und Rettungsdienst. Bist du bereit?“

Vinnie gähnte mächtig. Den kleinen Kerl in einer Hand balancierend, machte Willa sich so schnell wie möglich fertig. Zum Zähneputzen musste sie Vinnie absetzen, was sich als Fehler herausstellte, denn als sie sich umdrehte, saß er stolz neben etwas, das wie ein frischer PlayDoh-Haufen aussah, allerdings alles andere als frisch, sondern unglaublich übel roch.

Er sah sie an, als wollte er sagen: „Das war nicht ich, ich habe auch nicht die Schnürsenkel deiner Schuhe zerkaut und kann mir auch überhaupt nicht vorstellen, wer so etwas tun könnte, denn in Anbetracht dieses Häufchenproblems wäre das echt fies."

Mit einem Seufzen wischte sie die Sauerei weg. Dann zog sie eine Jogginghose über ihren Pyjama und schnappte sich das Babyfläschchen, das Kylie ihr gegeben hatte.

Vinnie wurde bei dessen Anblick sehr aufgeregt. Er begann glücklich zu hecheln und trat mit seinen kurzen Beinen in die Luft, als ob er zur Flasche fliegen wollte.

„In einer Sekunde", versprach sie. Sie nahm Tasche und Jacke und rannte hinaus. Während sie auf den Fahrstuhl wartete, rief sie sich ein Taxi.

So eine Fahrt konnte sie sich eigentlich nicht leisten, aber es regnete in Strömen, und sie hatte Vinnie dabei. Außerdem hatte Keane ... wie geklungen?

Verängstigt.

Schon allein deshalb wäre sie zu ihm gefahren. Neugier brachte eben nicht nur Katzen um. Aber das war nicht der einzige Grund, aus dem sie sich so beeilte.

Petunia war ihr wichtig, und mehr noch: Keane war ihr wichtig.

„Nicht gut", sagte sie zu dem Hundebaby, als es mit der Flasche fertig war. Sie schob den Kleinen unter ihr Sweatshirt, damit er es warm hatte. „Überhaupt nicht gut."

Vinnie streckte das Köpfchen unter ihrem Kragen hervor und leckte ihr Gesicht. Mit seinen riesengroßen Augen blickte er sie glücklich und voller Bewunderung an.

„Okay, wir gehen folgendermaßen vor: Wenn wir ankommen, werden wir uns nicht, ich wiederhole, nicht in diesen sexy Typ verlieben, der dort lebt, okay? Es bringt nichts, sich in jemanden zu verlieben, der nicht in dich verliebt ist."

„Warum fahren Sie dann so früh am Morgen zu ihm, wenn Sie sich nicht verlieben wollen?", fragte der Taxifahrer. „Hat Ihnen Ihre Mutter nichts beigebracht?"

„Hey, nicht lauschen", sagte sie. „Oder Urteile fällen."

„Wie sehr mögen Sie diesen Kerl?" Er betrachtete ihre Klamotten durch den Rückspiegel. „Weil Sie sich vielleicht was Netteres hätten anziehen sollen."

Sagte der Typ in dem schäbigen grauen T-Shirt und mit so wildem Haar, dass es die Decke des Wagens berührte.

„Das ist meine Lieblingsjogginghose."

„Aber das ist eine Leg-mich-nicht-flach-Jogginghose. Sozusagen eine Empfängnisverhütungshose."

Sie blickte an sich herab, als sie vor Keanes Haus hielten. Gott sei Dank hatte sie nicht vor, sich flachlegen zu lassen.

Moment ... oder? Nun, zu spät, sich jetzt darüber Gedanken zu machen.

„Schreiben Sie mir eine gute Bewertung?", fragte der Fahrer, als sie ausstieg.

Willa seufzte. „Klar."

Keane musste sich schwer zurückhalten, die Wand zwischen Wohnzimmer und Esszimmer nicht einzureißen – die neue Wand –, als er Willa klopfen hörte.

Die Kapuze ihres Parkas über den Kopf gezogen, stand sie im strömenden Regen da.

„Hey." Sie war ganz offensichtlich gerade erst aus dem Bett gestiegen und sah verführerisch und aufregend aus.

Er wusste, wie hart sie arbeitete und dass heute wahrscheinlich einer ihrer wenigen freien Tage war. Und doch war sie gekommen. Okay, eher wegen der Katze als seinetwegen, aber trotzdem fand er es bemerkenswert.

Fand er *sie* bemerkenswert.

In seiner Welt kam es nicht oft vor, dass jemand seine Hilfe anbot, ohne eine Gegenleistung zu erwarten oder es ihm später vorwurfsvoll unter die Nase zu reiben. Deswegen bedeutete ihm diese Geste wirklich viel.

Er zog sie aus dem Regen ins Haus. Es tropfte von ihrem Parka.

„Du trägst einen Werkzeuggürtel“, sagte sie, ohne den Blick von ihm zu wenden.

„Ja.“ Täuschte er sich, oder hatten sich ihre Pupillen geweitet? „Warum?“

Sie leckte sich über die Lippen und starrte noch einmal auf den Gürtel. „Nur so.“

Er lachte leise. „Gefällt dir der Werkzeuggürtel?“

Sie errötete. „Nun, diese Teile sind aus einem guten Grund ein Klischee. Sie sind irgendwie … sexy.“

„Gut zu wissen.“ Er unterdrückte ein Lächeln. „Und danke, dass du gekommen bist.“

Willa schob die Kapuze herunter und sah ihn an, die Lider noch etwas schwer vor Müdigkeit, wie er vermutete. Ihr wild zerzaustes Haar fiel ihr in die Augen und klebte an ihrem Kinn. Er zog ihr die nasse Jacke aus. Nun stand sie in Jogginghosen vor ihm, auf einem Bein war SWAT zu lesen. Dazu trug sie Gummistiefel und ein bequemes Kapuzenshirt, das an ihren Kurven klebte. Dass sie keinen BH trug, war deutlich zu sehen.

Sein Mund wurde trocken.

Aus der Tasche ihres Kapuzenshirts lugte ein kleiner Hundekopf hervor. „Wuff!“, quietschte er so heftig, dass seine riesigen Ohren erzitterten.

„Vinnie ist zurück“, erklärte sie. „Ich bin sein Babysitter.“ Sie sah sich um. „Wow. Dieses Haus ist wirklich einfach … *wow*.“ Sie drehte sich langsam um die eigene Achse. „Ich wollte dich das sowieso schon fragen. Diese Holzverzierungen – sind die original?“

„Original und restauriert.“

„Umwerfend.“ Sie lief umher, ihre Stimme klang ehrfürchtig. „Im Ernst, wenn das mein Haus wäre, würde ich es niemals hergeben.“

Unangenehm berührt von dem Lob und doch zugleich stolz, antwortete Keane nicht. Doch es war auf jeden Fall auch sein Traumhaus.

„Und du willst es wirklich verkaufen?“ Sie sah ihn an.

Er zuckte mit den Achseln. „Das ist der Plan. Ich verkaufe alles, was ich renoviere. Davon lebe ich.“

„Richtig.“ Sie nickte. „Du hängst an nichts, kapiert. Also, wo kann ich Vinnie hinsetzen, solange wir nach Petunia suchen?“

Er atmete tief ein und brachte sie in die Küche. Das Leder seines Werkzeuggürtels knarrte bei jedem Schritt, wobei er allerdings nicht glaubte, dass sie das momentan besonders sexy fand.

Sie legte das tiefe Spülbecken mit einer Decke aus, platzierte darauf ein ziemlich spezielles Hundebett – eine Kosmetiktuch-Schachtel –, einen Wassernapf und Spielzeug.

„Bleib hier und sei ein guter Junge“, sagte sie. „Dann bekommst du was Leckeres von mir.“

„Gilt das für alle männlichen Wesen in diesem Raum?“, fragte Keane.

Sie sah ihn lange an.

Okay, also nicht. Mit einem innerlichen Kopfschütteln – weil er auf etwas hoffte, was er nicht haben konnte – drehte er sich um und ging ins Esszimmer.

„Hier“, sagte er und ging vor dem Luftschacht in die Hocke. „Hier ist sie rein.“

Willa musterte die Öffnung. „Wohin führt der Schacht?“

„Ins Arbeitszimmer. Dort habe ich das Gitter auch weggenommen, aber sie kommt nicht raus.“ Er war kein Typ, der Panik bekam, überhaupt nicht. Aber da war ein Knoten in seiner Brust, und womöglich stand er doch kurz vor einer Panikattacke.

„Wahrscheinlich kann sie nicht herauskommen“, sagte Willa. „Sie ist ein bisschen … kräftig.“ Das letzte Wort hatte sie geflüstert, gerade so, als ob Pita sie nicht nur hören, sondern auch verstehen könnte. „In welche Richtung führt der Schacht?“

Er zeigte nach links. „Dort ins Nebenzimmer.“

Willa stellte sich an die Wand und drückte das Ohr dagegen. „Petunia!“, rief sie, stand ganz still und lauschte.

Ein sehr entferntes „Miau“ erklang.

„Mist“, sagte Keane. „So, das war’s.“ Er stand auf, verließ den Raum und nahm das Beil aus dem großen Werkzeugkoffer. Dann ging er zurück zu Willa. „Geh zur Seite.“

Sie sah ihn mit großen Augen an. „Was, zur Hölle, willst du denn damit?“

War das nicht offensichtlich? „Die Wand einreißen.“

„Wow“, sagte sie und schien diesmal eindeutig beeindruckt. „Warte noch mal ’ne Sekunde, Paul Bunyan.“ Sie ging zum anderen Luftschacht. „Petunia? Ich weiß, dass du dich nicht umdrehen und zurückgehen kannst und dass es dunkel ist und du wahrscheinlich ziemlich unglücklich über das alles bist. Aber du musst dich nach vorn drücken, okay? Du musst zu mir kommen, sonst wird dieser große böse Wolf hier das ganze Haus niederreißen. Und du solltest wissen, dass er dann auch richtig tolle Holzverzierungen zerstört, und das würde mir das Herz brechen."

„Miau."

„Genau so", säuselte sie, noch immer auf Händen und Knien, den kleinen Hintern in der engen Jogginghose in die Luft gestreckt.

Er stöhnte. „Du machst mich fertig."

Noch immer in dieser Position, bei der es sich im Übrigen um seine absolute Lieblingsposition handelte, verdrehte sie den Hals und sah ihn an.

„Ich versuche gerade, deine Wand zu retten."

„Mach weiter", sagte er. Seine Stimme schien eine Oktave tiefer als zuvor zu sein.

Sie starrte einen Moment lang auf seine Lippen, schluckte schwer, dann richtete sie ihre Aufmerksamkeit wieder auf ihre Aufgabe.

„Petunia?"

Nichts.

Keane kam näher, und Willa zeigte mit einem Finger auf ihn. „Wage es bloß nicht, diese Wand anzurühren."

Was für eine erotische Tyrannin.

„Ich meine es ernst", sagte sie.

Er musste lachen. „Ich sage das ja nur ungern, Willa, aber du hast endlich jemanden gefunden, der genauso stur ist wie du. Pita wird da nicht rauskommen, da kannst du herumturteln, solange du willst, weil ..."

Weil gar nichts. Ein Rascheln war zu hören, und dann erschien ein todtraurig aussehender Kopf in dem Schacht. Keane wäre vor Erleichterung fast auf die Knie gesunken.

„Ich kann nicht glauben, dass sie nur wegen des Klangs deiner Stimme herausgekommen ist."

„Ich bin klasse, aber nicht so klasse", antwortete Willa, während Pita etwas aus ihrer Hand fraß und so gierig herunterschlang, als hätte sie seit fünf Tagen nichts mehr gegessen.

„Das ist ein Hundesnack. Funktioniert immer", sagte sie zu der schmutzigen Katze. „Du armes Baby. Das muss traumatisch für dich gewesen sein."

„Äußerst traumatisch." Keane wischte sich über die Stirn. „Du solltest mich festhalten."

Sie lachte, und er grinste sie an wie ein Idiot.

„Hast du immer Hundesnacks in der Tasche?"

„Immer." Sie setzte sich zu Pita auf den Boden. Es schien ihr egal zu sein, dass sie sich jetzt auch schmutzig machte. Aus der anderen Tasche zog sie einen Kamm und begann, die Katze vom schlimmsten Schmutz und Staub zu befreien.

„Ich frage besser nicht, was du noch alles bei dir trägst." Er kam näher, hockte sich neben sie und starrte der Katze in die vor Ekstase halb geschlossenen Augen.

„Du hast sie in Trance versetzt."

„Die meisten Katzen sind wie hypnotisiert, wenn man sie kämmt", erklärte sie lächelnd. „Wie eigentlich alle weiblichen Wesen."

„Hm. Das ist tatsächlich etwas, was ich noch nicht über euch Frauen wusste."

„Du glaubst, das wäre das Einzige?", fragte sie mit gerade so viel Ironie in der Stimme, dass er sie mit einem längeren Blick bedachte.

„Willst du mir damit irgendetwas sagen?"

„Absolut nicht." Sie errötete in einem herrlichen Farbton, und er musste gestehen, dass er jetzt mehr als nur etwas neugierig war.

Pita, die offenbar genug von Fellpflege hatte, kletterte von Willas Schoß.

„Warte mal", sagte er zu der Katze. Dann rief er Sally zurück und richtete das Handy auf Pita.

Seine Tante plapperte in Babysprache los, die Katze blieb stehen, starrte unverwandt in die Kamera und lauschte aufmerksam.

Danach bedankte Sally sich bei Keane und legte auf. Pita spazierte mit hocherhobenem Kopf davon.

„Das war süß von dir", sagte Willa.

„So bin ich, ein echtes Herzchen. Und gern geschehen, Prinzessin", rief er Pita hinterher. Dann ergriff er Willas Hand und zog sie auf die Füße.

Sie legte die Hände an seine Brust. Doch statt sich einfach nur aufzurichten, schlang sie die Arme um seinen Hals und schmiegte sich fest an ihn.

„Diese Sache passiert schon wieder", flüsterte sie.

Ja, eindeutig. „Diese ‚Sache' mag dich", antwortete er. „Sehr."

Sie schnaubte. „Das habe ich nicht gemeint. Obwohl …" Sie presste sich fester an ihn und rieb die Hüften an seiner Erektion. „Ich habe das nicht übersehen."

„Wie denn auch."

Sie schnaubte wieder. Er konnte seine Neugier nicht zügeln und musste einfach fragen. „Also, was hast du denn gemeint?"

Sie knabberte an ihrer Unterlippe und war auf einmal schwer damit beschäftigt, sein Hemd genauestens zu betrachten. Er griff in ihr Haar und zog daran, bis sie aufsah.

Sie heftete den Blick auf seine Lippen.

„Ich meine diese Sache, dass ich am liebsten bestimmte Dinge mit dir tun würde."

Er lächelte. „Ich sehe da kein Problem, Babe."

Kopfschüttelnd machte sie sich von ihm los. „Ich kann nicht bleiben. Großer Tag. Heute findet die Santa-Extravaganza-Aktion in meinem Laden statt."

„Ich dachte, du würdest heute nicht arbeiten."

„Stimmt auch. Meine Mitarbeiter kümmern sich um alles, wie immer. Ich baue nur auf und sorge dafür, dass alles hübsch aussieht."

Er hielt sie fest, und als sie sich versteifte, zog er sie ganz sanft wieder in die Arme, ließ ihr aber genug Raum, um sich von ihm lösen zu können, wenn sie wirklich wollte.

„Also mache ich dir Angst."

„Nein." Sie schüttelte den Kopf. „Ich habe vor nichts Angst außer vor ekligen Krabbeltieren und dem Weihnachtsmann. Deswegen kümmern sich ja auch meine Mädchen um Santa Extravaganza."

Er zögerte. „Okay, darauf kommen wir noch zurück. Aber erst mal die Frage: Wenn du keine Angst vor mir hast, warum genau sind wir dann ‚noch nicht so weit'?"

Ein kleines Lächeln, das mehr als nur ein Geheimnis barg, umspielte ihre Lippen. „Vielleicht bin ich einfach … vorsichtig."

Kluge Frau, wie er zugeben musste. „Und die Angst vor dem Weihnachtsmann?"

„Wie kann man einem alten Mann vertrauen, der kleine Kinder auf den Schoß nimmt und sie auffordert, ihm ihre größten Geheimnisse ins Ohr zu flüstern?", spöttelte sie.

„Aber du liebst Weihnachten."

„Weihnachten ja. Den Weihnachtsmann nicht so sehr."

„Warum dann diese Santa-Extravaganza-Veranstaltung?“

Sie zuckte die Achseln, als wäre ihr das Thema unangenehm.

„Ist ein riesiger Verkaufsschlager! Und die Hälfte des Gewinns geht an ein Tierheim. Die können das Geld gut brauchen.“ Sie ging in die Küche, um Vinnie zu holen, und gab dem winzigen Hund einen Kuss aufs Gesicht, der Keane verflixt eifersüchtig machte. Dann war sie verschwunden.

13. Kapitel

#KeepCalmAndBeMerry

Am Abend fand er Pita schlafend auf seinem Kopfkissen vor. Als Keane sie hochheben wollte, machte sie sich um mindestens zweihundert Kilo schwerer. Er stöhnte nur, denn schließlich wussten sie beide, dass eine Diskussion mit ihr reine Zeitverschwendung war. Zudem hatte sie einen anstrengenden Tag hinter sich. Und mit anstrengenden Tagen kannte er sich aus.

„Ich gehe noch ein bisschen raus", verkündete er. „Und während ich weg bin, wirst du nichts zerstören, in Ordnung?"

Sie gähnte, stand auf, knetete sein Kopfkissen mit den Vorderpfoten, als würde sie einen Teig machen, ließ sich dann wieder hinplumpsen und schloss die Augen.

„Benimm dich", sagte er streng.

Sie sah ihn gelassen an. Höchstwahrscheinlich hatte er gerade einen Pakt mit dem Teufel geschlossen.

Was soll's, dachte er und machte sich auf den Weg ins O'Riley's. Sicher, im Umkreis gab es mindestens fünfzig Restaurants, in denen er zu Abend essen konnte, vielleicht sogar mehr. Aber es bestand für ihn nicht der geringste Zweifel, wo er heute Abend sein wollte.

Um Willa zu sehen.

Zwar war er von Anfang an von ihr fasziniert gewesen, doch hätte er im Traum nicht gedacht, dass daraus so viel mehr als reine körperliche Anziehungskraft werden würde.

Wobei er noch keinen Schimmer hatte, wie er mit der Tatsache umgehen sollte.

Es regnete nicht mehr, doch die Luft war kalt. Er stopfte die Hände in die Jackentaschen und senkte den Kopf zum Schutz gegen den Wind. Im Innenhof angekommen, blieb er kurz am Brunnen stehen. Old Man Eddie kam aus der Gasse.

Eddie sah mindestens wie achtzig aus, wenn man wohlwollend war – was das Leben ihm gegenüber nie gewesen war. Er hatte einen wilden weißen Haarschopf und trug trotz der Kälte Shorts und ein Greatful-Dead-Sweatshirt, das aussah, als würde er es bereits seit den Siebzigern tragen.

„Du bist jetzt mit Willa zusammen", sagte er. „Stimmt's?"

Keane betrachtete ihn eingehender. „Ich weiß nicht, ob Sie das etwas angeht."

Der Typ strahlte. „Gut gekontert, Mann. Und es gefällt mir, dass du es nicht abstreitest. Unsere Willa, die hat es ziemlich schwer gehabt. Aber sie hat sich selbst aus dem Dreck gezogen und was aus sich gemacht. Sie verdient nur das Beste. Bist du der Beste?"

„Schwer in welchem Sinne?", fragte Keane, doch Eddy lächelte nur und tätschelte ihm den Arm.

„Ja. Du machst das schon." Dann ging er davon.

„Schwer in welchem Sinne?", fragte Keane erneut.

Doch da war Eddie schon verschwunden.

Keane seufzte. Er wusste nur zu gut, dass die Vergangenheit vergangen war. Trotzdem machte ihn die Vorstellung verrückt, dass Willa als Kind ganz auf sich allein gestellt gewesen war.

Am Brunnen durchsuchte eine Frau gerade ihre Taschen nach Kleingeld. Sie war Anfang zwanzig, und wie sie so herumwirbelte, wirkte sie ziemlich verzweifelt.

Es war Haley, die Optikerin und Willas Freundin.

„Haben Sie was verloren?“, fragte er.

„Nein. Oder doch“, korrigierte sie sich. „Ich wollte einen bescheuerten Wunsch an diesem bescheuerten Brunnen loswerden, aber ich kann keine bescheuerte Münze finden ...“ Sie setzte sich auf den Steinabsatz, zog einen Schuh aus und schüttelte ihn. Als nichts herauskam, seufzte sie. „Verdammt. Ich habe hier immer mindestens einen Penny drin.“

Er zog einen Quarter aus der Tasche. „Hier.“

„Oh nein, ich kann doch nicht ...“

„Nimm schon.“ Er ließ ihn in ihre Hand fallen. „Für deinen bescheuerten Wunsch an dem bescheuerten Brunnen.“

Sie lachte. „Du machst dich über mich lustig, aber es ist wirklich bescheuert. Und trotzdem bin ich hier ...“ Sie warf die Hände in die Luft. „Es hat für Pru funktioniert und, wie es scheint, auch für Willa.“ Sie sah ihn lange an, und erst da wurde ihm klar, dass sie von ihm sprach.

Er schüttelte den Kopf. „Wir sind nicht ...“

„Oh nein.“ Sie deutete auf ihn. „Zerstör mir bitte meine Hoffnungen nicht. Ich meine, ich spreche hier von Willa. Sie zerreißt sich fast, um allen zu helfen. Den Mädchen, die sie anstellt, den Tieren, ihren Freunden.“ Sie lächelte leicht. „Na ja, das muss ich dir ja nicht erzählen, das weißt du selbst.“

Absolut. Willa hatte sich um Pita gekümmert, obwohl sie damals keinen Grund hatte, ihn zu mögen. Und sie hatte ihn als Freund akzeptiert, obwohl er es vielleicht gar nicht verdiente.

„Sie hat es verdient, geliebt zu werden“, sagte Haley. „Sie gibt immer und jedem einhundert Prozent. Deswegen war uns klar, dass es etwas Großes sein muss, wenn sie sich mal verliebt. Jemand, der sie wirklich umhaut.“ Sie lächelte. „Groß stimmt auf jeden Fall schon mal.“

„Vielleicht ist es nicht so, wie du denkst“, sagte er leise.

„So ist es nie.“ Sie blickte wieder aufs Wasser. „Wenn du mich bitte entschuldigst.“

„Sicher.“ Er ließ sie allein.

Der Pub war brechend voll. Lichter blinkten über all dem Gelächter und den Stimmen, und *Santa Looked A Lot Like Daddy* dröhnte aus den Lautsprechern.

Apropos Weihnachtsmann: Der saß gerade seelenruhig an der Bar und goss sich einen hinter die Binde.

Keane steuerte auf das hintere Ende der Bar zu, wo Willa mit Elle, Spence und Archer saß. Vor ihnen standen eine Reihe leerer Gläser und ein Krug mit Eierpunsch. Elle und Spence führten eine Diskussion über Spences Sportprogramm.

„Du musst öfter als einmal am Tag gesund essen, um in Form zu kommen“, sagte er.

„Fies und unfair“, antwortete sie und zeigte mit dem Finger auf Archer, der sich gerade Chili-Pommes in den Mund steckte. „Dann erklär mir mal ihn.“

Archer sah Elle an und schluckte schwer. „Was ist?“

Elle gab ein empörtes Geräusch von sich.

„Du isst, als hättest du Angst, dass es jeden Moment aus der Mode kommen könnte. Und nimmst nie auch nur ein Gramm zu.“

Archer lächelte träge. „Die Gene, Babe. Ich wurde so geboren.“

So heftig, wie Elle die Augen verdrehte, grenzte es an ein Wunder, dass sie ihr nicht aus dem Kopf fielen. Keane quetschte sich an ihnen vorbei. Willa trug keine Jogginghose mehr, sondern einen schwarzen Rock, Strumpfhose, Stiefel und den knallrotesten Weihnachtspulli, den Keane je gesehen hatte. Den Blick hatte sie auf den Weihnachtsmann an der Bar geheftet. Keane hätte schwören können, dass sie darauf brannte, etwas zu tun. Er stellte sich so, dass er ihren Blick auf den Typen blockierte.

„Hey."

„Hey." Sie lächelte nur mit den Lippen. „Bin gleich zurück." Sie sprang von ihrem Hocker und eilte in den hinteren Teil des Pubs.

„Ich weiß, dass sie kein Fan vom Weihnachtsmann ist", sagte er. „Aber kann es sein, dass ich hier irgendwas nicht mitbekomme?"

„Eine Menge", antwortete Elle, erläuterte es aber nicht weiter.

Damit hatte er gerechnet. Elle konnte Geheimnisse für sich behalten. Er sah Spence an, der mitzufühlen schien, aber den Kopf schüttelte. Archer hätte genauso gut eine Mauer aus Stein sein können. Also wandte Keane sich an Haley, die offenbar ihren Wunsch abgegeben hatte und jetzt hereinkam.

Sie schnitt eine Grimasse.

„Sag es mir."

„Ihre Mom war mit einem betrunkenen Weihnachtsmann zusammen, der sie durchs Haus gejagt hat und immer wollte, dass sie sich auf seinen Schoß setzt. Damals fand man es witzig, wenn ein erwachsener Mann ein kleines Mädchen terrorisierte."

„Und heute ist es eine verdammte Straftat", sagte Keane düster.

Elle und Archer drehten sich voller Überraschung – und Anerkennung – im Blick zu ihm. Aber sie sagten noch immer nichts.

Das konnte er verstehen. Gute Freunde hielten eben zusammen. Er war dankbar, dass Willa solche Freunde hatte. Nach allem, was sie in ihrer Kindheit erlebt hatte, war es genau das, was sie brauchte.

Aber er wollte auch zu ihrem innersten Kreis gehören. Und er wollte es furchtbar dringend. Keane steuerte auf die Bar zu.

„Hey." Er tippte dem Weihnachtsmann auf die Schulter.

Der drehte sich mit der Vorsicht Betrunkener um.

„Was willsu?"

„In der Second Street gibt es für Weihnachtsmänner Freigetränke", sagte Keane.

Die Augen des Typs leuchteten auf. „Echt?" Er stand auf und wankte etwas. „Danke, Mann."

Während der Weihnachtsmann zur Tür eilte, folgte Keane Willa nach hinten. Der Flur endete in der Küche. Es gab auch noch einige andere Türen. Büros, vermutete er. Die Toilettentür war geschlossen. Also wartete er davor, lehnte sich an die Wand und wunderte sich über die absolute Stille jenseits dieser Tür. Nach einigen Minuten klopfte er an.

„Willa?"

Nichts.

Es war heute nicht das erste Mal, dass ein weibliches Wesen sich ihm gegenüber weigerte, aus seinem Versteck hervorzukommen, doch irgendetwas war nicht in Ordnung. „Ich komme rein", warnte er sie, dann öffnete er die Tür.

Die Toilette hatte zwei Kabinen und ein Waschbecken. Es war erfreulich sauber.

Und leer.

Das Fenster stand weit auf, kalte Nachtluft drang herein.

Sie war durchs Fenster verschwunden.

Er durchquerte den Raum, streckte Kopf und Schultern heraus und sah wenige Meter entfernt die Feuertreppe. Dann sah er nach oben und erhaschte einen Blick auf einen schlanken Fuß, der hinter der Dachkante verschwand.

Fünf Stockwerke.

„Scheiße“, sagte er, seine Sicht verschwamm. „Warum passiert immer so weit oben etwas?“ Er schrammte mit den Schultern gegen den Rahmen, als er sich murrend durchs Fenster quetschte, und er musste sich wirklich quetschen.

Zudem hatte er nicht über das Problem seiner Position nachgedacht, und so gab es einen etwas heiklen Moment, als er beinahe kopfüber auf der Straße landete. Es gelang ihm gerade noch, sich rechtzeitig aufzurichten.

Er starrte auf die verdammte Feuertreppe und rüttelte daran. Sie schien stabil zu sein.

„Du hast den Verstand verloren“, sagte er zu sich selbst, als er begann hinaufzuklettern.

Im zweiten Stock begann er zu schwitzen. Er zählte jedes Stockwerk laut, um einigermaßen bei Verstand zu bleiben, und trotzdem zitterte er immer heftiger.

„Drei.“ Er hielt die Luft an und machte weiter. „Vier.“ Schließlich, am Dach angekommen, machte er den Fehler und sah nach unten. „Scheiße. Fünf. Scheiße.“ Mit letzter Kraft schwang er sich über den Vorsprung und landete wenig elegant auf dem Dach.

14. Kapitel

#Hohoho

Willa drehte den Kopf, als sie etwas aufs Dach plumpsen hörte, und riss die Augen auf. Keane lag flach auf dem Rücken, als ob er keinen einzigen Knochen im Leib hätte.

„Keane?", fragte sie fassungslos.

Er rührte sich nicht, lag nur mit geschlossenen Augen da und atmete unregelmäßig.

„Ja?"

Sie saß auf dem Dach, um über ihr Leben nachzudenken und ab und zu einen Blick auf den Mond hinter den Wolken des mitternachtsschwarzen Himmels zu erhaschen. Das Mondlicht stellte komische Dinge mit der Welt an. Es saugte ihr die Farben aus, und alles sah aus wie ein Spinnennetz aus Silber und Schatten. Vielleicht hatte sie sich bei ihrem Kopfsprung aus dem Toilettenfenster den Kopf gestoßen.

Alberne Panik.

Andererseits gelang ihr selten ein klarer Gedanke, wenn sie unter Stress stand. Und im Moment schien sie nicht die Einzige zu sein, der es so ging.

Schließlich begann Keane zu sprechen. „Was, zum Teufel …?"

„Was, zum Teufel, *was*?"

„Was, zum Teufel, machen wir hier auf diesem verdammten Dach?"

„Ich komme hierher, wenn ich allein sein will", sagte sie mit

Betonung auf allein. Doch dann bemerkte sie den Schweißfilm auf seinem Gesicht, und wie seine Brust sich hob und senkte, als ob er gerade einen Marathon gelaufen wäre. „Leidest du unter Höhenangst?"

„Nein", sagte er, rührte sich aber noch immer keinen Zentimeter.

„Nein?" Ihr Blick klebte an seinen Lippen, den Lippen, die sie wieder auf ihren spüren wollte, wenn sie genauer darüber nachdachte.

„Nein, ich habe keine Höhenangst." Er hielt inne. „Ich habe Höhenpanik!"

Sie lachte auf. Für einen Moment vergaß sie ihre eigenen Probleme und beugte sich über seinen großen, starken Körper, von dem sie nachts träumte. *Jede* Nacht.

„Und trotzdem bist du hier hochgeklettert, um mich zu retten?"

„Im Moment bin ich derjenige, der gerettet werden muss. Ich werde ziemlich sicher an Sauerstoffmangel zugrunde gehen."

Noch immer über ihn gebeugt, ließ sie sich so weit absinken, bis sie ihn fast, aber nicht ganz berührte. „Keine Sorge, ich kann Erste Hilfe leisten."

Er hielt die Augen geschlossen, doch seine Mundwinkel wanderten nach oben.

„Du machst dich lustig über mich. Ich würde mich ja dafür rächen, aber ich kann gerade nicht, ehrlich, ich kann nicht mehr."

Keane konnte hören und fühlen, dass sie ihn auslachte, während sie seinen Mundwinkel küsste.

„Du kannst mir glauben", murmelte sie. „Wenn man mit

seinen schlimmsten Ängsten konfrontiert wird, muss man sich auf etwas anderes konzentrieren.“ Dann küsste sie den anderen Mundwinkel.

Ihm gefiel, worauf das hinauslief. „Eine Ablenkung also“, sagte er.

„Ganz genau.“

Er öffnete die Augen. „Hört sich gut an“, behauptete er und ließ seinen Fantasien darüber, wie sie einander ablenken würden, freien Lauf.

„Vielleicht bin ich bereits tot und im Himmel.“

Lächelnd hob sie den Kopf. „Du denkst, das hier ist der Himmel?“

„Du streichelst und küsst mich“, antwortete er. „Also ja. Ich denke, das ist der Himmel.“

Er spürte, wie ihr Haar über sein Gesicht strich, dann versenkte sie die Zähne in seinem Ohrläppchen. Er stöhnte auf. Wieder dieses Dilemma – sollte er sie weitermachen lassen oder sie aufhalten, bevor es weiter ging, als sie eigentlich wollte …? Bevor er einen Entschluss fassen konnte, spürte er ihren heißen, sexy Mund wieder auf seinen Lippen und ihre Hände unter seinem Hemd. Sie legte sie mit weit gespreizten Fingern auf seine Bauchmuskeln.

„Du bist hart“, flüsterte sie. „Überall.“

Nur allzu wahr.

Sie ließ die Finger nach oben tanzen, liebkoste kurz seine Brustwarzen, dann wanderte ihre Hand nach unten. Er hörte auf zu atmen.

Sie verlagerte ihr Gewicht, um sich rittlings auf ihn zu setzen, was sein Herz wieder in Gang brachte.

„Willa“, sagte er. Doch jetzt küsste sie seinen Hals, und er bekam kaum noch Luft. Er vergrub die Hände in ihrem Haar und zog ihren Kopf nach hinten, um ihr in die Augen sehen zu können. „Willa …“

„So heiße ich“, stimmte sie zu, biss ihm in die Unterlippe und zog leicht daran. Gedankenlos presste er den Unterkörper nach oben.

Grundgütiger. Er setzte sich auf und hielt sie an den Hüften fest. „Was tun wir da?“

„Oh, entschuldige, ich dachte, das wüsstest du.“ Sie nahm seine Hände und legte sie auf ihre Brüste. „Noch irgendwelche Fragen?“

Ihre Brüste füllten seine Hände perfekt aus, ihre Brustwarzen drängten sich durch ihre Kleidung und baten um seine Aufmerksamkeit. Ja. Er war tatsächlich im Himmel.

„Ich bin jetzt bereit“, sagte sie sanft.

Er betrachtete sie aufmerksam. Der Ausdruck in ihrem Gesicht war eine Mischung aus Lust, Leidenschaft und Wut.

Sie versuchte, diese Wut an ihm auszulassen. Und das war ja auch in Ordnung. Mehr als das. Sie brauchte ihn, und – weiß Gott – er brauchte sie.

„Komm her.“ Er legte die Hände um ihre Brüste und strich mit den Daumen über ihre harten Spitzen. Stöhnend ließ sie den Kopf nach hinten fallen.

„Mehr“, verlangte sie.

„Wir sind im Freien, Willa. Auf dem Dach. Jeden Moment könnte jemand …“

„Nein“, sagte sie an seine Lippen gepresst. „Die Feuertreppe ist fast hundert Jahre alt. Außer mir und der Gang benutzt niemand dieses wacklige Ding. Und die andern sind alle im Pub.“

Wieder lief sein Leben wie ein Film vor seinem inneren Auge ab. „Du meinst, ich hätte auf diesem Ding zu Tode kommen können? Ist es das, was du mir sagen willst?“

„Du bist im Himmel, schon vergessen?“ Sie öffnete einen Knopf seiner Levi’s nach dem anderen. Und schickte seine Fähigkeiten, klar zu denken, damit zum Teufel.

„Und wenn jemand die Treppe im Haus nimmt?“

Sie schob die Jeans und Boxershorts aus dem Weg und schlang die Finger um ihn. Er stöhnte vor Lust auf.

„Diese Treppen sind verdammt laut“, murmelte sie. „Man hört jeden schon aus einer Meile Entfernung.“ Sie senkte den Kopf, um zu sehen, was sie mit ihm machte.

Er sah ebenfalls hin. Beim Anblick ihrer Hände auf ihm stockte ihm der Atem. Er erkannte seine eigene Stimme nicht, als er sagte: „Willa, bist du sicher …“

„Oh, ich bin absolut sicher.“ Ihre Stimme war weich und heiser, mehr als nur ein wenig atemlos. „Aber falls du dir Sorgen machst, könnte ich etwas schneller machen.“

Er lachte leise auf – und das war neu für ihn, dass er lachte, während eine Frau sein persönliches Lieblingskörperteil in der Hand hielt.

„Schnell ist nicht mein Stil.“

„Sollte es heute aber vielleicht sein …“ Sie brach ab, als er den Reißverschluss ihrer knallroten Jacke aufzog, sie bis zu den Ellbogen über ihre Schultern zog und so ihre Arme an den Seiten festgehalten wurden. Während sie versuchte, sich zu befreien, bemerkte er entzückt, dass sie lediglich einen BH darunter trug, einen dünnen, aufreizenden Spitzen-BH. Er zog die Körbchen hinunter. Er nahm eine ihrer nackten Brüste in die Hand, während er den Mund auf die andere drückte.

Sie erschauerte, während sie ihn weiter umklammerte, als befürchte sie, er könne ihr entwischen.

Ganz sicher nicht. „Wie viel hast du getrunken?“, fragte er.

Sie dachte einen Moment nach. „Genug, um zu wissen, dass

ich das hier will, aber nicht so viel, dass ich dich morgen früh umbringen müsste."

Er starrte sie an. Doch wem wollte er etwas vormachen? Es war absolut okay für ihn. Er umfasste ihren Hintern.

„Du hast zu viel an."

Sie lachte atemlos auf, als er eine Hand unter ihre Strumpfhose und den Slip schob. Sie war nass, sehr nass. Einen herrlichen Augenblick verbrachte er damit, kleine seufzende Geräusche aus ihr hervorzulocken, während sie sich mit kreisenden Bewegungen an seinen Fingern rieb und ihre Fingernägel in seine Oberarme grub.

„Das gefällt dir."

Sie stöhnte etwas Unverständliches, doch er wusste genau, worauf sie hinauswollte.

Mehr.

Einen Arm um ihren Rücken geschlungen, liebkoste er ihre Brüste abwechselnd mit dem Mund und streichelte sie dabei mit den Fingern in dem Rhythmus, den sie wollte. Ihr Körper war sein Kompass. Er dämpfte ihre Schreie mit einem Kuss, als sie für ihn kam, als ihr Köper in seinen Armen erzitterte.

Die Lippen an ihre verschwitzte Schläfe gedrückt, hielt er sie fest und streichelte sie so lange, bis sie den Kopf hob.

„Ich dachte nicht, dass mein Abend so aussehen würde", sagte sie. Noch immer etwas atemlos, ließ sie sich an ihn sinken.

„Ich wüsste nicht, wer einen Orgasmus auf einem Dach vorhersehen könnte."

„Ich meine dich." Sie bohrte mit einem Finger in seine Brust. „Ich habe dich nicht kommen sehen."

„Weil ich nicht gekommen bin."

Sie lachte, und er mochte ihr Lachen so sehr, dass er nicht

widerstehen konnte, ihr eine Hand in den Nacken zu legen und sie zu küssen.

„Dito“, sagte er. Denn er hatte sie auch nicht kommen sehen. Nicht bis sie ihn mit ihrer lebhaften, aufreizenden und hinreißenden Art praktisch umgehauen hatte.

Sie lächelte ihn an, liebevoll und nachdenklich zugleich – was hoffentlich etwas Gutes verhieß.

Und schon legte sie los und begann, mit einem ihrer Stiefel zu kämpfen. Als sie ein Bein aus ihrer Strumpfhose befreit hatte, half er ihr. Dann schlang sie die Finger um ihn und dirigierte ihn zu ihrer empfindlichsten Stelle.

„Kondom“, konnte er gerade noch hervorstoßen.

Sie erstarrte mit aufgerissenen Augen.

„Oh mein Gott, ich kann nicht glauben, dass ich das fast vergessen hätte“, flüsterte sie. Dann krallte sie die Finger in sein Hemd und zog ihn zu sich, bis sich ihre Nasen berührten. „Ich dachte, dass du bei den Pfadfindern warst und immer bereit bist und ein verdammtes Kondom dabeihast.“

Doch er hatte nun mal nicht erwartet, eines zu brauchen. Und er war sich zudem noch immer nicht hundertprozentig sicher, ob er überhaupt so weit gehen sollte. Er sah sie an. „Ich war kein Pfadfinder.“

Seufzend ließ sie den Kopf an seine Brust sinken.

„Aber …“

Sie riss den Kopf wieder hoch und sah ihn hoffnungsvoll an. „Ja?“

Obwohl er mit ihr auf dem Schoß auf einem Dach eines Hauses saß, gelang es ihm irgendwie, seine Geldbörse aus der hinteren Hosentasche zu fischen. Ich hoffe schwer, dachte er, du warst klug genug, dort ein Kondom zu deponieren.

„Yes!“, rief sie aus, als er tatsächlich eines herauszog.

Lachend riss er die Verpackung auf und begann, es sich überzustreifen, doch sie schob seine Hände weg.

„Ich … “, sagte sie. „Ich möchte …“

Als sie es ihm halb aufgezogen hatte, schwitzte und zitterte er bereits wieder wie ein siebzehnjähriger unkontrollierter Junge. „Ich mach das“, sagte er und legte eine Hand über ihre, um den Job zu beenden.

„Weil wir es eilig haben?“

„Weil ich sonst gleich hier in deiner Hand komme.“

Sie lachte, brach aber mit dem herrlichsten kleinen Keuchen ab, als er sie fester an sich zog, bis die Innenseiten ihrer Schenkel sich fest an seine Oberschenkel schmiegten.

„Das Dach ist zu hart für deinen Rücken“, sagte er, die Hände auf ihrem nackten Hintern. „Auf die Knie, Willa.“ Doch bevor sie sich rühren konnte, hob er sie in die Höhe und drückte sie dann langsam auf sich.

Beide keuchten auf, die Münder aufeinandergepresst, küssten sie sich leidenschaftlich, krallten sich aneinander, während ihre Bewegungen immer schneller und härter wurden, bis Keane komplett die Kontrolle verlor. Mit einer Hand in ihrem Haar zwang er ihren Kopf zurück und begann an ihrem entblößten Hals zu saugen, als wollte er sein Revier markieren.

Sie kam zuerst. Die Mischung aus Genuss und süßem Schmerz ließ ihn in die Tiefe stürzen, zusammen mit ihr.

15. Kapitel

 # HitMeBabyOneMoreTime

Es dauerte eine Weile, bis Willa wieder zu Atem kam und die Welt aufhörte, sich zu drehen. Oder wieder anfing, sich zu drehen. Sie konnte nicht sagen, was von beidem der Fall war. So oder so war sie vollkommen benommen, als ihr etwas Schockierendes auffiel.

Oder gleich mehrere schockierende Dinge.

Zum Ersten saß sie auf Keane, fest umschlungen von seinen warmen, starken Armen. Arme, die noch zitterten von den Nachbeben, die fantastischer Sex mit sich brachte.

Wirklich, wirklich fantastischer Sex.

Und zweitens fühlte sie sich zugleich unglaublich lebendig und ... sicher. Und das war etwas, das sie in ihrem ganzen Leben noch nie gefühlt hatte.

Diese Tatsache beschwor besorgniserregende Emotionen herauf, die ihre momentane selige Betäubung zu durchdringen begannen. Sie schob sie zur Seite und hob den Kopf.

Keane sah sie mit seinen dunklen Augen an, durchdringend und fest. Gott, das war herrlich. Sie schwankte leicht und hätte beinahe das Gleichgewicht verloren, doch er hielt sie. Ihn nur anzusehen beruhigte sie.

„Also ... das war ja was."

Sein leises Lachen vibrierte an ihrer Brust, und auch sie lächelte.

„War das genug Ablenkung für dich?“

Sein Grinsen war träge und unglaublich sexy. „Wenn ich Nein sage, lenkst du mich dann noch mal ab?“

„Vielleicht.“

„Ich dachte, ich hätte schon alles gesehen und getan“, sagte er. „Aber das hier war etwas Neues.“

Sie lachte und richtete ihre Kleidung.

„Ich kann in so ziemlich jedem das Beste und das Schlimmste hervorbringen.“

„Und was ist das hier?“

Darüber brauchte sie nicht einmal nachzudenken. „Das Beste.“

Da es ihr nicht gelingen wollte, sich wieder anzuziehen, übernahm Keane das für sie, während sie auf seinem Schoß saß wie eine schlaffe Stoffpuppe. Da sie seinem herrlichen Mund nicht widerstehen konnte, beugte sie sich vor – nur ganz kurz, wie sie sich einredete –, um ihn ein letztes Mal zu küssen. Doch als sie aufstehen wollte, schlang er die Arme um sie und küsste sie so leidenschaftlich, dass sie erneut nichts tun konnte, als seufzend in seine Arme zu sinken.

Als er sich langsam von ihr löste, stieß sie ein unzufriedenes Stöhnen aus und begann, seinem Mund mit ihren Lippen nachzujagen.

Das brachte ihn zum Lachen. Und plötzlich wurde ihr bei dem warmen Glanz seiner Augen klar, wonach sie sich in Wahrheit sehnte. Etwas, wonach sie sich noch nie zuvor gesehnt hatte. Etwas, das sie zur Seite geschoben hatte, weil Keane es nicht wollte. Und auf einmal wurde sie unsicher. Wegen dieser Nacht, wegen Weihnachten, wegen ihres ganzen verdammten Lebens, einfach wegen allem!

Sie kletterte von ihm herunter und setzte sich wieder so hin wie zuvor, die Arme fest um die Knie geschlungen.

Er schien damit zufrieden zu sein, schweigend in der Dunkelheit unter dem Halbmond zu liegen.

„Ich hätte Lust auf Popcorn", sagte er schließlich.

Sie lachte leise. „Das nennt man wirklich animalische Anziehungskraft."

„Ja." Er strich ihr eine Strähne hinters Ohr. „Allerdings." Er gab ihr einen zarten Kuss aufs Kinn. Sein Atem lag warm auf ihrer Haut und jagte einen Schauer durch ihren Körper. Sie lehnte sich vor, näher hin zu der ruhigen Aura, die ihn immer umgab. „Also. Du hast für mich den Weihnachtsmann aus der Bar geworfen."

„Woher weißt du das?"

Schief lächelnd klopfte sie auf das Handy in ihrer Tasche. „Elle hat mir eine SMS geschrieben, bevor du heraufgekommen bist. Du bist ein netter Kerl, weißt du das?"

„Verrate es bloß niemandem." Er nahm ihre Hand, zog sie an seine Lippen und küsste ihre Fingerknöchel. „Ich bin eher der schweigsame Typ", sagte er leise. „Im Gegensatz zu dir."

Sie zog die Nase hoch. „Erzähl mir was Neues."

„Ich habe gehofft, dass du das sagst. Also, rede mit mir, Willa. Erzähl mir von dieser Weihnachtsmanngeschichte."

Tja, das hatte sie sich selbst eingebrockt. Sie versuchte, ihm die Hand zu entziehen, doch er hielt sie genauso fest wie ihren Blick.

„Hör zu, nur weil wir … es getan haben", sagte sie mit einer vagen Handbewegung auf das Dach hinter ihnen, „müssen wir noch lange keinen Smalltalk halten."

„Damit hat es nichts zu tun. Also damit, dass wir *es* gemacht haben." Er lächelte. „Was man auch den heißesten Sex auf einem Dach, den ich je hatte, nennen könnte. Um nicht zu sagen, den einzigen Sex auf einem Dach, den ich je hatte."

Sie lachte zwar, sah aber weg.

Er legte eine Hand unter ihr Kinn, um ihr Gesicht wieder zu ihm zu drehen.

„Okay“, sagte sie. „Ich gebe zu, dass der Sex wirklich scharf war. Doch wir haben eine Absprache und müssen das hier nicht tun. Ich meine, da bin ich, und da bist du, und manchmal ist da diese verrückte, komische …“ Wieder wedelte sie wirr mit der Hand. „… Sache. Aber es war eine einmalige Sache. Und jetzt haben wir uns wahrscheinlich sowieso davon befreit.“ Es fiel ihr schwer, ihn anzusehen. „Also im Ernst, wir müssen das mit dieser ganzen peinlichen Rederei danach nicht machen.“

„Vielleicht steh ich total auf diese peinliche Rederei danach.“

Lachend ließ sie den Kopf auf die Knie fallen. „Ich biete dir hier einen Ausweg, Keane.“ Verdammt, in Wahrheit suchte sie nur selbst nach einem, weil sie ihn dringend brauchte. Vielmehr ihr Herz.

Sie konnte ja verstehen, dass er sich nicht binden wollte. Doch *sie* wollte es, und zwar sehr. Und deshalb musste sie sehr vorsichtig sein und sich schützen.

„Komm schon“, sagte Keane. „Tu einfach so, als wolltest du unbedingt mit mir reden.“

Dafür musste sie keine gute Schauspielerin sein …

„Sag mir, was heute Abend passiert ist“, fuhr er fort.

„Also“, spöttelte sie in einem letzten Versuch, die Situation aufzulockern. „Da geht es um die Blümchen und Bienchen …“

„Du weißt, was ich wissen will, Klugscheißerchen.“

Sie seufzte. Ja, natürlich. Er wollte wissen, warum sie Angst vor dem Weihnachtsmann hatte und dennoch Weihnachten feierte wie eine Fünfjährige. Und er würde es nicht länger akzeptieren, dass sie seiner Frage auswich.

Allerdings erlaubte sie es sich selbst kaum, daran zu denken, geschweige denn, darüber zu reden.

Nach einem langen Moment des Schweigens begann schließlich er zu reden.

„Als ich klein war, wurde ich in ein katholisches Militärinternat gesteckt. Es wurde von Nonnen und Exmarines geführt."

Sie sah ihn an. „Wirklich? Wie alt warst du?"

„Fünf. Genau genommen noch nicht ganz fünf. Aber mit zehn kam ich wieder nach Hause und ging auf eine normale Schule. Weil … nun, sagen wir so: Ich habe auf keine Privatschule gepasst."

Sie schnappte nach Luft, weil sie kaum glauben konnte, was er da erzählte, obwohl sie ja selbst als Kind in eine Pflegefamilie gekommen war.

„Deine Eltern haben einen Vierjährigen weggeschickt? Und haben dich dann auf dem Internat gelassen, bis du zehn warst?"

Er zuckte mit den Schultern. „Ich war wirklich eine totale Nervensäge. Und dafür habe ich eben bezahlt."

„Wurden die Kinder in der Schule bestraft?", fragte sie entsetzt.

„Nur wenn man es wirklich übertrieben hat." Er blickte in den dunklen Nachthimmel, ein Lächeln umspielte seine Lippen. „Ich zucke noch immer zusammen, wenn ich eine Nonne sehe."

Schweigend überlegte sie, warum er ihr diese Geschichte erzählte. Er wollte offen zu ihr sein, damit sie es auch zu ihm war. *Verdammt.*

„Aber ich bin beim Anblick des Weihnachtsmannes nicht zusammengezuckt", sagte sie.

„Nein“, räumte er ein. „Du bist nicht zusammengezuckt. Du hast einen regelrechten Anfall bekommen.“

Keane beobachtete, wie Willa sich wand. Ihm war klar, dass sie gern das Thema gewechselt hätte. Doch er hatte das Gefühl, dass sie am Rand einer Klippe standen und dass zwischen ihnen etwas geschehen war, das über animalische Anziehungskraft weit hinausging. Er wusste auch, dass es besser wäre, jetzt das Weite zu suchen. Doch er wollte einfach nicht, dass die Geschichte hier endete.

Sie hatte noch immer nichts gesagt. Das war's dann wohl, sie beide würden anscheinend nicht weitergehen.

In diesem Augenblick begann sie doch zu reden.

„Ich wurde im gleichen Alter wie du zum ersten Mal von zu Hause weggeschickt“, sagte sie leise.

Er drehte sich zu ihr. „Wohin?“

„Ich war die folgenden vierzehn Jahre die meiste Zeit in Heimen oder Pflegefamilien.“ Sie hielt inne. „Meine Mutter ist Alkoholikerin. Ab und zu hatte sie eine nüchterne Phase, aber nie sehr lange. Meistens ging das so: Sie war mit einem Typen zusammen, dann kamen Trennung und Rückfall. Meine Mutter drehte durch, und ich landete wieder bei einer Pflegefamilie.“

Himmel, wie schrecklich.

„Und einige von diesen Typen haben sich als Weihnachtsmann verkleidet?“

„Nur der erste.“ Sie erschauderte. „Nach einigen Vorfällen habe ich mich endlich gewehrt und ihm Kaffee in den Schoß gegossen. Und das war's.“

„Bitte sag mir, dass er kochend heiß war.“

Sie lächelte stolz. „Allerdings.“

Er konnte nur hoffen, dass dem Typen der Schwanz weggeschmolzen war, aber auch Willa hatte eine Narbe zurückbehalten. Erstaunlich, welche wahnsinnige Wut er über etwas verspüren konnte, das zwanzig Jahre zurücklag.

Menschen hatten sie enttäuscht. Verletzt. Sogar er selbst, weil er ihr erklärt hatte, dass es für sie beide keine Zukunft gab.

Noch nie hatte er sich so beschissen gefühlt.

Sie drückte seine Hand. Sie tröstet mich, dachte er, und seine Kehle schnürte sich zu.

„Wie oft musstest du zu Pflegefamilien?", fragte er.

„Mindestens ein Mal pro Jahr. Bis ich achtzehn war und in die Freiheit entlassen wurde."

Sein Magen zog sich zusammen bei der Vorstellung, wie schwer es für sie gewesen sein musste.

„Nicht gerade die perfekte Art aufzuwachsen."

Sie zuckte die Achseln. „Ich habe gelernt loszulassen. Das kann ich noch immer gut."

„Wie meinst du das?"

„Du willst dich nicht binden", sagte sie. „Und ich kann nichts festhalten. Die Kunden in meinem Laden kommen und gehen, die Tiere auch. Sogar meine Mitarbeiter. Und die Männer. Die einzige Konstante in meinem Leben sind meine Freunde." Sie verlagerte ihr Gewicht, als ob es ihr unangenehm wäre, so viel von sich preisgegeben zu haben.

„Ich sollte gehen …"

Er umfasste sie noch fester. Auf keinen Fall würde er noch einmal über dieses Dach kriechen.

„Dass du nichts festhalten kannst, ist Blödsinn", sagte er sanft. „Du bist verdammt klug, Willa. Du bist selbstständige Unternehmerin. Du gibst niemals auf, und dein Herz ist unendlich groß. Wenn du wirklich etwas festhalten wolltest, wie du es nennst, dann würdest du es tun."

Sie sah weg. „Vielleicht überschätzt du mich."

„Das bezweifle ich."

Er konnte sich nicht vorstellen, wie diese Jahre für jemanden wie sie gewesen sein mussten. Sie, die so ein sanftes, süßes und großes Herz hatte. Ständig in andere Pflegefamilien zu kommen musste ein Albtraum gewesen sein.

„Hast du noch Kontakt zu deiner Mom?"

„Ja. Sie lebt jetzt in Texas. Wir schreiben uns ungefähr alle zwei Wochen eine SMS. Es hat eine Weile gedauert, bis wir uns darauf einigen konnten, dass zwei Mal im Monat genau richtig für uns ist – damit wir einerseits den Kontakt nicht verlieren, uns aber auch nicht gegenseitig im Schlaf umbringen." Sie lächelte, er jedoch nicht.

Er konnte nicht.

Sie zog ihr Handy hervor. „Nein wirklich, meistens ist es ganz gut. Oder zumindest viel besser, als es früher war. Siehst du?"

Mom:

Hallo, Schätzchen, will mich nur mal melden. Du bist heute Abend vermutlich beschäftigt ...?

„Übersetzung", sagte Willa. „Sie ist nüchtern und außerdem neugierig." Sie wollte das Handy zurückstecken, doch er hatte einen Blick auf ihre Antwort erhascht und lächelte.

Er las sie laut vor:

Ich:

Die Tochter, die du zu erreichen versuchst, wird weder bestätigen noch leugnen, dass sie heute Abend Pläne hat. Denn ganz offensichtlich willst du herausfinden, ob sie einen Freund hat. Damit übertrittst du die Regeln unserer Vereinbarung. Wenn du deine Tochter weiter auf diese Weise belästigst, wird sie wieder mit Mädchen rummachen.

Keane sah sie entgeistert an. Als er wieder in der Lage war zu sprechen, klang seine Stimme in seinen eigenen Ohren heiser.

„Wieder?"

Sie wand sich etwas und sah weg. „Das war eine einmalige Sache. Eine Phase. Und die habe ich schnell hinter mir gelassen, als mir klarwurde, wie irre Mädchen sind."

„Jungs sind nicht viel besser", sagte er.

„Was du nicht sagst."

Er lächelte, strich mit einem Finger über ihr Kinn und ließ dann die Hand in ihr Haar gleiten.

„Keane", sagte sie leise. „Danke für diesen Abend." Sie stand auf. „Für eine lockere Affäre war es verdammt fantastisch."

Dazu sagte er nichts. Er konnte nicht. Denn auf einmal fühlte er sich unwohl und unsicher, und das gefiel ihm nicht besonders, und er sah keinen Sinn darin, seine eigenen erbärmlichen Unsicherheiten preiszugeben.

Sie ging zum Rand des Daches und drehte sich um. „Brauchst du Hilfe beim Runtersteigen?"

„Nur über meine Leiche."

Sie lachte. Und damit verschwand sie hinter dem Vorsprung.

Keane blickte über den Rand, setzte sich aber wieder hin, weil sich Panik in ihm ausbreitete.

„Scheiße." Es dauerte eine Weile, bis er sich einigermaßen unter Kontrolle hatte. Willa war längst verschwunden.

Perfekt.

Er ging in die andere Richtung, zur Tür, die ins Treppenhaus führte. Die Tatsache, dass ihn niemand sah, wie er den einfacheren Weg nach unten nahm, tröstete ihn ein wenig.

16. Kapitel

#Legendary

Am nächsten Morgen stand Willa mit Cara und Rory im hinteren Teil ihres Ladens und schlang ein Frühstücksbrötchen hinunter. Seit sie am Morgen geöffnet hatte, war die Hölle los gewesen.

Was sie allerdings nicht daran gehindert hatte, ständig an den Abend davor zu denken. Wie Keane ihr leise ins Ohr geflüstert hatte, die Leidenschaft in seinen Augen, als er die Kontrolle übernommen und sich so geschickt in ihr bewegt hatte, seine Hände, zugleich beschützend und besitzergreifend auf ihrem Körper.

Als sie eine SMS bekam, überlegte sie einen Moment, sie einfach zu ignorieren. Doch wie immer siegte die Neugier. Die Nachricht war von Elle.

ChefinVonAllem:

Ich verlange eine detaillierte Schilderung davon, was gestern Abend passiert ist.

„Verdammt", murrte Willa, und Cara und Rory deuteten gleichzeitig auf das Fluch-Glas.

Willa fischte einen Dollar aus der Tasche, steckte ihn ins Glas und zog sich dann in die fragwürdige Privatsphäre ihres Büros zurück. Ausdruckslos starrte sie auf Elles SMS.

Niemand hatte sie und Keane letzte Nacht sehen können, da war sie sich sicher. Aber als sie die Feuerleiter hinuntergestiegen war, war sie direkt Pru in die Arme gelaufen.

Seufzend begann Willa mit den Daumen zu tippen.

Ich:

Ich werde sie umbringen müssen.

ChefinVonAllem:

Denk an die Handschuhe, damit keine Fingerabdrücke auf der Mordwaffe zu finden sind.

Lachend antwortete Willa:

Am besten finde ich, dass du dich nicht mal fragst, wen ich umbringen muss.

ChefinVonAllem:

Je weniger ich weiß, desto weniger kann ich bei dem Verhör verraten.

ChefinVonAllem:

Aber ernsthaft, wo bleiben meine Details?

Da Willa diese SMS nicht nur ignorierte, sondern sogar löschte, rief Elle sie an.

„Houston, ich habe so viele Probleme", sagte Willa kläglich.

Elle lachte. „Wenn es ein Problem ist, dass ein scharfer Typ dich will, dann müssen wir dringend reden. Ich bin im Büro und kann mich vor Arbeit nicht retten, deswegen stelle ich die Frage auf die liebenswerteste Art und Weise, zu der ich gerade in der Lage bin – wenn man bedenkt, mit wie vielen Idioten ich seit Tagesanbruch schon zu tun hatte ... Hat Keane dir da auf dem Dach das Hirn weggevögelt, und wenn ja, war er spitzenmäßig, oder muss ich ihm wehtun?"

Willa ließ den Kopf auf den Schreibtisch sinken und schlug ein paar Mal gegen die Tischplatte. Denn die Sache war die: Keane war klug. Sexy. Unglaublich attraktiv und männlich. Seine Blicke jagten ihr Schauer durch den Körper direkt hinein in die angenehmsten Stellen ... jedes Mal.

Mit ihm zu schlafen war einfach unglaublich gewesen – und auch ein wenig beängstigend, denn jetzt waren bei ihr jede Menge Gefühle im Spiel.

Und Keane hatte nicht die Absicht, Gefühle zu investieren.

Wenigstens hatte sie die Spielregeln aufgestellt und laut verkündet, dass es sich nur um eine einmalige Sache gehandelt hatte. Das half etwas.

Okay, es half kein bisschen. Aber immerhin hatte sie die Sache auf dem Dach angezettelt, und sie bereute es nicht.

„Und?", fragte Elle.

„Es war eine einmalige Sache."

„Super", meinte Elle. „Alles klar. Aber das wollte ich nicht wissen."

Willa seufzte. „Ja und ja."

Kurzes Schweigen. „Wenn es so toll war, warum soll es dann keine zweite Runde geben?"

„Er ist nicht der Richtige für eine zweite Runde." Willa musste sich auf die Zunge beißen, um diese Behauptung nicht umgehend wieder zurückzunehmen. Keane war klug und witzig und sexy und es absolut wert, eine zweite Runde zu drehen. Was bedeutete, dass sie gerade eine ihrer besten Freundinnen angelogen hatte.

Doch die Wahrheit war zu bitter, um sie laut auszusprechen. Die Wahrheit tat weh. Die Wahrheit war … sie war sich nicht sicher, ob sie die Richtige für eine zweite Runde war.

„Schätzchen", sagte Elle nach einer weiteren Pause. „Ich möchte dir etwas über dich selbst verraten, was du nicht weißt: Wenn du lügst, sprichst du in einer Tonlage, die eigentlich nur Hunden vorbehalten ist."

„Ich kann nicht." Verdammt, ihre Stimme war tatsächlich so hoch, dass nur Hunde sie hören konnten. Sie räusperte sich. „Nicht jetzt."

„Schön", sagte Elle sanft. „Mädchenabend. Wie wäre es mit morgen? Pizza und Wein und ein kleines Pläuschchen darüber, an sich selbst zu glauben. Schließlich bist du einer der besten Menschen, die ich kenne und liebe."

„Du hasst die meisten Menschen", sagte Willa.

„Das beweist lediglich, dass ich es ernst meine. Scheiße, ich habe gerade in meinen Kalender geschaut. Ich kann morgen Abend nicht. Archer braucht meine Hilfe bei einem Job."

„Vielleicht sollten wir einen Mädchenabend veranstalten, um mal darüber zu reden, warum du und Archer euch gegenseitig noch nicht – in deinen Worten – das Hirn weggevögelt habt", meinte Willa. „Alle wissen, dass es früher oder später so kommen wird."

„Nun, dann irren sich eben alle", sagte Elle missmutig, „denn das wird nicht passieren. Niemals. Ich nehme mir heute Abend Zeit. Pizza und Wein plus Herzausschütten."

„Ich bin auf Diät."

„Ich auch. Auf Seelendiät. Ich esse alles, was meiner Seele guttut. Und das wird heute Abend Pizza sein."

Willa wollte gerade sagen, dass sie keine Zeit hätte, doch Elle hatte bereits aufgelegt.

„Verdammt. Ich hasse es, wenn sie das letzte Wort hat", murrte sie.

Keane verlegte an diesem Morgen den Holzboden im North-Beach-Haus, musste allerdings immerzu an den vergangenen Abend denken. An die schönen Momente und nicht etwa daran, dass Willa das Ganze anschließend in die One-Night-Stand-Schublade gepackt hatte.

Schnell schob er diesen Gedanken beiseite, um sich daran zu erinnern, wie Willa bebend in seinen Armen gekommen war, seinen Namen auf den Lippen …

Es klopfte zum zweiten Mal an die Tür. Obwohl er heute eine zehnköpfige Mannschaft am Start hatte, öffnete niemand.

„Sass!", rief er.

Nichts.

„Sass!"

Sie sah schrecklich wütend aus, als sie schließlich den Kopf zur Tür hereinstreckte und mit einem Finger auf das Telefon an ihrem Ohr deutete, um ihn mit einem vernichtenden Blick daran zu erinnern, dass sie gerade Vorhänge für die Fenster bestellte.

Seufzend schnallte er den Werkzeuggürtel ab und ging selbst zur Tür. Es konnte keiner seiner Subunternehmer sein, denn die besaßen einen Schlüssel. Hoffentlich war es kein Nachbar, der sich über den Lärm beschweren wollte. Er versuchte, so leise wie möglich zu sein, aber manche Dinge konnten einfach nicht leise erledigt werden.

Da fiel ihm allein schon die Nagelpistole ein, die er für den Holzboden brauchte.

Er zog die Tür auf, bereit, sich höflich zu entschuldigen, um dann genauso weiterzumachen wie zuvor. Überrascht sah er Tante Sally an.

Sie hatte die Hände in die Hüften gestemmt. „Ich musste dir durch die ganze Stadt hinterherjagen. Hast du eine Vorstellung davon, wie viel ich gerade für das Taxi bezahlt habe?"

Er streckte den Kopf ins Freie, um nach dem Taxi zu sehen. „Ich zahle das ..."

„Schon geschehen." Sie schniefte verärgert. „Du gehst nicht ans Telefon. Was übrigens sehr unhöflich ist. Deine gesamte Generation ist unhöflich mit diesem ganzen Twitter- und SMS-Blödsinn. Keine Manieren."

Keane zog sein Handy aus der Tasche und sah die verpassten Anrufe. Er schüttelte den Kopf.

„Ich habe mit Elektrowerkzeug gearbeitet und nichts gehört ..."

„Keine Ausreden, Junge. Ich habe noch eine Stunde, bis ich wieder zurück sein muss. Wo ist Petunia? Wo ist meine süße Prinzessin? Das kleine Ding hat Angst vor seinem eigenen Schatten, all diese Leute und der Lärm müssen sie furchtbar erschrecken."

Wenn Petunia ein süßes kleines Ding war oder Angst vor ihrem eigenen Schatten hatte, würde Keane seine eigenen Shorts verspeisen. Was ihren Aufenthaltsort anging, nun, das zu erklären würde schwierig werden. Da er gewusst hatte, wie laut es heute werden würde, hatte er Pita morgens im South Bark abgegeben.

Und ja, er hatte gehofft, Willa kurz in Augenschein nehmen zu können – oder gar in die Arme. Auch wenn ihre Botschaft gestern Abend klar und deutlich gewesen war, dass es sich um eine einmalige Sache gehandelt hatte.

Kapiert. Zumal einmalige Sachen seine Spezialität waren. Mehr wollte er sowieso nicht. Deswegen war es das Beste mitzuspielen.

Dass er nicht wirklich damit einverstanden war, darüber wollte er erst gar nicht nachdenken.

Egal, denn Willa war noch nicht im Laden gewesen. Er hatte mit Rory gesprochen, die im Übrigen recht wortkarg war, wenn es um den Aufenthaltsort ihrer Chefin ging.

Da er befürchtete, etwas mit Willas Abwesenheit zu tun zu haben, hatte er ihr eine SMS geschrieben und sie angerufen, war aber nicht durchgekommen. Er musste gestehen, dass er sich unwohl fühlte. Entweder war sie der Ansicht, dass letzte Nacht ein Riesenfehler gewesen war, oder … nun, etwas anderes fiel ihm nicht ein.

Die Vorstellung, dass sie ausgerechnet die beste Nacht seiner jüngeren und älteren Vergangenheit bereuen könnte, passte ihm überhaupt nicht. Deswegen hatte er vor, die Arbeit möglichst schnell hinter sich zu bringen und dann rechtzeitig vor Ladenschluss ins South Bark zu gehen, um herauszufinden, was los war.

„Nun?“, fragte Tante Sally.

Er trat zu ihr auf die Veranda und schloss die Tür hinter sich, um den Lärm der Bauarbeiten zu dämpfen. Außerdem – sollte sie ihn anschreien, dann besser nicht vor seinen Leuten. Das könnte seine Autorität untergraben.

„Was meinst du damit, dass du in einer Stunde zurück sein musst?“, fragte er. „Bist du weggelaufen? Was ist hier los?“

„Oh nein.“ Sie wedelte mit einem knochigen Finger vor seinem Gesicht herum. „Erst du. Wo ist mein Baby?“

„Sie ist nicht hier. Mir war klar, dass der Lärm sie stören würde, deshalb …"

„Was hast du mit ihr gemacht? Oh mein Gott." Sie rang die Hände. „Du hast es also getan, du hast sie verkauft."

„Nein", sagte er. „Sie ist bei einer Freundin."

„Sie ist empfindlich, Keane. Vermutlich weiß sie nicht einmal, dass sie ein Tier ist – und schon gar keine Katze! Ich weiß, dass deine Eltern genau das Gleiche mit dir getan haben. Nur weil du ab und an ein bisschen Krawall gemacht hast, haben sie dich weggeschickt. Aber so geht man nicht mit Problemen um." Sie klang so schrecklich besorgt, dass er sich wie ein erstklassiger Dreckskerl vorkam.

Und ziemlich erschüttert war er auch. Denn genau das hatte er getan. Er hatte die Katze lieber weggegeben, als sich mit ihr auseinanderzusetzen, so wie seine Eltern es immer mit ihm gemacht hatten. War er etwa wie sie?

„Es geht ihr gut", versprach er. „Meine … Freundin liebt Katzen." Na, sieh einmal einer an, wie er über das Wort Freundin stolperte.

„Deine Freundin?"

„Ja", sagte er. Hoffentlich stimmte wenigstens das. Hoffentlich hatte er das gestern nicht vermasselt.

„Wo ist diese Person?", wollte Tante Sally wissen. „Bring mich sofort zu ihr."

Also gut. Als er sich umdrehte, schaute er direkt in die Augen einer offensichtlich lauschenden und amüsierten Sass.

„Feigling", flüsterte er.

„Du zahlst nicht genug, damit ich süße alte Damen anlüge", flüsterte sie zurück.

Tatsächlich bezahlte er ihr sehr wohl genug, um alte Damen

anzulügen. Aber jetzt war nicht der richtige Zeitpunkt, das klarzustellen.

„Ich bin bald zurück."

Sass lächelte. „Soll ich schon mal anrufen und Willa vorwarnen, dass du deine süße alte Großtante angelogen hast und sie ebenfalls lügen soll?"

„Nicht lügen", sagte er. „Ich habe nur ein paar Tatsachen ausgelassen."

„Zum Beispiel die, dass du ihre Katze in Tagespflege gegeben hast."

„Halt hier einfach die verdammte Stellung", sagte er und schlug ihr die Tür vor der neugierigen Nase zu.

Er drehte sich zu seiner Tante und nahm ihre Hand. „Ich fahre."

Zehn Minuten später parkten sie direkt vor dem South Bark.

Sally beäugte den Laden. Dann wandte sie sich zu ihm, um ihn mit ihren Blicken zu erdolchen.

„Wenn Petunia auch nur das kleinste Haar gekrümmt wurde …"

„Tod und Zerstückelung", sagte er. „Ich weiß." So wie er wusste: Falls jemandem ein Haar gekrümmt worden war, dann nicht der Katze. Denn die konnte jemanden aus einhundert Metern Entfernung in Stücke reißen.

Inmitten der verhassten Buchhaltungsarbeit hielt Willa inne und starrte mit leerem Blick aus dem Fenster. In den letzten Wochen waren immer mal wieder vierzig Dollar zu wenig in der Kasse gewesen.

Noch beunruhigender war, dass dies nur vorkam, wenn eine ihrer Mitarbeiterinnen den Laden abschloss. So wenig ihr die

Tragweite dieser Feststellung gefiel, es fehlten ihr inzwischen einhundertzwanzig wertvolle Dollar. Das konnte sie nicht länger ignorieren. In diesem Moment kam Rory zu ihr herein.

„Ist alles okay?"

Rory arbeitete am längsten hier. Doch sosehr Willa sich auch wünschte, dass sie nicht die Diebin war, gab es dafür keine Garantie. Deswegen antwortete sie: „Ja."

„Okay", meinte Rory, die ihr offensichtlich nicht glaubte, aber auch nicht weiter nachhakte. „Ich werde jetzt Buddy baden. Kannst du dich um die Kundschaft kümmern?"

„Na klar." Buddy war ein zwölf Jahre alter Kater, der es hasste, gebadet zu werden. Dafür ließ er sich gern kämmen, und so verband sie und ihn eine andauernde Hassliebe. Rory aber war er sehr zugetan.

Wenige Minuten später bimmelte die Glocke über der Ladentür. Willa wollte gerade aus dem Büro eilen, als sie einen überraschten Schrei, ein Fauchen, ein Jaulen und dann ein Krachen hörte.

Sie jagte nach hinten, wo Rory auf Händen und Knien unter das Lagerregal spähte, während Lyndie aufgeregt in der Mitte des Raumes stand.

„Was ist passiert?", fragte Willa.

„Irgendetwas hat mich und Buddy erschreckt", zischte Rory mit einem wütenden Blick in Lyndies Richtung. Willa war klar, dass mehr hinter der Sache stecken musste.

„Etwas?", fragte sie.

„Ja, dann hat er mich gebissen, und ich habe ihn losgelassen. Er hat sich unter das Regal gekauert. Komm her, Buddy", säuselte Rory. „Ich bin nicht sauer auf dich. Ich hätte mich auch gebissen. Ich wollte dich nicht erschrecken."

Willa ließ sich neben Rory auf Hände und Knie nieder und

schielte unter das Regal, von wo aus ihr zwei riesige, verängstigte Augen entgegenstarrten.

„Ach Baby, ist schon okay. Komm jetzt raus ...“ Sie zog ein Hundeleckerli aus der Tasche und wedelte verführerisch damit herum. „Wir machen einfach mit dem Kämmen weiter, okay? Das magst du doch.“

Buddy, unfähig, jeglicher Art von Fressen zu widerstehen, kroch unter dem Regal hervor und nahm äußerst vorsichtig den Hundekuchen aus Willas Hand.

Willa zog ihn zärtlich an sich, drückte ihn und gab ihm einen Kuss auf den knochigen Kopf.

„Du armes, dummes Baby.“ Sie reckte den Hals, um Rorys Finger zu betrachten, der stark blutete. „Wie schlimm ist es?“

„Geht schon.“ Rory ging zum Waschbecken.

Zumindest für diesen Moment musste Willa ihr wohl glauben, denn jetzt war es an der Zeit, sich um Lyndie zu kümmern und den Verdacht, der in ihr aufkeimte.

„Wann bist du gekommen?“

Lyndie saugte an ihrer Unterlippe und wechselte einen Blick mit Rory.

Willa unterdrückte ein Seufzen. Sie hatte gehofft, das hinter sich zu haben.

„Lyndie“, sagte sie leise und sanft. „Ich weiß, dass du letzte Nacht hier geschlafen hast. Ich weiß, dass du hier übernachtest, wenn du musst.“

„Nein“, wehrte Lyndie ab. „Ich ...“

„Halt“, sagte Willa ruhig. Nicht verurteilen. Nicht kritisieren. Schließlich wusste sie besser als jeder andere, wie es war, aus einer unschönen Situation fliehen zu müssen und keine Anlaufstelle zu haben. „Ich möchte, dass du dich hier sicher fühlst. Aber wenn du einen Platz zum Schlafen brauchst, musst du es mir sagen. Vier Stockwerke höher habe ich ein Sofa, das viel gemütlicher ist als der Boden hier im Waschraum. Frag Rory, sie hat in ihrem ersten Jahr immer mal wieder darauf geschlafen."

Rory nickte.

„Und wenn man nicht schlafen kann, macht sie einem Zimttoast, und dann gucken wir Netflix."

Lyndie starrte Willa einen Moment lang an, dann schluckte sie schwer.

„Ich dürfte in deiner Wohnung übernachten?"

„Ja", sagte Willa. „Aber da gibt es etwas, das du nicht darfst. Aus der Kasse stehlen." Lyndie schloss die Augen.

„Ich habe nichts gestohlen." Sie ging rückwärts zur Tür. „Du kannst die Polizei rufen. Aber du kannst mich nicht zwingen, hier auf sie zu warten …"

„Ich rufe die Polizei nicht." Willa stand auf. „Hör gut zu, Lyndie, was ich dir zu sagen habe, okay? Ich habe dich gern als Mitarbeiterin, du kannst großartig mit Tieren umgehen. Aber niemand hält dich hier gegen deinen Willen fest. Mehr noch, ich möchte niemanden hierhaben, der hier nicht sein möchte. Und ich lasse mich nicht ausnutzen. Rory, wie lautet mein Grundsatz bei Diebstahl?", fragte sie, ohne Lyndie aus den Augen zu lassen.

Rory hatte sich den Finger abgewaschen und wickelte ein Papiertuch darum. „Zwei Mal, und du bist raus."

„Und warum nicht drei Mal?", fragte Willa.

„Weil du zu früh und ungeduldig geboren wurdest", zitierte Rory sie.

Willa nickte. „Verstehst du, was ich dir sagen will?", fragte sie Lyndie.

Das Mädchen schluckte schwer. „Das war mein erstes Mal?"

„Das war dein erstes Mal“, stimmte Willa ihr zu. In dieser Hinsicht war sie standhaft, immer. Grenzen waren für junge Menschen genauso wichtig wie für Tiere.

„Tut mir leid“, flüsterte Lyndie.

„Danke, das weiß ich. Aber wir beide haben etwas Besseres verdient, okay?“

Lyndie nickte. Willa ging mit Buddy zum Stylingtisch. „Ihr zwei geht jetzt raus zu den Kunden. Ich kümmere mich um Buddy.“

Als die beiden gegangen waren, flötete sie dem verängstigten Kater zu.

„Ich und du, du kleines sexy Biest, wir beide werden jetzt zusammen Magie erschaffen.“

„Und wie steht es mit mir, wollen wir auch zusammen Magie erschaffen?“, fragte eine unerträglich vertraute, dunkle und erotische Stimme hinter ihr.

Keane, natürlich. Wer sonst brachte es fertig, dass ihr das Herz bis zum Halse schlug und dass ihre Brustwarzen hart wurden, während alles in ihrem Innersten zerschmolz?

17. Kapitel

#ReadMyLips

Keane freute sich, Willa sprachlos zu sehen.

Ausnahmsweise.

Jedoch führte kein Weg daran vorbei, dass sie nicht sonderlich froh zu sein schien, ihn zu sehen. Er hob den Kamm auf, den sie hatte fallen lassen, reichte ihn ihr und ließ ihn erst los, als sie ihn ansah.

„Hey."

„Hey", gab sie zurück. Zuerst hatte sie ein wenig ausgesehen wie ein Reh im Scheinwerferlicht, doch nun schien sie sich völlig vor ihm zu verschließen.

„Bist du okay?", fragte er.

„Ja, nur sehr beschäftigt, also ..."

„So beschäftigt nun auch wieder nicht!" Rory kam herein und grinste wie eine Irre. „Cara und ich haben alles im Griff. Ihr beide könnt also ..." Sie lächelte arglos. „Magie erschaffen oder so was."

Und damit war sie verschwunden.

„Sie will uns verkuppeln", murrte Willa. „Gerade hatten wir noch ein ernstes Gespräch, und jetzt verkuppelt sie mich."

„Willst du über das ernste Gespräch reden?", fragte er. „Schien wichtig zu sein."

„Schon erledigt."

Wie immer. Das konnte sie gut, Dinge erledigen. Egal, worum es ging.

„Okay, dann reden wir eben darüber, warum selbst deine Mitarbeiter wissen, wie sehr du mich magst."

Sie verdrehte die Augen, und er musste lachen. Er kam näher und strich mit den Lippen über ihr Ohr.

„Willst du vielleicht behaupten, dass es dir gestern nicht gefallen hat?"

Er konnte spüren, wie ein Beben durch ihren Körper fuhr, doch bevor er sie in die Arme nehmen konnte, trat sie zurück, um ihn böse anzusehen.

„Hör mit dieser Sex-Stimme auf." Sie schlang die Arme um sich. „Du weißt genau, dass es mir gefallen hat." Zögernd sah sie sich um, vielleicht um sicherzustellen, dass niemand sie hören konnte. „Zwei Mal", wisperte sie.

Er brach in Gelächter aus. „Du meinst drei Mal."

Sie starrte ihn an. „Du hast mitgezählt?", fragte sie ungläubig.

„Natürlich nicht. War nicht nötig." Er beugte sich vor. „Egal, wir wissen beide, dass es vier Mal war."

Sie zeigte mit dem Finger auf ihn.

„Das! Das ist der Grund, warum wir es nicht wieder tun werden. Weil du darüber reden willst. Und ich nicht."

Sie wollte sich abwenden, doch er hielt sie fest.

„Wir werden es wirklich nicht mehr tun?"

„Eine einmalige Sache", sagte sie mit fester Stimme. „Du warst einverstanden. Keine Verpflichtungen. Dem hast du zugestimmt."

„Ja." Er schüttelte den Kopf. „Ich war womöglich etwas vorschnell."

Sie lachte. „Nun, zumindest *zu* schnell warst du nicht …"

Sie schüttelte den Kopf, als er schnaubte. „Wir wissen doch beide, dass wir als Freunde besser dran sind, Keane."

„Freunde", wiederholte er und war sich nicht sicher, wie er das finden sollte.

„Ja", sagte sie. „Freunde bleiben sozusagen kleben." Sie hob verlegen eine Schulter. „Und ich schätze, es würde mich nicht stören, wenn du … kleben bleibst."

Er sah sie lange an, während er sich vorzustellen versuchte, mit einer Frau befreundet zu sein, die er nackt in seinen Armen halten wollte.

„Das mit dem Kleben gefällt mir."

Sie schlug nach ihm, doch er fing ihre Hand auf und wurde ernst.

„Ich bin dabei."

Sie lächelte leicht. „Als Freund? Oder war das eine weitere sexuelle Anspielung?"

„Beides", antwortete er und sah, wie ihr Grinsen breiter wurde. Ihm war klar, dass es hier um mehr ging als diese knisternde Atmosphäre zwischen ihnen. Dazu reichte ein Blick in ihr Gesicht. Und sie wusste es auch.

„Also", sagte sie nach kurzem unbehaglichen Schweigen. „Was führt dich zu mir? Hast du schon Feierabend?"

„Nein, meine Großtante will Pita sehen."

Willa stutzte, richtete sich kerzengerade auf und eilte dann zur Tür. Keane folgte ihr.

„Du hättest mir sofort sagen müssen, dass sie hier ist!"

„Das habe ich ja, nachdem du aufgehört hast, über Magie und Klebenbleiben zu reden."

„Oh mein Gott." Sie hätte ihn umbringen können. Da stand er vor ihr, seine breiten Schultern spannten das T-Shirt bis zum

Zerreißen, die Jeans betonten seine langen Beine, dazu abgewetzte Stiefel an den Füßen – das alles sorgte dafür, dass ihr Herz einen Satz machte und ihr bis zum Halse schlug.

Oder vielleicht lag es einfach nur an ihm.

Sie sahen einander lange an. Willa vergaß ihre Probleme mit Lyndie, vergaß ihren Laden … Himmel, sie konnte sich nicht mal an ihren eigenen Namen erinnern, weil ihr ständig die Bilder der vergangenen Nacht in den Sinn kamen. Wie sich seine großen, rauen Hände auf ihrem Körper angefühlt hatten, sein dunkles Stöhnen, als er sich in ihr bewegte und etwas berührt hatte, was noch nie zuvor berührt worden war. Er hatte es geschafft, dass sie alles um sich herum vergaß. Und es war ihm so leichtgefallen, als ob sie sich schon ein Leben lang kannten.

Ganz zu schweigen von dieser reinen, unverfälschten, fordernden Lust, die er in ihr ausgelöst – und restlos befriedigt hatte. Und sie tat so, als ob sie einfach nur Freunde wären.

Sie war so bescheuert. So verängstigt, so verletzlich …

Eine ältere Dame durchquerte den Laden. Sie ging langsam, als ob sie Schmerzen hätte, das Gesicht von Sorge gezeichnet.

„Tante Sally, das ist Willa Davis“, stellte Keane sie vor. „Ihr gehört das South Bark.“

„Freut mich, Sie kennenzulernen“, sagte Willa.

Die Frau kniff die Augen zusammen. „Sind Sie die Freundin, die auf meine Petunia aufpasst?“ Sie warf Keane einen Seitenblick zu.

„Ja. Sie ist gesund und munter wie immer, wenn sie hier ist.“

„Wie immer?“

Oh, oh, dachte Willa, doch bevor sie etwas entgegnen konnte, fuhr Sally sie an.

„Ich will sie zurück.“ Sie trug das weiße Haar zu einem Knoten gesteckt, und dieser Knoten bebte vor Empörung. „Sofort!"

„Tante Sally." Keane drückte die Hand seiner Tante. „Pita ... äh, Petunia ist hier wirklich sehr glücklich, das schwöre ich dir."

„Wer ist Pita?", fragte Sally.

Willa lachte, doch als Keane ihr einen gequälten Blick zuwarf, begann sie zu husten.

„Sie soll nicht den ganzen Tag in einem Käfig eingesperrt sein", sagte Sally. „Sie hasst das ..."

„Oh, ich stecke die Fellbabys nicht in einen Käfig", sagte Willa. „Erstens nehme ich sowieso nur ganz wenige, ausgewählte Katzen an, die dann den ganzen Tag bei mir oder einer meiner Mitarbeiterinnen bleiben. Petunia gehört zu diesen Ausnahmen. Und sie ist übrigens wirklich klasse. So süß und liebevoll."

Diesmal war es Keane, der ein Lachen unterdrückte und hustete. Willa ignorierte ihn.

„Petunia liebt es, irgendwo weit oben zu liegen und alles von diesem sicheren Ort aus zu beobachten."

„Ja", meinte Tante Sally erleichtert und verlor etwas von ihrer Anspannung. „Das stimmt."

Willa drehte sich um und deutete auf die eingebauten Regale mit Tierbetten in allen vorstellbaren Größen.

Petunia lag auf dem obersten Regalfach, im kleinsten Bett, sodass sie an beiden Seiten über den Rand hing – was sie allerdings nicht im Geringsten zu stören schien, denn sie schlief tief und fest.

„Ach je", stieß Sally atemlos hervor, die Hände ans Gesicht gelegt, das jetzt vor Freude weicher geworden war. „Das sieht ... lustig aus."

Willa lachte. „Sie hat sich den Platz selbst ausgesucht und ist vollkommen zufrieden. Vorhin hat sie einen kleinen Spaziergang gemacht …"

„Einen Spaziergang!", rief Sally aus. „Draußen?"

„An der Leine", erklärte Willa. „Eine meiner Freundinnen hat sie heute Morgen zusammen mit zwei Golden Retrievern ausgeführt. Sie haben es alle sehr genossen."

Sally wirbelte zu Keane herum. Mit glänzenden Augen schlug sie ihm auf die Brust.

„Du bist genial."

Keane wirkte überrascht. Und misstrauisch. „Bin ich?"

„Ich dachte die ganze Zeit, wie traurig es ist, dass du den Verlust von Blue nie verschmerzt hast und deswegen nie wieder ein Haustier haben wolltest. Blue war sein Hund, als er ein Kind war", wandte sie sich an Willa, bevor sie wieder zu Keane sah. „Ich dachte, weil deine Eltern den Hund weggegeben haben, ohne vorher mit dir darüber zu sprechen, könntest du nie wieder ein anderes Tier lieben."

Keanes Miene wurde ausdruckslos. „Sie haben ihn nicht weggegeben. Ich habe die Hintertür aufgelassen, und er ist weggelaufen. Es war mein Fehler."

Sally schüttelte den Kopf. „Ich fand es immer schrecklich, was für einen hanebüchenen Unsinn sie dir da erzählt haben. Keane, du hast diesen Hund unendlich geliebt und hättest niemals die Hintertür offen stehen lassen, weil du wusstest, dass euer Garten nicht eingezäunt war."

„Woher weißt du das?", fragte er. „Du warst doch nicht dabei."

„Meine Schwester und ich haben eine gemeinsame beste Freundin. Und Betty hat sich nicht wie alle anderen von mir abgewendet. Sie hält mich auf dem Laufenden."

Keane hatte noch immer dieses ausdruckslose Gesicht, doch in seinen Augen tat sich etwas. Willas Herz zog sich zusammen.

Sie hatte es ihm abgenommen, als er behauptete, zu keinen tieferen Gefühlen, nicht mal einem Hauch von Sensibilität fähig zu sein. Dass er der Typ wäre, der sich nicht binden konnte. Doch so langsam kam ihr der Verdacht, dass das Gegenteil der Fall war und er in Wahrheit ein unglaublich großes Herz hatte. Er war lediglich verletzt worden. Tief verletzt.

„Petunia", rief Sally mit brüchiger Stimme. „Baby, komm zu Mama."

Petunia hob mit einem überraschten Raunzen den Kopf. Anmutig sprang sie auf die Ladentheke und flitzte dann direkt in Sallys offene Arme.

Sally senkte den Kopf, und Katze und Frauchen teilten einen langen liebevollen Moment. Außer Petunias lautem Schnurren und dem leisen Murmeln von Sally war nichts zu hören.

„Ich muss leider gehen, Petunia", sagte Sally dann leise. „Kann sein, dass du mich eine Weile nicht mehr zu sehen bekommst. Sei ein gutes Mädchen, okay? Keane ist ein Mann und kapiert wahrscheinlich nicht allzu viel, aber er hat ein großes Herz. Obwohl er auch das nicht kapiert."

Die Worte trafen Willa tief. Sie drehte sich besorgt zu Keane um, der ihr ein sehr zaghaftes Lächeln schenkte und nach ihrer Hand griff. Zärtlich berührte sie seine Finger.

Mit Wärme im Blick sah er sie an. Wärme und Dankbarkeit, wie ihr klarwurde. Weil sie gut auf Petunia aufgepasst hatte? Oder weil sie freundlich zu seiner Tante war? Oder vielleicht auch einfach nur, weil sie da war. Sie wusste es nicht.

Sally hob den Kopf. Ihre Augen waren todtraurig, als sie sich abwandte.

„Fahr mich zurück“, sagte sie und schnippte mit den Fingern in der Luft.

Keane lächelte Willa grimmig an. „Das ist ein Befehl.“ Er küsste sie schnell auf den Mund, dann richtete er sich auf und sah ihr fragend in die Augen.

Weshalb, wusste sie nicht. Doch um ihn zu trösten, drückte sie sich an ihn. Er atmete tief aus, als würde er zum ersten Mal an diesem Tag entspannen.

Dann küsste er sie noch einmal und war im nächsten Moment durch die Ladentür verschwunden.

18. Kapitel

#NoChill

Keane war gut darin, Gefühle zu unterdrücken, richtig gut. Er war ebenfalls gut darin, in Schubladen zu denken. Aber als Sally ihn im Pflegeheim umarmte und dabei „Mach es besser als der Rest unserer Familie" flüsterte und ihm anschließend die Wange tätschelte, überkam ihn ein merkwürdiges Gefühl, das er nicht einordnen konnte.

Gerade als er sich an diesem Abend nach der Arbeit auf den Weg machen wollte, Pita abzuholen, kam unangekündigt sein Architekt vorbei, um über das Projekt in der Mission Street zu sprechen. Damit Willa keine Überstunden machen musste, rief er hastig im South Bark an. Rory war am Telefon, da Willa gerade einen Kunden bediente, und sie versicherte ihm, er brauche sich keine Gedanken zu machen, sie würden so lange wie nötig auf Petunia aufpassen. Im Notfall würde eine von ihnen sie mit nach Hause nehmen.

Erleichtert konzentrierte er sich auf das Meeting, und erst als er es eine Stunde später verließ, wurde Keane mit einem Schlag klar, was dieses nagende Gefühl zu bedeuten hatte.

Sally hatte sich von ihm verabschiedet.

Er verließ die Baustelle und fuhr auf dem Weg zum South Bark beim Pflegeheim vorbei – nur um zu erfahren, dass seine Tante ins Krankenhaus eingeliefert worden war.

Natürlich machte er sich sofort auf den Weg dorthin,

konnte vor Ort allerdings nicht das Geringste über ihren Zustand erfahren. Er war nicht als Kontaktperson eingetragen, und damit durften ihm keine Informationen mitgeteilt werden.

Doch Keane hatte Glück. Er kannte eine der diensthabenden Krankenschwestern – zwei Mal hatte er mit ihr geschlafen, sich dann jedoch zurückgezogen, als sie die Hochzeitsglocken hatte läuten hören. Trotzdem schien Jenny jetzt wirklich erfreut, ihn zu sehen. Sie wechselten ein paar nette Worte, dann fragte er nach Sally.

Sie schüttelte den Kopf. „Ich kann dir nichts sagen, ich könnte sonst meinen Job verlieren. Du bist ein heißer Typ, Keane, und fantastisch im Bett …“ Sie lächelte. „Richtig, richtig fantastisch, aber selbst ich habe meine Grenzen.“

Immerhin gestattete sie ihm, Sally in ihrem Zimmer zu besuchen, obwohl die gerade schlief.

Erschöpft streckte er die Beine aus und legte den Kopf zurück. Er war beinahe weggenickt, als die missmutige Stimme seiner Tante erklang.

„Du hast die Rechnung des Pflegeheims bezahlt.“

Und er würde auch die Krankenhausrechnung bezahlen, wenn nötig.

„Mach dir deswegen keine Gedanken.“

„Ich mache mir immer Gedanken.“

„Werde einfach wieder gesund.“

„Ha“, sagte sie. „Sagst du das aus Sorge um mich oder aus Angst, Petunia am Hals zu haben?“

„Beides.“

Sie kicherte. „Möglicherweise sollte ich dich in meinem Testament berücksichtigen.“

Es gelang ihm zu lächeln. „Na sieh mal, wie süß du sein

kannst. Ich wusste, dass du es in dir hast, irgendwo ganz tief vergraben."

„Verrate es bloß niemandem. Sonst denken die alle, ich wäre uncool."

Er blinzelte. „Wie?"

„So sagt man, wenn jemand besonders unlocker reagiert."

Er lachte. „Ich weiß, was es bedeutet. Ich frage mich nur, woher du es weißt."

Sally zuckte mit den Schultern. „Meine Krankenschwester sagt das die ganze Zeit über die Ärzte. Jetzt hör auf, abzulenken, und erkläre mir, was du hier zu suchen hast. Ich habe niemanden gebeten, dich anzurufen."

Er schüttelte den Kopf. „Und warum nicht?", fragte er ein wenig gekränkt wegen dieser Tatsache.

Sie schloss die Augen. „Du solltest jetzt mit deinem Mädchen zu Hause sein."

Keane rieb sich mit einer Hand über das Gesicht. „Willa ist nicht mein Mädchen."

„So was kann nur ein Mann sagen, der sich für eine Frau noch nie anstrengen musste."

Er starrte auf seine gefalteten Hände, dann hob er den Kopf. „Ich möchte wissen, was mit dir los ist. Ich möchte, dass du mich als deinen nächsten Angehörigen angibst, und ich möchte eine Vorsorgevollmacht von dir."

„Kreist du also schon über dem Erbe?"

„Ich möchte in der Lage sein, dafür zu sorgen, dass es dir gut geht", sagte er.

Sie starrte ihn an, die Augen grimmig und stolz wie … nun, wie höchstwahrscheinlich seine eigenen. Schließlich atmete sie aus. „Ich bin die letzten drei Jahrzehnte ohne Familie ausgekommen."

„Ja, und sieh dich jetzt an."

Sie schnaufte verstimmt, lehnte sich zurück und schloss die Augen.

„Das ist jetzt unwichtig. Wichtig ist, dass du gehst."

„Keine Chance."

Sie kniff die Lippen zusammen und ließ die Augen fest geschlossen.

Er seufzte. „Tante Sally ..."

„Ich sterbe", sagte sie tonlos.

Ihm blieb die Luft weg.

„Nein." Er stand auf, stellte sich neben ihr Bett und nahm ihre Hand. „Nein", wiederholte er.

Sie sah zu ihm auf. „Du kannst da herumstehen wie eine Salzsäule und böse gucken. Ich bin fünfundachtzig Jahre alt. Es ist nun einmal so."

„Wann?"

Sie zuckte die Achseln.

„Bald?"

„Nur wenn du mich weiternervst."

Er lachte leise. „Lieber Himmel."

„Hör zu, ich könnte mich morgen an meinen Tabletten verschlucken und den Löffel abgeben, einfach so, das weiß man nie."

„Und ich könnte beim Aufstehen in einem warmen Katzenhäufchen ausrutschen und mir den Hals brechen."

Sie lachte. „Es ist das Wörtchen warm, das ich so lustig finde." Sie wurde wieder ernst. „Ich wollte dich nur vorwarnen. Weil du so zerbrechlich bist und so."

„Klar", meinte er trocken. „Ich bin zerbrechlich wie Porzellan."

„Ich möchte, dass du mir zuhörst." Überraschend fest drückte sie seine Hand.

Er hatte das Gefühl, dass das, was sie ihm jetzt zu sagen hatte, wichtig war, und beugte sich zu ihr hinunter.

„Wenn du meine Katze ertränkst, sobald ich gegangen bin", sagte sie, „werde ich dich bis ans Ende deines Lebens heimsuchen, und danach werde ich dir in die Hölle folgen."

19. Kapitel

#MischiefManaged

Keane fuhr direkt zum South Bark. Es war bereits nach sieben, und es gefiel ihm gar nicht, dass Willa sich nun mit einem seiner Probleme herumärgern musste.

Der Laden war geschlossen und dunkel. Von den blinkenden Weihnachtslichtern im Schaufenster abgesehen. Dass für ihn keine Nachricht an der Tür hing, nahm er als gutes Zeichen.

Er drückte das Gesicht ans Fenster, konnte aber niemanden sehen. Schließlich durchquerte er den von Lichterketten erhellten Innenhof. Das Wasser im Brunnen plätscherte leise, übertönt von der Musik, die aus dem Pub drang.

Old Man Eddie unterhielt sich mit zwei grauhaarigen Damen.

„Etwas Schönes für die beiden Schönen“, sagte er und reichte jeder von ihnen einen kleinen Strauß Grünzeug, das von einer roten Schleife zusammengehalten wurde.

Die Damen gaben ihm etwas Geld und lächelten breit.

„Danke für … den Mistelzweig.“

Von wegen Mistelzweig, dachte Keane mit einem kleinen Grinsen. Das war Gras. Er betrat den Pub und steuerte auf das Ende der Theke zu. Dort entdeckte er Rory, die offenbar gerade mit Max, heute einmal ohne seinen Kumpel Carl, in eine Diskussion verwickelt war.

„Nein“, sagte sie.

„Hör zu, du brauchst an Weihnachten eine Mitfahrgelegenheit zu dir nach Hause nach Tahoe", sagte Max. „Und ich fahre zufällig in diese Richtung. Warum willst du lieber zwei Busse und den verdammten Zug nehmen, wenn ich dich bringen kann?"

„Vielleicht habe ich ja schon die Tickets gekauft."

„Hast du?"

Sie verdrehte die Augen.

Max stand nur da, die Arme vor der Brust verschränkt.

„Was hast du für ein Problem?", zischte sie.

„Du kennst mein Problem", antwortete er. „Mein Problem bist du."

„Weißt du, was du bist, Max? Du bist ein Heuchler." Und mit diesen Worten wirbelte sie herum und rannte Keane beinahe über den Haufen.

Er hielt sie am Arm, damit sie das Gleichgewicht nicht verlor.

Mit noch immer verärgertem Gesicht wich sie etwas zurück. „Tut mir leid."

„Macht nichts", sagte er. „Alles okay?"

„Wenn ich das noch ein einziges Mal gefragt werde, dann zeige ich euch allen, wo der Hammer hängt."

„Schon gut." Keane hob ergeben die Arme. „Ich bin nur hier, um wen auch immer von Pita zu erlösen."

Ein kleines Lächeln umspielte ihre Lippen.

„Ich habe mich freiwillig gemeldet. Aber Willa hat darauf bestanden, sich selbst zu kümmern. Sie war mit ihren Freundinnen hier, Mädchenabend, aber dann habe ich sie aus den Augen verloren."

„Versuch's mal im Hinterzimmer", schlug Sean vor, der hinter der Theke arbeitete. „Billardtisch."

Archer und Spence spielten Billard und stritten sich.

Schien heute der Abend dafür zu sein.

„Es wird zu kalt, du musst ihn von der Straße holen“, sagte Archer, während er die Viererkugel anstieß, die von der Ecktasche abprallte.

Spence deutete auf die Neunerkugel.

„Untere Tasche“, sagte er, machte seinen Stoß und sah dann wieder zu Archer. „Und ich habe ihn von der verdammten Straße geholt. Mehrfach. Hast du mal versucht, mit jemandem zu diskutieren, der sich in Woodstock das Hirn weggebrutzelt hat?“

„Mann, der Typ brutzelt sein Hirn noch immer weg“, entgegnete Archer. „Wo wir gerade davon sprechen: Er hat einiges davon in der Gasse aufgehängt und erzählt jeder Frau, die vorbeikommt, dass es sich um Mistelzweige handelt.“

„Sprecht ihr von Old Man Eddie?“, fragte Keane.

Archer und Spence wechselten einen Blick.

„Ja“, meinte Spence schließlich. „Wir wollen irgendwie dafür sorgen, dass er den Winter heil übersteht. Aber bisher weigert er sich, seine beschissene Gasse zu verlassen.“

Keane nickte. „Gerade hat er seine ‚Mistelzweige‘ an zwei ältere Damen verkauft.“

Archer deutete mit einem Finger in Spences Richtung. „Kümmere dich heute Abend noch darum! Oder ich werde es tun.“

„Ich dachte, du bist nicht mehr bei der Polizei“, sagte Spence.

Archer kniff die Augen zusammen. Der Testosteronspiegel im Zimmer schoss in die Höhe. „Sollte das vielleicht witzig sein?“

„Ein bisschen, ja.“ Spence wandte sich an Keane. „Spielst du?“

Keane beäugte den Billardtisch. „Etwas."

Archer ordnete die Kugeln, strahlte dabei aus jeder Pore seines Körpers Ablehnung aus.

„Mach dir nichts draus", sagte Spence. „Er schmollt einfach nur, weil er heute ein dicker, fetter Verlierer ist. Ich liege bereits fünfzig Dollar vorn."

„Letzte Woche hast du dermaßen rumgeheult, dass ich einfach Mitleid mit dir habe", sagte Archer. „Ich lasse dich gewinnen."

Spence schüttelte den Kopf. „Zu lügen, nur um besser dazustehen, ist wirklich erbärmlich. Vor allem nachdem der Mädchenabend längst vorbei ist und du vor Elle gar nicht mehr den großen Macker zu markieren brauchst."

Als Archer den Tisch für den Anstoß umrundete, rempelte er Spence hart mit der Schulter an.

Spence flog praktisch quer durch den Raum, was ihn allerdings nicht zu beeindrucken schien. Im Gegenteil, er wirkte ziemlich zufrieden mit sich.

Archer sah ihn böse an.

„Du weißt, warum ich will, dass Eddie entweder Hilfe bekommt oder verschwindet. Das weißt du verdammt noch mal ganz genau."

Spences Lächeln erlosch. „Okay, ja, das weiß ich." Er wartete still, bis Archer die nächste Kugel spielte, dann die nächste. Er versenkte sie alle.

„Ich kümmere mich darum. Das habe ich auch Willa versprochen. Sie will nicht, dass ihre Kinder in Versuchung kommen."

Keane verschluckte sich an seinem Bier. „Ihre Kinder?"

Archer sah hoch und lächelte zur Abwechslung einmal. „Hat sie dir nichts davon gesagt?"

Spence versetzte Archer einen Stoß. „Du bist so ein Arsch." Er drehte sich zu Keane. „Nicht ihre Kinder. Ihre Angestellten, die sie immer einsammelt und retten will, weil es niemanden gab, der sie gerettet hat."

Keane war stolz darauf, cool zu sein, klar. Emotionen hatten in seinem Leben einfach keinen Platz. Doch seit seinem ersten Besuch in Willas Laden hatte er durchaus Gefühle. Tiefe Gefühle.

Bei Spences Worten versuchte er sich auszumalen, wie es wohl gewesen sein musste, mit achtzehn aus dem Jugendfürsorgeprogramm entlassen zu werden, ohne dass sich jemand um einen kümmerte.

„Jetzt hat sie jemanden", sagte er, selbst von seinen Worten überrascht.

Archer versenkte seine letzte Kugel. „Dicker, fetter Verlierer, von wegen. Du schuldest mir fünfzig Dollar. Und außerdem, wenn du weiterhin wegen Willa die Klappe aufreißt, wird sie dir den Hintern versohlen." Er drehte sich zu Keane. „Hast du das gerade ernst gemeint? Dass Willa jetzt jemanden hat?"

Keane öffnete den Mund, doch es kam nichts heraus. Bis zu diesem Augenblick hatte er wirklich daran geglaubt, dass die Strategie, sich nie zu binden, gut für ihn war. Nein, halt. Das stimmte nicht ganz. Eigentlich hinterfragte er diese Strategie schon eine ganze Weile. Nämlich seitdem Willa in sein Leben getreten war.

Er wusste bloß nicht, was er mit dieser Erkenntnis anfangen sollte.

Spence lachte leise über Keanes Gesichtsausdruck.

„Lass ihm einen Moment Zeit, Mann. Ich glaube, er ist schockierter als wir."

Wie wahr … „Ich muss los", sagte Keane.

„Gut gemacht", murrte Archer Spence an. „Jetzt hast du ihn verschreckt."

„Nee, den Typ kann man nicht verschrecken. Der hat genauso einen Dickschädel wie du. Du kannst ja noch nicht einmal zugeben, was du für Elle empfindest, also …"

Den Rest bekam Keane nicht mehr mit, weil er bereits draußen in der kühlen Nacht stand. Er rannte die Treppe in den vierten Stock hinauf und hielt erst an, als er direkt vor Willas Tür stand – ohne die geringste Ahnung, was er hier eigentlich tat.

Als sie öffnete, trug sie kurze Flanellpyjamahosen unter einem riesigen Kapuzenshirt.

„Hey." Sie runzelte die Stirn. „Was ist denn los?"

Weil er weder über seine Tante noch über seine plötzliche Erkenntnis sprechen wollte, schüttelte er den Kopf.

„Nichts. Ist denn noch immer Mädelsabend? Veranstaltet ihr gerade eine Kissenschlacht?"

„Nein." Sie lachte. „Pru ging es nicht besonders, darum haben wir sogar noch vor dem Abendessen abgebrochen."

Keane konnte ihre Stimmung inzwischen an ihrer Frisur ablesen. Je wilder die Strähnen, desto wilder ihre Emotionen. Aber jetzt hatte sie die Kapuze aufgesetzt, die ihr über die Stirn fiel. Darauf war zu lesen: *Ich schwöre feierlich, dass ich ein Tunichtgut bin.*

„Tut mir leid, dass du Petunia mitnehmen musstest."

„Ach, das macht nichts." Sie drehte ihm den Rücken zu, um nach der Katze zu sehen. Zumindest vermutete er das. Und dann las er *Unheil angerichtet* quer über ihrem süßen Hintern. Jetzt wurde ihm klar, dass das Kapuzenshirt und die kurzen Shorts zusammengehörten. Er drückte sich an ihr vorbei.

Ihre Wohnung überraschte ihn nicht. Er kannte ihren Laden

und war davon ausgegangen, dass es bei ihr zu Hause genauso aussah, kitschig und bunt.

„Unheil angerichtet?“, fragte er.

Sie blinzelte überrascht. „Du kennst Harry Potter nicht?“

„Nun, nicht persönlich“, antwortete er. „Aber ich habe die Bücher gelesen.“

„Du meinst, du hast die Filme gesehen?“

„Nein, ich meine, ich habe die Bücher gelesen.“

Das schien ihr nicht zu passen, doch er hatte keinen Schimmer, weshalb nicht. „Und deswegen bin ich …?“

Stöhnend schloss sie die Augen.

„… schlecht für mich. So was von schlecht für mich!“

Noch immer begriff er nicht. „Könnte ich eventuell beim Abendessen schlecht für dich sein? Ich bin nämlich am Verhungern.“

Sie riss die Augen auf.

Und er hatte keine Ahnung, was sie gerade dachte.

„Hast du Hunger?“, fragte er.

„Ich habe immer Hunger. Aber es ist schon spät.“

„Und?“

„Und …“ Sie wirkte etwas verloren. „Viele Gründe sprechen dagegen.“

„Nenn mir einen.“

„Okay … Es ist fast Weihnachten. Und die Weihnachtszeit ist normalerweise für gute Freunde und die Familie reserviert.“

Er glaubte ihr kein Wort.

„Keane“, sagte sie leise.

Sollte er ihr von seiner Erkenntnis erzählen, dass er in Wahrheit mehr von ihr wollte? Himmel, nein. Erstens wusste er nicht, was *mehr* bedeutete. Und falls er es zweitens irgendwann herausfand, müsste er sie dazu bringen, genauso zu empfinden.

Kein Wunder, dass er sich in der Liebe immer bedeckt gehalten hatte. Dieser Mist war wirklich kompliziert.

„Du hast mal gesagt, dass man sich seine Familie auch selbst aussuchen kann. Dass deine Freunde deine Familie sind. Du sagtest, wir beide sind Freunde. War irgendetwas davon etwa gelogen?"

„Nein, aber …" Sie betrachtete ihn flehend. „Ich versuche gerade, dir zu widerstehen, okay? Ich versuche mir einzureden, dass wir beide nichts gemeinsam haben außer dieser komischen und extrem nervenden Chemie zwischen uns, die einfach nicht verschwindet, selbst nachdem wir …"

Er hob die Brauen, weil er das Ende dieses Satzes wirklich gern hören wollte.

„Okay, nachdem ich über dich hergefallen bin", endete sie mit zusammengekniffenen Augen, als warnte sie ihn davor, zu lachen. „Aber dann tauchst du an meiner Tür auf. Ganz eindeutig erschöpft und zerknittert und siehst so … hungrig aus. Da würde ich am liebsten ganz bestimmte Dinge tun."

„Dinge wie …?"

„Mich ausziehen. Okay? Du bringst mich dazu, dass ich mich am liebsten ausziehen würde."

Er wollte lächeln, doch sie stach ihm den Finger in die Brust. „Sag es nicht. Sag jetzt bloß nicht, dass Strippen für dich okay wäre."

„Aber Willa, es wäre okay. Dass du für mich strippst, wird immer okay sein."

Sie rollte mit den Augen. „Das wird vielleicht ein Schock für dich sein", sagte sie, „aber Freunde machen so was nicht. Wirklich nicht, Keane", sagte sie, als er zum Sprechen ansetzte. „Und das war auch in Ordnung für mich. Doch dann erzählst du mir, dass du Harry Potter gelesen hast." Sie hielt inne. „Welchen Band?"

„Alle."

Sie bedeckte stöhnend ihr Gesicht. „Alle", murmelte sie. „Ich bin erledigt. Du machst mich fertig."

„Ich lese viel", meinte er, um seine Chancen zu verbessern. „Nicht nur Harry Potter."

„Noch schlimmer …" Sie ließ die Hände sinken. „Warum bist du noch mal hier?"

„Um Pita abzuholen."

„Ach ja."

„Und ich möchte mich bedanken, dass du auf sie aufgepasst hast." Er schwieg einen Moment. „Mit einem Abendessen. Weil ich am Verhungern bin und dich gern einladen möchte. Du bist das Beste, was ich heute den ganzen Tag zu sehen bekommen habe, Willa. Kann ich dir das ohne Hintergedanken sagen?"

Sie musterte ihn. „Abendessen wo?"

Er unterdrückte ein Siegerlächeln. „Du entscheidest."

„Sushi."

Mannhaft vermied er es zusammenzuzucken. Er hasste Sushi. „Du entscheidest", wiederholte er.

„Aber du hasst Sushi."

„Woher weißt du das?"

„Weil deine Augen praktisch eine Grimasse geschnitten haben. Warum bist du mit Sushi einverstanden, wenn du es nicht magst?"

Allmählich bekam er Kopfschmerzen.

„Weil ich es ernst meinte, als ich dir die Entscheidung überlassen habe. Wollen wir darüber jetzt auch noch diskutieren? Und falls ja, können wir so lange damit warten, bis wir was im Magen haben?"

„Sicher. Wie wäre es mit thailändischer Küche?" Sie studierte sein Gesicht aufmerksam.

Er blieb so ausdruckslos wie nur möglich. Er war auch nicht gerade verrückt nach thailändischem Essen. Sein Auge zuckte gewaltig.

„Dann thailändisch“, sagte er. „Bist du fertig?“

Sie stemmte die Hände in die Hüften. „Du magst thailändisch auch nicht? Was stimmt nicht mit dir?“

„Sehr vieles.“ Er fragte sich, seit wann sie ihn dermaßen leicht durchschauen konnte. „Können wir jetzt gehen?“

„Italienisch. Indisch. Taco Bell.“

Keane musste lachen. „Ja.“

„Was jetzt?“

„Willa, wenn du endlich deinen süßen Hintern in Bewegung setzt, bringe ich dich überallhin.“

Sie biss sich auf die Lippe und starrte ihn mit glänzenden Augen an, ohne sich zu bewegen.

„Babe“, sagte er. „Was *ist*?“

„Ich möchte dahin, wo du hinmöchtest. Kannst du das bitte entscheiden?“

Wo er hinwollte, war ihr Bett. Direkt und ohne über Los zu gehen. Er wollte sie nackt ausziehen und sich an ihr berauschen.

Eine Woche lang.

Was offenbar von seinem Gesicht abzulesen war, denn sie errötete bis unter die Haarwurzeln.

„Pizza“, sagte sie schnell. „Magst du Pizza?“

„Dem Himmel sei gedankt, ja.“

Sie nickte, zögerte aber.

„Was ist jetzt?“, fragte er.

„Wirst du mir irgendwann sagen, was los ist?“

„Ich bekomme Pizza und Bier.“ Und dich, dachte er. „Was soll schon los sein? Also komm.“ Er ergriff ihre Hand, aber sie wich ihm mit einem leisen Lachen aus.

„So kann ich nicht gehen. Ich muss mich erst umziehen.“

„Mir gefällt, was du anhast.“

Sie sah ihn an, als hätte er nicht mehr alle Tassen im Schrank.

„Na gut“, meinte er. „Wirf dich in eine Jogginghose, und alles ist gut.“

„Bist du durch den Pub gekommen?“

„Ja, wieso?“

„Dann hat man dich gesehen. Spence und Archer. Vielleicht auch Elle, falls sie noch dort ist. Und glaub mir, sie haben dir hinterhergesehen und gemerkt, dass du nicht nach Hause, sondern zu mir gegangen bist. Darüber werden sie reden, und morgen werde ich von den Mädchen verhört. Habe ich dich reingelassen? Bist du geblieben? Und was hatte ich an? Ich will verdammt sein, Keane, wenn ich erzählen muss, dass ich Jogginghosen anhatte.“

Er blinzelte. Ganz konnte er ihr nicht folgen. Besser gesagt hatte er keinen blassen Schimmer, wovon sie sprach, doch er nickte bereitwillig. Hauptsache war, er bekam etwas zu essen.

„Okay.“

„Okay.“ Sie verschwand in ihrem Schlafzimmer.

20. Kapitel

#WithASideOfCrazy

Willa rannte ins Schlafzimmer. Petunia, die auf ihrem Bett schlief, zuckte zusammen.

„Entschuldige, achte gar nicht auf mich", sagte sie zu der Katze und riss sich die Kleider vom Leib. Sie zog Jeans an, die zwar nicht bequem waren, aber einen schönen Hintern machten. Dazu einen weichen grünen Weihnachtspulli mit einem Rentier vorne drauf, der ihr bis zu den Oberschenkeln reichte.

Was die Gute-Hintern-Jeans überflüssig machte.

Sie schälte sich wieder aus der Hose und versuchte es stattdessen mit Leggins.

So sah sie ein wenig schlampig aus.

„Mist." Sie zog sich erneut aus und fing von vorne an.

Zehn Minuten später hatte sie den kompletten Inhalt ihres Kleiderschranks anprobiert, der jetzt als riesiger Haufen vor Petunia lag – während sie noch immer in BH und Höschen dastand und langsam in Panik geriet.

Nichts funktionierte.

Sie fluchte und begann, den Haufen zu durchwühlen. Es war albern, sich so verrückt zu machen. Albern und peinlich und idiotisch und bescheuert …

„Willa!", hörte sie Keane rufen, seine Stimme klang erschreckend nahe, als ob er durch den Gang auf ihr Zimmer zusteuerte. „Was machst du denn, nähst du dir ein neues Outfit?“ Jetzt schien er direkt vor ihrer Tür zu sein.

Mit einem Kreischen schnappte sie sich ein riesiges Sweatshirt und hielt es vor sich.

„Dräng mich nicht!“

Er streckte den Kopf ins Zimmer, halb amüsiert und halb genervt. Sie betrachtete die Bartstoppeln auf seinem Kinn, die verflucht sexy aussahen.

Was ihr vollkommen gegen den Strich ging.

Er rieb sich über den Bauch.

„Ich warte jetzt seit Stunden.“ Er tätschelte Petunia, die zu ihm geschlichen war.

„Zehn Minuten“, sagte Willa.

„Fühlt sich wie Stunden an.“ Keane drückte Zeigefinger und Daumen in seine Augen, als müsse er sie in den Augenhöhlen halten. „Fertig?“

Sie riss sich vom Anblick seiner Arme los und wie seine Muskeln und breiten Schultern den Stoff seines T-Shirts spannten.

„Fast“, sagte sie mit belegter Stimme.

Nicht einmal ansatzweise.

Er schien ihre Gedanken gelesen zu haben, denn er stöhnte auf und sah sich dann in ihrem Zimmer um.

„Ist hier eine Bombe explodiert?“

Sie betrachtete das Durcheinander. „Kann sein.“

„Du hast eine Menge Kleider und …“ Sein Blick blieb an einem Spitzen-BH und einem Höschen hängen. „Zeugs.“ Dann entdeckte er den zweiten Haufen auf dem Sessel in der Ecke. „Heilige Scheiße. Wie viele Kleider hast du anprobiert?“

„Alle!“, sagte sie. Vielleicht schrie sie auch. Und dann starrte sie ihn finster an, um zu sehen, ob er es etwa wagte zu lachen. „Ich habe nichts zum Anziehen."

Noch einmal betrachtete er die riesigen Klamottenhaufen. „Okaaaaay ..."

Sie seufzte.

Er strich sich übers Kinn. Das Geräusch, wie die Finger über seine Stoppeln strichen, jagte ihr einen Schauer direkt in die empfindlichsten Stellen ihres Körpers.

Und sie hatte nicht gewusst, dass sie so viele besaß.

„Wir gehen nur Pizza essen", sagte er.

„Und da strenge ich mich so an, um dich ins Verderben zu reißen."

Er lächelte. „Willa, ich träume von dir. Oft. Und das kann ich ziemlich gut. Du müsstest eigentlich wissen, dass du und deine sexy Art mich schon längst ins Verderben gerissen habt."

Was umgekehrt genauso galt, auch wenn sie nicht bereit war, es zuzugeben.

„Du willst also sagen, dass ich jetzt in diesem Moment sexy aussehe."

Er ließ langsam den Blick über sie wandern. Sie war – zum größten Teil – hinter dem Sweatshirt verborgen, doch so wie seine Augen zu glänzen begannen, musste er einen Röntgenblick besitzen. Seine Gesichtszüge wurden weich.

„Du siehst völlig durchgedreht und genervt und verdammt scharf aus", sagte er. „Daran solltest du niemals zweifeln."

Sie spürte, wie ein zögerliches Lächeln ihre Mundwinkel umspielte. „Dreh dich um."

„Ich habe das alles doch schon gesehen."

„Nur ein Mal. Und es war dunkel."

Er lächelte. „Ich bin nicht nachtblind!"

„Hast du Hunger?", fragte sie, und er drehte sich um. Sie

schlüpfte wieder in die Toller-Hintern-Jeans und entschied sich für einen weißen Pulli, der ein wenig eng war und ihr beeindruckende Kurven verlieh, wenn sie selbst so sagen durfte.

„Und du siehst übrigens auch meistens so aus. Verdammt scharf."

Er hatte ihr den Rücken zugewandt und die Hände in die Hüften gestützt. Er war fantastisch gebaut und hatte – wenn sie ehrlich war – den besten Hintern, den sie je gesehen hatte. Ein paar Sekunden genoss sie einfach nur den Anblick.

„Meistens?"

„Nun …" Sie begutachtete ihr Zimmer. Es sah aus wie nach einem Hurrikan der Kategorie fünf. „Manchmal siehst du schärfer als scharf aus", gestand sie. Wie in diesem Moment, wo sich seine Jeans über den Hinterbacken spannten …

Er drehte sich zu ihr, und sein Blick verriet ihr, dass er den weißen Pulli außerordentlich zu schätzen wusste.

„Wann?", fragte er.

„Das verrate ich dir nicht. Ich will nicht, dass du groß abhebst."

„Schon geschehen." Er sah an sich herab.

Sie auch, und ihr Blick landete auf seinem Schritt. Sie sah, dass er eine deutliche Erektion hatte, und schnaubte. „Das meine ich nicht, du Lüstling."

Mit seinem Grinsen wickelte er sie mühelos um den Finger, verflixt.

„Noch mehr Komplimente. Und apropos groß."

Sie lachte. „Du weißt genau, wie groß du bist … überall. Du warst sogar fast zu groß für mich. Warum reden wir eigentlich darüber?"

„Weil du gern über Sex sprichst", sagte er.

„Siehst du? Lüstling."

„Nun, du musst es ja wissen …“ Sein Lächeln forderte sie auf, sich an die Einzelheiten der letzten Nacht zu erinnern.

Es war nur so: Sie brauchte diese Erinnerungen gar nicht heraufzubeschwören, denn sie waren in ihr Hirn eingebrannt. Und leicht entflammbar. Sie beide zusammen waren leicht entflammbar.

Er grinste selbstgefällig, und das war’s. Sie zeigte auf die Tür.

„Raus!“

„Okay, okay!“ Lachend erklärte er Petunia, dass er sie später abholen würde, und verließ das Zimmer. Mit knurrendem Magen.

„Hast du heute wirklich noch nichts gegessen?“, fragte sie.

„Es war ein verdammt hektischer Tag.“

Sie erbarmte sich, schlüpfte endlich in Stiefel mit acht Zentimeter hohen Absätzen, damit sie größer wirkte, und sah kurz in den Spiegel.

Ihre Augen schimmerten, ihre Wangen waren gerötet.

Was selbstverständlich an ihrer wilden Klamottenjagd lag und nicht etwa an dem Mann, der im Wohnzimmer auf sie wartete.

Warum allerdings ihr Herz so raste, wollte sie lieber nicht so genau wissen.

„Unheil angerichtet?“, fragte er hoffnungsvoll, als sie herauskam und er sie betrachtete, als ob sie eine lebendige Zeitbombe wäre oder so etwas.

„Unheil angerichtet“, versicherte sie ihm und hoffte, dass es tatsächlich so war.

Sie gingen los. Die Nacht war kalt, aber klar, während sie auf die Marina zusteuerten. In den mit Restaurants, Bars, Galerien und Geschäften gesäumten Straßen war viel los. Die Leute genossen den ungewöhnlichen Mix aus kleinen Familienunternehmen und Luxusläden. In einem einzigen Häuserblock gab es Restaurants aus aller Herren Länder. Hier fand man alles, was das Herz begehrte.

Sie setzten sich in eine Pizzeria, und sie erzählte ihm von einem Kunden, der heute mit einem Papagei auf der Schulter zu ihr gekommen war. Der Vogel hatte nur einen einzigen Blick gebraucht, um sich unsterblich in Petunia zu verlieben. Er war zu dem Bett geflogen, wo sie vor sich hin döste, und hatte begonnen, ihr sein Liebeslied vorzuträllern. Doch die missmutige Katze hatte ihm mit einer Pfote ins Gesicht geschlagen und der Papagei sich mit gebrochenem Herzen davongemacht.

Sie sprachen auch über seinen Tag. Wie Mason sich die eigene Hand an die Decke getackert und später die Wunde mit Sekundenkleber verarztet hatte, statt ins Krankenhaus zu gehen.

„Oh mein Gott", meinte Willa. „Und das hast du zugelassen?"

„Ist billiger als eine Fahrt in die Notaufnahme." Er lachte über ihr entsetztes Gesicht. „Nein, das machen wir eben so. Oft." Er zeigte ihr verschiedene Narben auf seinen Händen und Armen, die mit Sekundenkleber „behandelt" worden waren.

Sie schüttelte den Kopf. „Jungs sind komisch."

„Da muss ich dir recht geben."

Sie lachten beide. Die Schatten in seinen Augen lichteten sich, und sie fühlte sich fantastisch.

Nach dem Essen gingen sie spazieren. Durch ein Schaufenster beobachteten sie eine Frau, die Teig durch eine komplizierte Maschine zog, aus dem dann rot-weiße Zuckerstangen wurden.

Vor dem Fenster hatte sich bereits eine Menschenmenge versammelt. Willa schlängelte sich bis ganz nach vorn durch und presste ehrfurchtsvoll die Nase an die Scheibe. Wie hypnotisiert stand sie dort, als Keane dicht hinter ihr auftauchte und sie sich sofort nach etwas ganz anderem als Zuckerstangen sehnte.

„Hey, kleines Mädchen, möchtest du was Süßes?", flüsterte er ihr ins Ohr.

„Haha! Aber ja." Sie sah noch immer durchs Fenster. „Möchte ich wirklich."

Sie spürte, wie er an ihrer Wange lächelte. „Warte hier. Ich bin gleich wieder da."

Keine zehn Sekunden später drückte er sich wieder an sie, und sie lachte. „Das ging schnell."

„Oh, tut mir leid. Ich wurde angerempelt."

Sie kannte diese Stimme nicht. Ihr Lächeln gefror. Als sie sich hastig umdrehte, sah sie einen Mann in ihrem Alter und genauso groß wie sie. Er trug eine Brille, die ihm ständig auf die Nase rutschte, und lächelte seltsam.

„Hi", sagte er. „Sie sollten mal sehen, wie die hier Schokoladen-Zuckerstangen machen. Haben Sie schon mal eine probiert? Die sind einfach das *Beste*."

„Klingt köstlich", sagte sie, kam aber nicht umhin zu denken: sicher nicht besser als Sex mit Keane Winters.

„Morgen Abend ist Schokolade dran", sagte er. „Dann werde ich wieder hier sein." Er sah sie so hoffnungsvoll an, dass sie ihm am liebsten einen Hundekuchen gegeben und ihm den Kopf getätschelt hätte. Sie wollte ihm gerade eine freundliche Abfuhr erteilen, als sie jemanden hinter sich spürte. Einen großen, gut gebauten, starken Mann, der Testosteron und Pheromone nur so versprühte. Dieses Mal musste sie sich gar nicht erst umdrehen, ihre Brustwarzen wurden umgehend hart.

Keane stellte sich nah hinter sie, ohne etwas zu sagen. Stille, knallharte Präsenz. Als sie letztendlich dennoch nach hinten blickte, sah sie, wie er den Schokoladen-Zuckerstangen-Typ mit einem Todesblick bedachte, bei dem sich die meisten Menschen vor Angst in die Hose gemacht hätten.

Der Schokoladen-Zuckerstangen-Typ zuckte leicht zusammen, räusperte sich und wandte sich dann mit einem entschuldigenden Blick wieder an Willa.

„Tut mir leid. Mir war nicht klar, dass Sie … in Begleitung sind."

„Macht doch nichts …", sagte sie, doch da war er schon in der Menge verschwunden. Sie drehte sich zu Keane um.

„Ist das dein Ernst?"

„Was?", fragte er unschuldig.

„Oh nein, fang mir jetzt nicht mit diesem ‚was' an", sagte sie, wobei sie bei dem Wort *was* seine dunkle Stimme imitierte. „Was, zur Hölle, sollte das?"

„Ich habe dir was Süßes gebracht." Er hielt eine Tüte hoch.

„Nein, du hast gerade in aller Öffentlichkeit praktisch dein Revier markiert."

Seine Mundwinkel zuckten.

„Hast du!" Sie warf die Hände hoch. „Du hast den armen Kerl total eingeschüchtert, dabei hat er einfach nur mit mir geredet."

Keane blickte ihm hinterher. „Du findest, dass ich einschüchternd war?"

„Es reicht doch wohl, dass er nach seiner Mama schreiend weggelaufen ist." Sie stach mit einem Finger in seine steinharten Brustmuskeln. „Du kannst mich nicht auf so eine Art dominieren, das gefällt mir überhaupt nicht."

Er lächelte. Und dieses Lächeln erinnerte ein wenig an den

bösen Wolf. Er hatte die Hände auf ihre Hüften gelegt. Und dann, inmitten dieser Menschenmenge, in der niemand auf sie achtete, zog er sie an sich.

„Ich bin noch immer sauer“, sagte sie.

„Ich weiß, das ist schon okay.“ Er strich über ihre Arme, dann umfasste er ihr Kinn. Sein Blick war dunkel und erregt, als er den Kopf senkte.

„Ich kann warten …“, raunte er, und dann küsste er sie.

Die Luft um sie herum begann zu knistern, trotz der Kälte. Hitze pulsierte zwischen ihnen. Willa hörte sein raues Stöhnen, als er ihren Hinterkopf umfasste, um sie fester an sich zu drücken. Und einfach so löste sich alles um sie herum auf, nur noch ein fernes Murmeln war im Hintergrund zu hören. Es gab nichts außer Keanes starken Armen und dem stetigen Schlag seines Herzens an ihrem hüpfenden Puls.

Mit geschlossenen Augen schmolz sie in seinen Armen dahin. Ihre Körper fanden einander, als ob sie schon seit Jahren zusammen wären. Was ihr eine Heidenangst einjagte. Sie klammerte sich an ihm fest.

Sein Kuss wurde zärtlicher, sanfter. Die Abendluft streichelte ihre Haut genauso wie seine Finger. Sie öffnete die Augen.

Auf seinem Gesicht lag ein Schatten, doch sie hatte keine Angst mehr. Beinahe hatte sie das Gefühl zu träumen. Sie stellte sich auf die Zehenspitzen und schlang die Arme um seinen Hals. Als sie sein Gesicht wieder an ihres zog, glitten die seidigen Strähnen seines Haars durch ihre Finger.

„Wann?“, murmelte sie an seinen Lippen.

Bevor sie die Augen wieder schloss, sah sie, dass er lächelte.

Sie öffnete gierig die Lippen, und eine Welle der Lust überrollte sie, als er die Hand in ihrem Haar zur Faust ballte. Er presste sie an sich, doch konnte sie ihm einfach nicht nah genug kommen.

Als er schließlich den Kopf hob, atmete sie heftig wie eine Frau, die einen Orgasmus brauchte.

Und zwar dringend.

Sie tat ihr Bestes, um unbeeindruckt zu wirken, doch er lachte sie aus. *Lachte.* Und dann nahm er ihre Hand, und sie gingen zusammen zu ihr nach Hause.

Als sie aus dem Fahrstuhl stiegen, drückte Willa seine Hand und sah ihn an. „Was ist?“, fragte er.

„Bist du okay? Als du vorhin vorbeigekommen bist, hast du etwas besorgt gewirkt. Und jetzt auch wieder.“

Er war praktisch eine Mauer, wenn er wollte. Zumindest glaubte er das. Aber offensichtlich funktionierte das nicht bei ihr, denn sie legte eine Hand auf seine Brust.

„Sag mir, was los ist“, bat sie sanft.

Es war verdammt lange her, dass ihm jemand diese Frage gestellt und sie auch so gemeint hatte. Aber das war nun mal nicht seine Art, er lud seine Probleme nicht bei anderen ab. Niemals. Er wollte sie nicht mit der Krankheit seiner Tante belasten und auch nicht damit, dass er Abend für Abend in seinem großen Haus in der Vallejo Street saß und sich alle möglichen Gründe überlegte, warum er es nicht verkaufen konnte. Also schüttelte er den Kopf.

Sie strich über seine Brust, legte die Hand wieder in seinen Nacken und vergrub die Finger in seinem Haar.

Ganz eindeutig wusste sie auch, wie sehr er es liebte, wenn sie ihn so berührte.

„Keane, wenn du mich fragst, wie es mir geht, dann erwartest du eine ehrliche Antwort, richtig?“

Sein Hirn war zu Brei geworden. Ihre Berührung war verflucht erregend und nahm ihm die Fähigkeit zu sprechen. Zumindest aber gelang ihm ein Nicken.

Sie nickte ebenfalls, nach dem Motto: *braver Junge,* und sah ihn mit einem Unschuldsblick an. Dann setzte sie zum tödlichen Schlag an.

„Warum sollte ich dann nicht dasselbe von dir erwarten?“, fragte sie leise. „Sag mir, was los ist.“

„Du zuerst.“

„Ich? Was ist mit mir?“

„Du könntest mir erzählen, was heute Morgen los war, als du mit deinen Mitarbeiterinnen eine offenbar sehr ernste Auseinandersetzung hattest.“

„Lyndie hat eine Dummheit gemacht“, erklärte sie. „Und sie hat gestanden. Ende, aus.“

„Nicht Ende, aus. Dass du ihr einfach so verziehen hast, war wirklich großzügig. Unglaublich großzügig sogar. Woanders wäre sie sofort rausgeflogen. Und das weißt du.“

„Jeder verdient eine zweite Chance“, sagte sie. „Und jetzt du.“

Er lachte leise, drückte seine Stirn an ihre und nahm ihr Gesicht in beide Hände. Auch jetzt, wo er sie besser kannte und wusste, was für eine unglaubliche Frau sie war, verblüffte sie ihn immer wieder. Trotz ihrer schwierigen Vergangenheit war sie ein unfassbar fröhlicher Mensch geworden.

Ein Mensch, der ihn magisch anzog.

Sie hatten beide nicht viel Liebe bekommen, doch sie hatte sich davon nicht beeindrucken lassen. Im Gegenteil, sie unterstützte andere Menschen, wann und wo immer es ihr möglich war.

Und was hatte er getan? Er hatte sich verschlossen. Zwar

hatte er sich ein wirklich gutes Leben aufgebaut, doch ohne sich jemals irgendwem gegenüber zu öffnen. Es fiel ihm auch jetzt nicht leicht, aber er wollte es zumindest versuchen, ob sie nun Freunde waren oder mehr.

„Jetzt ich“, wiederholte er.

Sie nickte. „Jetzt du. Sag mir, was nicht in Ordnung ist und wie ich helfen kann.“

„Es ist nicht in Ordnung, dass ich dich brauche“, murmelte er und küsste sie aufs Kinn. „Du kannst mir helfen, indem du mich hereinlässt.“

Es streichelte sein Ego, wie atemlos seine Berührung sie machte. „Du bist doch schon drin“, stieß sie hervor.

Tatsächlich? Um diese Behauptung zu prüfen, schob er sie in die Wohnung, knallte mit dem Fuß die Tür hinter sich zu und drückte sie dann sanft dagegen.

Sie schloss die Augen. Als sich ihre Lippen berührten, stöhnte sie auf und schlang die Arme so fest um ihn, dass es auf die angenehmste Art und Weise schmerzte.

21. Kapitel

#TurnDownForWhat

Willa verlor sich ganz und gar in Keanes Worten

... *ich brauche dich* ... Darin, wie sich sein harter, heißer Körper anfühlte und wie seine Lippen schmeckten, als er sie küsste, wie nur er küssen konnte. Er konnte sie immer wieder dazu bringen, sich regelrecht nach ihm zu verzehren. Sie hatte gesagt, dass sie ihn bereits hereingelassen hätte, und es auch so gemeint.

Ob es ihr nun passte oder nicht, sie hatte ihn ins Herz geschlossen. Allerdings wusste sie nicht so recht, was das für sie beide bedeutete. Aus reinem Selbstschutz hatte sie ihn wissen lassen, dass es kein zweites Mal geben würde. Doch in diesem Moment konnte sie sich leider nicht mehr daran erinnern, warum.

„Normalerweise bin ich nicht so leicht zu haben", sagte sie laut, in der Hoffnung, ihn zum Lachen zu bringen und etwas von der Spannung zu lösen. Zwar wusste sie nicht, wie es ihm ging, *sie* jedenfalls fühlte sich zum Zerreißen gespannt.

„Willa." Er lachte tatsächlich, tief und heiser, das Gesicht in ihrem Haar vergraben. „Babe, du bist wirklich alles Mögliche. Aber sicher nicht leicht zu haben."

Als sie ihn wegzuschieben versuchte, verstärkte er den Griff und hob den Kopf, um ihr lachend in das verdrossene Gesicht zu blicken. Dann erstarb sein Lächeln. Sie betrachteten einander einen Moment.

„Du hast gesagt, dass es bei dem einen Mal bleiben soll. Aber ich finde, zwei Mal ist besser als ein Mal."

Froh darüber, dass sie einander verstanden, nickte sie. „Zwei Mal ist eigentlich immer besser als ein Mal, stimmt's?"

Er gab ein sehr erotisches und männliches Geräusch von sich, küsste sie wieder und griff gleichzeitig in ihr Haar, damit sie stillhielt. Dann entblößte er ihren Hals und fuhr mit den Zähnen über ihre Haut. Bebend drückte sie sich noch enger an ihn, wenn das überhaupt möglich war. Er glitt mit den Händen unter ihren Pulli, sie schob ihre Hände unter den Bund seiner Jeans und …

„Miau …"

Atemlos lösten sie sich voneinander und drehten sich beide um. Petunia stand, den Kopf gesenkt und den Hintern hoch in die Luft gestreckt, vor ihnen.

„Vorsicht", meinte Keane. „Die Attacke wird eingeleitet."

„Petunia", sagte Willa sanft, und die Katze hob den Kopf. Ihre eisblauen Augen waren missmutig zusammengekniffen.

„Ich wusste nicht, dass sie ein Knutschblocker ist", sagte sie lachend.

„In zwei Minuten wäre sie ein Schwanzblocker gew…"

Noch immer lachend legte Willa einen Finger auf seine Lippen. „Keine schmutzigen Ausdrücke vor den Kindern."

Als er an ihrem Finger zu knabbern begann, schoss Lust durch ihren Körper und setzte ganz spezielle Stellen in Brand.

„Also", flüsterte sie, den Blick auf seine Lippen geheftet. „Wo waren wir?"

Er ließ die Hände wieder ihre Arme hinauf und in ihr Haar gleiten.

„Genau hier." Er küsste sie erneut, zärtlich und sanft.

Verführerisch.

Ihr Körper bewegte sich wie von selbst näher an ihn heran, als suchte er seine Wärme. Mit einem Stöhnen zog er sie an sich. Er legte eine große, warme Hand in ihren Nacken, um sie festzuhalten, während er sie um ihren Verstand küsste.

Sie strich mit den Fingern über seinen Dreitagebart, gierig darauf, das Kratzen der Stoppeln auf ihrem Körper zu spüren. Als ihre Jacke zu Boden fiel, erschrak sie. Er hatte offenbar den Reißverschluss geöffnet, ohne dass sie es überhaupt bemerkt hatte.

„Scht“, wisperte er, die Lippen an ihren Hals gedrückt. „Ich halte dich.“

Und das stimmte. Gehalten zwischen Wand und seinem starken, herrlichen Körper, spielte es keine Rolle, wie weich ihre Knie waren.

Sie mussten kurz die Lippen voneinander lösen, als er ihr den Pulli über den Kopf zog. Dann legte er die Hände auf ihre nackten Brüste.

Offenbar hatte er bereits ihren BH aufgehakt und zusammen mit dem Pulli zu Boden fallen lassen.

Er hob den Kopf, sah sie an und atmete tief aus, als müsse er um Fassung ringen. Sie reckte sich ihm entgegen, flehte ihn wortlos an, sie zu küssen und unwiderstehlich zu finden.

„Ich kann nicht aufhören, dich anzusehen“, murmelte er in ihr Ohr. „Du bist so schön, Willa.“

„Miau!“

„*Still*“, riefen sie gleichzeitig und begannen zu lachen.

„Ich dachte immer, dass Kinder einem beim Sex in die Quere kommen“, sagte er.

Petunia seufzte tatsächlich auf und stakste davon, mit steifen Beinen und zuckendem Schwanz.

„Geh nicht voller Wut, Petunia“, sagte Keane. „Geh einfach.“

„Keane!“

„Nur für ein paar Minuten“, rief er der Katze hinterher. Und dann hob er Willa auf die Arme. Die Muskeln seiner Schultern zeichneten sich unter seinem Hemd ab. Sie drückte den Mund an sein Kinn und schlang die Beine um seine Hüften, während er sie ins Schlafzimmer trug.

Dort ließ er sie aufs Bett fallen.

Sie quiekte überrascht auf. Sofort war er über ihr und drückte sie in die Matratze.

„Was habe ich gesagt, von wegen mich dominieren?“, fragte sie lachend.

Er hob den Kopf, die Augen dunkel wie die Nacht. „Ich hoffe, das gilt nicht beim Sex.“ Er ließ die Lippen zu ihrem Ohr wandern und verteilte kleine Bisse auf dem Weg dahin. „Weil ich mich gerade ziemlich dominant fühle, Willa.“

Jeder Biss, jedes Kratzen seiner Zähne ließen sie wie Wachs zerschmelzen.

„Das ist schon okay“, stöhnte sie. „Vielleicht können wir uns ja abwechseln.“

„Vielleicht.“ Er bewegte sich langsam, fast wie im Traum und so sinnlich, dass sie sich vor Verlangen zu winden begann. Mit den Lippen strich er wieder über ihren Hals bis zum Schlüsselbein – wer hätte gedacht, dass auch dieses eine erogene Zone war – und dann zu ihren Brüsten. Er glitt mit der Zunge über ihre Brustwarze, qualvoll zart, während er sie gleichzeitig mit seinen talentierten Händen liebkoste und damit an den Rand des Höhepunkts brachte.

„Keane.“

„Ich weiß.“ Während er sich weiter runter tastete, zog er ihr die Jeans herunter. Dann war er zwischen ihren Beinen, die er mit seinen löwenstarken Schultern weit spreizte.

„Ähm", sagte sie. „Ich …"

Er schob den Slip zur Seite und drückte einen Kuss auf die heiße, feuchte Haut. Sie vergaß umgehend, was sie hatte sagen wollen. Sie hörte ein bebendes Stöhnen und stellte erstaunt fest, dass es ihr eigenes war.

„Weg damit", befahl sie und zerrte an seinem Hemd. Sie wollte nicht als Einzige halb nackt sein, sondern seinen herrlichen Körper sehen.

Er löste einen Herzschlag lang seine Lippen von ihren, um sich das Hemd über den Kopf zu ziehen, dann fuhr er fort, sie mit dem Mund zu lieben.

Sie konnte ihn jetzt fühlen, ganz und gar.

„Wann hast du eigentlich die anderen Klamotten ausgezogen … Oh mein Gott", schrie sie auf, verrückt vor Lust, als er gleichzeitig etwas mit seinen Zähnen, der Zunge und den Fingern anstellte. „Hör nicht auf."

„Niemals", versprach er und liebkoste sie weiter. Doch gerade als ihre Zehen anfingen, sich zu verkrampfen, hörte er auf. Sie schrie auf.

Er warf ihr nur ein teuflisches Grinsen zu, kein bisschen beunruhigt über die Tatsache, dass sie kurz davorstand, ihn zu erwürgen, weil er sie dermaßen hängen ließ. Er beugte sich über sie und küsste sie leidenschaftlich. Dann zog er ihr den Slip ganz herunter und schleuderte ihn über seine Schulter, ohne den Blick von ihr zu wenden.

„Oh Willa. Himmel." Mit den Händen spreizte er ihre Schenkel. „Du bist umwerfend schön."

Er küsste sie auf den Mund, während er sie mit den Händen weiter liebkoste. All ihre Nervenenden vibrierten und brachten sie erneut an den Rand des Orgasmus. Sie krallte die Finger in seinen Arm.

„Wenn du noch einmal aufhörst …“

„Werde ich nicht.“ Er stand zu seinem Wort und fand küssend den Weg zurück zwischen ihre Beine – sehr gemächlich. Dieser Bastard. An ihrem Bauchnabel verharrte er nur kurz für einen kleinen Biss, der sie zusammenfahren ließ.

Leise lachend verstärkte er den Griff um ihre Hüften, damit sie stillhielt, während er sie verrückt machte. Dabei strich er mit der Zunge über ihr heißes Fleisch, unterbrochen von kleinen Liebesbissen.

„Keane!“

Er hob den Kopf, seine Augen waren dunkel, so dunkel, dass sie beinahe in ihnen versank.

„Beim letzten Mal haben wir es auf deine Art getan. Jetzt bin ich dran. Meine Art, Willa.“

Sie musste schwer schlucken, so tief und wild klang seine Stimme.

„Und deine Art ist es, mich zu quälen?“

Wieder grinste er. „Für den Anfang.“

Stöhnend fiel sie zurück aufs Bett, die Arme über den Kopf gestreckt.

„Ja, genau so.“ Keane strich über ihre Arme bis zu ihren Fingern und schlang sie um die unterste Sprosse des Kopfteils. „Lass nicht los.“ Dann öffnete er ihre Schenkel, stöhnte auf bei ihrem Anblick und leckte über die gesamte Länge ihrer Mitte.

Was dann geschah, war etwas verschwommen, doch es hatte etwas damit zu tun, dass sie seinen Namen stöhnte, die Hände in seinem Haar vergrub und extrem schnell die Kontrolle verlor.

Komplett.

Sein Körper war hart und muskulös und fühlte sich unglaublich gut an, als sie sich zwang, die Augen zu öffnen, um so viel wie möglich von seinem Anblick in sich aufzusaugen. Denn das war nun endgültig das letzte Mal. Sie durfte es nicht noch ein weiteres Mal mit ihm tun und sich nicht rettungslos in ihn verlieben. Ehrlich gesagt war sie sich nicht sicher, ob sie es nicht schon dieses Mal getan hatte.

Auf die Unterarme gestützt sah er auf sie hinab. Eine Locke fiel ihm in die Stirn, seine Augen glühten vor Leidenschaft und Konzentration, seine Lippen waren noch feucht. Der Anblick raubte ihr den Atem.

Mein Gott, er ist es, der schön ist, dachte sie verträumt. Schlicht und einfach schön. Sie strich mit einem Finger über seine Unterlippe und zog ihn zu sich, um daran saugen zu können.

Halb stöhnte, halb brummte er leise, als sie die Zunge in seinen Mund gleiten ließ.

„Ich liebe es, wie du schmeckst", sagte er und stieß in sie.

Sie schrie auf, bäumte sich ihm entgegen, ohne zu wissen, wann er sich ein Kondom übergezogen hatte. Aber sie war dankbar, dass er derjenige war, der noch seinen Verstand einsetzen konnte.

Keane schloss die Augen, sein Gesichtsausdruck zeigte ungezügelten Genuss.

Er raubte ihr den Atem.

Er hatte einen Arm um ihre Schultern gelegt, um sie zu halten, mit der anderen Hand umfasste er ihren Hintern, um sie so fest wie nur irgend möglich an sich zu drücken. Dabei bewegte er sich langsam und gemächlich, als ob er alle Zeit der Welt hätte, sie zu lieben.

Hatte er aber nicht. Sie waren schon jetzt wieder kurz vor dem Höhepunkt. Sie schob ihn von sich, er rollte auf den Rücken. Er ließ es geschehen, was sie ihm hoch anrechnete, und warf ihr ein wölfisches Grinsen zu.

„Du bist dran?“, fragte er heiser. Seine Stimme war purer Sex.

Sie wollte ihren Atem nicht mit Worten verschwenden und begann, ihre Hüften zu bewegen, schnell und hart.

„Oh ja“, stöhnte er und legte die Hände um ihre Brüste. „Du bist dran.“

Dann schob er eine Hand zwischen sie beide, berührte sie genau richtig, und sie explodierte.

Obwohl sie noch völlig benommen war, spürte sie, wie er ihr Gewicht verlagerte. Jetzt waren die Innenseiten ihrer Schenkel noch fester an seine gepresst, und er füllte sie noch mehr aus. Das, was sie jetzt fühlte, war beinahe überirdisch, und als sie dieses Mal kam, stürzte er mit ihr gemeinsam in den Abgrund.

Früh am nächsten Morgen wachte Willa auf, das Gesicht an Keanes Hals vergraben, kuschelig und warm. Er lag flach auf dem Rücken, wie bewusstlos, und sie … nun, sie lag wie hingegossen auf ihm.

Petunia war nicht besser und hatte es sich auf seinen Füßen bequem gemacht.

Willa legte einen Finger an die Lippen und stand vorsichtig auf, dann flitzte sie ins Badezimmer. Als sie sich im Spiegel sah, wunderte sie sich über ihr rosiges, verträumtes Gesicht. War das … ein Lächeln? Verdammt, ja. Sie versuchte, böse zu gucken, doch sie konnte es nicht.

Ihr Blick fiel auf eine Reisetasche, die Keane gestern Abend mitgebracht haben musste, als er gegen Mitternacht noch zu seinem Auto gegangen war, um das Ladekabel für sein Handy zu holen.

Da die Tasche offen stand, warf sie aus Versehen oder mit

Absicht einen Blick hinein. Wäsche zum Wechseln. Eine Zahnbürste. Deo.

Als das Handy in ihrer Hand piepte, wäre sie vor Schreck beinahe tot umgefallen.

„Hallo?“, wisperte sie.

„Hey“, sagte Elle. „Ich …“

„*Er hat eine One-Night-Stand-Ausrüstung!*“, flüsterte sie.

Elle schwieg einen Moment. „Wer hat was?“

Willa schloss die Badezimmertür, lehnte sich dagegen und rutschte dann daran hinab, bis sie auf dem Boden saß.

„Keane. Er ist gestern Abend gekommen, um Petunia abzuholen. Und jetzt bin ich im Badezimmer und sehe diese Reisetasche voll mit Kram, denn …“

„Halt! Du kannst nicht einfach so von gestern Nacht auf heute Morgen kommen, ohne irgendwelche Details dazwischen. Was ist nur los mit dir? Ich will das Interessante hören. Du hast wieder mit ihm geschlafen?“

Genau genommen hatte Schlafen nicht viel damit zu tun gehabt, weder auf dem Dach noch letzte Nacht, in der es eine Runde heißesten, aufregendsten, erotischsten Sex nach der anderen gegeben hatte.

„Du verschweigst mir einiges“, sagte Elle.

„Vergiss das doch mal!“, flüsterte Willa. „Er hat eine One-Night-Stand-Ausrüstung!“ Gut, realistisch gesehen war die letzte Nacht schon das zweite Mal gewesen, somit handelte es sich eher um eine Two-Nights-Stand-Ausrüstung.

„Schätzchen, das heißt nur, dass er ein kluger Mann ist.“

Willa verdrehte die Augen so heftig, dass sie ihr fast aus dem Kopf fielen, und legte auf. Alles war gut. Ihr ging es gut. Sie konnte das. Aus One-Night-Stands wurden immerzu Two-Nights-Stands. Ja, sie konnte sogar Keanes Tasche ansehen und sich eingestehen, dass Elle vielleicht recht hatte. Was sie niemals laut äußern würde.

Elle hatte immer recht.

Willa schlüpfte in die einzige Kleidung, die sie im Badezimmer hatte – die von gestern. Das tat sie, weil sie besser denken konnte, wenn sie nicht nackt war. Ein kurzer Blick in den Spiegel bestätigte, dass sie noch immer lächelte wie ein Idiot. Sie nahm einen tiefen Atemzug und öffnete die Tür.

Dort stand Keane mit der Schulter an den Türpfosten gelehnt, er wirkte wachsam.

„Hey."

„Hey."

Er lächelte halb. „Um ehrlich zu sein, dachte ich, du wärst längst weg, wenn ich aufwache."

„Ich wohne hier."

„Du weißt schon, was ich meine." Dieses Mal machte er keine Witzchen.

Sie auch nicht. „Ich arbeite schwer daran, mich wie eine Erwachsene zu benehmen", sagte sie. „Zudem wäre es unhöflich gewesen."

Sein Lächeln wurde breiter und jagte ihr warme Schauer durch den Körper.

„Und Gott bewahre, dass du unhöflich bist." Er zog sie an sich und drückte die Nase an ihren Hals. „Guten Morgen."

Da ihr die Knie weich wurden, klammerte sie sich an ihm fest.

„Guten Morgen. Ähm, Keane?"

„Mhm?" Er war mit ihrem Hals beschäftigt. Zudem war er groß und warm und halb nackt, und sie stand kurz davor, mal wieder den Verstand zu verlieren.

„Ich muss wirklich zur Arbeit", konnte sie gerade noch sagen. „Normalerweise stehe ich früher auf. Du kannst natürlich bleiben und duschen und was auch immer. Zieh einfach die Tür hinter dir zu, wenn du gehst.“

Er hob den Kopf, um ihr in die Augen zu sehen. Fragend. Dann schien er zu beschließen, dass sie tatsächlich erwachsen war, denn er nickte.

Erleichtert, dass sie mit dieser Situation locker und ohne längere Diskussion umgehen konnten, lehnte sie sich vor, um ihn kurz und liebevoll zu küssen.

Er verstärkte den Griff und übernahm die Führung, wie gewohnt. Als er sie losließ, musste sie ihr Hirn danach durchforsten, wie ihr ursprünglicher Plan ausgesehen hatte.

„Arbeit“, sagte er mit einem Lächeln. „Wir beide müssen zur Arbeit.“

„Richtig.“ Sie blinzelte. „Ähm …“

Mit einem leisen Lachen legte er die Hände auf ihre Hüften, drehte sie in Richtung Wohnzimmer und schickte sie mit einem Schlag auf den Hintern los.

„Ich wünsche dir einen schönen Tag.“

Sie hatte in der letzten Nacht so viele Orgasmen gehabt, dass sie sie nicht hatte zählen können, und das Lächeln schien auf ihrem Gesicht festgetackert. Was konnte da schon schiefgehen?

22. Kapitel

#ThrowingShade

Als Willa gegangen war, blickte Keane zu Pita hinunter, die ruhig zu seinen nackten Füßen saß.

Sie betrachtete ihn herablassend und rümpfte dann leicht die Nase.

„Ja, ja“, sagte er. „Jetzt musst du wieder mit mir vorliebnehmen.“

Sein Handy auf dem Nachttisch wirkte, als hätte es einen lang andauernden Krampfanfall, ständig kamen SMS und E-Mails von Sass und Mason. Er rieb sich mit einer Hand übers Gesicht und fluchte, als es erneut vibrierte, diesmal war es ein Anruf von Sass. Er drückte sie weg und stieg aus dem Bett.

„Miau“, jammerte Pita herzerweichend.

„Ich weiß. Fressen. Pronto.“ Er zog die Jeans an und sah sich suchend nach seinem Hemd um, das über einem Lampenschirm hing.

Normalerweise hätte ihn das zum Lächeln gebracht, weil es ein Zeichen dafür war, wie leidenschaftlich es vergangene Nacht zur Sache gegangen war.

Was ja auch stimmte.

Doch es war verdammt viel mehr geschehen. Und genau daran konnte es liegen, dass Willa so früh zur Arbeit gegangen war. Sie hatte es auch gespürt.

Und sie wollte es nicht.

Das war kein angenehmes Gefühl. Er zog das Hemd über den Kopf, dann drehte er sich auf der Suche nach seinen Schuhen im Kreis.

Petunia saß vor ihnen und wirkte äußerst blasiert und selbstzufrieden.

„Weg da, Katze."

Zum ersten Mal in ihrem Leben tat sie, worum er sie gebeten hatte. Sie ging aus dem Weg – und er musste feststellen, dass sie seine Schuhe mal wieder als ihr persönliches Katzenklo benutzt hatte.

Willa hockte in ihren Klamotten vom Vortag auf der Ladentheke und stopfte sich mit Tinas himmlischen Muffins voll.

Natürlich brachten die Muffins ihr Leben nicht wieder in Ordnung, aber zumindest gaben sie ihr ein besseres Gefühl.

Es war noch früh, den Laden musste sie noch lange nicht öffnen, wofür sie sehr dankbar war. Irgendwann später würde sie sich für eine Stunde verabschieden, um nach oben zu gehen und sich umzuziehen. Und sich zu überlegen, wie sie diesen bescheuerten Ich-wurde-flachgelegt-Gesichtsausdruck loswerden konnte. Doch bislang war in dieser Hinsicht nichts zu machen.

Verdammte Orgasmen.

Rory und Cara kamen herein, warfen ihr nur einen kurzen Blick zu und lächelten.

„Gehst du den *Walk of Shame* am Morgen danach lieber in deinem Laden?", fragte Cara.

Genau. „Natürlich nicht."

Rory beäugte Willa von oben bis unten. „Ich finde ja, ein echter *Walk of Shame* ist, wenn man die ganzen schmutzigen Tassen und Teller, die man auf dem Nachttisch gehortet hat, in die Küche bringt."

Sie lachten beide.

Willa ignorierte sie und steckte sich den letzten Muffin in den Mund. Mit geschlossenen Augen stöhnte sie auf, als das köstliche Kürbisgewürz auf ihrer Zunge explodierte.

„Sie spricht nicht", sagte Cara zu Rory. „Das ist seltsam. Das habe ich noch nie erlebt."

„Sobald das Koffein wirkt, wird sie wieder zum Leben erwachen." Rory schob ihr einen Kaffeebecher rüber, dann wich sie hastig zurück, als wäre Willa eine tickende Zeitbombe.

„Aber sie sieht überhaupt nicht müde aus", meinte Cara, ohne Willa aus den Augen zu lassen. „Sie sieht aus wie meine Schwester, wenn ihr Freund von der Armee nach Hause kommt und sie es die ganze Nacht treiben."

Willa verschluckte sich an ihrem Muffin.

Rory schlug ihr auf den Rücken und grinste sie an. In diesem Moment klopften Elle, Haley und Pru an die Hintertür.

Willa erwachte zu neuem Leben.

„Lasst sie bloß nicht rein!", rief sie voller Panik.

Rory ließ sie natürlich herein. „Vorsicht", sagte ihre schon bald tote Mitarbeiterin zu ihren Freundinnen. „Sie hat noch nicht genug Koffein im Blut. Dafür aber jede Menge Sex gehabt, schätze ich."

Willa starrte alle nacheinander an. Und weil ihre besten Freundinnen mit noch mehr Muffins und Kaffee bewaffnet waren, streckte sie die Hände danach aus.

„Her damit."

Pru reichte ihr alles.

„Tut mir leid, dass wir den Mädchenabend abbrechen mussten, jetzt geht es mir schon viel besser." Sie sah Willa prüfend an. „Hmm. Keane ist gut. Er hat sogar die Zornesfalte zwischen deinen Augen zum Verschwinden gebracht."

„Wow.“ Haley beugte sich vor, um sich selbst davon zu überzeugen. „Du hast recht. Sex funktioniert besser als diese 90-Dollar-Antifaltencreme, die wir alle gekauft haben und die einen Scheiß wert ist.“

Willa sah Elle an, die schweigend die Situation abschätzte. „Du musst unbedingt etwas sagen, Elle. Sei einfach wie immer die Stimme der Vernunft, bevor ich jemanden umbringen muss.“

„Im Gefängnis gibt es kein Netflix“, sagte Elle.

„Okay, das hat geholfen, danke.“

Elle stieß als Zeichen ihrer Solidarität mit Willas Kaffeebecher an.

Willa trank einen Schluck und platzte dann mit ihrer größten Angst heraus: „Ist das dumm von mir? Mich wieder mit einem Typ einzulassen? Ist das ein Fehler?“

„Ist er so ein guter Kerl, wie er zu sein scheint?“, fragte Pru.

Darüber dachte Willa einen Moment nach. „Er mag keine Katzen und kümmert sich trotzdem um Petunia. Er sorgt finanziell für seine alte Tante, obwohl er sie kaum kennt. Er hat unglaublich viel Arbeit und nimmt sich trotzdem immer Zeit für mich. Und …“

„Was?“, drängte Elle leise, als Willa abbrach.

„Er gibt mir ein gutes Gefühl“, sagte sie. „Das Gefühl, dass ich etwas Besonderes bin.“ Das zu sagen war ihr ein wenig peinlich, ihre Wangen wurden heiß.

Doch Elle lächelte, und zwar ein Lächeln, das auch ihre Augen erreichte. Das war selten und wunderschön.

„Na dann“, sagte sie und drückte Willas Hand. „Da hast du deine Antwort.“

„Aber ich glaube, ich habe es verbockt“, meinte Willa. „Er ist letzte Nacht geblieben, und als ich aufwachte, habe ich …“

„… die Panik bekommen“, half Elle ihr aus.

Willa seufzte, dann hielt sie Daumen und Zeigefinger ungefähr zwei Zentimeter voneinander entfernt.

„Vielleicht ein klitzekleines bisschen.“

Elle hob nun ihre Arme an, die Hände einen halben Meter voneinander entfernt.

„Oder sehr.“ Sie sah Willa an. „Ich verstehe immer noch nicht, warum du so einen scharfen Typen und guten Sex nicht einfach genießen kannst. Wenn es irgendwann langweilig wird, kannst du immer noch abhauen.“

„Und wenn es nicht langweilig wird?“, fragte Willa. „Was dann?“

„Dann genießt du es weiter“, sagte Elle freundlich.

Richtig. Wieso nur war sie nicht selbst darauf gekommen?

„Was hast du getan?“, fragte Haley. „Hast du ihn rausgeworfen?“

„Schlimmer“, meinte Elle. Sie schien amüsiert.

Willa legte die Hände an die Wangen. „Ich bin wie von Furien gehetzt aus meiner eigenen Wohnung gerannt.“

Haley biss sich auf die Unterlippe.

Pru bewies nicht so viel Anstand. Sie versuchte nicht einmal, ihr Lachen zu unterdrücken, sondern lachte im Gegenteil sogar so heftig, dass sie beinahe umfiel.

Elle schüttelte den Kopf

„Ich habe versucht, ihr zu erklären, dass man einen scharfen Typen *niemals* allein in seinem Bett zurücklässt.“

Nun, genau genommen war er nicht mehr in ihrem Bett gewesen, als sie ging. Aber warum war sie eigentlich gegangen? Willa konnte sich wirklich nicht mehr an den Grund erinnern, was nur eine mögliche Antwort zuließ.

Sie hatte tatsächlich Panik bekommen. Das nervte sie selbst

am allermeisten. Seit wann war sie ein Angsthase? Sie hüpfte von der Ladentheke und deutete auf Pru.

„Hast du heute frei?"

„Ja."

„Dann bist du jetzt offiziell eingestellt. Rory wird dir sagen, was zu tun ist. Wir haben einen großen Abverkauf, und sie braucht Hilfe. Ich bin bald zurück!"

„Aber warum ich?", rief Pru ihr hinterher.

„Weil du am lautesten gelacht hast."

„Ach, Scheiße", sagte Pru.

Es war noch immer früh am Morgen, als Keane aus seinem Truck stieg, die Treppe zum Haus in der Vallejo Street hochrannte und dann leise die Tür hinter sich schloss. Die Luft war rein. Jetzt musste er nur noch zum Duschen hinauf in den ersten Stock schleichen, ohne gesehen zu werden und ...

„Oha", sagte Sass hinter ihm.

Scheiße.

„Mas!", brüllte sie. „Komm her, und schau dir das an."

Keane drehte sich mit zusammengekniffenen Augen zu ihr um.

Süßlich lächelnd sah sie auf die Uhr. „Wie nett von dir, heute noch zur Arbeit zu erscheinen. Ich habe dich angerufen."

„Ich war beschäftigt."

Sie musterte ihn von oben bis unten und verharrte bei seinen nackten Füßen. „Wo sind deine Schuhe? Unter ihrem Bett?"

Tatsächlich lagen sie im Mülleimer, was er Sass aber sicher nicht erzählen würde. Er streckte Petunias Katzenkorb vor.

„Nimm den", sagte er. „Ich gehe duschen. In zehn Minuten treffen wir uns im Büro zum Morgen-Meeting ..."

Es klopfte an der Eingangstür, die Keane – froh über die Unterbrechung – aufriss.

Dort stand Willa. Sie kaute auf der Unterlippe und wirkte etwas überfordert von der Tatsache, dass er die Tür so schnell geöffnet hatte.

Er wusste nicht, warum er so überrascht war, schließlich hatte sie ihn vom ersten Tag an überrascht. Schon damals, als sie ihn in den Laden gelassen und ihm wegen Pita aus der Patsche geholfen hatte.

„Hey", sagte sie leise. „Ich …" Sie blickte an ihm vorbei und brach ab.

Als Keane sich umdrehte, musste er feststellen, dass Sass die Szene neugierig beobachtete. Jetzt kam auch Mason dazu, den Blick aufs Handy gerichtet.

„Ist verdammt noch mal höchste Zeit, Boss. Du hast den ganzen Morgen lang meine Anrufe ignoriert – was ein böser Verstoß gegen die Regeln ist, wie du uns gerne alle paar Minuten unter die Nase reibst …" Er hob den Kopf, zuckte zusammen, machte auf dem Absatz kehrt und ging wieder hinaus.

Im Gegensatz zu Sass. Sie stand breit grinsend einfach da.

„Hi." Sie streckte Willa die Hand entgegen. „Ich bin Sass, Keanes Bürochefin. Und du bist Willa, oder wie wir dich auch nennen: die unglaubliche Person, die den Boss zum Lächeln bringt. Übrigens, wir lieben dich."

„Danke", sagte Willa ein wenig verunsichert. „Ich habe dich schon mal gesehen", fuhr Sass fort. „Im O'Riley's Pub. Du hast auf der Bühne mit zwei Freundinnen Karaoke gesungen, als hättest du nie was anderes getan. *Hold On* von Wilson Phillips."

Willa verzog ihr Gesicht. „Oh, Shit."

Sass lächelte. „Ja, das war total witzig. Wenn du jemals Keane dazu bringst, auf der Bühne zu singen, muss ich das unbedingt mitschneiden."

„Okay." Keane zog Willa ins Haus. „Ganz sicher musst du jetzt wieder an die Arbeit", sagte er zu Sass.

Sass lächelte. „Ja, mit dir. Unser Morgen-Meeting läuft noch. Wir hatten gerade darüber spekuliert, warum du Telefonanrufe, SMS und E-Mails ignorierst, aber ich schätze, der Grund dafür steht hier."

Keane deutete den Flur hinunter. „Ich komme gleich nach."

„Nein, du solltest meinetwegen kein Meeting verschieben", sagte Willa hastig. „Du bist beschäftigt. Ich werde einfach wieder …"

Keane nahm ihre Hand. „Warte. Ich brauche nur eine Minute, um Sass kurz umzubringen …"

„Bekäme ich bloß jedes Mal, wenn du das sagst, einen Dime", stichelte Sass.

Keane ließ Willa nicht aus den Augen.

„Bitte", sagte er leise und war erleichtert, als sie nickte. Er drehte sich zu Sass. Sie grinste ihn noch immer an und schien sich prächtig zu amüsieren. Mit einem Kopfnicken bedeutete er Sass, ihm zu folgen.

„Fang gar nicht erst an", warnte er sie, als sie den Flur hinuntergingen und hoffentlich schon außer Hörweite waren. „Bei einem Notfall hättet ihr mich informiert, das weiß ich schließlich verdammt gut. Aber ich bezahle dich nicht fürs Herumschnüffeln, Sass, also schieb deinen Hintern an die Arbeit."

Sie hörte nicht auf zu grinsen.

„Ich bezahle dich auch nicht fürs Grinsen."

„Also mal ehrlich", sagte eine Frau. „So redet man doch nicht mit Leuten, die man schätzt."

Keane blickte in das Zimmer, das eines Tages das Esszimmer werden würde, in dem momentan aber die Baupläne aufbewahrt wurden. Auf mehreren Sägeböcken lagen Sperrholzplatten, und auf diesen provisorischen Tischen waren die Grundrisse des Gebäudes ausgebreitet.

Die Frau stand zwischen den Sägeböcken und sah ihn vorwurfsvoll an.

Er stöhnte. „Mom, das nennt man Sarkasmus. So zeigen wir, dass uns jemand wichtig ist."

„Nun, es ist verletzend", sagte sie. „Ich habe dich besser erzogen."

Nein, sie hatte ihn dazu erzogen, überhaupt keine Gefühle zu zeigen. Er warf Sass, die seine Mutter hereingelassen haben musste, einen grimmigen Blick zu.

Sass lächelte. „Darf ich dir den Notfall vorstellen."

Keane wandte sich wieder an seine Mom. Sie war schon lange nicht mehr auf einer seiner Baustellen erschienen. Außerdem hatten sie erst letzten Monat telefoniert, also …

„Was ist passiert?"

Seine Mutter richtete sich auf und kam auf ihn zu. Falls sie seine nackten Füße bemerkte oder die Tatsache, dass er noch immer den Katzenkorb in der Hand hielt, weil Sass ihn ihm nicht abgenommen hatte, zeigte sie es jedenfalls nicht.

„Ich wollte dir mitteilen, dass sich die Sache mit der Wohnung erledigt hat", sagte sie. „Was du höchstwahrscheinlich weißt, nachdem du uns Geld überwiesen hast. Wir wollen kein Geld von dir, Keane. Das war so nicht vereinbart."

Seine Eltern waren beide vor zwei Jahren in Rente gegangen. Und weil sie immer glaubten, klüger als alle anderen zu sein, hatten sie nicht auf seinen Rat gehört, sich einen Finanzberater zu suchen. Stattdessen hatten sie ihr ganzes Geld einem

„Freund, der weiß, was er tut" gegeben, der sich damit aus dem Staub gemacht hatte.

Keane hatte nur zufällig von einer Bekannten erfahren, dass seinen Eltern die Zwangsvollstreckung bevorstand. Erst da hatten sie zugegeben, pleite und bald obdachlos zu sein, sich aber geweigert, Geld von ihm zu nehmen.

Also hatte er sie dazu überredet, für ihn zu „arbeiten". Er hatte sie in einem Apartmenthaus in South Beach untergebracht, das ihm gehörte. Statt Miete zu zahlen, halfen sie ihm bei den Renovierungsarbeiten. Nur so lange, bis sie wieder auf eigenen Füßen stehen konnten.

Das hatte ihm eine Menge Probleme bereitet, da seine Mom und er sich wegen jeder einzelnen Aufgabe in die Haare bekommen hatten. Doch zumindest saßen die beiden nicht auf der Straße.

„Du hättest einfach anrufen können", sagte er.

Seine Mutter nickte. „Das habe ich. Deine Mitarbeiterin sagte, dass du momentan keine Anrufe entgegennimmst, und hat mir empfohlen vorbeizukommen."

Sass warf ihm einen, nun … einen typischen Sass-Blick zu, den er mit seinem Du-bist-gefeuert-Blick erwiderte, doch sie lächelte ihn lediglich gleichmütig an.

Sie wusste genauso gut wie er, dass sie den Laden zusammenhielt. Und ihn. Es wäre nur schön gewesen, wenn er nicht ständig das Bedürfnis hätte, sie zu erwürgen.

„Wie auch immer …" Seine Mutter hielt ihm mit großer Geste einen Schlüsselbund vor die Nase. „Die wollte ich dir zurückgeben."

Er nahm sie nicht.

„Mom, ihr könnt dort wohnen bleiben. Ihr müsst nicht ausziehen."

„Aber wir sind fertig mit der Arbeit."

„Bleibt", wiederholte er. Er wollte nicht, dass sie obdachlos waren. Er wollte sich keine Sorgen um sie machen müssen. „Ist keine große Sache."

„Keine große Sache?", fragte sie entsetzt, als hätte er ihr gerade vorgeschlagen, für ihren Lebensunterhalt kleine Kätzchen zu töten. „Dass du uns Geld gibst, ist keine große Sache? Tja, gut zu wissen, dass wir dir so wenig bedeuten."

„Du weißt, dass ich das so nicht gemeint habe."

„Du sollst wissen, dass wir jede Menge anderer Möglichkeiten haben", erklärte sie steif. „Da sind deine Schwestern. Janine möchte, dass wir zu ihr ziehen. Zu ihr und ihrem Kind, damit wir an ihrem Leben teilhaben können. Rachel würde uns auch aufnehmen."

Okay, er nahm alles zurück. Sie war also tatsächlich in der Lage, das Ganze noch komplizierter zu machen. Er wusste aus eigener Erfahrung, dass seine Schwestern nur groß herumtönten. Janines Mann James würde sich sicherlich umgehend aus dem Staub machen. Er war ein anständiger Kerl, aber klug genug, klare Grenzen zu ziehen. Und mit den alten Winters zusammenzuleben würde diese Grenzen auf jeden Fall überschreiten.

„Nun ja", sagte Keane. „Wenn euch das glücklich macht. Aber mein Angebot steht."

Sie kniff die Lippen zusammen.

Und weil er kein Arschloch war, seufzte er.

„Hör zu, ich brauche jemanden, der sich um das Management kümmert, das Gebäude in Schuss hält und Ansprechpartner für die Mieter ist."

Sie starrte ihn einen Moment lang an, offensichtlich hin- und hergerissen zwischen ihrem Stolz und der Frage, ob sie es darauf ankommen lassen sollte. Schließlich riss sie ihm die Schlüssel wieder aus der Hand und steckte sie in die Tasche.

„Wir werden unsere Arbeitsstunden ordentlich aufschreiben und mit der Miete verrechnen“, sagte sie.

„Mom, ich vertraue dir.“

„Du kannst mit monatlichen Berichten rechnen“, sagte sie.

Das war ihre Art, ihn zu umarmen und zu küssen und „Ich hab dich lieb, mein Sohn“ zu sagen.

Sie wandte sich zur Tür und blieb dann stehen. Noch immer mit Blick zur Tür sagte sie: „Und ich weiß, dass das Sallys Katze ist. Ihr hilfst du auch.“

„Sie gehört zur Familie. Und die Katze ist kein Problem“, log er, ohne rot zu werden.

„Du tust mehr, als dich nur um die Katze zu kümmern“, sagte seine Mom. „Sally hat mich gestern angerufen und mir alles erzählt.“

Keane stieß die Luft aus. „Dann weißt du ja, dass es das Mindeste ist, was ich tun kann.“

Lange Zeit sagte sie nichts, schniefte nur kurz. Er wurde von Panik erfasst.

Weinte sie etwa? Er hatte noch nie erlebt, dass sie die Fassung verlor, und ganz ehrlich würde er sich auch lieber einen Fingernagel herausreißen lassen, als diese Erfahrung zu machen.

„Mom ...“

„Schon gut.“ Sie schniefte noch einmal, und noch immer zur Tür gerichtet, sagte sie sanft. „Ich war Lehrerin, fünfundzwanzig Jahre lang. Aber manchmal lerne ich Dinge von dir, die ich nicht erwartet habe.“

Er starrte sie verblüfft an.

„Nun“, meinte sie mit einem Nicken. „Ich bin dann mal weg. Ich melde mich und halte dich auf dem Laufenden.“

„Du musst wirklich nicht …“

„Ich melde mich“, wiederholte sie. Und da wurde ihm klar, dass sie auf ihre Art darum kämpfte, ihn nicht zu verlieren.

„Das wäre schön“, sagte er. „Und ich melde mich auch, okay?“

Erleichterung klang aus ihrer Stimme. „Okay.“

Dann war sie verschwunden.

Als er sich umdrehte, erhaschte er einen Blick auf jemanden, der schnell hinter einem der Türrahmen verschwand. Eine zierliche, unfassbar neugierige, rothaarige Frau. Vorsichtig spähte sie wieder hervor und zuckte zusammen, als sie ihn sah.

Ganz offensichtlich achtete sie sorgsam darauf, die Sache mit ihm nicht zu ernst werden zu lassen. Und das war auch richtig so, nicht nur weil er ihr von Anfang an gesagt hatte, dass er für etwas Ernstes nicht zu haben war. Es wäre verrückt, dieser Leidenschaft zu ihr weiter nachzugeben, nachdem seine Mutter ihn gerade mal wieder daran erinnert hatte, wie er programmiert war, wie seine ganze Familie programmiert war. Ihnen allen fehlte das Ich-verschenke-mein-Herz-Gen. Wenn dieser Besuch kein Weckruf gewesen war. Willa würde gerade noch mit einem blauen Auge davonkommen und wusste es nicht einmal.

„Bist du okay?“, fragte sie leise.

War er? Er hatte keine Ahnung, was er jedoch nicht zugeben wollte.

„Ja.“ Er glaubte so etwas wie Mitleid in ihrem Blick zu entdecken, und das hasste er. Deswegen deutete er mit einer vagen Geste in den Raum und sagte: „Ich muss jetzt wirklich arbeiten.“

Sie nickte, rührte sich aber nicht vom Fleck. Stattdessen presste sie die Handflächen zusammen und sah ihn lange an.

„Ich wollte meinen hastigen Aufbruch heute Morgen erklären. Es war nur so … Als ich aufwachte und feststellte, dass ich dich umschlungen hielt wie eine von diesen unglaublich leckeren warmen Bretzeln im AT&T-Park, da …“

„Hast du Panik bekommen?“

„Nein“, sagte sie. „Okay, ja. Aber nur ein paar Minuten lang. Ich bereue die letzte Nacht nicht, Keane. Ich will nur, dass du das weißt. Tut mir leid …“

„Willa, halt“, unterbrach er sie. Dieser Morgen mit ihr und der Besuch seiner Mutter – beides zusammen erschien ihm im Moment viel zu heftig. Er sah sich nicht in der Lage, mit noch mehr Gefühlen umzugehen.

„Vergiss es, okay? Es war nichts.“

Sie wirkte fassungslos. Offenbar hatte sie ihn missverstanden und glaubte, dass das zwischen ihnen für ihn nichts Bedeutsames gewesen wäre.

„So meine ich das nicht“, sagte er. Aber weil er nicht wusste, wie er es meinte, verstummte er.

Sie nickte, als ob sie wüsste, worüber er froh war. Irgendjemand musste doch wissen, was hier verflucht noch mal gerade vor sich ging. Sein Werkzeuggürtel lag auf einem der Sägeböcke. Er legte ihn um, was sie hoffentlich als Zeichen verstand, dass er nicht länger reden wollte.

Sie holte tief Luft. „Wenn es darum geht, dass ich dein Gespräch mit deiner Mom gehört habe …“

„Darum geht es nicht.“

„Es ist nämlich nicht dein Fehler, wie sie dich behandelt“, sagte sie.

„Doch, ist es. Ich war ein schreckliches Kind, Willa. Das war ich“, fügte er entschieden hinzu, als sie den Mund öffnete. „Sicher lag es zum Teil daran, dass ich nicht viel positive Aufmerksamkeit bekommen habe, aber das ist keine Entschuldigung."

Sie hatte die Arme vor der Brust verschränkt, ganz offensichtlich nicht bereit, das Schlimmste von ihm anzunehmen, was ein schmerzendes und zugleich wundervolles Gefühl in seiner Brust aufsteigen ließ.

„Was, in aller Welt, kannst du so Schlimmes getan haben?"

„Erstens war ich ein kompletter Mistkerl. Auch noch nach der Highschool. Ich hatte auf der Uni ein Football-Teilstipendium, und den Rest haben meine Eltern bezahlt. Nach zwei Jahren wurde ich verletzt, und das war's mit dem Stipendium. Im Übrigen habe ich jede Sekunde des Studiums gehasst. Als also das Geld fürs dritte Jahr von meinen Eltern kam, habe ich das Studium geschmissen und damit mein erstes Renovierungsobjekt anbezahlt."

„Das fanden sie vermutlich nicht gut."

„Ich habe es ihnen erst Jahre später erzählt", gestand er.

Sie riss die Augen auf.

„Siehst du?", fragte er. „Ein kompletter Mistkerl. Ich habe ihnen das Geld mit Zinsen zurückgezahlt. Aber seitdem vertrauen sie mir nicht mehr besonders."

„Nicht jeder ist für eine akademische Laufbahn geschaffen."

Er schüttelte den Kopf. „Such jetzt nicht nach Entschuldigungen für mich, Willa."

„Nun, irgendjemand muss ja mal ein bisschen nachsichtiger mit dir umgehen." Sie warf die Arme in die Luft. „Du arbeitest ziemlich hart, um deiner Tante und deiner Familie zu helfen. Und du hast etwas aus dir gemacht und …" Sie brach ab und betrachtete ihn, als sähe sie ihn zum ersten Mal.

„Was?"

„Oh mein Gott“, wisperte sie. „Mir ist gerade etwas klargeworden. Ich habe dir vorgeworfen, dass du nicht in der Lage bist, dich zu binden. Aber ganz offensichtlich kannst du durchaus Bindungen aufbauen, und zwar tiefe.“

Er wollte den Kopf schütteln, tat es aber nicht. Denn nachdem er sich ihr tatsächlich immer mehr und tiefer verbunden fühlte, hatte sie wohl recht.

„Und du kannst nicht nur ganz offensichtlich richtig lieben …“, fuhr sie langsam fort und drückte eine Hand auf die Brust, als ob sie Schmerzen hätte. „Du kannst sogar daran festhalten. Vielleicht sogar besser als ich. Verflucht, *auf jeden Fall* besser als ich.“

Seine Brust wurde eng bei der Vorstellung, dass sie so etwas von sich selbst glaubte.

„Willa …“

„Ich weiß, ich weiß. Kein besonders angenehmes Gefühl.“ Sie brach ab, als das Telefon in seiner Tasche klingelte.

Was es schon seit einer halben Stunde tat. Lieferanten, Kunden … wahrscheinlich auch Sass. Und genau in diesem Augenblick parkte ein Auto vor der Tür, und ein elegant gekleidetes Paar stieg aus.

Klienten, mit denen er einen Termin hatte. Er sah auf die Uhr. Scheiße. Und zwar jetzt.

„Das wahre Leben ruft.“ Willa trat einen Schritt zurück.

„Das hier ist mein wahres Leben“, sagte er. „Die beiden können warten.“

„Keane“, rief Marco Delgado, ein langjähriger Kunde, freudestrahlend. „Schön, Sie zu sehen, mein Junge.“

„Ist schon okay“, sagte Willa und entfernte sich noch etwas weiter von ihm.

Wie praktisch jeder in seinem Leben.

„Du hast heute Morgen Verständnis gehabt, als ich zur Arbeit musste“, sagte sie. „Und ich habe hierfür Verständnis.“

Dann war sie weg.

Scheiße. Nun, er war wirklich froh, dass sie Verständnis hatte. Wenn er nur wüsste, wofür genau und ob sie es ihm irgendwann verraten würde.

23. Kapitel

#SquadGoals

Willa ging zurück in ihren Laden. Er war schon immer ihr Rückzugsort gewesen, ihre Freude, ihre erste und einzige Liebe.

Doch als sie all die Weihnachtslichter funkeln sah und den Hund eines Kunden, der ihr Rudolf-The-Red-Nosed-Reindeer-Stofftier anbellte, während Rory lächelnd zwei Kunden gleichzeitig bediente, überkam sie nicht wie gewohnt diese wundervolle Ruhe.

Überhaupt hatte sie seit dem Aufwachen keine Ruhe mehr verspürt. Und noch weniger, seit sie das Gespräch zwischen Keane und seiner Mutter mit angehört hatte. Denn da war ihr eine unangenehme Wahrheit über sie selbst klargeworden. In der ganzen Zeit mit Keane war sie sich absolut sicher gewesen, dass er von der Liebe nichts wissen wollte. Doch genau das war ein schrecklicher Irrtum gewesen.

In Wahrheit lag es einzig und allein an ihr. Sie war diejenige mit den Problemen.

Und damit hatte sie nicht gerechnet. Zum Glück ließ ihr die viele Arbeit keine Zeit zum Nachdenken.

Als sie sich schließlich am Ende des Tages nach mehr Arbeit umsah, gab es leider nichts mehr zu tun. Doch sie wollte nicht nach Hause gehen. Allein nach Hause zu gehen würde sie nur daran erinnern, dass sie …

Nun, allein war.

Also ging sie in den Pub. Finn entdeckte sie sofort und winkte sie zu sich.

„Probier das." Er reichte ihr eine Tasse. „Selbst gemachte Schlagsahne auf der besten, unglaublichsten heißen Schokolade, seit es heiße Schokolade gibt."

„Auf wie viele Arten kann man denn heiße Schokolade zubereiten?"

„Nur auf eine", sagte er. „Meine." Er deutete auf den Becher. „Das ist ein neues Rezept, eine Überraschung für Pru. Sag mir, wie es dir schmeckt."

Sie nahm einen Schluck. Er hatte recht, es war wirklich die unglaublichste heiße Schokolade, die sie je getrunken hatte.

„Oh mein Gott."

Er lächelte. „Ja?"

„Oh ja. Die ist orgastisch."

Grinsend nahm er ihr den Becher aus der Hand. „Nicht in meinem Pub."

Sie sah, wie Spence und Archer sich im Hinterzimmer beim Dartsspielen stritten, und wusste, dass sie sich jederzeit zu ihnen gesellen könnte. Und auch, dass Finn ihr seine berühmten Chicken Wings machen würde, wenn sie ihn darum bat. Aber zum ersten Mal, seit sie sich erinnern konnte, wollte sie auch hier nicht sein.

Finns Lächeln erlosch. „Hey. Was ist los?"

„Nichts."

„Willa." Er beugte sich zu ihr. „Verarschen kann ich mich selbst. Ich kenne dich besser als sonst jemand. Irgendwas stimmt nicht." Er musterte sie. „Geht es um Keane? Muss ich ihn krankenhausreif schlagen?"

Sie lachte auf. „Glaubst du, das könntest du?"

„Nein, aber ich könnte Archer darum bitten. Archer könnte ihn spurlos verschwinden lassen. Du musst es nur sagen."

„Nein!" Sie lachte wieder, aber nur kurz. „Nein", wiederholte sie standhaft und schüttelte den Kopf. „Das regle ich schon selbst."

„Schön. Wir helfen dir, die Leiche zu verbuddeln. Sage uns einfach Ort und Zeit."

„Willst du mich nicht mal fragen, warum?"

„Ich muss nicht wissen, warum."

Das war das Gute an Finn – und an den anderen auch. Sie liebten Willa, wie es eine Familie tun sollte. Bedingungslos. Keine Fragen. Keine Zweifel. Kein Zögern.

Ohne Einschränkung.

Und obwohl Finn nur Scherze machte, wusste sie, wenn sie irgendetwas brauchte, egal was, wäre er für sie da.

Immer.

Ihr Hals schnürte sich zusammen, weil es zwar schön war, das zu wissen, sie im Moment aber etwas ganz anderes brauchte.

Er hielt sie an der Hand fest, als sie vom Barhocker glitt.

„Im Ernst, wie kann ich helfen?", fragte er leise.

„Hast du schon." Sie drückte ihm einen kleinen Kuss aufs Kinn. „Danke."

Sie kletterte über die Feuerleiter aufs Dach und erstarrte, weil sie sofort von den Erinnerungen an den Abend mit Keane überwältigt wurde. Wie er sie gehalten und, den Mund an ihr Ohr gedrückt, kleine schmutzige Zärtlichkeiten geflüstert hatte, sein harter, starker Körper …

Sie stöhnte auf, ihre Knie zitterten.

Sie war hierhergekommen, um im Alleinsein zu schwelgen, und nicht, um von Sehnsucht überwältigt zu werden …

Als die Treppenhaustür aufging und Absätze über das Dach klapperten, seufzte sie.

„Wenn du nichts zu essen dabeihast, kannst du gleich wieder gehen."

„Für wen hältst du mich?" Elle natürlich. „Ich habe Essen und Wein." Sie blieb neben Willa stehen, die direkt auf dem Dach hockte, ohne etwas, das ihre Kleider schützte. Elle schüttelte den Kopf.

„Kleider haben Respekt verdient. Viel Respekt."

„Ich trage Levi's", bemerkte Willa.

„Levi's verdienen genauso viel Respekt wie Tory Burch." Elle durchsuchte ihre Tasche, zog eine *Cosmopolitan* hervor und warf sie auf das Dach. Dann setzte sie sich vorsichtig darauf. „So sehr liebe ich dich. Ich sitze in Kleid und hohen Pumps auf einem Dach." Sie reichte ihr eine Schachtel mit Finns Chicken Wings.

„Was ist das?", fragte Willa.

„Schmiergeld."

In diesem Moment streckte Pru den Kopf von der Feuerleiter aus über den Dachrand.

„Ist die Luft rein?"

Elle winkte sie herüber. Sie selbst war, wie Willa wusste, nicht über die Feuerleiter gekommen, weil das mit ihren hohen Absätzen einem Todesurteil gleichgekommen wäre. Außerdem tat sie nie etwas, das sie nicht cool und umwerfend aussehen ließ. Und niemand sah auf einer Feuerleiter cool und umwerfend aus.

Pru kletterte über den Rand, gefolgt von Haley.

„Ich habe keine Lust zu reden", warnte Willa sie.

„Ich kann mich an Zeiten erinnern, in denen ich genau dasselbe zu dir gesagt habe.“ Pru setzte sich auf die andere Seite neben Willa.

„Und ich habe deinen Wunsch respektiert und dich in Ruhe gelassen.“

Pru lachte schallend darüber. „Himmel, hast du nicht. Du hast dich neben mich gesetzt und meine Hand gehalten, während wir eine komplette Staffel von *Mein Traum in Weiß* gesehen haben. Und Elle hat sich betrunken.“

„Habe ich nicht“, sagte Elle.

„Stimmt“, meinte Pru. „Das war ich. Ich will nur sagen, dass wir dich nicht in Ruhe lassen.“

Haley strahlte sie an. „Wisst ihr was? Genau das hier verstehe ich unter echtem Mädchen-Teamgeist, auch bekannt als *Squad Goals.*“

Elle zeigte auf sie. „Squad Goals? Du beschäftigst dich zu sehr mit Instagram.“

Willa stürzte sich auf ihre Schachtel mit den Chicken Wings.

„Ihr braucht nicht zu bleiben. Von meinen Wings gebe ich nichts ab, und zu sehen gibt es hier auch nichts.“

„Nun, das nenne ich mal eine Beleidigung des Universums“, meinte Haley und deutete in den Himmel.

Der aussah wie ein herrliches, mit Diamanten besetztes Samttuch, so weit das Auge reichte.

Einfach umwerfend, wie Willa zugeben musste.

„Ich bin ziemlich sicher, dass das Universum weiblich ist. Ein männliches Universum hätte das nie so hingekriegt.“

Haley schnaubte zustimmend.

„Männer sind also Scheiße“, sagte Elle. „Erzählt mir was Neues.“

Pru, die Einzige von ihnen, die in einer stabilen, liebevollen Beziehung lebte, schüttelte missbilligend den Kopf.

„Männer haben ein paar Fehler, mehr nicht. Und das ist was Gutes."

„Wie das?", fragte Willa. „Wie, in aller Welt, kann das was Gutes sein?"

„Hallo, schon mal was von Versöhnungssex gehört?"

Willa dachte an den Sex mit Keane und seufzte. Der Sex mit ihm war einfach unglaublich. Über alle Maßen unglaublich. Da konnte sie sich kaum vorstellen, wie Versöhnungssex sein würde ...

„Sie führen sich ja nicht absichtlich wie Trottel auf", sagte Pru. „Aber manchmal können sie einfach nicht anders. So sind sie nun mal programmiert. Aber Willa, ehrlich gesagt scheint mir Keane ein wirklich netter Kerl zu sein."

„Auf jeden Fall strahlst du, wie ich dich noch nie habe strahlen sehen", sagte Haley.

Die drei Freundinnen musterten Willa ausführlich, die einen Bissen köstlicher Chicken Wings herunterschluckte und die Augen verdrehte.

„Wenn ich glühe, dann weil ich den ganzen Tag im Laden geschwitzt habe."

„Du hast schon viel zu lange nichts mehr für dich selbst gemacht", meinte Haley. „Deswegen solltest du es mit Keane machen."

Alle brachen in Gelächter aus, und Haley schüttelte den Kopf.

„Okay, das habe ich nicht gemeint. Aber hey, Hauptsache, es funktioniert."

„Ich glaube, ich muss es mal eine Zeitlang mit Keane ... nicht machen", sagte Willa.

„Wieso?“, fragte Pru.

Nun, das war die Frage. Ihr war klar, dass sie auf ihre Freundinnen unentschlossen wirkte, aber das war nicht der Fall. Es war nur so, dass sie sich einerseits etwas wünschte, sich andererseits aber schützen wollte.

Was heißen sollte: Sie wollte mit Keane schlafen, oh, wie sehr sie das wollte … aber nicht ihr Herz verlieren.

Wobei dieser Zug womöglich bereits abgefahren war …

Ja, es war zu spät. Wäre sie klug gewesen, dann hätte sie rechtzeitig Schadensbegrenzung betrieben. Aber es war einfach wunderschön, mit Keane zu schlafen. Sie liebte alles daran. Und irgendwie hatte sie sich eingebildet, Sex und Gefühle trennen zu können.

Auch dieser Zug war bereits abgefahren.

„Da gibt es eine neue Entwicklung“, gab sie zu. „Wisst ihr, am Anfang war er es, der nichts Ernstes wollte, während ich bereit war, mich zu binden.“

„Und jetzt?“, fragte Elle.

„Und jetzt …“ Willa schloss die Augen. „Ich möchte weiterhin mit ihm schlafen, aber ich möchte keine Beziehung. Was macht das aus mir?“

„Einen Mann“, erklärte Elle.

„Schatz, wo ist das Problem?“, lachte Pru. „Er will nichts Ernstes, das hast du eben selbst gesagt. Also, mach es einfach. Allerdings muss ich dich warnen. Manchmal entsteht aus wirklich tollem Sex auch wirklich tolle Intimität, woraus sich dann wiederum eine wirklich tolle Beziehung entwickelt, bevor man es überhaupt bemerkt.“

Willa schüttelte den Kopf. Sie hatte noch nie eine tolle Beziehung geführt. Warum sollte sie ausgerechnet jetzt daran glauben?

„Ich denke, wir können ohne ein richtiges Gespräch nicht weitermachen. Ich habe das Gefühl, dass er die Sache mit uns irgendwie definieren will. Das wäre heute Morgen beinahe passiert, aber zum Glück ist ihm seine Arbeit dazwischengekommen."

„Hey, ich habe eine Idee", sagte Haley. „Bestell ihn zu dir, zieh dein Top aus, und lenke ihn vom Reden ab. Was ist?", fragte sie, als die anderen sie stumm ansahen. „Willa hat tolle Brüste."

Elle beäugte Willas Brüste kritisch. „Stimmt. Frauen zahlen 'ne Menge Kohle für so einen Vorbau."

Willa sah an sich herab. Sie war klein. Ein höflicheres Wort war zierlich. Allerdings nur, was ihre Größe betraf, denn ansonsten war sie kurvig. Sie besaß Hüften. Die bereits erwähnten Brüste. Selbst ihr Bauch war etwas zu drall für ihren Geschmack, woran aber weder Sit-ups noch sonst ein Training etwas ändern konnten.

Zumindest glaubte sie, dass Sit-ups und Training nichts daran ändern würden.

„Er ist zu klug, um auf so was reinzufallen. Er würde ein Ablenkungsmanöver sofort durchschauen." Sie ließ den Kopf auf die Knie sinken. „Verdammt. Ich war so sicher, dass diese Sache nicht gefährlich werden könnte, dass er keine Beziehung will …"

„Und jetzt?", fragte Elle.

„Und jetzt … wird mir klar, dass *ich* es bin, die nicht für eine Beziehung gemacht ist." So. Jetzt hatte sie es ausgesprochen. Ihre größte Schwäche zugegeben.

Ihre Freundinnen japsten ungläubig nach Luft, doch Willa wusste einfach, dass sie recht hatte. Und das brach ihr fast das Herz.

„Ich weiß nicht, was ich tun soll", sagte sie leise. „Ich glaube, ich bin … ein kaputter Mensch."

„Nein", sagte Elle mit felsenfester Stimme, und die anderen stimmten ihr mit nachdrücklichen Neins zu.

„Bitte", sagte Willa. „Lasst uns einfach über was anderes reden, okay? Also die San Francisco 49ers …!"

„Du kannst das nicht einfach ignorieren", sagte Pru. „Wenigstens mit dem tollen Sex solltest du weitermachen!"

Haley nickte heftig.

Und Willa musste lachen.

„Soll ich ihm einfach direkt sagen, dass ich nur Sex will?"

„*Tollen* Sex", korrigierte Pru sie.

„Also ich bin dafür", sagte Elle. „Männer machen das ständig! Warum also nicht?"

Willa sah sie an. „Ihr findet also wirklich, ich sollte ihm einfach meine Brüste zeigen."

„Klappt bei mir immer", sagte Pru. „Wenn Finn und ich streiten, lass ich sie kurz aufblitzen, und er vergisst sofort den Grund für den Streit. Brüste sind magisch."

Willa schüttelte den Kopf. „Nichts ist jemals so einfach." Jedenfalls nicht für sie.

„Häng einen Mistelzweig auf, und dann locke ihn in deine Wohnung", sagte Haley. „Häng ihn an einem passenden Platz auf, aber nicht zu passend, du willst ja nicht irgendwelche Frösche küssen müssen."

„Oh, und lass den BH weg", sagte Pru. „Dann wird er sein blaues Wunder erleben. Garantiert."

Haley nickte. „Siehst du, schon hast du einen Plan. Erstens, rasiere dir die Beine bis übers Knie. Zweitens, hänge einen Mistelzweig auf. Drittens, trage keinen BH. Viertens, bestelle ihn zu dir, und macht euch eine gute Zeit. Und dann, nach der guten Zeit und bevor das Blut wieder zurück in sein Hirn läuft, sagst du ihm, dass eine Freundschaft mit gewissen Extras für dich absolut in Ordnung ist. Das ist für jeden Mann, als würde ein Traum wahr werden. Allerdings solltest du ganz genau erklären, was für dich diese Extras sind, damit er nicht glaubt, du redest von flotten Dreiern oder Analsex. Sag ihm, dass es nur vorab genehmigte Extras geben wird."

Pru verschluckte sich an ihrem Wein, woraufhin Elle ihr auf den Rücken klopfte.

Haley lächelte. „Ich finde das perfekt. Ehrlich, er wird nicht wissen, wie ihm geschieht. Wartet!" Sie nahm ihren kleinen Rucksack ab, den sie anstelle einer Handtasche trug, und begann, ihn zu durchwühlen.

„Und die hier, nimm die hier!" Sie wedelte mit einem Paar Handschellen mit Spikes vor ihnen herum.

Diesmal starrten sie alle erstaunt an. Außer Elle, die sie in die Hand nahm und prüfend betrachtete.

„Hübsch."

„Die waren ein Scherzgeschenk", sagte Haley. „Gestern Abend bei unserer Weihnachtsparty im Büro."

„Von dieser hübschen brünetten Rezeptionistin?", fragte Elle.

Haley errötete. „Das wäre schön. Nein. Deswegen bin ich auch bereit, sie für Willas Zwecke herzugeben."

„Danke", meinte Willa trocken. „Dieses Opfer habe ich zur Kenntnis genommen. Es ist aber nicht nötig, ich brauche keine Handschellen."

„Ich brauche auch keine Handschellen, um einen Mann zu versklaven." Elle steckte sie in ihre Tasche. „Aber schaden kann es ja nie. Der Schlüssel? Denn das ist ja alles ganz lustig … Aber wenn jemand den Schlüssel verliert …"

Haley reichte ihr einen kleinen Schlüssel.

Pru lachte, bis ihr der Wein aus der Nase lief. Jetzt wurde das Gespräch chaotisch. Der Plan erschien Willa allerdings nach ein paar weiteren Gläsern Wein vollkommen plausibel.

Freunde mit gewissen Extras …

Was konnte da schon schiefgehen?

24. Kapitel

#ThatsWhatSheSaid

Am nächsten Tag hastete Keane zwischen all seinen Baustellen hin und her, um ein Problem nach dem anderen zu beheben. Als er schließlich in sein Büro zurückkam und sich hinter seinen Schreibtisch setzte, um Papierkram zu erledigen, war er fix und fertig.

Und das war gut. Denn so war er viel zu müde, um darüber nachzudenken, was zwischen ihm und Willa geschehen war.

Oder genauer gesagt, was zwischen ihm und Willa nicht geschehen würde.

Verdammt. Er klappte den Laptop auf und wunderte sich, als sich etwas an seine Beine drückte.

Pita wand sich um seine Knöchel, rieb sich an seinen Jeans und hinterließ dabei eine beträchtliche Spur von Haaren.

„Du musst ganz schön verzweifelt sein, wenn du sogar zu mir freundlich bist“, sagte er.

Sie sprang auf seinen Schoß, drehte einen Kreis und ließ sich dann bar jeglicher Anmut hinplumpsen.

„Okay.“ Er tätschelte ihren Kopf. „Dann machen wir jetzt also das.“

Ein rollendes Schnurren erfüllte den Raum, während Pita begann, ihn mit den Pfoten zu kneten. Als sie eine ihrer spitzen Krallen in seinen Schritt rammte, jaulte er auf, sprang hoch und ließ sie ohne viel Federlesen auf den Boden fallen.

Mit weit gespreizten Pfoten auf den Boden gekauert, sah sie ihn aus geschlitzten Augen an.

„Mann, dann pass eben auf deine verdammten Krallen auf."

Sie wandte sich ab, den Schwanz hoch in die Luft gestreckt, vor Wut zitternd. Ihm war klar, dass sie heute wieder in seine Schuhe machen würde.

„Verdammt, warte." Er holte sie ein, hob sie hoch, setzte sich wieder auf den Stuhl und setzte sie neben sich. „Bleib da", sagte er.

Sie warf ihm einen Blick zu, der ihm unmissverständlich verriet, was sie davon hielt, herumkommandiert zu werden. Doch sie blieb tatsächlich bei ihm.

Er steckte bis zum Hals in technischen Aufzeichnungen zum Mission-Projekt, als er eine SMS bekam.

Willa:

Kannst du nach der Arbeit vorbeikommen? Ich brauche deine Hilfe.

Er starrte die Worte an, überrannt von allen möglichen Emotionen, mit denen er nicht umgehen konnte. Begehren. Sehnsucht. *Schmerzhafte* Sehnsucht. Wie konnte es nur angehen, dass er bis vor einem Monat mit seinem Leben vollkommen zufrieden gewesen war und es auf einmal diesen Menschen gab, der Farbe und Lachen in sein Leben brachte? Ein Mensch, zu dem er eine Verbindung fühlte wie nie zuvor. Wie konnte es sein, dass er auf einmal nicht mehr wusste, wie er ohne sie hatte leben können?

Auch konnte er sich nicht vorstellen, was diese Frau, die nie um Hilfe bat, von ihm brauchen konnte. Doch das spielte keine

Rolle. Er war bereit, ihr alles zu geben. Er stand auf und sah Pita an.

„Benimm dich."

Sie warf ihm einen Blick zu, der sagte: „Vielleicht, aber wahrscheinlich nicht."

Kopfschüttelnd ging er zur Tür.

„Hey", rief Sass, die im Zimmer nebenan an ihrem Schreibtisch saß. „Was machst du?"

„Ich muss weg."

„Da ist noch ein ganzer Berg Unterlagen, den du durchsehen musst, und …"

„Ich muss weg", wiederholte er.

Sie betrachtete ihn einen Moment prüfend. „So ist das also?" Sie schüttelte den Kopf. „Du armer Tropf."

Er fuhr zum Pacific-Heights-Gebäude, parkte und durchquerte den Innenhof.

Eddie stand am Brunnen und sah aufs Wasser. Jemand hatte ihm einen Daunenparka mit Pelzkragen gegeben. Er sah zufrieden und gewärmt aus.

„Bin endlich in Weihnachtsstimmung", sagte er zu Keane.

Keane bemerkte die Flasche in seiner Hand und lächelte. „Gut."

„Du auch? Ich hätte nämlich einen Mistelzweig, falls du ihn brauchst."

„Schon gut", sagte Keane. „Aber danke."

„Kapiert." Eddie nickte. „So ein Mistelzweig kann eine Menge Schwierigkeiten machen …" Er zögerte. „Wie eine Frau."

Wie wahr …

Keane ging die Treppe hinauf bis zu Willas Wohnungstür … die weit offen stand.

„Komm rein“, schrie sie von innen.

Mit gerunzelter Stirn, weil ihm nicht gefiel, dass sie die Tür nicht nur nicht abgeschlossen, sondern sogar offen stehen hatte, trat er ein. Willa stand hoch oben auf einer Leiter neben dem größten Baum, den er je in einer Wohnung gesehen hatte. Sie sah wunderschön aus in ihrem weihnachtlichen Outfit mit einem kurzen schwarzen Rock, schwarzen kniehohen Stiefeln und einem knallroten Kapuzenshirt, das ihre Kurven betonte.

Er konnte sich gar nicht satt an ihr sehen. Es gefiel ihm, wie eng der Rock an ihrem süßen Hintern saß. Dann ließ er genießerisch den Blick auf ihren Beinen verweilen. Zwar mochte er sie am liebsten, wenn sie um seinen Körper geschlungen waren, aber dieser Anblick war auch erfreulich.

„Ich habe einen speziellen Weihnachtsdrink gemacht und brauche jemanden, der ihn probiert“, sagte sie, beleuchtet von der Lichterkette über dem künstlichen Kamin. Als sie sich zu ihm umdrehte, gewährte sie ihm einen vollständigen Blick auf ihr Oberteil. An den Kordeln waren Quasten befestigt, die direkt auf Brusthöhe hin und her hüpften. Vier Worte waren über die Brust gestickt: *Lieber Weihnachtsmann, definiere artig.*

Und dann bemerkte Keane etwas an dem Kapuzenshirt, das ihm noch besser gefiel – sie trug darunter keinen BH.

„Was geht hier vor sich?“, fragte er.

„Vielleicht kann ich dich überreden, mir beim Schmücken zu helfen.“

Er lachte. „Du willst noch mehr Weihnachtsschmuck aufhängen?“

„Weißt du, ich erkenne die Ironie durchaus, werde sie aber ignorieren.“ Sie sah ihm in die Augen. „Ich habe Mistelzweige.“

Sofort kamen ihm ein paar schmutzige Gedanken, und er

musste sich räuspern, um sprechen zu können. „Du hattest vorher einen anderen Baum."

„Der steht jetzt in meinem Schlafzimmer."

„Wie hast du ihn hier hochbekommen?"

„Archer hat mir geholfen, ihn in den Speiseaufzug zu stecken." Sie lächelte auf ihn herab. „Danke, dass du gekommen bist."

„Jederzeit", sagte er und stellte fest, dass er es wirklich so meinte. Selbst wenn er ein eher distanzierter Mensch war, so wollte er doch, dass sie in seinem Leben eine Rolle spielte. Er war bereit, sich mit dem zufriedenzugeben, was er bekam.

Sie sahen sich noch eine Weile an und begannen dann gleichzeitig zu reden. Er hatte nicht den blassesten Schimmer, was er hatte sagen wollen, und Willa ging es anscheinend genauso, weshalb ein kurzer peinlicher Moment entstand. Dann stammelten sie wieder gleichzeitig drauflos.

Kopfschüttelnd zeigte er mit dem Finger auf sie.

„Du zuerst", sagte er genau im selben Moment wie sie.

Willa begann zu lachen und verlor das Gleichgewicht. Er hatte keine Ahnung, was dann passierte, aber auf einmal befand sie sich in freiem Fall. Er konnte sie gerade noch auffangen, dann gingen sie beide zu Boden.

Er landete flach auf dem Rücken, sie lag auf ihm, einen Ellbogen in seinem Brustbein, ein Knie gefährlich nah bei seinen Weichteilen.

„Oh! Mein Gott!", schrie sie auf und richtete sich erschrocken auf – wobei sie sich auf seinen Bauch stützte. „Bist du okay?"

Er war sich nicht sicher. Ein Gefühl, an das er sich in ihrer Gegenwart so langsam zu gewöhnen begann. Vorsichtig nahm er ihr Bein in die Hand und schob es aus der Gefahrenzone.

Und um weiteren Schaden abzuwenden, packte er sie an den Handgelenken, rollte herum und hielt sie unter sich fest.

So. Seine Körperteile waren in Sicherheit – und vielleicht, nur vielleicht, sein Herz ebenfalls.

Doch da gab sie ein heiseres kleines „Hmm“ von sich und spreizte die Beine, um ihm Platz zu schaffen.

„Oh“, keuchte sie und wand sich ein wenig, bis er vor Lust die Augen schloss. Mit einem leisen Lachen ließ er den Kopf auf ihre Schulter sinken.

Sie machte ihn verrückt.

„Keane?“

„Ja?“

Sie versetzte ihm einen kleinen Stoß.

In der Annahme, dass sie wieder vernünftig geworden war, löste er sich von ihr, doch bevor er aufstehen konnte, gab sie ihm erneut einen Schubs, und er fiel auf den Rücken.

Sie kletterte auf ihn. „Hmm“, sagte sie wieder.

Verblüfft legte er die Hände auf ihre Hüften. Seine Finger waren verkrampft, so sehr musste er sich im Zaum halten.

„Du hast das absichtlich gemacht?“

„Nein. Nun, jedenfalls nicht ganz.“ Und dann ließ sie sich auf seine Lippen fallen und küsste ihn, als wollte sie jede einzelne seiner Hirnzellen vernichten.

Und genau das gelang ihr.

Als sie irgendwann Luft holen mussten, lag sie lang ausgestreckt auf ihm, ihre hübschen Brüste an ihn gedrückt, ihre Unterarme neben seinem Kopf flach auf dem Boden und so sehr an ihn gepresst, dass kein Blatt zwischen sie beide gepasst hätte.

Mit einem Stöhnen ließ er den Kopf zurück zum Boden sinken.

Zum Schutz legte sie die Hände darunter, und er sah sie von der Seite an.

„Willa, was machen wir hier eigentlich?"

Sie kaute auf der Unterlippe und musterte ihn einen Moment lang.

„Ich hatte gehofft, das wäre eindeutig."

„Bei dir ist nichts jemals eindeutig."

„Wie wäre es damit? Hilft das vielleicht?" Sie rieb sich an seiner Erektion, bis er aufstöhnte.

„Du scheinst nichts dagegen zu haben", murmelte sie.

Teufel nein, er hatte nichts dagegen. Doch da lag etwas in ihrem Blick, hinter all der Leidenschaft und Lust, etwas, das er nicht ganz fassen konnte, etwas, das sie nicht aussprach. Bevor er herausfinden konnte, worum es sich handelte, küsste sie ihn wieder, leidenschaftlicher, feuchter. Ihre süße Zunge spielte mit seiner. Und entweder hatte er sich eine Gehirnerschütterung zugezogen, oder sie war einfach so überwältigend – jedenfalls fühlte er sich vollkommen verloren. So, wie sie atemlos keuchte, während sie beide darum rangen, jeweils den Körper des anderen zu berühren, ging es offensichtlich nicht nur ihm so. Sie war genauso verloren wie er.

Sie rollten noch ein paar Mal hin und her, kämpften darum, wer oben lag, doch am Ende drückte er sie auf den Boden, spreizte ihre Beine mit dem Schenkel, und alle Unsicherheit, seine Gefühle betreffend, löste sich in Wohlgefallen auf. Wie immer, wenn sie beide auf diese Art und Weise zusammen waren.

Er wollte so gern glauben, dass sie empfand wie er, dass es vielleicht genau das war, was sie nicht aussprechen konnte. Und er konnte nur hoffen, dass sie irgendwann bereit dafür war.

„Keane“, flüsterte sie heiser und wölbte sich ihm entgegen. „Bitte …“

Er hatte vor, ihre Bitte zu erfüllen. Und zwar, bis sie laut seinen Namen schrie, wenn sie kam. Es dauerte keine zwei Sekunden, um sicherzustellen, dass sie tatsächlich keinen BH trug und dass der Pulli weich und dehnbar war und er mit einem einzigen Ruck ihre perfekten Brüste entblößen konnte.

Eine weitere Entdeckung – es war ihm unmöglich, einen logischen Gedanken zu fassen, wenn sie so keuchend und sich windend unter ihm lag. Er hatte eine ihrer Brustwarzen im Mund und eine Hand in ihrem Höschen. Er spürte, wie sehr sie ihn begehrte, als ein Handy mit der Muppet's-Show-Version von *Jingle Bell Rock* klingelte.

„Ignorier es“, murmelte er an ihren Lippen, während er mit den Fingern ihren feuchten Schoß liebkoste.

Sie stöhnte zustimmend und packte ihn noch fester am Haar, als wollte sie ihm vor seinem nächsten Geburtstag unbedingt eine Glatze bescheren, was ihm allerdings in diesem Moment vollkommen gleich war. Da ihr Slip ihm in den Handrücken schnitt, zerrte er etwas daran, bis er aus Versehen zerriss. Er verharrte einen Moment.

„Ich kaufe dir einen neuen“, entschuldigte er sich. „Ich …“

„Hat mir gefallen“, wisperte sie.

Du meine Güte, er war praktisch ein toter Mann. Er reckte sich ihr entgegen, um sie leidenschaftlich zu küssen, dann glitt er an ihrem Körper herab, schob ihren Rock nach oben und stöhnte bei ihrem Anblick auf.

Auf dem Couchtisch neben seinem Kopf piepte ihr Handy erneut. Obwohl er ihre Privatsphäre nicht verletzen wollte, warf er reflexartig einen Blick darauf und las den ersten Satz der SMS.

Haley:

Hat das Ohne-BH-Ding bei Keane funktioniert?

„Was ist los?“, murmelte Willa.

Er stieß sich von ihr ab und hockte sich auf die Knie. „Sag du es mir.“

Sie las die SMS und verzog ihr Gesicht.

„Oh, Mist.“ Seufzend setzte sie sich auf. „Okay, ich wollte dich unbedingt sehen. Aber nicht reden, und …“

„… und statt erwachsen zu sein, wie du behauptest, und mir zu sagen, dass du geil bist, hast du es wie früher auf der Highschool deinen Freundinnen erzählt?“, fragte er.

Sie zuckte schuldbewusst zusammen. „Schlimmer. Ich habe mir Tipps von ihnen geholt.“

Er stand auf und fixierte sie.

„Ja, ich weiß!“, sagte sie. „Es tut mir leid! Aber sie haben auf nett gemacht und waren wirklich neugierig und außerdem sehr überzeugend!“

Er versuchte, das Ganze zu verarbeiten. „Der enge Pulli, der Mistelzweig, die SMS … das gehörte alles zu dem Plan, mich zu verführen?“

„Vergiss das Ohne-BH-Ding nicht“, sagte sie.

Er zog sie auf die Beine. „Dieses Ding hat mir besonders gefallen“, gab er zu. „Aber Himmel, Willa, wenn es um dich geht, bin ich doch sowieso leichte Beute. Du hättest es mir einfach sagen können.“

„Tut mir leid“, wiederholte sie leise und sah ihn zugleich liebevoll und bekümmert an. „Aber obwohl ich immer viel rede, bin ich nicht besonders gut im … Reden.“

Ihr Handy piepte erneut. „Oh mein Gott“, sagte sie. „Gib

her, damit ich sie bitten kann, damit aufzuhören.“ Sie musste sich strecken und über den Tisch beugen, und Keane versuchte wirklich, diesen köstlichen Anblick zu ignorieren, dabei hätte er am liebsten ihren Rock hochgeschoben. Allein bei dem Gedanken daran musste er ein Aufstöhnen unterdrücken.

Und dann begriff er, dass sie einen Anruf entgegengenommen hatte und ihre Stimme seltsam klang. Zugleich verängstigt und eindringlich.

„Rory, wo bist du …“ Sie brach ab, ihr Körper war ungewöhnlich starr. „Bist du verletzt?“

Keane ging in ihr Schlafzimmer, um frische Unterwäsche aus der Kommode zu holen.

„Bin schon auf dem Weg“, sagte sie ins Telefon. „Schick mir die genaue Adresse, ich hole dich.“ Sie legte auf, wirbelte herum und sah sich suchend nach ihren Sachen um.

Keane hielt ihr einen Slip entgegen, dann hob er für sie Tasche und Schlüssel auf.

„Immer einen Schritt voraus“, murmelte sie und zog den Slip an. „Tut mir leid, aber ich muss weg …“

„Ich fahre dich.“

„Nein, Keane, ich werde dich sicher nicht bitten …“

„Das hast du nicht“, sagte er und schob sie aus der Tür.

Vierunddreißig qualvolle Minuten später presste Willa das Gesicht an die Beifahrerscheibe. Dann las sie noch einmal die Adresse, die sie von Rory bekommen hatte.

„Hier ist es“, sagte sie. „Verdammt.“

„Was ist?“

„Hier wohnt ihr Exfreund Andy.“ Das unangenehme Gefühl in ihrem Bauch wurde stärker. „Seinetwegen hatte sie vor einigen Wochen diese Blutergüsse im Gesicht.“

Keane bog in die enge Straße ein. Die Wohnblöcke auf beiden Seiten hatten ihre besten Jahre längst hinter sich.

Parkplätze gab es keine.

„Halt hier einfach." Willa löste den Sicherheitsgurt und sprang aus dem Auto, bevor Keane den Motor abstellen konnte. Sie hörte ihn fluchen.

„Ich mach das schon", rief sie über die Schulter. „Ich hole sie nur schnell. Wir kommen dann gleich raus."

„Nein, Willa. Warte …"

Aber sie konnte keine Sekunde länger warten und stürmte ins Gebäude. Zwar war sie noch niemals zuvor hier gewesen, doch in Rorys SMS hatte die Nummer des Apartments gestanden. Nummer 10.

Mit dem Handy griffbereit und einem wachsenden Angstgefühl im Bauch klopfte sie.

Unter dem Druck ihrer Hand schwang die Tür auf, und dahinter erschien ein dunkler, höhlenartiger Raum, in den sie nicht hineinsehen konnte.

„Rory?", flüsterte sie.

Ein leises Wimmern war die einzige Antwort. Weil sie nichts sehen konnte, betrat Willa mit ausgestreckten Händen die Wohnung.

„Rory?"

Weiter hinten in der Wohnung sah sie, dass die Küche erleuchtet war. Rory erschien im Türrahmen und winkte sie mit einer wilden Handbewegung zu sich.

Willa durchquerte das dunkle Wohnzimmer. Ihre Erleichterung war nur von kurzer Dauer, weil sie über etwas stolperte und der Länge nach auf dem Teppich hinschlug.

Rory schnappte nach Luft, rannte zu ihr und half ihr auf die Beine.

„Schnell! Weg von ihm!"

Jetzt verwandelte sich ihre Sorge in blanke Angst. Ohne auf das Brennen ihrer Handflächen und Knie zu achten, ließ sie sich von Rory in die Küche ziehen.

„Bitte sag, dass ich gerade nicht über eine Leiche gestolpert bin."

„Keine Leiche." Rory zögerte. „Glaube ich zumindest."

Willa packte Rory am Arm und sah sie prüfend an. Es waren keine Verletzungen zu erkennen.

„Bist du in Ordnung?"

„Ich glaub schon."

„Was ist passiert?"

Rory kaute auf der Unterlippe. „Andy hat einen Job gefunden und gesagt, dass er einen Haufen Geld verdient. Er meinte, sein Chef könnte auch mir einen Teilzeitjob mit Barzahlung anbieten. Als eine Art Rezeptionistin oder so. Ich müsste nur vorbeikommen. Aber dann war da nicht mal ein Büro. Und wie sich rausstellte, ging es auch nicht um einen Bürojob. Sein Chef fährt Leute zum Bungeejumping, und Andy ist sein Assistent. Ich sollte die ‚Kunden' empfangen und das Geld kassieren. Aber das ist illegal, das weiß ich, und als ich genau das sagte, hat der Chef mich und Andy auf der Stelle gefeuert. Danach hat Andy mich hierhergebracht, und wir hatten einen Streit."

„Ich warte noch immer auf eine Erklärung, warum er da auf dem Wohnzimmerboden liegt", sagte Willa.

„Wir waren uns noch über ein paar andere Dinge uneinig." Rory wich ihrem Blick aus. „Beispielsweise über die Bedeutung des Wortes ‚nein'. Also habe ich es ihm demonstriert." Sie fuhr fort: „Mit meinem Knie in seinen Eiern."

Willa blieb beinahe das Herz stehen. „Hat er dich angefasst?"

„Nur ein bisschen“, antwortete Rory. „Und da habe ich eben zugetreten. Er ist umgefallen und hat sich den Kopf am Couchtisch angeschlagen.“ Sie machte ein langes Gesicht. „Das ist alles meine Schuld, oder? Muss ich dafür ins Gefängnis?“

„Nein“, sagte Willa energisch und schnappte ihre Hand. „Das war Selbstverteidigung …“ Sie brach ab, als Rory einen Schrei ausstieß. Noch bevor Willa reagieren konnte, packte sie jemand am Handgelenk.

Zum zweiten Mal innerhalb weniger Minuten ging sie zu Boden und sah blinzelnd in Andys wütendes Gesicht.

Verdammt, jetzt hätte sie diese Handschellen mit den Spikes gut gebrauchen können …

„Du!“, rief er aus und starrte finster auf sie herab.

„Lass mich los, Andy“, befahl Willa mit einer erzwungenen Ruhe, die sie kein bisschen empfand. Tatsächlich fiel es ihr schwer, überhaupt etwas zu sagen, so laut hämmerte ihr das Herz in der Brust. „Die Polizei ist schon unterwegs.“

„Ich habe nichts getan.“

Willa begann, mit ihm zu ringen, doch es war vergeblich. Also rammte sie ihm ebenfalls das Knie zwischen die Beine.

Mit aufgerissenen Augen ächzte Andy auf, rutschte in Zeitlupe von ihr und rollte sich vor Schmerzen auf dem Boden.

„Tja, falls ich ihm nicht schon die Eier zerquetscht hatte, dann hast du es jetzt getan“, flüsterte Rory.

Willa stützte sich auf Hände und Knie. Doch bevor sie sich schwankend aufrichten konnte, wurde sie von einem großen Mann, der sich mit der tödlichen Lautlosigkeit einer Katze bewegte, auf die Beine gezerrt.

Keane.

Das grelle Küchenlicht fiel auf seine angespannten Gesichtszüge, sein Blick war wütend und besorgt zugleich.

„Mir geht's gut", sagte sie.

Er schwieg so lange, bis er sich selbst davon überzeugt hatte, und musterte sie und Rory von Kopf bis Fuß. Dann riss er Willa an sich und nahm Rorys Hand.

Das Mädchen klammerte sich daran fest wie an einen Rettungsring. Willa konnte sie sehr gut verstehen.

Denn er war auch ihr Rettungsring.

„Was ist passiert?", fragte er.

Nachdem Willa ihm die Kurzversion erzählt hatte, rief Keane die Polizei.

Hinter ihnen auf dem Boden begann Andy, sich stöhnend zu rühren. Keane ließ Willa und Rory los, um zu ihm zu gehen.

„Steh auf."

„Fick dich."

Kopfschüttelnd, als könnte er nicht ganz glauben, was für ein Idiot dieser Kerl war, zerrte er Andy auf die Beine und drückte ihn gegen die Wand, bis sie Nase an Nase standen.

Andy schloss die Augen.

Keane schüttelte ihn, damit er die Augen wieder öffnete. Obwohl Keane weder die Stimme erhob und es auch ansonsten keine Anzeichen für seine Wut gab, schien die Luft um ihn herum gewaltig zu knistern.

„Lass uns mal was klarstellen."

„Fick dich", wiederholte Andy.

Keane drückte einen Unterarm auf seinen Hals und lehnte sich dagegen, sofort hatte er Andys volle Aufmerksamkeit.

„Okay, Folgendes", sagte Keane ruhig. „Du wirst Rory nie wieder anfassen. Du wirst sie nicht mehr sehen, nicht mit ihr sprechen oder auch nur an sie denken."

Da Andy zögerte, verstärkte Keane den Druck, und Andy begann wie ein Wackeldackel zu nicken.

„Dasselbe gilt für Willa", fuhr Keane fort, weiterhin ganz ruhig. Tödlich ruhig. „Du wirst dich den beiden bis auf einen Umkreis von fünfzig Metern nicht nähern. Muss ich buchstabieren, was passiert, wenn du es doch tust?"

Andy schüttelte den Kopf.

„Sicher?", fragte Keane.

Wildes Nicken.

„Keane." Willa legte sanft eine Hand auf seinen Oberarm, der sich wie Stein anfühlte.

Keane ließ ihn los. Andy glitt zu Boden, die Hände schützend vor sein bestes Stück gelegt.

In diesem Moment traf die Polizei ein.

Zwei Stunden später verfrachtete Keane die beiden Frauen endlich in seinen Truck. Zunächst hatte es ein paar angespannte Situationen mit der Polizei gegeben, doch schnell war klar, dass Rory nicht mit auf die Polizeiwache musste.

„Ich bin eine totale Versagerin", sagte Rory leise. „Ich weiß einfach nicht, was ich mit meinem Leben anfangen soll."

Bevor Keane etwas entgegnen konnte, drehte Willa sich auf ihrem Beifahrersitz nach hinten um und ergriff Rorys Hand.

„Schätzchen, niemand weiß, was er mit seinem Leben anfangen soll."

„Aber mir kommt es so vor", murmelte Rory. „Auf Instagram sieht man ständig völlig normale Fotos von normalen Leuten mit Familie und Freunden ... Und außerdem fantastisch aussehendes Essen."

„Vertrau mir", sagte Willa. „Selbst deine perfekteste Instagram-Freundin hat einen Dreckskerl von einem Ex und isst ab und zu Schokoladenmüsli am Abend, okay? Du bist nicht die Einzige. Und du bist nicht mehr oder weniger verkorkst als wir alle."

Rory lachte heiser. „Soll das vielleicht ein Trost sein?"

Willa schenkte ihr ein halbes Lächeln, das Keane den Hals zuschnürte.

„Ja." Sie sah ihn an. „Richtig?"

„Richtig", sagte er. „Aber um eines klarzustellen, ich esse kein Schokoladenmüsli. Ich stehe auf Cornflakes mit Zucker."

Rory und Willa lachten, und es wärmte ihm das Herz. Er wusste nicht, wie und wann es geschehen war, doch waren die Mauern, die er um sich hochgezogen hatte, eingestürzt. Ganz und gar.

25. Kapitel

#DontStopBelievin

Als sie schließlich die Treppe zu ihrer Wohnung hinaufging, fühlte Willa sich völlig überdreht. Vor der Tür umarmte Rory Keane kurz und zog sich zurück.

Willa schloss leise die Tür, damit sie ein wenig Privatsphäre hatten, und sah zu dem stillen Mann an ihrer Seite.

„Sie bleibt heute Nacht bei mir. Es ist nicht das erste Mal, dass sie auf der Couch schläft." Sie zögerte. „Ich möchte mich bei dir bedanken", fuhr sie dann leise fort. „Für heute Abend."

Er lächelte. „Du meinst, als du mich unter Vortäuschung falscher Tatsachen hierhergelockt und so getan hast, als bräuchtest du Hilfe mit deinem Mistelzweig? Und in Wahrheit wolltest du nur meinen Körper?"

Sie spürte, wie sie rot wurde.

„Ich meine wegen Rory. Dass du uns geholfen hast. Ich wollte nicht, dass mein …" Sie brach ab.

Er hob eine Augenbraue, offensichtlich gespannt darauf, wie sie diesen Satz beenden würde, doch sie wusste es selbst nicht.

„Dass dein *was*, Willa?", fragte er. „Der Typ, mit dem du vögelst? Dein Freund? Jemand, der dir vielleicht schon viel zu wichtig geworden ist? *Was?*"

Überwältigt und ein wenig atemlos, weil der Kloß in ihrem Hals anschwoll, sah sie weg.

Sie hörte, wie Keane tief Luft holte.

„Okay, lassen wir das jetzt. Wir wissen beide, dass du hier heute noch einiges auf die Reihe kriegen musst. Aber du sollst eines wissen, und hör mir bitte genau zu.“ Er legte einen Finger unter ihr Kinn und sah sie ernst an. Jetzt sah er fast so Furcht einflößend aus wie zuvor, als er Andy gegen die Wand gedrückt hatte.

„Diese Sache zwischen uns: Wir sind quitt. Als ich ein Rettungsteam für meine Katze gebraucht habe, kamst du gerannt. Wenn du eine Mitfahrgelegenheit und vielleicht ein bisschen Muskelkraft brauchst, um mit irgendeinem Arschloch fertigzuwerden, komme ich gerannt. Kannst du mir folgen?“

Sie saugte an den Innenseiten ihrer Wangen, während sie überlegte, ob seine Rechnung aufging.

„Ich bin ziemlich sicher, dass ich mehr von der Sache zwischen uns habe als du.“

Er schüttelte den Kopf. „Hat dir schon mal jemand gesagt, dass du ziemlich stur bist?“

„Vergiss eigensinnig nicht“, sagte sie. „Und ja, das habe ich schon ein oder zwei Mal gehört.“ *Oder hundert Mal …*

„Ich habe nicht vor, dich zu retten“, sagte er mit ziemlich fester Stimme. „Das zwischen uns hat damit überhaupt nichts zu tun.“

„Und womit hat es etwas zu tun?“

Er sah sie einen Augenblick lang an. Offensichtlich überlegte er sich die nächsten Worte genau. „Du schließt Menschen in dein Herz“, sagte er schließlich. „Das habe ich immer wieder gesehen.“

Ihr war nicht klar, worauf er hinauswollte, wusste aber, dass es ihr nicht gefallen würde. „Okay …“

„Deinen Freunden würdest du dein letztes Hemd geben. Genauso diesen Mädchen, die du anstellst und um die du dich kümmerst." Er kam so nah, dass sie seinen Atem spüren konnte. „Du gibst ihnen einen sicheren Hafen, und du lässt sie in dein Leben. Dasselbe tust du mit sämtlichen Tieren, die deinen Weg kreuzen." Er drückte die Handflächen auf beiden Seiten ihres Kopfs gegen die Wand und lachte leise, als wäre er über sich selbst überrascht. „Ich will damit sagen, dass ich meine Meinung über Beziehungen und Bindungen geändert habe. Ich will in deinem verdammten Leben eine Rolle spielen, Willa."

Noch bevor sie richtig begriffen hatte, was er da sagte, zog er etwas aus der Tasche.

Einen Schlüssel.

„Was ist das?", fragte sie mit klopfendem Herzen.

„Ein Schlüssel für das Vallejo-Haus."

„Wieso – wieso gibst du mir einen Schlüssel?"

Er zuckte die Achseln.

„Falls du oder eines deiner Mädchen … na ja, falls ihr das nächste Mal irgendwo unterkommen müsst. Ich habe nämlich ein paar Gästebetten. Oder solltest du einen Wasserrohrbruch haben … oder, verdammt, sagen wir, du hast eine Pizza bestellt und brauchst jemanden, der die andere Hälfte isst." Er lächelte. „Dann würde ich mich freuen, derjenige zu sein."

Sie starrte ihn an. „Ich kann nicht einfach so in dein Haus gehen."

„Wieso nicht?"

Ja, fragte ihr Körper, wieso nicht? „Weil das ein ziemlich großer Schritt ist", meinte sie vorsichtig.

„Das muss nicht so sein." Jetzt schien er fast ein wenig frustriert. „Es ist doch bloß ein verdammter Schlüssel, Willa."

Sie starrte ihn eine Weile an und nickte. Um dann den Kopf zu schütteln. „Fühlt sich aber nach viel mehr an."

„Wonach es sich anfühlt, weißt nur du."

Sie betrachtete ihn noch länger, schockiert von der Erkenntnis, wie viel so ein kleiner Schlüssel wiegen konnte. Keane fluchte leise, und der Schlüssel war so schnell wieder verschwunden, wie er aufgetaucht war.

„Weißt du was?“ Er stopfte ihn zurück in seine Tasche. „Schon gut.“

„Nein, du hast mich bloß überrumpelt …“

Er schüttelte den Kopf. „Vergiss es. Vielleicht ein anderes Mal.“

Mit zugeschnürter Brust und nicht ganz sicher, was soeben geschehen war und wer von ihnen beiden Schuld an der plötzlichen Kluft hatte, die sich zwischen ihnen auftat und die so riesig war, dass sie sie nicht überwinden konnte, zögerte sie einen Moment. Sie wusste einfach nicht, was sie sagen sollte.

„Nacht“, wisperte sie schließlich.

„Nacht.“

Okay, das hatte sie sich selbst eingebrockt. Jetzt blieb ihr wohl nichts anderes übrig, als in ihre Wohnung zu gehen und die Tür hinter sich zu schließen. Dann drehte sie sich sofort um.

Dieser Abend durfte nicht so enden.

Sie riss die Tür wieder auf, Keanes Namen auf den Lippen. Er stand noch da, die Hände oben an den Türrahmen gelegt, den Kopf gesenkt.

Als er ihn hob, sah sie, wie verärgert er war.

„Ähm“, sagte sie. „Ich schätze, ich habe wegen des Schlüssels etwas überreagiert.“

Er sah sie nur an. Schweigend.

So eine Wirkung hatte sie auf Männer.

„Ich bin wirklich total verkorkst“, gestand sie flüsternd.

Sein Blick wurde etwas heller, doch er lächelte nicht. „Nun, da bist du nicht die Einzige.“

Sie wollte es nicht, wirklich nicht, musste aber leise lachen. Dann senkte sie den Kopf und blickte auf ihre Füße. Ihre Augen brannten.

Sie war so lange allein gewesen. Sicher, sie hatte Freunde, gute Freunde, die ihre Familie waren … mehr als irgendeiner ihrer tatsächlichen Verwandten.

Doch Freunde schliefen nicht in ihrem Bett und hielten sie nicht warm und ließen auch nicht ihr Herz und ihre Seele jubeln. Freunde bescherten ihr nicht die besten Orgasmen ihres Lebens, die sogar noch besser waren als die mit ihrem Duschkopf.

Jetzt stand dieser Mann vor ihr. Ein kluger, zuverlässiger, verdammt erotischer Kerl, dessen Lächeln sie an Orte führte, die sie noch nie zuvor gesehen hatte. Er war im Gegensatz zu ihr nicht sonderlich wild auf Drama, und trotzdem stand er noch immer hier. Verwirrt. Irritiert. Verärgert.

Aber er war noch hier.

Ihretwegen.

„Du denkst so viel, dass dein Kopf raucht", sagte er.

Es überraschte sie vielmehr, nicht schon längst in Flammen aufgegangen zu sein. Sie konnte ihn nur ansehen, schockiert über die Intensität seines Blickes.

Er wollte tatsächlich mehr von ihr.

Und wenn das stimmte, wenn er wirklich eine Rolle in ihrem verdammten Leben spielen wollte, wie er es so eloquent ausgedrückt hatte, dann … dann gab es nichts, was ihn davon abhalten konnte. Überhaupt nichts.

Außer sie selbst natürlich.

Sie hörte ihren dumpfen Herzschlag in ihren Ohren dröhnen.

„Du bist nicht bereit dafür", flüsterte sie.

Er lächelte ein Lächeln, das nicht belustigt war, sondern verständnisvoll.

„Du wirst mir nicht sagen, wozu ich bereit bin und wozu nicht, Willa. Außerdem meinst du damit nur, dass du es nicht bist, stimmt's?"

Sie musste kurz nach Luft schnappen, hätte aber eigentlich nicht überrascht sein dürfen, dass er sie durchschaute. Ihm konnte man verdammt noch mal nichts vormachen.

„Ich möchte aber bereit sein, zählt das auch?"

„Allerdings", sagte er. „Du weißt, wo du mich findest." Er drückte ihr einen zärtlichen Kuss auf die Lippen und verschwand.

Keane ging die Treppe hinunter, nicht ganz sicher, wie er sich fühlte. So hatte er sich den Abend nicht vorgestellt. Wenn es nach ihm gegangen wäre, würde er in diesem Moment Willa die Kleider ausziehen.

Er musste daran denken, wie sie einander an Orte geführt hatten, die vollkommen neu für sie waren. Und dort wollte er wieder hin. Er hatte geglaubt – gehofft –, dass Willa genauso empfand.

Verrückt, wenn man bedachte, dass er sich bis vor ein paar Wochen nie hätte vorstellen können, überhaupt jemals eine Beziehung zu führen. Die Ironie, dass er und Willa inzwischen praktisch die Plätze getauscht hatten, entging ihm nicht.

Verflucht.

Er hätte nicht so dumm sein dürfen, sich zu verlieben. Aber er hatte sich von diesen schönen grünen Augen und diesem süßen Lächeln verführen lassen. Einem Lächeln, das ihn immer, *immer!*, selbst zum Lächeln brachte.

Willa ließ ihn Dinge fühlen, die er nicht kannte. Davon hatte er sich mitreißen lassen, obwohl es im Grunde in ihrem Leben überwiegend zeitlich begrenzte Beziehungen gab. Als Kind in Pflegefamilien aufgewachsen, führte sie jetzt einen Laden, in den die Tiere kamen, aber nicht blieben. Genauso war es mit Männern – falls sie überhaupt einen an sich heranließ.

Eine Zeitlang hatte sie ihn zwar an sich herangelassen, doch war alles nur eine Illusion gewesen, wie ihm nun klar wurde. Reines Wunschdenken von seiner Seite. Denn auch wenn er sich selbst bisher nie hatte dauerhaft binden wollen, so war er im Gegensatz zu ihr zumindest dazu in der Lage, wie er nun wusste. Offensichtlich hatte er nur auf die richtige Frau warten müssen.

Das Problem war nur, dass diese Frau auch wollen musste.

Schweren Herzens fuhr er nach Hause in die Vallejo Street. Ja, verdammt, nach Hause. Ihm war diese Wohnung wichtig geworden, genauso wie Willa ihm wichtig geworden war.

Beides war ein Fehler.

Er sah sich in dem großen, alten, wunderschönen Haus um und stellte fest, dass er hier seine beste Arbeit vollbracht hatte. Er würde es in Sekundenschnelle verkaufen können und genug Gewinn machen, um mal einen Gang runterzuschalten. Dann könnte er endlich die Dinge tun, für die er sonst nie Zeit hatte.

Billard spielen.

Auf Dächern sitzen und in die Sterne gucken.

Jede Nacht mit einer Frau im Bett liegen, mit der gleichen Frau.

Dinge, die er nie zuvor gewollt hatte. Jetzt wollte er sie. Jetzt sehnte er sich nach ihnen, sie waren ihm sogar wichtiger geworden als seine Arbeit. Viele Jahre hatte die körperliche Anstrengung seines Jobs ihn ruhig gehalten – Nägel einschlagen, Hunderte Kilo Gips Treppen hinauf- und hinunterschleppen.

Nun war das nicht länger der Fall.

Er war immer stolz darauf gewesen, sich selbst treu zu bleiben. Er war nun mal nicht der Typ für einen weißen Gartenzaun, eine Frau, die seinen Ring trug, und zweieinhalb Kinder. Das war es nicht, was er wollte.

Doch die Vorstellung, bis ans Ende seines Lebens allein zu bleiben, gefiel ihm auf einmal nicht mehr so sehr. Ganz im Gegenteil. Wenn er ganz ehrlich war, musste er zugeben, dass sich seine Einstellung zu Liebe und Bindung vollkommen verändert hatte.

Ziemlich beschissenes Timing …

Ruhelos streifte er durch die Räume, dann setzte er sich in sein Büro, um Sass anzurufen.

„Ich hoffe, das ist ein Notfall", sagte sie verschlafen.

„Du musst Vallejo Street zum Verkauf anbieten."

Ein ausgedehntes Schweigen folgte.

„Sass?"

„Du rufst mich um …" Er hörte ein Rascheln, als ob sie sich im Bett aufsetzte. „… um Mitternacht an, um mir zu sagen, dass du dein Haus verkaufen willst?"

„Ich wollte es immer verkaufen", sagte er. „Das weißt du."

„Eben nicht. Ich meine, okay, du hast so getan als ob." Sie klang jetzt deutlich wacher. „Aber wir alle wussten …"

„Was?"

„Dass du endlich ein Zuhause gefunden hast, statt länger wie ein Vagabund zu leben. Vor allem jetzt, seit du mit Willa zusammen bist. Sie liebt dieses Haus auch …"

„Du irrst dich", sagte er tonlos. „In jeder Hinsicht. Also, auf den Markt damit."

Diesmal dauerte ihr Schweigen nicht ganz so lange. „Es ist dein Leben." Sie legte auf.

Er legte sich ins Bett.

„Stimmt", sagte er zu der Katze, die am Fußende seines Bettes saß, die Augen unverwandt auf ihn gerichtet und mit zuckendem Schwanz. „Mein Leben."

Pitas Schwanz hörte auf zu zucken, mit einem kurzen und knappen „Miau" machte sie ein Friedensangebot und stakste auf ihn zu.

„Darüber haben wir gesprochen. Ich teile mein Bett nicht mit einer Katze."

Was sie nicht scherte. Sie sprang auf seine Brust und machte es sich in aller Gemütsruhe bequem.

„Nein", sagte er. „Auf keinen Fall ..."

Sie hob eine Pfote und begann, sich das Gesicht zu putzen.

„Katze, das meine ich ernst."

Sie schaltete einen Gang höher und putzte sich hinter den Ohren.

„Wenn du dich auch noch unten herum putzt, ist alles zu spät", drohte er.

Noch immer auf seiner Brust sitzend, ließ sie die Pfote sinken, drehte einen Kreis, rollte sich ordentlich zusammen und schloss die Augen.

„Sicher nicht", sagte er.

Sie rührte sich nicht.

Genauso wenig wie er.

26. Kapitel

#MagicallyDelicious

Am nächsten Morgen lag Willa in ihrem Bett und starrte an die Decke. Sie konnte das ganze Gewicht ihres Herzens spüren, das schwer in ihrer Brust schlug.

Keine Reue, nahm sie sich vor. Es war richtig gewesen, Keane die Wahrheit zu sagen. Besser für sie beide.

Und das versuchte sie, auch zu glauben. Sie stand auf und stellte mit einem Schrecken fest, dass am nächsten Tag Heiligabend war. Normalerweise war Weihnachten für sie die schönste Zeit des Jahres. Sie liebte diese Energie, von der ganz San Francisco ergriffen wurde, liebte das Lächeln auf den Gesichtern der Menschen, die in ihren Laden kamen, liebte den Zauber der Feiertage, liebte einfach alles daran.

Doch jetzt, als sie sich schnell und leise für die Arbeit fertig machte, war von dieser Stimmung überhaupt nichts zu spüren.

Rory schlief noch auf der Couch. Als sie nach dem Gespräch mit Keane zurück in die Wohnung gekommen war, hatte Rory auf sie gewartet. Willa hatte ihre eigene Verzweiflung beiseitegeschoben und ein Lächeln aufgesetzt.

Denn das war es, was Rory gebraucht hatte. Sie hatten sich lange unterhalten. Rory hatte einen kleinen Nervenzusammenbruch bekommen und zugegeben, dass sie ihre Familie vermisste. Dass sie wünschte, sie hätte sich nicht mit all ihren Verwandten zerstritten.

Willa hatte vorgeschlagen, an Weihnachten nach Hause zu fahren und sich mit ihnen zu versöhnen. Als Rory sagte, sie würde so kurzfristig kein Ticket nach Tahoe bekommen, versprach Willa einmal mehr, sich darum zu kümmern. Rory hatte zwar keine große Familie, konnte aber mit jeder Menge Liebe und Vergebung rechnen, wenn sie nur den ersten Schritt tat.

Ihr eigenes Herz hatte sich schmerzhaft zusammengezogen, gerade so, als versuchte dieses arme Organ, sie davon zu überzeugen, dass sie sich selbst in dieser Hinsicht einmal Gedanken machen sollte.

Doch jetzt, bei Tageslicht, wurde ihr klar, dass sie dafür noch nicht genug Koffein intus hatte. Da sie vorhatte, sich allein um den morgendlichen Andrang im Laden zu kümmern, schlich sie auf Zehenspitzen an der Couch vorbei.

Ein verfrühtes Weihnachtsgeschenk für Rory.

Ihr erster Kunde war ein lebhafter kleiner Mops namens Monster, der unter schwerem Asthma litt. Er pfiff beim Einatmen, schnaubte beim Ausatmen und klang wie ein achtzigjähriger Mann, der rauchend eine Treppe hinaufstieg.

Gerade als sie Monster in die Wanne verfrachtet hatte, kamen Elle und Haley mit Muffins und Kaffee in den Laden.

„Wow." Haley blieb wie angewurzelt stehen. „Das ist der hässlichste Hund, den ich je gesehen habe."

Monster hob den Kopf, die riesigen schwarzen Augen auf Willa geheftet, während er pfeifend Luft holte. Sie gab ihm einen Kuss auf den faltigen Kopf.

„Hör nicht hin. Du bist hinreißend. Und fragt jetzt bloß nicht, wie es gestern gelaufen ist", sagte sie mahnend.

„Ich muss gar nicht fragen", meinte Elle. „Ich sehe kein Ich-wurde-flachgelegt-Lächeln."

„Weil du die Handschellen nicht wolltest", sagte Haley. „Stimmt's?"

Willa löste die Hände von Monster, der sich sofort schüttelte. Wasser spritzte in alle Richtungen. Nun, in ihre und Haleys Richtung. Elle zu treffen wagte das Wasser nicht.

Haley kreischte auf, woraufhin Monster sich erneut schüttelte und dabei stolz zu grinsen schien.

„Du stachelst ihn nur noch mehr an", rief Willa lachend.

„Man kann Hunde doch so nicht anstacheln."

„Er ist ein Männchen", sagte Elle, die auch diesmal nicht nass geworden war. „Es liegt in seinen Genen, sich anstacheln zu lassen. Und jetzt sag schon, was los ist", fuhr sie an Willa gewandt fort.

Seufzend erzählte sie ihnen, was sich am vergangenen Abend in Andys Wohnung abgespielt hatte, erwähnte allerdings nicht, dass sie Keane einfach hatte gehen lassen.

Sowohl Elle als auch Haley waren entsetzt. Als Rory kam, gaben sie vor, über das Wetter zu sprechen.

Rory, die überraschend ausgeschlafen aussah, betrachtete sie misstrauisch. „Willa hat euch von gestern Abend erzählt, oder?"

Natürlich gaben Elle und Haley es sofort zu und machten dann einen Riesenwirbel um Rory. Die wiederum tat genervt, doch davon ließ sich niemand täuschen. Sie alle wussten, dass sie die Aufmerksamkeit und Zuneigung der anderen Frauen wie ein Schwamm aufsog.

Als es an der Eingangstür klingelte, überließ Willa es ihren Freundinnen, Rory weiter zu verhätscheln, und eilte mit dem in ein Handtuch gewickelten Mops im Arm nach vorn.

Bei Keanes Anblick stolperte sie beinahe über ihre eigenen

Füße. Er sah mal wieder zum Umfallen sexy aus. Mit dunklen Jeans, Aviator-Jacke und Sonnenbrille stand er vor ihr.

Er lächelte Monster an. „Niedlich."

Es schmerzte Willa, ihn auch nur anzusehen. Also sah sie ein wenig an ihm vorbei.

„Soll ich auf Pita aufpassen?"

„Nein."

Als er nichts weiter sagte, blickte sie ihm schließlich doch in die Augen. Das war ein Riesenfehler. Als hätte sie direkt in die Sonne geschaut. Es tat weh. Noch schmerzhafter war es allerdings, sich bei ihm entschuldigen zu müssen.

„Keane?"

„Ja?"

„Es tut mir leid, dass ich wegen des Schlüssels ein bisschen ausgeflippt bin."

„Schlüssel?", hörte sie jemanden hinter sich flüstern. Pru. „Mein lieber Mann, was haben wir verpasst?"

Es war tatsächlich Pru, wie Willa feststellte, als sie sich umdrehte. Sie musste durch die Hintertür gekommen sein. Ihre Freundinnen standen zusammengedrängt im Eingang und lauschten.

„Ups." Haley zuckte bei Willas Blick zusammen. „Entschuldige, wir wollten nur …" Mit leicht panisch aufgerissenen Augen wandte sie sich an die anderen. „Was wollten wir nur?"

„Ähm …", meinte Pru.

Elle schüttelte ungläubig den Kopf. „Amateure. Wir haben gelauscht, und zwar schamlos. Und es wäre äußerst hilfreich, wenn einer von euch beiden erklären könnte, was letzte Nacht los war, damit wir das Ganze besser verstehen."

Willa starrte sie an. „Soll das ein Scherz sein?"

„Schätzchen, wie du weißt, mache ich keine Scherze“, entgegnete Elle.

Rory sah schuldbewusst aus. „Oh mein Gott. Ich glaube, sie streiten meinetwegen. Ich habe ihnen die Nacht ruiniert.“

Willas Wut verrauchte sofort. Jetzt hatte sie ein schlechtes Gewissen.

„Nein, Süße, das ist es nicht. Mit dir hat das überhaupt nichts zu tun.“

„Doch, ganz bestimmt“, beharrte Rory. „Weil zwischen euch alles in Ordnung war – bis ich diesen bescheuerten Fehler gemacht habe. Und dann habe ich dich mal wieder gebraucht. Nein, ich habe euch beide gebraucht. Denn Andy hätte dir wehgetan, Willa, das weiß ich, und …“ Ihre Stimme brach. „Und dann wäre ich schuld daran gewesen.“

Elle schlang einen Arm um Rory und drückte sie fest an sich, ließ jedoch Willa und Keane dabei keine Sekunde aus den Augen.

„Du kannst nichts dafür“, erklärte sie energisch. „Für nichts, was gestern Abend passiert ist. Und jetzt werden diese beiden albernen Kinder ihr Gespräch in Willas Büro fortführen und nicht eher wieder herauskommen, bis sie sich vertragen haben und wieder lächeln. Denn morgen ist Weihnachten, verdammt noch mal.“

„Ja?“ Rory sah Willa herzzerreißend hoffnungsvoll an. „Werdet ihr beide euch vertragen?“

Das fragte sie, weil in ihrem Leben bisher niemals etwas gut ausgegangen war, wie Willa genau wusste. Sie atmete aus. Auf keinen Fall durfte sie zulassen, dass Rory ihren Glauben an die Liebe komplett verlor. Das kam nicht in Frage.

„Natürlich.“ Wenn es darauf ankam, konnte sie nämlich auch gut schauspielern. Und sie würde dafür sorgen, dass Keane mitspielte. Und ihr versprach, ihr so lange Zeit zu lassen, bis ihr Herz bei seinem Anblick nicht mehr zu explodieren drohte. Mit dieser Absicht drückte sie Pru den Mops in den Arm und versuchte, Keane in ihr winziges Büro zu schubsen.

Doch Keane ließ sich natürlich nirgendwohin schubsen. Er war groß und kräftig und so dickköpfig wie … nun, wie sie. Er warf ihr einen einerseits amüsierten Blick zu, dass sie überhaupt erst versuchte, ihn zu schubsen, andererseits einen herausfordernden Blick.

Keane wollte gebeten werden.

Ach Gott, wie konnte ich nur so ein Alphatier ärgern. Sie atmete genervt aus, lächelte aber – da Rory sie noch immer besorgt ansah – mit zusammengebissenen Zähnen.

„Würdest du bitte mit mir ins Büro gehen, damit wir …“ Sie schenkte Rory ein weiteres Lächeln. „… uns vertragen können?“

„Mit Vergnügen“, sagte Keane freundlich. Er nahm sogar ihre Hand und führte sie.

Was sie geschehen ließ. Doch kaum hatten sie die Türschwelle zu ihrem Büro überschritten, schloss sie die Tür und öffnete den Mund.

„Also, hör zu, natürlich habe ich nicht das Recht, dich um etwas zu bitten, aber du musst um Rorys willen so tun, als ob wir uns vertragen hätten …“

Keane antwortete nicht. Stattdessen kam er mit der Schnelligkeit und Wendigkeit eines eingesperrten Leoparden auf sie zu und drückte sie gegen den Schreibtisch. Dann vergrub er die Hände in ihrem Haar, bog ihren Kopf ein wenig nach hinten und stürzte sich auf ihre Lippen.

Und, verdammt noch mal … in Sekundenschnelle drehten sich diese ganzen brodelnden und wabernden Gefühle in ihr um hundertachtzig Grad. Mit einem Stöhnen presste sie sich so heftig gegen ihn, dass er ein wenig taumelte.

Er stemmte die Füße fester in den Boden und zerrte sie an seine Brust. Aus irgendeinem Grund war es genau das, was sie jetzt brauchte. Sie klammerte sich an ihn, in dem verzweifelten Versuch, ihm noch näher zu kommen. Unter ihren gespreizten Fingern auf seinem starken, breiten Rücken spürte sie, wie sein Körper erbebte. Doch das war nicht alles. Sie fühlte auch die harte und fordernde Erektion zwischen ihren Beinen.

Es gab nicht genügend Luft für Worte, nicht jetzt und auch nicht, als er mit seinen großen Händen ihren Hintern drückte.

So scharf. So perfekt. So …

Die Tür flog auf.

„Oh, tut mir leid", sagte Cara. „Ich wollte dir nur sagen, dass ich heute für Lyndie einspringe und …" Bei Willas genervtem Blick brach sie ab. „Okay, die haben mich hier reingeschickt, um herauszufinden, ob ihr beide streitet", gab sie zu. „Rory will es unbedingt wissen."

Mist. „Niemand streitet hier", antwortete Willa so beiläufig wie möglich. „Wir … sprechen gerade über Katzenpflege." Sie bemühte sich, nicht zu klingen, als ob er sie gerade um den Verstand geküsst hätte. „Wegen Petunia."

Cara nickte. „Katzenpflege", wiederholte sie. „Kapiert. Das werde ich Rory ausrichten."

Als sie gegangen war, drehte Willa sich zu Keane um.

„Um noch mal darauf zurückzukommen, wegen Rory so zu tun, als ob wir …"

Er drehte mit einer Hand den Schlüssel im Schloss um und riss sie mit der anderen wieder an sich, um sie zu küssen. Dann schnappte er sich die Schnur der Jalousien am Fenster zum Innenhof und ließ sie heruntersausen, ohne die Lippen von ihren zu lösen, was ein wirkliches Kunststück war. Am liebsten hätte sie ihn noch gebeten, auch die Lamellen zu schließen, durch die noch immer Licht drang, wusste aber, dass diese Bitte vergeblich wäre.

Keane sah gern, was er tat.

Sie löste sich von seinen Lippen.

„Du musst sie stimulieren“, gelang es ihr zu sagen. „Das ist für Katzen wichtig.“

Keane hob eine Augenbraue.

Mit einem heftigen Nicken Richtung Tür gab sie ihm zu verstehen, dass ihre Freunde vermutlich davor lauschten.

Er sah sie lange an, sein Blick dunkel und undurchdringlich.

„Für Katzen“, wiederholte er, und bevor sie auch nur blinzeln konnte, hob er sie hoch, setzte sie auf den Schreibtisch und stellte sich zwischen ihre Beine. Den Mund an ihr Ohr gedrückt, flüsterte er kaum hörbar: „Du willst, dass ich dich stimuliere.“

Sie lachte auf und versuchte, sich zu befreien, doch er verstärkte seinen Griff.

„Du weißt genau, dass ich das nicht gemeint habe!“, flüsterte sie. „Rory ist im Moment sehr labil, wir müssen ihr ein Gefühl von Sicherheit vermitteln.“

„Sie kann sich sicher fühlen“, sagte er leise. „Und du auch.“ Dann lächelte er ein sehr teuflisches Lächeln und hob die Stimme. „Okay, also, dann erklär mir bitte Schritt für Schritt diese Sache mit der … Stimulation.“ Er drückte die Lippen wieder auf ihr Ohr und sagte mit seiner Böse-Jungen-Stimme: „Erklär es mir langsam und detailliert.“

Sie schlug ihm gegen die Brust, doch er rührte sich nicht.

„Ich sehne mich nach deinem Körper“, sagte er leise, ernst geworden. „Ich muss dich wieder spüren.“

Ihr Herz wurde weich. Es gab da ein Problem, daran erinnerte sie sich dunkel, doch solange er sie so streichelte, konnte sie sich beim besten Willen nicht darauf konzentrieren. Also krallte sie die Hände in sein Hemd und zog ihn an sich.

Sein Körper erzitterte unter seinem Lachen, als er die Hände auf ihre Hüften legte und seine Lippen näher kamen.

„Keane …"

„Ich kenne die Regeln inzwischen. Es bedeutet nichts, es ist nur ein One-Night-Stand, aus dem ein Three-Nights-Stand wurde und so weiter und so weiter …"

Als sie leise schnaubte, lächelte er. „Still jetzt, Willa." Er legte einen Finger auf ihre Lippen. „Keinen Ton mehr." Er schob die Hände hinten in ihre Jeans, legte seine Hände um ihren Hintern. Sie begann zu stöhnen, und Keane biss ihr in die Unterlippe.

Ach so, ja. Keinen Ton.

Seine kraftvolle Umarmung machte sie atemlos, sie schlang die Arme um seinen Nacken und drückte ihre Brüste an seine Brust. Wenn sie nicht innerhalb der nächsten Sekunden Haut an Haut waren, würde sie womöglich verbrennen.

Irgendwie gelang es ihm, ihr die Stiefel auszuziehen. Und dann öffnete er die Knöpfe ihrer Jeans. Als er die Hand hineinschob und sie durch den Slip streichelte, bekam sie kurz Panik.

„Was ist?", fragte er, als sie erstarrte.

„Du musst versprechen, nicht hinzusehen. Ich habe keine besonders hübsche Unterwäsche an. Genau genommen …" Sie schnitt peinlich berührt eine Grimasse. „Ich habe sogar die hässlichste an, die es überhaupt gibt. Die trage ich, um standhaft zu bleiben und sie niemandem zu zeigen. Also dir in diesem Fall. Du bist dieser Niemand."

Er starrte sie an, warf dann den Kopf zurück und lachte. Dabei sah er so umwerfend sexy aus, dass sie ihre Bedenken über Bord warf und sich die Jeans halb herunterziehen ließ.

„Ich weiß, dass ich hier widersprüchliche Signale aussende", brachte sie hervor. „Ich habe nicht aufgehört, dich zu begehren …"

„Gut."

„Aber …"

Er stöhnte. „Dieses ständige Aber macht mich fertig."

„Aber", fuhr sie fort, weil sie es einfach aussprechen musste, „ich bin ein bisschen durcheinander."

Er sah sie schief an. „Ein bisschen?"

Sie versuchte, die Beine zu schließen, was nicht leicht war mit 80 Kilo Muskeln dazwischen.

„Scht", sagte er zugleich sanft und bestimmt. „Ich hab's verstanden, Willa. Ich verstehe dich. Zunächst einmal reicht mir das. Du wirst mir immer reichen, Willa, Hauptsache, ich kann irgendwie mit dir zusammen sein."

Und nach dieser erstaunlichen Aussage fiel er auf die Knie, zog ihr die Jeans ganz herunter und schaute. Und schaute ziemlich lange. Als er sich wieder zu seiner vollen Größe aufgerichtet hatte, grinste er.

„Gefällt mir."

„Du bist ein kranker Mann", keuchte sie.

„Zweifellos." Er küsste sie, bis sie sich vor Lust wand.

„Beeil dich", sagte sie atemlos an seine Lippen gedrückt, und gemeinsam legten sie ihre wesentlichen Körperteile frei.

Und, gütiger Gott, nichts ging über Keanes wesentliche Körperteile … Sie schloss ihre Hände um ihn, während er mit seiner stoppeligen Wange über ihre Brustwarzen strich. Seine Berührung war so intensiv, dass sie beinahe sofort gekommen wäre. Sein Mund war überall, wild und schnell. Sie erwiderte seine Küsse, so gut sie konnte, während sie versuchte, ihn in sich aufzunehmen.

Er lachte dunkel. Doch bevor sie ihn deswegen umbringen konnte, war er schon an ihr hinabgeglitten und liebkoste sie mit den Lippen.

Gerade noch hatte er es so eilig gehabt wie sie. Aber jetzt hielt er sie fest und ließ sich alle Zeit der Welt. Er machte sie mit seiner Zunge vollkommen wahnsinnig. Als sie die Kontrolle verlor, als sie kurz davor stand, zu kommen, erhob er sich und presste die Lippen auf ihren Mund, um ihren Schrei zu dämpfen, und glitt mit einem tiefen Stoß in sie.

Sie liebten sich wild, verzweifelt. Hungrig. Es spielte keine Rolle, wie oft sie auf diese Weise zusammen waren, Keane brachte sie jedes Mal um den Verstand. Sie spürte, wie sie noch einmal kam oder immer noch … sie wusste es nicht. Mit Keane verrann die Zeit wie immer in einem endlosen wollüstigen Rhythmus.

Als sie schließlich wieder in der Lage war, zu sehen und zu hören, bemerkte sie, dass er den Kopf an ihren Hals geschmiegt hatte. Sein Atem strich zart über ihre Haut. Mit einer Hand streichelte er über ihren Rücken, bis sie ruhig wurde, während er mit dem Daumen der anderen Hand über ihre Lippen strich, um sie daran zu erinnern, leise zu sein.

Oh Gott. War sie leise gewesen? Sie konnte sich nicht erinnern!

Als er grinste, biss sie ihm in den Finger. Fest.

Leise lachend richtete er sich auf und half ihr auf die Beine. Ihre verdammten Knie waren weich, doch er zog sie an sich und hielt sie fest.

Er küsste ihre Schläfe und strich eine Haarsträhne aus ihren

Augen. Dann zog er ihre Hand an seine Lippen. Sie konnte seinen warmen Atem auf ihrer Haut spüren, und es fühlte sich so … intim an. Sogar noch intimer als der Moment, in dem er tief in sie eingedrungen war.

„Das war …“ Sie suchte nach dem richtigen Ausdruck.

„Katzenpflege vom Feinsten?“

Sie versuchte, nicht zu lachen, doch es gelang ihr nicht.

„Keane“, sagte sie leise. „Was, zum Teufel, machen wir eigentlich?“

Da er es ebenfalls nicht wusste, schüttelte er langsam den Kopf.

„Ich musste dich sehen“, sagte er nur.

„Und ich musste dich sehen. Aber was hat das zu bedeuten?“

„Dass du mich dringend haben wolltest.“

Sie unterdrückte ein weiteres Lachen.

„Meinst du nicht?“ Er hob sein Hemd und drehte sich. Da er die Jeans noch nicht zugeknöpft hatte, hing sie etwas herunter, weit genug, um die Spuren von zehn Fingernägeln erkennen zu können. Fünf auf jeder perfekten Pobacke.

Sie hielt sich die Augen zu.

Toll. Ihn hatte der Sex gestärkt, und sie – nun, sie hatte ein weiteres Stück ihres Herzens verloren. Sie strich sich die Kleider glatt und fluchte leise, als sie ihren Slip nicht finden konnte. Ihre Sexsucht ging ins Geld.

Keane knöpfte ihr Oberteil für sie zu, nahm dann ihr Gesicht in beide Hände und gab ihr einen zärtlichen Kuss.

„Okay“, meinte er. „Sag mir, wie du es gern hättest. Brauchst du immer noch Abstand? Weil meiner Ansicht nach so zwanzig bis fünfundzwanzig Zentimeter reichen würden.“

Leise lachend rieb sie sich über die Schläfen.

„Es ist nur so … Wenn wir das hier tun …“ Sie deutete vage

auf den Schreibtisch. „… dann fühle ich gewisse Dinge. Und jedes Mal mehr."

„Gut."

Sie legte den Kopf in den Nacken, sah zur Decke und spürte, wie er über ihre Arme strich.

„Willa, sieh mich an."

Sie zögerte, weil sie genau wusste, wie sie sich in seinen Augen verlieren konnte. Doch dann blickte sie ihn an.

„Ich hoffe, dir ist klar, dass du damit nicht allein bist? Mir geht es wie dir, ich bin genauso verwirrt von dem, was zwischen uns geschieht."

Sie schüttelte abwehrend den Kopf. „Wirklich? Du scheinst immer so gelassen zu sein. In einem Moment Intimität und im nächsten nicht. Es ist, als würde dich das gar nicht berühren."

Er musterte sie einen Augenblick. „Du glaubst, dass ich keine Gefühle habe?"

„Ich glaube, dass du mit Gefühlen besser umgehen kannst als ich."

„Ich muss einfach an uns glauben", sagte er. „An dich. An uns."

„Das fällt mir ziemlich schwer."

„Also willst du es beenden?"

„Nein." Allein der Gedanke schmerzte. „Nein", wiederholte sie und klammerte sich dann tatsächlich an ihm fest.

„Okay." Er drückte sie an sich. „Okay, ich lasse dich nicht allein."

Sie konnte nur nicken. Sie war den Tränen nahe und suchte Trost in seinen Armen. Schließlich löste sie sich von ihm, um sich zu vergewissern, dass ihre Kleider in Ordnung waren.

„Ich werde nicht so tun als ob", warnte er sie. „Nicht mal für Rory. Bitte mich nicht darum."

Sie schüttelte den Kopf. „Das werde ich nicht."

Die gesamte Mannschaft drückte sich vor der Tür herum, ganz offensichtlich schwer damit beschäftigt zu lauschen. Als sie Willa sahen, stoben sie in alle Richtungen auseinander.

Bis auf Elle, die erst sie musterte, dann Keane.

Willa ignorierte sie so gut wie möglich und gab Keane ein Zeichen zu verschwinden. Stattdessen gab er ihr einen Kuss. Zwar keinen leidenschaftlichen, aber auch keinen rein freundschaftlichen. Es war der Kuss eines Mannes, der sein Territorium markierte. Als er den Kopf hob, umspielte ein winziges Lächeln seinen Mund.

„Nach wie vor bist du am Zug", sagte er.

Dann ging er davon, ohne sich noch einmal nach ihr umzudrehen.

Als Willa an diesem Abend endlich nach Hause kam, hatte sie heftige Kopfschmerzen von all den Gedanken, die sie auszublenden versuchte. Heftige Kopfschmerzen und einige tiefe Kratzer von einer extrem aufgebrachten Katze, die nach einer Auseinandersetzung mit einem Rosenbusch zur Fellpflege vorbeigebracht worden war.

Da Willa nicht wollte, dass außer ihr irgendjemand diese durchgedrehte Katze auch nur anfasste, hatte sie sich ganz allein um sie gekümmert.

Und den Preis dafür bezahlt.

Als Rory ihre tiefen Kratzer hatte verarzten wollen, hatte Willa mit der Behauptung abgelehnt, dass es ihr gut ginge.

Doch es ging ihr überhaupt nicht gut.

Mit dem Gefühl tiefer Einsamkeit betrat sie ihre dunkle Wohnung, ohne sich die Mühe zu machen, das Licht anzuschalten. Regen schlug aufs Dach, und sie sehnte sich nach nichts anderem als einem Sandwich mit Erdnussbutter und Marmelade – drei Lagen! – und ihrem Bett. Doch als sie schließlich in der Küche stand und begann, sich das Sandwich zu schmieren, brachte sie der tropfende Wasserhahn schier um den Verstand.

„Halt die Klappe“, rief sie.

Tropf. Tropf. Tropf.

Verflucht. Früher hatte sie es geliebt, allein zu sein. Wann hatte sie damit aufgehört?

Tropf. Tropf. Tropf …

„Na schön. Dann bringe ich dich eben zum Schweigen“, murrte sie und krabbelte mit einem Schraubenschlüssel bewaffnet unter das Spülbecken und zog eine lockere Schraube fest. Ein Schwall eiskaltes Wasser ergoss sich über sie. Willa kreischte erschrocken auf, hockte sich dann murrend auf den Küchenboden und sah an sich herab.

Sie war ein Wrack.

Logisch, wenn man bedachte, wie der Tag gelaufen war. Nichtsdestotrotz wollte sie sich nicht unterkriegen lassen und fuhr unverdrossen fort, ihr Sandwich mit Erdnussbutter zu bestreichen, als es an der Tür klopfte. Da es schon nach Mitternacht und eben einer dieser Tage war, schnappte sie sich ein Messer und spähte durch den Türspion. Sofort begann ihr ganzer Körper zu kribbeln.

Keane stand vor der Tür und wirkte genauso dunkel und gefährlich wie diese regnerische, kalte Nacht.

27. Kapitel

#WhatYouSeeIsWhatYouGet

Da Keane beim besten Willen nicht hatte schlafen können, war er irgendwann aufgestanden, um eine Runde laufen zu gehen. Wenn er sich richtig körperlich verausgabte, dachte er, würde er auch wieder einen klaren Kopf bekommen.

Während er über die Gehsteige joggte, zählte er im Geiste all die positiven Dinge in seinem Leben auf.

Erstens war seine Großtante wieder gesund und munter in ihre Pflegeeinrichtung zurückgekehrt. Ausnahmsweise hatte sie ihm eine Nachricht hinterlassen, die besagte, dass eine alte Freundin sich angeboten habe, ihm Pita abzunehmen.

Zweitens würde seine Immobilienmaklerin in der nächsten Woche offiziell Angebote für das Haus in der Vallejo Street annehmen.

Ihm ging es gut. Verdammt, ihm ging es sogar hervorragend, er müsste theoretisch überglücklich sein.

War er aber nicht. Weil sich nichts davon richtig anfühlte.

Pita wegzugeben, das Haus in der Vallejo Street zu verkaufen, Willa mehr Zeit zu geben – das alles gefiel ihm so gar nicht.

Er beschleunigte das Tempo, bis seine Muskeln vor Erschöpfung zu zittern begannen. Plötzlich fiel ihm auf, dass er vor Willas Haus stand.

Er suchte ihre Nähe wie eine Motte das Licht, das war die

schlichte Wahrheit. Weil er ihr Lächeln liebte, ihr Lachen und die Tatsache, dass sie ihn erstaunlich regelmäßig zu beidem brachte. Er liebte es, dass er in ihrer Gegenwart praktisch aus sich heraustrat, sich selbst nicht mehr so ernst nahm. Er liebte absolut alles an ihr.

Als sie öffnete, sog er ihren Anblick in sich auf. Ihr wild zerzaustes Haar, ihre übellaunig blitzenden Augen, ihr weiches T-Shirt, mit dem sie locker jeden Wet-T-Shirt-Wettbewerb der Welt gewinnen würde.

Sie betrachtete ihn ebenfalls von Kopf bis Fuß. „Hat dich auch eine Wasserleitung durchnässt?“, fragte sie.

„Nein, ich war joggen.“

„Freiwillig?“

Überrascht hörte er sich lachen. „Kann ich reinkommen?“

„Sicher“, meinte sie so einladend, dass er sofort misstrauisch wurde.

„Wie gut kennst du dich mit Klempnerarbeiten aus?“, fragte sie.

„Sehr gut.“

„Dann bist du mein Mann. Es gibt da einen tropfenden Wasserhahn, den du reparieren könntest.“

Er war so müde, dass er kaum aufrecht stehen konnte. „Jetzt?“

„Ich habe es selbst versucht und bin beinahe ertrunken.“ Sie deutete mit einem Messer auf sich, das aussah, als ob es zuvor in einem Glas Erdnussbutter gesteckt hätte.

„Ich hatte einen beschissenen Nachmittag und einen genauso beschissenen Abend und wollte einfach nur ein Erdnussbutter-Marmeladen-Sandwich essen und dann schlafen. Aber dieses Getropfe macht mich verrückt …“

Für seinen Geschmack war sie den Tränen viel zu nahe, also

ergriff er ihr Handgelenk, damit sie aufhörte, mit dem Messer herumzufuchteln.

„Schon kapiert", sagte er leise, dann nahm er ihr das Messer ab. Er mochte vielleicht eine Schwäche für sie haben, lebensmüde war er jedoch nicht.

Er schloss die Tür hinter sich, drehte den Schlüssel um und folgte ihr in die Küche. Die Zutaten für ein Erdnussbutter-Marmeladen-Sandwich lagen auf der Küchentheke. Der Boden war voller Wasser, die Schranktür unter dem Spülbecken stand offen.

„Du hättest mich anrufen können", sagte er.

„Ich kann meinen verdammten tropfenden Wasserhahn selbst reparieren."

Er hätte jetzt sagen können, dass sie in diesem Fall dieses Gespräch nicht führen müssten. Aber auch er hatte einen langen Tag hinter sich, einen extrem langen, und er war mindestens so schlecht gelaunt wie sie. Und obwohl seine Augen vor Erschöpfung brannten, nahm er den Schraubenschlüssel und machte sich an die Arbeit.

Es dauerte zwei Minuten. Danach legte er das Werkzeug zur Seite und sah Willa, noch immer flach auf dem Rücken liegend, an.

Die hockte auf der Küchentheke und leckte mit einem saugenden Geräusch, das ihm direkt in sein Lieblingskörperteil fuhr, Erdnussbutter vom Daumen.

„Erledigt", sagte er mit belegter Stimme, stand auf und stellte sich vor sie.

„Also wird es nicht mehr die ganze Nacht tröpfeln und mich zwingen, es zu töten?", fragte sie.

„Nein, du wirst heute Nacht niemanden mehr töten müssen."

Sie seufzte tief. „Danke. Wirklich."

„Gern geschehen. Wirklich." Er kam so nahe, dass ihre Knie gegen seine Schenkel gepresst wurden.

Doch als sie ihn am Hemd packte, um ihn an sich zu ziehen, wehrte er sich.

„Ich habe Lust auf meine zwanzig, einundzwanzig Zentimeter", flüsterte sie.

Irgendwie gelang es ihm, ihr zu widerstehen. „Ich muss unter die Dusche, Willa."

Sie zog fester. „Meinetwegen nicht."

„Ich bin hierher gejoggt ..."

Sie lachte auf. „Und *mich* nennt man dickköpfig und stur." Sie betrachtete ihn. Ihr Lächeln erlosch, und sie begann, auf der Unterlippe zu kauen. „Ich kann nicht schlafen", raunte sie.

Eine Haarsträhne hing ihr ins Auge. Ihre Wimperntusche war verschmiert. Ihr T-Shirt war noch immer nass, und sie zitterte, als sie sich an ihn drückte. Doch wieder schob er sie von sich. „Vorsicht, ich bin völlig verschwitzt."

„Mir egal." Sie schmiegte sich an seine Brust, und als er ihr Gesicht zu sich drehte, konnte er einfach nicht anders, als sie zu küssen. Sie schmeckte nach Erdnussbutter und dem Paradies.

„Warum kannst du nicht schlafen?", fragte er, seine Lippen an ihren.

„Ich habe eine altersschwache Katze gebadet, war dabei etwas zu überheblich, und sie hat mich eines Besseren belehrt. Ich habe ziemlich tiefe Kratzspuren auf der rechten Schulter und dem Rücken, weil sie versucht hat abzuhauen. Die brennen wie Feuer. Ich muss also auf der linken Seite oder auf dem Bauch schlafen, obwohl ich sonst immer auf der rechten Seite schlafe." Sie seufzte laut. Als er einen Blick auf die Kratzer werfen wollte, zuckte sie zurück. „Nein, ist schon gut …“

Ohne auf ihren Protest zu achten, legte er die Hände auf ihre Hüften, zwang sie, sich umzudrehen, und schob dann vorsichtig ihr T-Shirt nach oben.

„Wirklich, ich …“

Er stutzte beim Anblick der roten, tiefen Kratzer auf Rücken und Schulter. „Willa, die müssen desinfiziert werden.“

„Ich weiß, das mache ich noch.“ Sie versuchte, das T-Shirt wieder hinunterzuziehen, doch er ließ nicht los, zog es ihr stattdessen über den Kopf und schleuderte es durchs Zimmer.

„Keane“, keuchte sie, verschränkte die Arme vor der Brust und versuchte, sich zu ihm umzudrehen. Doch er hielt sie fest, um ihre Wunden genauer betrachten zu können.

„Verbandszeug?“

„Im Flurschrank“, sagte sie.

Er suchte alles Nötige zusammen, doch als er zurückkam, war sie verschwunden. Ein Schreck durchfuhr ihn.

Er fand sie im Badezimmer, wo sie sich ein Handtuch vor ihre Brüste hielt und sich verdrehte, um die Kratzer im Spiegel betrachten zu können.

Ihr Rücken war zart und schön gebogen und so verdammt verlockend. Er wollte mit den Händen darüber und bis zu ihrem Hintern streichen, sie nach vorn beugen und …

Seine Fantasie wurde jäh unterbrochen, als sie einen der Kratzer berührte und vor Schmerz zusammenfuhr.

„Halt still“, sagte er und begann, sie zu verarzten.

Sie machte keinen Mucks, während er die Wunden desinfizierte. Sie schien auch nicht mehr zu atmen, aber ihre zitternden Muskeln verrieten, dass sie Schmerzen hatte. Er beugte sich vor, um die Lippen auf ihren Nacken zu drücken.

Seufzend ließ sie den Kopf nach vorn fallen, um es ihm leichter zu machen – und schon war er verloren.

„Keane …“

„Sag, dass ich gehen soll, und ich gehe“, flüsterte er mit den Lippen an ihrer wunderschönen Haut und hielt in Erwartung ihrer Antwort die Luft an.

Willa drehte sich, um Keane anzusehen. Auf seinem Gesicht sah sie dasselbe Begehren, das sie empfand. Sie stellte sich auf die Zehenspitzen und gab ihm einen zarten Kuss.

„Geh nicht.“

Mit einem dunklen Stöhnen aus tiefster Kehle schlang er die Arme um sie. Guter Gott! Und wie er sie küsste! Als ob sie die aufregendste Frau auf dem Planeten wäre. Das konnte einen süchtig machen.

Er konnte einen süchtig machen.

Als sie beide keuchten wie Wahnsinnige, hob er den Kopf. Die Augen verdunkelt, tastete er mit den Fingern über ihre Schläfen, strich ihr eine Haarsträhne hinters Ohr und berührte mit dem Daumen ihre Unterlippe.

Sie schloss ihre Augen und schmiegte sich eng an ihn. Aber auf diese Weise fühlte es sich nur noch intimer an, wie ihre Körper sich aneinanderdrückten.

Die Wohnung um sie herum war noch immer dunkel, und vom Regen abgesehen, der gegen die Fenster prasselte, war nichts zu hören.

Von ihrem heftigen Atmen abgesehen.

Sie wusste nicht, ob es ihr gelungen war, ihn zu täuschen. Sich selbst konnte sie allerdings nicht länger etwas vormachen. Hier ging es nicht nur um Sex.

„Willa.“

Sie zwang sich, die Augen zu öffnen und ihn anzusehen, und konnte nur hoffen, dass er die Wahrheit nicht von ihrem Gesicht ablesen konnte. Seine Augen verdunkelten sich, aber darüber wollte sie nicht genauer nachdenken. Stattdessen nahm sie seine Hand und zog ihn ins Schlafzimmer.

Doch er sträubte sich.

„Dusche", sagte er unnachgiebig, und dann drehte er das Warmwasser auf. „Keine Sorge, ich kann das gut."

In Sekundenschnelle hatte er sowohl sie als auch sich selbst nackt ausgezogen und schob sie unter den heißen, dampfenden Wasserstrahl. Er hatte absolut recht, er konnte das gut, ließ seine eingeseiften Hände über ihren ganzen Körper gleiten.

Ja, er konnte das verdammt gut.

Zwei Mal.

Als sie befriedigt und noch immer bebend vor ihm stand, lehnte er sie gegen die Wand und begann, sich schnell selbst abzuseifen. Dieser Anblick machte sie erneut ganz scharf.

Als er bemerkte, wie sie ihn lüstern anstarrte, lächelte er.

„Gefällt dir, was du siehst?"

„Das weißt du genau." Sie streckte die Hand nach ihm aus, doch er stellte erst das Wasser ab und rieb sie mit einem Handtuch trocken. Erst dann ließ er sich von Willa ins Schlafzimmer zerren. Sie versuchte, ihn auf die Matratze zu werfen, doch er zog sie mit sich und rollte sich auf sie, küsste sie leidenschaftlich.

Sie war offenbar nicht die Einzige, die sich heute Nacht so verzweifelt danach sehnte.

Kaum hatte er ihr das Handtuch abgestreift, da presste sie sich auch schon an seine harten, heißen Muskeln, von denen sie noch immer nicht genug bekommen hatte. Von denen sie vielleicht nie genug bekommen würde.

Er zwang sie, ihn anzusehen, und das war neu. Offene Augen. Offenes Herz.

Neu und beängstigend.

Und genau in diesem Augenblick erkannte sie die Wahrheit. Sie liebte ihn. So war es.

Unter diesem Ansturm von Gefühlen musste sie die Augen wieder schließen. Gleichzeitig versuchte sie, sich alles einzuprägen. Seinen Geruch. Sein heiseres Stöhnen. Wie er sie umfasste, eine Hand in ihrem Haar vergraben, die andere an ihrer Hüfte, damit sie loslassen konnte – weil er sie festhielt.

Er hielt sie immer fest.

Vergiss das nicht, sagte sie sich verzweifelt. Vergiss niemals, wie sein Körper sich anfühlt, wenn er in dich stößt, wie seine Muskeln sich anspannen, wie heiß sich seine Haut unter deinen Fingern anfühlt.

„Keane“, wisperte sie unwillkürlich.

Er stöhnte. Sie wusste, dass er kurz davor war zu kommen, schlang die Beine um ihn und bäumte sich seinen Stößen entgegen, zwang sich, ihn anzusehen, und legte eine Hand flach auf seine Brust, um seinen Herzschlag zu spüren.

Danach schmiegte sie sich an ihn, fühlte ihren Puls hämmern und wusste, dass dies wohl die wahrhaftigste und erotischste Begegnung in ihrem ganzen Leben gewesen war.

„Danke für heute Nacht“, flüsterte sie.

Sein Atem streifte ihre Schläfe, als er lachte.

„Ich danke *dir*.“

„Ich rede von deiner Hilfe mit dem Wasserhahn. Dabei wollte ich gar nicht, dass du kommst und mit deinem Zauberstab wedelst und mein Leben in Ordnung bringst.“

„Babe, mit meinem Zauberstab habe ich erst nach der Reparatur gewedelt.“

Sie hob den Kopf, um ihn ungläubig anzusehen. „Hast du das gerade wirklich gesagt?"

Seine Lippen zuckten. „Ich versuche lediglich, ein tiefgründiges Gespräch zu vermeiden, das wahrscheinlich nicht gut für mich ausgehen würde. Und da dachte ich, etwas Charme könnte nicht schaden."

„Das war weniger charmant als geschmacklos."

Er lächelte. „Aber ich habe dich zum Lachen gebracht. Ich liebe es, wenn du lachst, Willa."

Sie wurde ganz weich. „Du hast das Thema gewechselt."

„Zumindest habe ich es versucht." Er rollte sich vom Bett, beugte sich vor und begann, sich anzuziehen.

„Gehst du?"

„Ja."

„Weil du akzeptiert hast, dass ich einfach spinne, und du mich nicht drängen willst? Oder weil du lieber so schnell wie möglich abhauen möchtest?"

Er lachte leise und nahm sein Handy von ihrem Nachttisch.

Er wollte also wirklich gehen. Sie stand auf und schlang von hinten die Arme um ihn.

„Keane."

Er drehte sich zu ihr um. „Ich werde niemals abhauen."

Das raubte ihr schier den Atem. Sie konnte ihn nur noch ansehen.

Und er sah zurück. Nicht gerade geduldig, aber absolut aufmerksam und bereit zuzuhören.

„Es ist nur so, dass ich schon tiefer drinstecke, als ich wollte", sagte sie sanft.

„Und auch da bist du nicht die Einzige."

Ihr Herz schnürte sich zusammen. „Ich weiß nicht, was das alles zu bedeuten hat oder was ich fühlen soll."

„Ich verstehe das." Er drückte die Wange an ihre. „Ich bin sicher, dass du noch dahinterkommst und mir dann Bescheid gibst."

„Weißt *du* es?"

„Ich stehe kurz davor", sagte er, wie immer ganz und gar ehrlich und ohne sich zu rechtfertigen.

Wofür sie einerseits wirklich dankbar war, was sie jedoch andererseits erschreckte. Schließlich war sie ziemlich überzeugt, es bereits zu wissen.

Ihr Herz kannte nur zwei Geschwindigkeiten: Stillstand oder Vollgas. In anderen Beziehungen hatte sie bereits Vollgas gegeben und ein wenig von dem gefühlt, was sie jetzt mit Keane fühlte. Aufregung. Glück. Lebendigkeit. Nur war sie immer die Einzige gewesen, die ganz und gar dabei gewesen war. Trotz der Warnsignale. Trotz der Warnungen ihrer Freunde. Entgegen aller Logik und ihrem gesunden Menschenverstand.

Und sie hatte sich verbrannt.

So schwer verbrannt.

„Willa." Keanes Stimme klang herzzerreißend sanft, als er die Hände auf ihre Arme legte. „Du solltest dich zu nichts zwingen. Für niemanden. Und schon gar nicht für mich." Er gab ihr einen verheerend perfekten Kuss.

Und war verschwunden.

28. Kapitel

#TheTribeHasSpoken

Willa wachte am Weihnachtsmorgen mit halb erfrorenen Zehen auf. Der Rest ihres Körpers fühlte sich auch nicht besser an. Wie viel angenehmer es jetzt doch wäre, sich an Keanes großen, warmen Körper schmiegen zu können.

Nicht weil sie wieder mit ihm schlafen wollte, sondern weil sie einfach nicht besonders gern aufwachte. Und womöglich würde sich das ja ändern, wenn er beim Aufwachen neben ihr lag und sie ansah, als ob sie die hübscheste, klügste, witzigste und erotischste Frau der Welt wäre.

Er gab ihr das Gefühl, etwas Besonderes zu sein. Dass sie ihm wichtig war. Wirklich wichtig. Mit ihm zusammen war sie eine bessere Version ihrer selbst. Also warum, zur Hölle, brauchte sie Distanz?

Die Antwort war simpel: Sie brauchte keine.

Willa blinzelte zur Decke. Wow. Sie liebte ihn wirklich. Und wenn sie das verdammt noch mal schon gestern Nacht kapiert hätte, wäre er vielleicht noch hier.

Seufzend setzte sie sich im Bett auf, um auf ihr Handy zu sehen. Keine verpassten Anrufe, keine Nachrichten.

Nichts.

Sie legte das Handy in den Schoß, ein unangenehmes Gefühl stieg in ihr auf. Ein Gefühl, das sie nicht benennen konnte.

Das war gelogen. Natürlich hatte sie die passenden Worte,

mehrere sogar. Sie fühlte sich überflüssig, weil niemand sie brauchte.

Mit einem Finger strich sie über das Display, dann ließ sie den Daumen über Keanes Namen schweben.

„Tu das nicht“, flüsterte sie. „Nicht …“

Und dann bewegte sich ihr Daumen. „Ups“, sagte sie zu ihrem Zimmer.

Keane nahm ihren Facetime-Anruf entgegen. Außer einer Jogginghose trug er nichts. Ihr Atem stockte. Sein Haar war nass, und sie konnte sich nur zu gut vorstellen, wie köstlich er roch.

Er musterte ihr T-Shirt.

„Du hast dein T-Shirt vergessen.“ Sie kaute auf der Unterlippe. „Ich habe darin geschlafen.“

Sein Lächeln war ziemlich heiß. „Ohne Slip?“

„Ja“, gestand sie. „Du schuldest mir übrigens noch einen Ausflug zu Victoria's Secret.“

„Ich kaufe dir, was immer du willst. Außerdem macht mich die Vorstellung, dass du keine Unterwäsche trägst, ziemlich scharf.“

„Dich macht alles scharf“, sagte sie.

„Das ist wohl wahr.“ Er betrachtete sie mit schief gelegtem Kopf. „Also, wieso bist du so früh schon wach? Schreibst du gerade eine Liste für den Weihnachtsmann? Ich hoffe, sie ist voll mit deinen dunkelsten Sexfantasien.“

Sie musste ein Lachen unterdrücken.

„Nein!“ Obwohl sie sich auf die Lippe biss, entfuhr ihr die nächste Frage. „Hast du so eine Liste mit Fantasien?“

„Auf jeden Fall“, erwiderte er ohne Zögern.

Sie blinzelte. „Fantasien von mir?“

Er sah sie lediglich an, die Augen wie geschmolzene Lava, und sie spürte, wie sie feucht wurde.

„Hast du sie aufgeschrieben?"

Er tippte sich an die Schläfe. „Alles hier drin, Babe." Er lächelte. „Es sei denn, du möchtest es schriftlich haben. Wir könnten unsere Listen tauschen und abwechselnd eine Fantasie auswählen und …"

„Du willst, dass wir unsere Fantasien gemeinsam ausleben?", quiekte sie.

Als er wieder lächelte, bekam sie beinahe einen Orgasmus. „Ich … ich weiß nicht, ob ich meine niederschreiben kann", gestand sie.

„Sicher kannst du. Schließ die Augen, denk an etwas, was du schon immer ausprobieren wolltest, und schreib es auf." Er sah sie erwartungsvoll an.

„Jetzt?"

„Ich schreibe, wenn du schreibst."

Zehn Minuten später klingelte ihr Wecker, und sie hatte bereits fünf Fantasien aufgeschrieben. Genau wie Keane.

„Zeit aufzustehen", sagte sie.

„Babe, bei mir steht schon etwas."

Sie verdrehte die Augen. „Wie nennt man das, wenn man Sex über Facetime hat?"

Er grinste. „Sex-Time?"

Sie lachte. „Das hast du dir gerade ausgedacht."

„Nein." Er lächelte. „Ja. Zeig mir, was unter deinem T-Shirt ist, Willa."

Sie würde niemals zugeben, wie herrlich sein Befehl sie erschauern ließ.

„Keane."

„Komm schon, zeig mir deins, und ich zeig dir meins."

„Bist du allein?", fragte sie.

Er drehte sein Handy, um ihr zu zeigen, dass er in seinem

Schlafzimmer in der Vallejo Street war und abgesehen von Pita, die auf seinem Kopfkissen schlief, allein.

„Ich dachte, sie darf nicht auf deinem Kissen schlafen."

„Darf sie auch nicht. Aber offensichtlich hat sie hier die Hosen an." Dann erschien sein Gesicht wieder auf dem Display. „Zeig es mir", sagte er.

Sie schob das T-Shirt hoch, wand sich ein wenig und ließ den Stoff dann wieder fallen.

Keanes Blick war so voller Hitze, dass eigentlich das Handy hätte schmelzen müssen. „Das hilft mir durch einen sehr langen Tag." Seine Stimme klang leise und ehrfürchtig.

Sie lachte. „Du könntest dir jederzeit einen Porno auf deinem Handy ansehen, wenn du wolltest. Himmel, wahrscheinlich würdest du sogar jede Frau in deiner Kontaktliste dazu bringen, dir Nacktfotos zu schicken."

„Ich will nicht irgendeine Frau. Ich will dich."

Bei seinen Worten setzte ihr Herzschlag kurz aus. „Das geht mir genauso."

Er lächelte. „Ich wünsche dir einen schönen Tag, Babe."

„Wünsche ich dir auch." Leichten Herzens, leichter, als sie sich jemals zuvor gefühlt hatte, und mit einem aufkeimenden Gefühl von Hoffnung in der Brust ging sie an die Arbeit.

Willa dachte natürlich die ganze Zeit an Keane. Allerdings nicht etwa an die Liste mit ihren sexuellen Fantasien.

Okay, sie dachte doch an sie. Häufig.

Meistens jedoch dachte sie an den Mann, der er geworden war, und wunderte sich, welche Rolle dieser Mann nach nur einem einzigen kurzen Monat in ihrem Leben spielte.

Als ein älteres Paar in den Laden kam, um für seinen Zwergschnauzer einzukaufen, und die beiden jeweils den Satz des anderen beendeten und dabei Händchen hielten, als wären sie gerade erst frisch verheiratet, musste sie die Frage einfach stellen.

„Wie lange sind Sie schon zusammen?"

Die beiden grinsten. „Fünfzig Jahre", sagte der Mann. „Die fünfzig besten Jahre meines Lebens."

„Wenn man den Richtigen findet, Schätzchen ...", meinte die Frau, den Blick auf ihren Mann gerichtet, „lässt man ihn nie wieder gehen."

„‚Nie wieder' ist eine lange Zeit", bemerkte Rory, nachdem das Paar gegangen war.

Und komischerweise fand Willa die Vorstellung mit einem Mal tröstlich.

Beinahe hätte sie Keane angerufen, um ihm zu sagen, dass ihr etwas klargeworden wäre, nämlich dass sie mit ihm zusammen sein wollte.

Dass sie ihn wollte.

Da sie aber befürchtete, am Telefon nur alles zu vermasseln, schickte sie ihm eine kurze Nachricht mit der Einladung zur Weihnachtsparty heute Abend im Pub. *Bitte komm,* schrieb sie.

Keane hatte noch nicht geantwortet, als sie den Laden hinter sich abschloss und nach oben ging, um sich für die Feier umzuziehen. Sie wusste nicht, was sie davon halten sollte.

Ein wenig neben der Spur, betrat sie kurz darauf den Pub. Doch da sie Keane gebeten hatte, ihr Zeit zu geben, um sich über ihre Gefühle klarzuwerden, konnte sie ja wohl dasselbe für ihn tun.

Der Pub war heute für die Öffentlichkeit geschlossen, dieser Abend war rein privat. Er gehörte nur Spence, Finn, Archer, Elle und Haley, Pru und Sean, Finns jüngerem Bruder, der sein

Bestes tat, erwachsen zu werden, nachdem er gerade das reife Alter von zweiundzwanzig Jahren erreicht hatte.

Finn goss Willa ein Glas Wein ein. Der Rest der Clique war ihr mindestens eine Getränkerunde voraus. Alle begrüßten sie mit Umarmungen und Freudenrufen, und sie spürte, wie ihr vor Liebe der Hals eng wurde. Sie hatte so verdammt großes Glück, diese Menschen zu kennen.

„Wo steckt Keane?“, fragte Pru. „Du hast ihn doch eingeladen, oder?“

Sie nickte. „Ich habe ihm eine Nachricht geschickt.“

„Soll das etwa heißen, dass du nicht länger gegen deine Gefühle ankämpfst und es einfach mit ihm versuchst?“, fragte Pru.

Willa wunderte sich selbst, wie schwer es ihr fiel, das zuzugeben. Als sie nickte, füllten sich ihre Augen mit Tränen.

„Alkohol!“, rief Elle. „Aber zügig! Noch eine von uns hängt am Haken.“

Finn und Pru, die Ersten, die „am Haken“ hingen, grinsten breit.

Als Nächstes servierten Finn und Sean ein Festessen, das – wenig überraschend bei dem Wettbewerbsgeist dieser Clique – zu einem Chicken-Wing-Wettessen ausartete.

Spence gewann, auch wenn Willa keine Ahnung hatte, wie er das anstellte. Er war groß wie ein Baum, hatte aber die schlanken Muskeln eines Läufers und brachte kein Gramm zu viel auf die Waage.

Trotzdem konnte er fünfundzwanzig Chicken Wings verdrücken.

„Verdammte scheiß fünfundzwanzig“, meinte Archer ehrfürchtig, nachdem er den Knochenberg auf Spences Tel ler durchgezählt hatte. „Zehn mehr als dein härtester Konkurrent.“ Er sah Finn an. „Und das bist du, Mann. Machst du weiter, oder gibst du auf, damit wir ihn krönen können?"

Finn sah auf seinen Teller, dann atmete er tief durch, als ob er sie stärken wollte.

„Er gibt auf", antwortete Pru anstelle ihrer besseren Hälfte. „Was ist?", fragte sie, als Finn sie ansah. „Von denen muss niemand heute Nacht neben dir schlafen. Und als die Person, die es muss, stimme ich dafür, aufzugeben, bevor du explodierst."

„Ja!" Spence stieß triumphierend eine Faust in die Luft, um anschließend eindrucksvoll zu rülpsen. „'tschuldigung."

Willa warf die ganze Zeit unauffällig Blicke Richtung Eingangstür, doch Keane war nicht zu sehen.

Nach einer weiteren Runde hochprozentigen Eierpunschs gingen sie zu ihrer jährlichen Weihnachts-Karaoke-Meisterschaft über. Obwohl Willa weiterhin alle paar Minuten zur Tür sah, sprach niemand sie darauf an. Trotzdem blieb ihr nicht verborgen, dass Elle und Archer immer wieder besorgte Blicke wechselten.

Der Siegespreis für den Karaoke-Wettbewerb war derselbe wie für das Wettessen: die Berechtigung, das komplette nächste Jahr damit anzugeben.

Und diese Berechtigung wollte jeder haben. Dringend.

Die Mädchen gingen auf die Bühne und sangen *Moulin Rouge*.

Spence und Finn *Purple Rain*.

Doch dann war Archer, dem der viele Alkohol offensichtlich nichts hatte anhaben können, an der Reihe. Nur die schief auf seinem Kopf sitzende Weihnachtsmütze deutete darauf hin, wie entspannt er war. Für sein *Man In The Mirror* erntete er tosenden Applaus.

Danach setzte er sich wieder auf seinen Stuhl, kippelte damit lässig auf den Hinterbeinen und schenkte ihnen allen ein seltenes Grinsen.

Elle sah ihn merkwürdig an. „Wie viel hast du getrunken?“

„Er trinkt heute nur alkoholfreie Cocktails“, erklärte Finn. „Er sagt, er wäre heute der Fahrer.“

Elle riss die Augen auf. „Dann bist du also vollkommen nüchtern? Und kannst so singen? Wieso weiß ich nicht, dass du so großartig singen kannst?“

„Du weißt nicht besonders viel über mich.“

Seine Stimme war sanft, doch Elle blinzelte, als ob er sie geohrfeigt hätte.

Ohne auf ihre Reaktion zu achten, griff Archer an ihr vorbei und nahm sich eine Handvoll von Haleys selbst gebackenen Keksen.

„Schmecken die so gut, wie sie aussehen?“

„Besser“, sagte Haley. Willa rieb sich den Nacken. Er schmerzte schon, weil sie dauernd zur verdammten Tür hinübersah.

„Wir singen ständig Karaoke“, sagte Elle zu Archer, offenbar unfähig, das Thema auf sich beruhen zu lassen. „Und du hast nie zuvor so gesungen.“

„Aber sicher.“

„Niemals!“, behauptete sie eisern. „Du könntest bei jeder Casting-Show dieses Landes mitmachen und würdest locker gewinnen.“

„Sag bloß“, meinte er leichthin. „Aber ich will nicht für Geld singen. Ich will für Geld möglichst viele Idioten und Dreckskerle hinter Gitter bringen.“

„Aber warum suchst du dir so einen gefährlichen Beruf aus, wenn du einfach da oben stehen und hübsch aussehen und singen könntest?“, fragte Haley.

Archer zuckte die Achseln. „Weil ich gut darin bin, Idioten und Dreckskerle hinter Gitter zu bringen. Und weniger gut darin, hübsch auszusehen."

„Du stehst einfach nur darauf, mindestens drei Waffen gleichzeitig zu tragen", warf Elle ihm vor.

„Das auch." Er nahm sich mehr Kekse. „Ist es nicht langsam Zeit für Geschenke?"

Er meinte damit ihr jährliches Weihnachtswichteln. Die Regel war einfach: Die Geschenke mussten weniger als zwanzig Dollar kosten. Das hielt jedoch auch in diesem Fall niemanden davon ab, zu wetteifern, als ob am Ende ein Topf voller Gold wartete.

Es begann sehr ruhig. Jeder legte sein verpacktes Geschenk auf den Tisch. Dann begannen sie, sich wie gesittete, zivilisierte Erwachsene der Reihe nach ein Päckchen auszusuchen.

Doch bereits nach zehn Minuten – ein neuer Rekord – verwandelte sich das Ganze in einen Ringkampf. Haley, die unbedingt Archers Star-Wars-Duschvorhang haben wollte, sprang auf seinen Rücken und biss ihm ins Ohr.

„Okay", meinte sie schließlich, als sie den Duschvorhang sicher in Händen hielt. „Das gerade ist nicht passiert."

„Spence hat es bereits auf Instagram gepostet", sagte Elle.

„Verdammt!"

Nach einem weiteren Handgemenge um die Zahnpasta mit Schinkengeschmack gönnten sie sich die nächste Runde Eierpunsch.

Willa nippte an ihrem dritten Becher und warf erneut einen Blick zur Tür.

„Bist du okay?", fragte Pru.

„Ja." Sie schüttelte den Kopf. „Besser gesagt nein, ich bin überhaupt nicht okay. Ich meine, mir ging es gut, weißt du? Ich war allein, und das war okay. Ich wollte keinen Mann mehr, und das hat bestens funktioniert – bis der erotischste Mann der Welt namens Keane meine männerlose Zeit beendet hat. Und jetzt …“ Sie schüttelte den Kopf. „Und jetzt kann ich nicht mehr gut allein sein.“

„Du könntest ja in mein Team wechseln“, schlug Haley vor. „Allerdings solltest du wissen, dass Frauen sogar noch komplizierter sind als Männer. Glaub mir.“

„Ich will kein Team“, antwortete Willa. „Keinen Sex mehr. Obwohl das Mist ist, weil Keane und ich wirklich gut zusammen waren, *richtig* gut. Okay, also *er* ist gut. Er ist es, der wirklich, *wirklich* gut ist …“

„Ähm, Schätzchen.“ Elle fuhr sich mit dem Finger über die Kehle, um Willa zu signalisieren, jetzt besser den Mund zu halten.

Doch sie war noch nicht fertig. „Wisst ihr was? Ich glaube, ich gründe einfach mein eigenes Team. Ich habe einen wirklich guten Duschkopf, damit kann ich mich um mich selbst kümmern.“

Normalerweise hätte sie dafür lautes Gelächter geerntet, doch nun standen ihre Freundinnen vor ihr und schnitten die unterschiedlichsten Grimassen.

„Oh, verflucht. Er steht direkt hinter mir, oder?“, flüsterte sie.

„Könnte man so sagen“, meine Spence.

Sie sah nicht hinter sich. Sie konnte nicht. Wie es schien, hatte jemand ihre Füße auf dem Boden festgeklebt.

Finn füllte ihren Becher nach und drückte sie fest an sich. „Es ist nicht so schlimm, wie du vielleicht denkst.“

Nein. Es war schlimmer.

Elle beugte sich zu ihr. „Hey, Männer stehen auf Frauen, die sich um sich selbst kümmern können.“

Archer schien sich an seiner eigenen Zunge zu verschlucken.

Pru schlug ihm und Finn auf den Hinterkopf, dann zog sie Finn weg.

„Küche", sagte sie streng.

Haley stand hastig auf. „Ich komme mit euch. Spence?"

„Ja." Spence schaute kurz an Willa vorbei und sagte mit gesenkter Stimme: „Uns lässt du an dich heran, wir dürfen dich lieben, Willa. Aber vielleicht ist es jetzt an der Zeit, deinen Horizont über die Clique hinaus zu erweitern, verstehst du?"

„Aber das machst du doch auch nicht", meinte sie verzweifelt.

„Es zu versuchen und zu scheitern ist nicht dasselbe, wie es gar nicht erst zu versuchen", sagte er, und nachdem er dem Mann hinter ihr zugenickt hatte, verließ er den Raum.

Willa konnte Keane spüren, war aber noch nicht bereit, sich umzudrehen.

„Was auch immer du tust", sagte Elle leise. „Entscheide aus dem Bauch heraus, und geh keine Kompromisse ein." Sie sah Spence hinterher. „Ich gehe mit Spence. Du weißt, dass es eine schwere Zeit für ihn ist. Es sei denn, du willst, dass ich hier jemandem einen Tritt verpasse …?"

„Ist schon gut", sagte Willa.

Archer stellte als Letzter der Runde sein Glas ab und sah sie an. Es war allerdings nicht ganz leicht, ihn ernst zu nehmen mit dieser Weihnachtsmütze auf dem Kopf.

„Lass mich raten", sagte sie kläglich. „Folge deinem Herzen oder etwas anderes Grußkartenartiges?"

Das brachte Archer zum Lachen. „Scheiße, nein."

Sie lachte auch, obwohl Panik ihr die Luft abschnürte. Von all ihren besten Freunden war Archer der verschlossenste. König seiner eigenen Insel, auf der nur er die Gesetze kannte.

„Ich wollte sagen, hau ab, so schnell es geht. Allerdings sieht Keane so aus, als ob er dich problemlos einholen könnte.“ Sein Lächeln erlosch. Er duckte sich ein wenig. „Aber wenn du deine Meinung geändert hast und gar nicht eingeholt werden willst, dann gib mir einfach ein Zeichen, okay? Ich bin sofort da!“

Sie sah in die Augen dieses Mannes, der alles, tatsächlich alles, für seine Freunde tun würde.

„Okay.“

Und dann war sie mit dem Mann, der ihr als erster Mensch in ihrem Leben ein Stück ihres Herzens geklaut hatte, allein in der Bar. Langsam drehte sie sich zu ihm um.

Er sah vollkommen erledigt aus. Offenbar regnete es wieder, denn sein Haar war nass, seine langen, dunklen Wimpern sahen aus wie Dornen. Er hatte sich am Morgen nicht rasiert. Und den Morgen davor höchstwahrscheinlich auch nicht.

„Tut mir leid“, sagte er.

Sie blinzelte. „Was?“

„Vieles. Aber fangen wir mit heute Abend an. Ich wollte viel früher kommen, doch …“ Seine Augen waren dunkel, sein Gesichtsausdruck war dunkel, und ihr Herzschlag setzte einen Moment aus.

„Was ist passiert?“ Hoffentlich war nichts mit Sally.

„Pita ist wieder verschwunden. Aber diesmal hat sie sich wohl irgendwie aus dem Haus geschlichen.“

Sie schnappte nach Luft. „Wie bitte?“

„Den ganzen Tag sind bei mir Leute rein- und rausgelaufen, ich habe auf dem Dachboden gearbeitet und … Scheiße.“ Er fuhr sich mit einer Hand durch das nasse Haar. „Sie ist verdammt noch mal weg.“

„Warum hast du mich nicht angerufen?“

„Das habe ich. Du bist nicht rangegangen. Ich dachte mir, dass du wahrscheinlich sauer bist, weil ich nicht gekommen bin. Aber jetzt brauche ich deine Hilfe …“

„Ich habe mein Telefon gar nicht klingeln hören …“ Sie durchwühlte ihre Taschen. Leer. Dann drehte sie sich im Kreis, um sich nach ihrer Handtasche umzusehen, die sie auf der Theke hatte liegen lassen. Als sie das Handy herauszog, sah sie die verpassten Anrufe.

„Tut mir leid“, sagte sie und steuerte auf die Tür zu. „Lass uns gehen.“

29. Kapitel

#MakingAListAndCheckingItTwice

Keane fuhr in die Vallejo Street. Die Sorgen um Pita hinderten ihn nicht daran, Willas Anblick zu genießen. Sie sah verdammt scharf aus.

„Tut mir leid wegen deiner Weihnachtsparty." Er warf ihr einen schuldbewussten Blick zu. „Schönes Kleid."

Sie sah an ihrem knappen roten Kleid herab. Es war wirklich knapp.

„Das habe ich für dich angezogen."

Er spürte, wie seine Anspannung etwas nachließ, und sah in ihre dunkelgrünen Augen. „Diese Einladung. Hat die sich nur auf die Weihnachtsparty bezogen? Oder auf dein Leben?"

Sie knabberte an der Unterlippe und sah ihm ins Gesicht.

„Beides."

Nun löste sich auch der Rest seiner Anspannung. Er parkte vor seinem Haus. Regen prasselte auf das Autodach, als er sich zur Seite drehte, eine Hand noch am Steuer, die andere in ihrem Nacken.

Sie beugte sich zu ihm, um ihn zu küssen. Hastig.

„Erst mal geht es um Petunia", sagte sie leise. „Der Rest kommt später. Wir haben Zeit."

Er nahm ihr Gesicht in beide Hände, streichelte mit den Daumen über ihre zarte Haut. „Das klingt gut. Ich werde bei den Nachbarn nachfragen. Vielleicht hat sie jemand gesehen."

„Kann ich in deinem Büro Plakate machen?“, fragte sie zitternd – wenn er sich nicht täuschte.

„Plakate?“, fragte er erstaunt. Er zog sein Sweatshirt aus und streifte es ihr über den Kopf.

„Suchplakate.“ Sie steckte die Nase in seinen Pulli und atmete tief ein, als ob sie seinen Duft inhalieren wollte.

Er fischte den Schlüssel aus der Tasche, den er ihr bereits zuvor hatte geben wollen, und lächelte. „Den brauchst du, um reinzukommen.“

Sie sahen sich einen Moment lang tief in die Augen.

„Danke“, sagte sie. „Für den Schlüssel und für deine Geduld.“ Sie stieg aus, rannte die Treppe hinauf und stürmte ins Haus.

Er sah ihr hinterher und nahm dann eine Jacke vom Rücksitz. Eine Minute später klingelte er bei den Nachbarn, um nach Pita zu fragen. Während die Frau, die – wenn er sich nicht irrte – gerade zugestimmt hatte, ihr Leben mit ihm zu teilen, auf ihre Weihnachtsparty verzichtete, um ihm zu helfen. Und zwar einfach nur, weil er sie darum gebeten hatte.

Eine halbe Stunde später musste er sich die traurige Wahrheit eingestehen. Niemand hatte die Katze gesehen oder gehört.

Auf den Straßen war es ruhig. Wegen des Unwetters waren kaum Autos unterwegs. Doch zuvor, während der Hauptverkehrszeit, hatte noch dichter Verkehr geherrscht. Vielleicht hatte Pita Angst bekommen, war weggelaufen und hatte sich verirrt. Oder jemand hatte sie mitgenommen.

Oder schlimmer, sie war von einem Auto überfahren worden.

Er stellte sich unter einen Baum, dessen Wurzeln den Bürgersteig aufgerissen hatten. Nur wenig gegen den Regen geschützt, fragte er sich, wie er seiner Tante jemals wieder gegenübertreten konnte. Da vibrierte sein Handy.

„Na endlich“, rief Sharon, seine Immobilienmaklerin. „Ich hatte zuerst in deinem Büro angerufen und mit deiner neuen Mitarbeiterin gesprochen.“

„Ich habe keine neue Mitarbeiterin.“

„Dann mit deiner neuen Freundin. Sie meinte, ich könne eine Nachricht hinterlassen, aber nachdem ich ihr die tollen Neuigkeiten mitgeteilt habe …“

„Welche Neuigkeiten?“

„Genau das versuche ich dir ja zu erzählen“, meinte Sharon. „Nachdem ich es ihr gesagt hatte, wurde mir klar, dass ich es dir persönlich sagen will. Bist du bereit?“

„Jetzt spuck's schon aus.“

„Okay, Mr. Grinch, du bist nicht in Festtagsstimmung, kapiert. Aber das wird sich gleich ändern, weil …“

„Sharon, ich schwöre bei Gott …“

„Wir haben nicht nur ein Angebot, sondern *das* Angebot schlechthin. Fünfzehn Prozent über unserer Preisforderung. Frohe Weihnachten, Keane, kann ich da nur sagen.“

Er wurde stocksteif, während unzählige gegensätzliche Gefühle ihn in Wellen überspülten. Nein, es handelte sich eher um einen Tsunami. In den letzten beiden Tagen waren einige nicht besonders nennenswerte Angebote eingegangen. Die Erleichterung, die er jedes Mal verspürt hatte, hatte er schlichtweg seiner Erschöpfung zugeschrieben.

Fünfzehn Prozent über seiner sowieso schon erhöhten Preisforderung, das war blanker Irrsinn. Mit so viel Geld hatte er niemals gerechnet. Es gab keinen Grund, dieses Angebot nicht umgehend anzunehmen.

Er hatte sich immer eingeredet, dass er das Haus eines Tages unbedingt loswerden wollte, und nun war es so weit.

Er hatte es so gewollt.

„Keane?"

„Ja." Wo blieb der Jubel? Oder zumindest das Gefühl, dass dies das Richtige war?

„Ich bin noch dran." Er zuckte zusammen, als der Wind immer heftiger wehte und ihm Regen ins Gesicht peitschte.

„Sag mir, dass ich das Angebot annehmen soll", forderte Sharon.

Wenn das mein Haus wäre, würde ich es niemals hergeben, hörte er Willa sagen.

„Keane." Sharon klang mit einem Mal ernst. „Ganz ehrlich, du machst mir mit diesem Schweigen ganz schön Angst. Sag mir, dass wir verkaufen. Sprich es laut aus, bevor ich hier noch einen Herzinfarkt bekomme. Ich meine es ernst, Keane. Wenn ich an einem Herzinfarkt sterbe, und so fühlt es sich an, dann werde ich meine fünf Katzen dir hinterlassen. *Fünf.*"

„Ja", sagte er. „Verstehe."

„Also kann ich das Angebot annehmen?"

Er hob den Kopf, blickte durch die dunklen Zweige des Baumes in den wilden, stürmischen Himmel. Als er das Haus zum Verkauf angeboten hatte, war er noch sicher gewesen, sich niemals für ein stabiles Leben zu eignen. Und es gelang ihm ja nicht mal, eine verdammte Katze vom Weglaufen abzuhalten. Sicher, die Sache mit Willa sah gut aus, aber es gab eben keine Garantien. Die gab es nie.

„Ja, nimm das Angebot an."

Sharon jubelte und schrie in sein Ohr, bevor sie auflegte. Und er stand da in dem Unwetter, eisiger Regen schlug ihm ins Gesicht.

Statt sich zu freuen, verspürte er ein ungutes Gefühl im Bauch. Vielleicht hatte er das Ganze nicht richtig durchdacht. Vielleicht hatte sich sein altes Bedürfnis nach Freiheit wieder gemeldet und ihn blind dafür gemacht, wie sehr er sich inzwischen verändert hatte.

Er atmete tief durch, bevor er zum Haus rannte. Überrascht stellte er fest, dass Willa auf der Veranda auf ihn wartete.

„Hey“, sagte er. „Warum stehst du hier draußen im Regen?“

„Ich habe versucht, dich anzurufen.“ Sie hatte die Arme um sich geschlungen. Und sie trug sein Sweatshirt nicht mehr. Er wollte seine Jacke ausziehen, um sie ihr zu geben, doch sie hob eine Hand.

„Ich habe Pita gefunden“, sagte sie.

„Wirklich? Wo?“

„Du hast ein Gitter über dem Luftschacht angebracht und einen Stuhl daraufgestellt, wahrscheinlich um sie von einem weiteren Ausflug abzuhalten.“ Sie sah ihn lange an. „Oder waren es nur ästhetische Gründe, damit der Raum gut aussieht, wenn deine Immobilienmaklerin Interessenten herumführt?“

Oh Mist. Er hatte ihr nichts davon erzählt. Wieso hatte er ihr nichts davon erzählt? *Weil du nicht geglaubt hast, dass sie jemals wirklich zu dir gehören könnte …* Er öffnete den Mund, doch sie sprach weiter: „Petunia hat es irgendwie geschafft, sich unter den Stuhl zu quetschen und das Gitter mit den Krallen wegzuziehen. Und dann ist sie reingeklettert.“ Sie hob eine Schulter. „Sie war ziemlich schmutzig, ich habe sie im Waschbecken gebadet. Keine Sorge, ich habe hinterher alles wieder sauber gemacht. Für deinen Käufer ist also alles wie neu.“ Ihr Blick war unergründlich. „Ich gratuliere übrigens.“

„Ich wollte dir von dem Angebot erzählen“, sagte er leise.

Sie nickte, was nett von ihr war. Schließlich hatte er ihr ja nicht einmal erzählt, dass das Haus bereits zum Verkauf stand.

„Willa, ich …“

„Nein“, sagte sie. „Du schuldest mir keine Erklärung. Dafür

nicht und auch nicht dafür, dass du Petunia weggeben wirst." Ihre Lippen waren grimmig zusammengepresst. „Tut mir leid, dein Telefon hat die ganze Zeit geklingelt, und ich dachte, es könnte vielleicht ein Notfall sein. Sallys Freundin kommt morgen, um Petunia abzuholen."

Und ob er ihr eine Erklärung schuldete! Denn es war nicht so, wie sie dachte. Es ging nicht darum, dass er sich nicht an das Haus oder an Petunia binden wollte. Oder an sie. Dieser Zug war längst abgefahren. Er war bereits gebunden. Gebundener konnte man gar nicht sein.

Er hatte ihr nicht erzählt, dass das Haus zum Verkauf stand, weil er die Sache seit so vielen Jahren vor sich hergeschoben hatte, dass er geglaubt hatte, es würde immer so weitergehen. Dass er niemals wirklich eine Entscheidung treffen müsste.

Und was Petunia anging, hatte er seine Entscheidung sofort bereut. Eigentlich hätte sein Leben ohne Haus und ohne Katze erheblich einfacher sein sollen. Doch wie sich herausstellte, war das Gegenteil der Fall.

„Sallys Freundin möchte Pita für ihre Enkel haben."

„Also gibst du sie wirklich weg?"

„Sallys Freundin will sie für immer behalten."

„Und du nicht."

Vorwürfe und Enttäuschung standen ihr ins Gesicht geschrieben.

„Das war nicht meine Idee, Willa."

Sie starrte ihn an. „Nun denn", sagte sie schließlich. „Ich bin froh über die Gelegenheit, mich von ihr verabschieden zu können."

Er trat näher auf sie zu und streckte eine Hand aus, doch sie wich zurück.

„Willa", sagte er ruhig. „Wir alle wussten, dass es sich nur um eine vorübergehende Lösung handelt. Es geht nicht anders."

Sie sah ihn unbewegt an. „Es gibt immer mehrere Lösungen."

Und er hatte gedacht, das Schwierigste läge bereits hinter ihm. Nämlich ihr zu sagen, dass er mit ihr zusammen sein wollte. Doch von wegen. Das Schwierigste hatte er noch vor sich. Wie sollte er auf Dauer eine Beziehung führen, wenn er noch nicht einmal wusste, wie man überhaupt damit anfing? Echte Intimität hatte er bisher nicht kennengelernt.

Aber Willa war diese Herausforderung auf jeden Fall wert. Genau das wollte er ihr auch sagen, doch in diesem Moment fuhr ein Auto auf sie zu. Die Scheinwerfer leuchteten durch den strömenden Regen, es wurde langsamer und hielt schließlich direkt vor dem Haus.

Als Willa die Treppe hinuntergehen wollte, hielt Keane sie fest. „Willa …"

„Ich gehe jetzt, Keane. Ich habe ein Taxi gerufen."

Er umfasste sie auch mit der anderen Hand und sah sie mit heftig pochendem Herzen an. „Warum?"

„Du weißt, warum", wisperte sie. „Das mit uns kann nicht funktionieren."

Der Fahrer hupte. Keane hob eine Hand, um zu signalisieren, dass sie noch einen Moment brauchten.

„Okay." Er bemühte sich, die Fassung zu bewahren. „Ich habe Mist gebaut, aber …"

„Nein", sagte sie. „Das ist es ja. Es liegt nicht an dir. Sondern an mir, weil ich geglaubt habe, es könnte funktionieren. Der Typ, der nichts und niemanden braucht, und das Mädchen, das heimlich von der Liebe träumt, aber nicht weiß, wie man sie festhält." Sie legte eine Hand auf ihre Brust, als ob sie Schmerzen hätte. „Das war mein Fehler, Keane. Ich bin auf diese Fantasie reingefallen. Verdammt." Sie lachte kurz auf. „Nicht nur auf die Fantasie. Und das, obwohl ich es besser wusste."

Der Fahrer hupte wieder, und sie drehte sich weg. Keane stellte sich ihr in den Weg.

„Ich wollte dir nie wehtun." Er wischte ihr mit dem Daumen eine einzelne Träne von der Wange. „Du sagst doch immer, dass jeder eine zweite Chance verdient. Nun, dann gib mir eine."

„Hier geht es nicht um eine zweite Chance, Keane. Sondern darum, dass wir beide verdammt gut darin sind, uns immer ein Hintertürchen offen zu lassen."

Ihr zittriges Lächeln brach ihm das Herz, er lachte freudlos auf. „Ich habe bestimmt nicht über ein Hintertürchen nachgedacht, als ich mich in dich verliebt habe."

Sie erstarrte. „Warte … wie bitte?"

Himmel, hatte er das gerade wirklich gesagt, hatte er sich derart entblößt, obwohl sie gerade dabei war, ihn zu verlassen?

„Keane?"

Ja, hatte er. Es fühlte sich an wie der Kältekopfschmerz, wenn man zu schnell Eis gegessen hatte. Einen Moment lang war da nichts als dieser brennende Schmerz. Sein Verstand befand sich in freiem Fall. Er liebte sie. Heilige Scheiße, *er liebte sie*.

Als er endlich wieder in der Lage war, Luft zu holen und einen klaren Gedanken zu fassen, hatte Willa es bereits aufgegeben. Sie war in das Taxi gestiegen und ließ ihn allein in der kalten, dunklen Nacht zurück.

30. Kapitel

#TakesALickingAndKeepsOnTicking

Willa steuerte auf den Brunnen zu, die Schritte von den Regenpfützen gedämpft. Der Innenhof war so leer wie ihr Herz.

Das Geräusch des plätschernden Wassers war tröstlich und vertraut, sie schlang die Arme um sich und blieb fröstelnd davor stehen. Hätte sie doch nur Keanes Sweatshirt anbehalten. Doch es hatten sein Duft und seine Körperwärme darin gehangen, und sie war nun mal ein Junkie.

Es war höchste Zeit für einen kalten Entzug.

„Hey." Rory kam auf sie zu.

„Hey, was machst du so spät hier draußen? Es ist eiskalt."

„Mir geht's gut", antwortete Rory. „Ich will mir nur etwas wünschen. Weltfrieden und so was."

Willa lächelte. „Seit wann bist du die Erwachsene in unserer kleinen Zweiergemeinschaft?"

„Seit du mich brüllend und tretend dazu gezwungen hast." Rory fischte ein kleines Päckchen aus der Tasche. „Frohe Weihnachten."

Willa schüttelte den Kopf. „Ach Süße, du sollst doch nicht …"

„Du hast mich von der Straße geholt. Du hast mir Arbeit gegeben und mich mit Moral und Ehrlichkeit und Vertrauen bombardiert." Ihre Augen füllten sich mit Tränen. „Also schenke ich dir etwas, so klein es auch sein mag."

Willa zog sie in die Arme. „Ich hab dich lieb, weißt du."

Rory lachte etwas unbehaglich. „Also, Himmel, du hast es noch nicht mal aufgemacht. Vielleicht gefällt es dir ja nicht."

Willa riss das Papier herunter und stieß ein halbes Lachen und halbes Schluchzen aus, als sie den niedlichen Schlüsselanhänger sah, an dem kleine Fotos von den Haustieren ihrer Lieblingskunden hingen.

„Es ist wunderschön."

„Ich gehe nach Hause", meinte Rory. „Ich bin verflucht nervös und könnte mich allein beim Gedanken daran übergeben. Aber ich danke dir, dass du mir die Fahrt zu meiner Familie organisiert hast. Archer hat mich angerufen und gesagt, dass es um sechs Uhr losgeht. Also werde ich noch vor Mittag in Tahoe sein."

„Rufst du mich an und erzählst mir, wie es läuft?"

„Ja."

Willa sah sie lange an.

„Okay, nein, ich werde dich nicht anrufen", sagte Rory. „Ich hasse es zu telefonieren. Aber ich schreibe dir eine SMS."

Auch nicht schlecht. Willa umarmte sie fest. „Hab dich trotzdem lieb."

„Also, wenn du jetzt sentimental wirst …" Rory klammerte sich einen Moment an ihr fest. „Ich schätze, ich habe dich auch lieb." Sie richtete sich auf und wischte sich die Nase. „Ich dachte, du wärst heute Abend bei Keane."

„Wieso?"

„Richtig. Ihr seid ja kein Paar."

„Okay, schön. Vielleicht habe ich mich da zuvor getäuscht, aber jetzt sind wir tatsächlich kein Paar mehr. Endgültig."

So heftig, wie Rory die Augen verdrehte, grenzte es an ein Wunder, dass sie ihr nicht aus dem Kopf fielen. „Mich hast du vielleicht lieb, aber ihn liiiiii-hiiiiieeebst du."

Willa brachte es nicht über sich, zu sagen, dass Liebe manchmal eben nicht reichte. „Ich glaube einfach nicht, dass es funktionieren könnte."

„Wieso nicht?"

„Das ist … kompliziert", sagte Willa.

„Kompliziert im Sinne von: Du hast Angst bekommen, weil er kein Haustier ist und auch kein launischer Teenie, um den man sich kümmern muss?"

Willa stieß den Atem aus. „Warum sagst du nicht einfach, was du wirklich denkst?"

„Tut mir leid." Rory lächelte zärtlich. „Aber er ist ein guter Kerl, Willa, das finden wir alle. Wenn du deinem eigenen Gefühl nicht trauen kannst, dann solltest du vielleicht der geballten Überzeugung deiner Freunde vertrauen. Du musst für ihn kein neues Zuhause suchen, Willa."

Sie lachte erstickt. „Er ist doch kein Hund!"

„Eben." Und damit küsste Rory sie auf die Wange und ging davon.

Willa drehte sich zum Brunnen. Monatelang hatte sie unverdrossen Münzen in das Wasser geworfen, weil sie sich so sehr nach Liebe sehnte. Und kaum wurde ihr Wunsch erfüllt, bekam sie es mit der Angst zu tun.

„Verdammt", murmelte sie. „Sie haben recht."

„Aber selbstverständlich, Schätzchen."

Beinahe zu Tode erschreckt, wirbelte sie herum. Eddie stand in kurzen Hosen und einem wirklich hässlichen Weihnachtspullover vor ihr.

Er lächelte. „Also, womit haben wir recht?"

„Dass ich manchmal zu stur und dickköpfig bin, um zur Einsicht zu kommen."

„Manchmal?"

Sie seufzte.

Beim Anblick ihres Gesichtsausdrucks verzog er sein Gesicht.

„Entschuldige. Genau aus diesem Grund bin ich nie lange verheiratet gewesen. Denn sobald es irgendwo ein Fettnäpfchen gibt, trete ich ganz sicher hinein und mache alles kaputt."

„Nein, du hast nichts falsch gemacht. Es ist mein Fehler, dass ich so stur und dickköpfig bin." Und weil sie so war, hatte sie Keane weggestoßen. Nicht etwa, weil er ihr nichts von dem Hausverkauf oder von Petunia erzählt hatte, sondern weil sie Angst vor ihren eigenen Sehnsüchten bekommen hatte. Vor alldem, was zum ersten Mal in ihrem Leben zum Greifen nah war.

„Oh mein Gott." Sie sah Eddie an. „Ich habe einen furchtbaren Fehler gemacht. Jemand muss mich fahren."

„Also, Mann." Er schüttelte langsam den Kopf. „Ich würde wirklich alles für dich tun, das weißt du. Aber sie haben mir schon vor zwanzig Jahren den Führerschein abgenommen."

Mit *sie* meinte er den kalifornischen Staat. Und das Ganze hatte bestimmt etwas mit der *Medical Marijuana Card* zu tun, die er laminiert um den Hals trug.

„Schon gut." Sie gab ihm ihr gesamtes Kleingeld – zwanzig Dollar – und umarmte ihn hastig. „Frohe Weihnachten." Dann rannte sie die Treppe hinauf, hinein in ihre Wohnung und schnappte sich ihre Tasche. Schließlich flitzte sie zurück zum Pub und hämmerte gegen die Tür.

Als Sean öffnete, presste sie sich an ihm vorbei und hastete zur Bühne, wo die besten Freunde der ganzen Welt sich gerade einen Hip-Hop-Battle darum lieferten, wer die Karaoke-Bonus-Runde gewonnen hatte.

Archer war felsenfest davon überzeugt, dass seine Darbietung von *Ice Baby* Finns Version von *Baby Got Back* geschlagen hatte. Darüber lachte Finn so schallend, dass er zu Boden ging. Elle saß auf der Theke, feilte sich die Nägel und nickte zustimmend, während Pru ihr irgendetwas erzählte.

Dann starrten alle sie an, und ihr wurde klar, dass sie vom Regen durchnässt und in einem vollkommen chaotischen Zustand war.

Innerlich wie äußerlich.

„Wie sich gezeigt hat, bin ich tatsächlich zu stur und dickköpfig, um etwas einzusehen. Und ich habe alles vermasselt", fügte sie atemlos hinzu. „Ich brauche jemanden, der mich fährt."

Sie starrten immer noch.

„Sofort!", sagte sie. Und dann flitzte sie zurück zur Tür, denn sie wusste, dass sie nicht lange warten musste. Ihre Freunde waren für sie da. Genauso wie Keane. Sie stieß die Tür auf und blickte hinter sich, um zu sehen, wer sie fahren würde, damit sie wusste, zu welchem Auto sie gehen musste.

Alle waren dabei, in ihre Jacken und Mäntel zu schlüpfen, während sie hinter ihr hereilten. Vor Glück zersprang ihr beinahe das Herz.

„Danke", flüsterte sie.

Spence zog sie fest an die Brust. „Für dich immer", sagte er, die Lippen an ihre Schläfe gedrückt. „Das weißt du doch."

„Auch wenn ich total bescheuert bin?"

„Vor allem dann", sagte Archer und zog an einer ihrer nassen Haarsträhnen. „Lasst uns gehen."

„Wir alle?" Zum ersten Mal zögerte sie. „Ich bin nicht sicher, ob ich unbedingt ein Publikum dabeihaben möchte."

„Tja", meinte Elle. „Wir sind eine Familie. Und Familien gehören an Weihnachten zusammen."

Willas Augen wurden feucht. „Noch ist nicht Weihachten", presste sie hervor.

Spence sah auf sein Handy. „Halb zwölf", sagte er. „Also fast."

Sie drückten sich in Archers Wagen, da er als Einziger nüchtern war. „Wohin?", fragte er.

„Zu Keane."

Er lächelte. „Sag bloß. Ich meinte, wie lautet die Adresse?"

Ja richtig. Sie ratterte die Adresse herunter, dann richtete sie sich auf.

„Wir müssen zuerst bei einem Weihnachtsbaum-Stand halten. Er hat keinen Baum. Und ich möchte ihm einen mitbringen!"

Spence stöhnte zwar, doch Archer blinzelte nicht einmal. Zehn Minuten später standen sie vor einem Christbaum-Stand und starrten die beiden letzten verbliebenen Tannenbäume an.

„Den hier." Pru deutete auf einen sehr kleinen Baum mit drei Zweigen.

„Nein, den", sagte Elle bestimmt. Dieser Baum war zwar größer, aber ähnlich spärlich gewachsen.

Archer sah Willa an, dann wandte er sich an den Verkäufer. „Haben Sie noch andere?"

Der Mann zuckte mit den Schultern. „Einer liegt noch in meinem Anhänger. Er ist schon etwas abgenutzt, war aber der beste Baum hier."

„Und Sie wollen ihn nicht haben?", fragte Willa ihn.

Der Mann lächelte. „Ich habe heute Nacht ein heißes Date mit meiner besseren Hälfte. Da kann ich fünfzig Kröten besser gebrauchen."

„Vierzig", sagte Archer und gab ihm das Geld, sie luden den Baum auf den Truck, und zehn Minuten später hatten sie Keanes Haus erreicht.

Willa wusste noch immer nicht, was genau sie sagen würde. Sie wusste nur, dass sie irgendetwas sagen musste, egal was, um die Sache geradezubiegen. Sie wollte nicht länger davonlaufen.

Als Archer hielt, sahen die anderen sie an.

Zum Glück schenkten ihre Freunde ihr einen Moment der Stille, den sie dringend benötigte, um sich ein Herz zu fassen. Als sie endlich glaubte, aussteigen zu können, ohne dass vor Aufregung ihre Beine unter ihr nachgaben, öffnete sie die Tür. Noch einmal sah sie sich um. Die Menschen, die sie mehr als alles auf der Welt liebte, saßen eng zusammengequetscht und halb übereinandergestapelt auf der Rückbank und betrachteten sie mit unterschiedlich ausgeprägter Besorgnis.

„Ich bin okay", versicherte sie, erneut berührt von dem Glück, sie alle als Freunde zu haben. Zu wissen, dass sie geliebt wurde. An sich selbst zu glauben, weil ihre Freunde an sie glaubten.

Keane hatte solche Freunde nicht, und doch war er der unglaublichste Mann, den sie je kennengelernt hatte. Er hatte nie gelernt, wie man liebte, und war doch in der Lage, Liebe zu empfinden und sogar darüber zu sprechen.

Während *sie* geschwiegen hatte. Nicht nur das! Sie hatte ihn auch noch in dem Glauben gelassen, dass er keine zweite Chance verdiente. Nun konnte sie nur hoffen, dass er *ihr* eine gab.

„Danke fürs Herbringen. Wir reden dann morgen."

„Oh, wir bleiben", sagte Elle. „Wir werden ganz still und brav hier sitzen …" Sie brach ab und sah die Jungs streng an. „Und in der Zwischenzeit wird es keinen Furz-Wettbewerb geben, sonst muss hier jemand sein Leben lassen."

„Hey, das war nicht meine Schuld beim letzten Mal", sagte Spence. „Ich bin nicht derjenige, der eine Laktoseintoleranz hat."

„Entschuldige mal“, brummte Finn. „Woher hätte ich denn bitte schön wissen sollen, dass Prus Smoothie mit Milch gemacht war?“

„Heute hat er keine Milchprodukte bekommen“, versicherte Pru. „Er ist milchfrei.“

„Ihr braucht nicht zu warten“, verkündete Willa.

Archer schüttelte den Kopf. „Wir bleiben, bis wir wissen, dass es dir gut geht.“ Es war also bereits beschlossene Sache. „Gib uns ein Zeichen, wenn wir den Baum hochbringen sollen.“

Also gut. Willa rannte die Treppe hinauf und klopfte an die Tür. Sie wusste zwar nicht, was sie erwartet hatte, doch als Keane öffnete, verschlug es ihr tatsächlich die Sprache.

Er war ganz offensichtlich auch überrascht. Sein Blick fiel an ihr vorbei auf den Truck vor dem Haus – und auf die fünf Gesichter, die sich gegen die beschlagene Fensterscheibe pressten.

„Achte gar nicht auf sie“, sagte Willa. „Heute läuft nichts Interessantes im Fernsehen.“

Beinahe hätte er gelächelt, das konnte sie sehen. Er hatte sich Petunia wie einen Fußball unter den Arm geklemmt, so selbstverständlich, als hätte er nie in seinem Leben etwas anderes getan.

Er trug T-Shirt und Jogginghose. Keine Schuhe. Sein Haar sah aus, als ob er sich gerade mit der Hand durchgefahren wäre. Er wirkte müde und eindeutig nicht glücklich.

Das war ihre Schuld.

„Wie lange werden die da draußen warten?“, fragte er.

„So lange, bis ich mein Leben auf die Reihe bekommen habe.“ Sie schlug ihren Freunden die Tür vor den Nasen zu.

„Ist ihnen klar, dass das eine Weile dauern könnte?“, fragte Keane trocken.

Lachend drehte sie sich zu ihm um. „Du liebst mich?", fragte sie dann leise.

„Also hast du es doch gehört." Er zog sie in die Küche. Dort setzte er die Katze auf dem Boden neben ihrem Fressnapf ab. Petunia steckte den Kopf hinein, als ob sie seit Wochen nichts mehr zu fressen bekommen hätte.

Keane verdrehte die Augen, nahm sich ein sauberes Küchentuch und begann, Willas Haar abzutrocknen.

„Du bist ganz durchgefroren", sagte er und stand so dicht vor ihr, dass ihr das Atmen schwerfiel. Er ließ sie nicht aus den Augen. „Du brauchst eine heiße Dusche und …"

Sie schlang die Finger um seine Handgelenke, damit er aufhörte, sie abzutrocknen.

„Du liebst mich."

Er warf das Handtuch zur Seite und nahm ihr Gesicht in beide Hände.

„Seit ich am ersten Morgen ins South Bark kam und du mich so abgefertigt hast." Er lächelte leicht. „Nur um dann mit deinem großen Herzen und deiner unendlichen Zuneigung und dem schönsten Lächeln der Welt mein Leben auf den Kopf zu stellen."

„Oh", hauchte sie, vollkommen verblüfft. Mit Tränen in den Augen schwieg sie einen Moment, dann schluckte sie schwer.

„Ich liebe dich auch, Keane." Oh Gott. Da sie diese Worte noch nie zuvor laut ausgesprochen hatte, musste sie sich einen Moment lang mit den Händen auf den Knien abstützen und gegen ein plötzliches Schwindelgefühl ankämpfen.

Zwei starke Arme richteten sie wieder auf. Als sie den Blick hob, lächelte er.

„Hat es sehr wehgetan?", fragte er.

Sie atmete tief durch. „Nicht so sehr wie das hier: Es tut mir leid, dass ich weggelaufen bin. Aber als du mir den Schlüssel geben wolltest, habe ich … Panik bekommen."

„Und?"

„Und dann habe ich dir vorgeworfen, dass du mir Sachen verschweigst. Dabei lag alles nur an mir. Ich habe mein Herz für dich geöffnet, und auf einmal habe ich mich gefühlt wie in diesem Albtraum, in dem man nackt zur Schule geht. Ich habe Angst bekommen."

„Ich weiß. Komm her, Willa." Er zog sie in seine Arme. „Hast du jetzt Angst?"

„Nein." Sie hielt sich an ihm fest.

„Dann vertrau mir bitte. Ich werde dir niemals wehtun."

„Ich vertraue dir schon die ganze Zeit", sagte sie. „Es hat nur etwas gedauert, bis ich mir selbst vertrauen konnte."

„Es liegt nicht immer alles an dir, Willa. Ich habe auch Fehler gemacht. Ich hätte dir erzählen müssen, dass ich das Haus zum Verkauf freigebe. Ich hätte dir von den Angeboten erzählen müssen. Es ist nur so, dass du die ganze Zeit recht hattest. Ich wollte eigentlich gar nicht verkaufen."

Sie sah zu ihm auf. „Warum tust du es dann?"

„Ich tue es nicht." Er schüttelte den Kopf. „Ich habe die ganze Sache rückgängig gemacht."

Sie konnte ihn nur anstarren. „Weil …?"

„Weil dieses Haus nicht mehr nur ein Haus für mich ist", erklärte er. „Es ist mein Zuhause. Und ich möchte, dass es auch deines wird." Er nahm ihr Gesicht in die Hände und drückte seine Stirn gegen ihre. „Ich hoffe, dass du das auch willst. Glaubst du, dass du das hinbekommst?"

Sie schlang einen Arm um seine Taille. „Ich kenne da so einen unglaublichen Mann. Ich durfte dabei zusehen, wie er gelernt hat, dass man Gefühle nicht unterdrücken sollte. Dass es das Risiko wert ist, jemanden ganz nahe an sich heranzulassen."

Er lächelte. „Der Typ scheint verdammt klug zu sein. Wahrscheinlich ist er auch verdammt sexy, oder?"

Lachend drückte sie sich an ihn. Sie konnte kaum glauben, was hier geschah. „So was von verdammt sexy."

Er blickte ihr tief in die Augen, sein Lächeln war jetzt verschwunden.

„Ich liebe dich, Willa. Ich habe jahrelang alles für meine Firma aufs Spiel gesetzt, wieder und wieder. Es wird höchste Zeit, dass ich mein Herz für dich aufs Spiel setze."

„Gehört dazu auch, dass ich hier einen Weihnachtsbaum aufstellen kann?"

„Dafür ist es ein bisschen spät, glaube ich."

„Ist es nicht." Sie rannte zur Eingangstür. Jep, sie alle saßen noch in Archers Wagen. Willa winkte ihnen zu.

Archer und Spence stiegen aus und trugen den Baum die Treppe hinauf.

Keane blinzelte.

„Weihnachtsbaum-Lieferservice", witzelte Spence. „Wo soll er hin?"

Keane sah Willa an. „Wo immer sie möchte."

„Gute Antwort", murmelte Archer, während sie den Baum hineinschleppten.

Sie stellten ihn in dem großen Wohnzimmer ab. Spence steuerte sofort wieder auf die Eingangstür zu, doch Archer drehte sich noch einmal zu Willa um.

„Geht es dir gut?"

Sie grinste breit.

„Ja." Er selbst lächelte nur ein wenig. „Dir geht es gut."

Dann waren sie verschwunden.

Keane rieb sich das Kinn und begutachtete den leicht schiefen Baum. Auf der Spitze hing Archers Weihnachtsmütze.

„Die Feiertage werden ziemlich heftig werden, oder?“, fragte er.

Sie lächelte aus ganzem Herzen und nahm dann seine Hand. „Allerdings. Angst?“

„Mach ruhig.“

Lachend warf sie sich in seine Arme, um ihn zu küssen. „Hmm“, murmelte sie und rieb sich etwas an ihm. „Du hast mich vermisst. Oder zumindest ein Teil von dir.“

Die Hände in ihrem Haar vergraben, küsste er sie leidenschaftlich. „Nicht nur ein Teil von mir. Ich habe dich vermisst. Ich brauche dich. Du bist mein Leben. Wir werden es miteinander versuchen, Willa. Und wir werden es hinbekommen.“

Sie erschauerte. „Ja, bitte. In meiner Küche haben wir es ja schon gemacht, aber nicht in deiner …“

Mit einem heiseren Lachen küsste er sie wieder. „Du weißt verdammt gut, was ich gemeint habe. Wobei ich deine Idee auch gut finde. Und nach der Küche probieren wir das obere Badezimmer aus. Da gibt es einen Duschkopf, der dir gefallen wird.“ Er grinste sie an. „Sehr.“

Sie packte ihn leicht am Kinn. „Sicher?“

„Himmel, ja. Dieser Duschkopf wird dich vom Hocker reißen …“

Lachend wollte sie ihn küssen, doch er wich etwas zurück. „Ich möchte, dass du das alles wirklich willst“, sagte er. „Das mit mir.“

„Ich weiß. Und ich will es. So sehr. Ich gehöre dir ganz und gar, Keane.“

Bei ihren Worten leuchtete sein Gesicht. „Und du sagst sofort, wenn es zu viel wird. Ich möchte nicht, dass du davonläufst …"

Zärtlich legte sie einen Finger auf seine Lippen. „Mir wird niemals irgendwas mit dir zu viel werden. Das habe ich heute kapiert, als ich dachte, dass ich alles kaputt gemacht hätte. Und jetzt zu dir: Du sagst mir sofort, wenn ich dich verrückt mache?"

„Ich liebe deine Verrücktheit." Er lachte. „Ich liebe *dich*, Willa. Ich liebe dich von ganzem Herzen."

„Oh", hauchte sie. „Du bist wirklich gut."

„Gib mir fünf Minuten unter der Dusche, dann weißt du, wie gut ich wirklich bin."

Sie lächelte. „Ich habe dir mein Weihnachtsgeschenk noch nicht gegeben."

„Was ist drin?", fragte er.

„Ich."

Sein Lächeln strahlte heller als alle Lichter der Stadt.

„Das beste Geschenk aller Zeiten." Und Willa wusste, dass Weihnachten und ihr ganzes Leben nie wieder so sein würden wie zuvor. Sondern schöner, als sie es sich in ihren wildesten Träumen hätte ausmalen können.

Epilog

#GoodMorningSunshine

Am Weihnachtsmorgen wachte Keane so auf wie immer. Langsam. Er atmete tief ein und begann zu lächeln, als der Duft von Willas Shampoo in seine Nase stieg. Ihr Haar war über seinem Gesicht ausgebreitet. Um genau zu sein, lag sie auf ihm, als wäre er ein Kissen.

Obwohl der Tag noch nicht richtig angefangen hatte, war heute bereits das schönste Weihnachtsfest seines Lebens. Nur vier Worte – *Ich liebe dich, Keane* – hatten sein Glück perfekt gemacht. Aber da war noch so viel mehr. Zu wissen, dass die Frau, die er mehr liebte als alles andere auf der Welt, ihn genauso sehr liebte. Dass sie bereit war, sich in ihm zu verlieren, weil sie wusste, dass sie sich in ihm auch immer wiederfinden würde. Dass sie ihm vertraute, an ihn glaubte. An *sie beide* glaubte.

Sie trug seinen Lieblingspyjama – nichts als nackte Haut. Er strich sanft über ihre samtige warme Haut, die er so sehr liebte.

„Hmmmm", murmelte sie, ohne sich zu rühren.

Er hielt inne, um sie nicht ganz zu wecken. Sie brauchte ihren Schlaf, nachdem er sie die halbe Nacht wach gehalten hatte, um verschiedene Punkte auf ihrer „Liste" abzuarbeiten.

Er hatte die *Böser-Weihnachtself-Fantasie* gewählt. Ihr Anblick, wie sie mit nichts als einem Elfenhut an sein Kopfende gefesselt dagelegen hatte, gehörte schon jetzt an die Spitze seiner liebsten Sexfantasien. Wobei er natürlich immer offen dafür war, das zu übertreffen.

Noch immer auf ihm ausgestreckt, begann Willa sich zu winden.

„Warum machst du nicht weiter?“, fragte sie mit geschlossenen Augen und matter Stimme.

Er fuhr fort, sie zu streicheln. Sobald er aufhörte, begann sie zu zappeln und unzufrieden zu grunzen, und er musste lachen.

„Frohe Weihnachten“, flüsterte er und biss in ihr Ohrläppchen.

Sie setzte sich auf. „Es ist Weihnachten!“, rief sie aus, als ob sie es tatsächlich vergessen hätte.

„Ja.“ Mit einer Hand an ihrem Hintern schaukelte er sie vor und zurück, erfreut darüber, wie sie aufstöhnte. Von einer Mission erfüllt, fasste er nun sein Ziel genauer ins Visier und zog sie fester an sich …

„Warte“, stöhnte sie, kletterte von ihm und rannte nackt zu ihrer Reisetasche, die auf dem Boden stand. „Ich habe noch ein Geschenk für dich.“

„Mmm.“ Er sah ihr zu, wie sie vorgebeugt die Tasche durchwühlte. „Das ist bereits ein Geschenk für mich …“

Sie zog sich sein achtlos weggeworfenes T-Shirt über, dann wirbelte sie herum und sprang auf ihn wie ein Kind an … nun, an Weihnachten.

„Aufmachen!“, befahl sie.

Die Tüte war knallrot. Er spähte hinein und zog ein Paar Boxershorts heraus, die mit Augen hinter Brillengläsern übersät waren.

„Interessant“, sagte er.

„Mist.“ Sie entriss ihm die Shorts und stopfte sie zurück in die Tüte. „Die sind für Haley.“ Dann eilte sie zurück zu ihrer

Tasche, um mit einer anderen knallroten Tüte zurückzukommen.

Diesmal fischte er eine Schachtel Kondome heraus, auf der zu lesen stand: *Size Matters! Think Big!* Lachend streckte er die Arme nach ihr aus.

„Du musst mir zeigen, wie man mit diesem Geschenk umgeht …"

„Nein, warte!" Lachend wich sie ihm aus. „Das ist für Pru!" Und wieder holte sie eine andere Tüte. Diesmal schaute sie zuerst selbst hinein und seufzte erleichtert.

„Okay, *das* ist es."

Er betrachtete ihr zittriges Lächeln und wie sie herumzappelte, und da begriff er, dass sie nervös war. Er legte das Geschenk zur Seite, setzte sich, stopfte sich die Kissen hinter den Rücken und zog sie auf seinen Schoß.

„Schon besser", sagte er und griff nach dem Geschenk.

Als er das antike Metermaß herausgezogen hatte, fragte er erstaunt: „Ist das etwa …"

„Ende des 19. Jahrhunderts. Es hat eine Blechhülle mit einer Umrechnungstabelle auf der anderen Seite. Weil du mir davon erzählt hast, wie gern du bei deinem Onkel gearbeitet hast und wie sehr dir seine antiken Werkzeuge gefallen haben, dachte ich, dass du dich vielleicht darüber freust."

„Es ist fantastisch." Er starrte es bewundernd an. „Woher hast du das?"

„Ich habe es in einem Antiquitätenladen in der Divisadero Street gefunden." Sie rutschte unbehaglich hin und her, offensichtlich verlegen. „Ist nichts Großes. Ich weiß nicht mal, ob es noch funktioniert, aber ich dachte …"

Er küsste sie, damit sie den Mund hielt. „Es ist einfach perfekt. *Du* bist perfekt."

Lächelnd knabberte sie an ihrer Unterlippe. „Gut. Lass uns aufstehen, ich habe auch noch etwas für Petunia in meiner Tasche. Bevor sie abgeholt wird …“

„Sie wird nicht abgeholt.“

„Nicht?“

„Nein. Ich habe Sally angerufen und ihr gesagt, dass ich ein Problem mit Mäusen habe und die Katze deswegen bleiben muss.“

Sie lachte auf. „Hast du nicht!“

„Hab ich nicht“, gab er zu. „Ich sagte Sally, dass die Katze bleiben muss, weil sie hier in dieses Haus gehört, und dass ich mich doppelt verliebt habe und beide Mädchen bei mir bleiben müssen.“

Willa atmete aus. „Zu hören, wie du das sagst, wird mir nie langweilig werden.“

„Miau.“

Pita saß im Türeingang. „Sie will gefüttert werden“, sagte Keane.

Lachend rutschte Willa von ihm herunter. „Ich gebe ihr etwas. Bin gleich zurück.“

Er hörte sie in die Küche gehen. Hörte, wie sie zu der Dose mit Katzenfutter tapste und stehen blieb.

Er wusste, weshalb. Wusste genau, was sie entdeckt hatte. Zwei Sekunden später kam sie zurück ins Zimmer geflitzt. Ein verschwommenes Etwas aus rotem Haar und weicher, süßer Haut sprang an diesem Morgen bereits ein zweites Mal auf ihn.

Mit glänzenden Augen strahlte sie ihn an.

„Was?“, fragte er unschuldig.

Sie streckte ihm die türkisblaue Schachtel entgegen.

„Tiffany’s?“

„Willst du mich ausfragen oder sie aufmachen?“

Sie streifte die Silberschleife von der Schachtel, dann hob sie vorsichtig den Deckel und schnappte nach Luft.

„Oh mein Gott“, flüsterte sie, als sie die Platinkette mit einem aus Diamanten geformten W entdeckte. „Du hast dich an die Kette erinnert, die mir meine Mutter damals geschenkt hat.“ Tränen schimmerten in ihren Augen, als sie sich von ihm die Kette umlegen ließ.

„Sie ist wunderschön“, sagte sie. „Das ist das schönste Geschenk, das ich je bekommen habe.“

„Steht dir gut.“ Er zog sie an sich und streichelte sie zärtlich. Sie wich zurück.

„Hast du schon mal Sex unterm Weihnachtsbaum gehabt?“, fragte sie.

„Nein, aber ich bin dabei.“ Er stand auf und warf sie über die Schulter. „Ich bin ganz scharf darauf, eine neue Tradition zu beginnen.“

Sie lachte, während er sie zu dem noch ungeschmückten Baum trug. Gemeinsam legten sie sich unter ihn. Sie griff nach seiner Hand, und zusammen schauten sie hinauf in die Äste.

„Auf Neuanfänge“, sagte sie.

Er stützte sich auf einen Ellenbogen und streichelte ihr Gesicht.

„Für immer, Willa?“

Sie zog ihn auf sich. „Für immer.“

– ENDE –